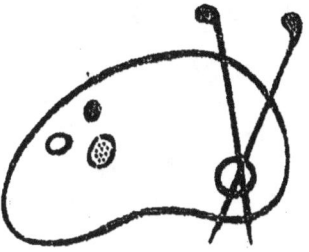

Couvertures supérieure et inférieure
en couleur

LE PENDU DE LA BAUMETTE

I.

LE MARIAGE
DU
SUICIDÉ

PAR
A. MATTHEY
ARTHUR ARNOULD

DEUXIÈME ÉDITION.

PARIS
G. CHARPENTIER, ÉDITEUR
13, RUE DE GRENELLE-SAINT-GERMAIN, 13
1881

LE MARIAGE DU SUICIDÉ

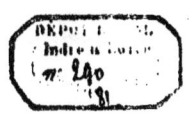

OUVRAGES DE A. MATTHEY

(ARTHUR ARNOULD)

LA BRÉSILIENNE . . . . 1 vol. in-18
LA REVANCHE DE CLODION. . . . . . . 1 vol. in-18
L'ÉTANG DES SŒURS GRISES 2° édition) . . 1 vol. in-18
Zoé CHIEN-CHIEN (5° édition). . . . . . 1 vol. in-18

LE PENDU DE LA BAUMETTE :

I. — LE MARIAGE DU SUICIDÉ . . . . . 1 vol. in-18

SOUS PRESSE

LE PENDU DE LA BAUMETTE :

II. — LA BONNE D'ENFANTS. . . . . . . 1 vol. in-18

I.

LE MARIAGE

DU

SUICIDÉ

PAR

A. MATTHEY

ARTHUR ARNOULD

PARIS

G. CHARPENTIER, ÉDITEUR

13, RUE DE GRENELLE-SAINT-GERMAIN, 13

1881

Tous droits réservés.

PREMIÈRE PARTIE

LES MARIÉS

EFISIA.

L'avant-veille, il était arrivé, au petit village de Saint-Symphorien, non loin de Tours, une de ces voitures longues, couvertes, bariolées de couleurs criardes, attelées d'un cheval maigre, où les saltimbanques qui parcourent les foires vivent en famille, et qui se transforment en théâtre, pour les jours de représentation.

La voiture était des plus petites, comme la troupe ambulante était des moins nombreuses, se composant exclusivement du père, de la mère, et d'un enfant unique, d'une fille.

Le chef avait présenté à la mairie un passeport et des papiers en règle, fournissant les mentions suivantes :

ANTONIO LAVAGGI, dit: *Il Matto* (le fou), âgé de quarante ans, sujet sarde, accompagné de son épouse,

GIUSEPPINA CAPUT, dite *La Pepina*, âgée de trente-cinq ans, et de leur petite fille, âgée de dix ans.

Cette dernière répondait au nom d'*Efisia*.

Antonio Lavaggi avait déclaré, de plus, que sa

femme tirait les cartes, prédisait l'avenir, et que leur fille dansait sur la corde.

Quant à lui, il jouait de la mandoline, pendant qu'Efisia se livrait à ses équilibres, afin de charmer les spectateurs par tous les sens à la fois.

Les papiers étant en règle, et l'arrivée de la petite troupe nomade coïncidant avec la foire aux bestiaux, qui se tient, tous les ans, le second jeudi de novembre, à Saint-Symphorien, le maire n'avait fait aucune difficulté pour autoriser les saltimbanques à s'arrêter quelques jours dans le pays.

Ils avaient inauguré leurs exercices, le dimanche, au milieu de la foule ébahie des paysans, et fait une recette relativement bonne.

On avait beaucoup admiré la grâce et la légèreté d'Efisia, qui se promenait sur la corde, sans balancier, et finissait par la traverser, d'un bout à l'autre, la tête dans un sac.

On avait goûté le charme de la mandoline raclée d'un mouvement fébrile par Antonio, dont la figure sévère, basanée, immobile, les yeux noirs au regard sombre, contrastaient avec l'agilité de son doigt armé de la pointe d'ivoire qui fait grincer les cordes de l'instrument, et le brio éclatant des airs italiens qu'il répandait à flot sur le public surpris.

Mais le succès avait été pour la Pepina.

La Pepina était une large matrone aux traits fatigués, aux appâts trop puissants, dont la physionomie, qui avait dû être belle autrefois, exprimait plutôt la soumission et la résignation que cette audace impudente qu'on remarque généralement sur le visage et dans les allures des femmes de sa sorte.

Elle s'exprimait en assez mauvais français, ainsi que tout le reste de la troupe et de la famille, d'ailleurs, avec un fort accent italien. Mais elle prédisait toujours de gros héritages aux vieux, de bons maris aux filles, des épouses fidèles et riches aux garçons, et cela lui avait conquis les esprits des clients, bien que les gens de la campagne n'aient aucune bienveillance pour les saltimbanques et autres coureurs de grand'route, qu'ils regardent tous, plus ou moins, comme des voleurs.

La voiture s'était arrêtée dans une prairie bordée de peupliers, en dehors du village.

Sur quatre piquets verts, en forme de X, on voyait la corde tendue, théâtre des exploits aériens et chorégraphiques auxquels s'était livrée, le soir précédent, la petite Efisia.

On était au lundi 6 novembre 1855, et le jour commençait à peine, jour triste, froid, humide, lugubre, d'une matinée d'automne.

Il ne pleuvait pas, mais l'eau suintait partout, à la suite de la pluie violente survenue pendant la nuit.

Le ciel était bas et gris. De lourds nuages rasaient la cime des arbres ; la lumière naissante était d'un bleu pâle et semblait ne se lever à l'horizon qu'avec regret, le plus lentement possible, sans rayon et sans chaleur.

Tout reposait dans le village. Aucun bruit dans la campagne, déjà engourdie par l'approche de l'hiver.

Tout à coup, l'une des deux fenêtres étroites et carrées qui se dessinaient de chaque côté de la maison roulante, closes par un rideau de calicot blanc, épais, s'entr'ouvrit doucement, et une tête apparut avec précaution, se penchant au dehors, interrogeant l'espace devant elle et autour d'elle.

C'était Efisia, avec ses traits ronds et délicats ; ses joues creuses ; sa peau brune, tanée au soleil des pays chauds ; sa bouche aux lèvres rouges comme une grenade trop mûre et qui se fend, entre lesquelles on apercevait une double rangée de perles blanches, serrées et finement aiguisées ; ses grands yeux de velours noir allongés en amande, semblables à des charbons à travers lesquels rayonnerait la flamme sombre de quelque feu intérieur et invisible ; ses cheveux ébouriffés, mal peignés, abondants, rebelles, et de ce noir luisant, presqu'éclatant, qui est propre aux races méridionales.

Pendant une minute, elle resta là, écoutant le silence, regardant la solitude, s'assurant que nul ne la voyait, ni ne la guettait.

1.

Enfin la tête disparut, et une minute après un corps mince et souple glissa, comme une couleuvre, par le carreau ouvert.

L'enfant se soutint, de ses mains frêles, au rebord de la fenêtre, puis se laissa tomber, avec la légèreté d'un chat, sur la terre humide, qui assourdit le bruit de sa chute, et s'élança droit devant elle, suivant l'ombre indécise formée par le rideau de peupliers, et que la lumière du matin, qui se dessinait encore à peine, n'avait pu dissiper complétement.

Elle était vêtue du costume sarde des paysannes des environs de Cagliari.

Une jupe longue à mille raies, rouge vif et bleu clair, descendait le long de ses hanches jusqu'à ses chevilles.

Un corsage noir de crap, sans manches, à boutons d'argent, serrait sa taille, dont on eût fait le tour en joignant les deux mains. De ce corsage peu montant s'élevait jusqu'au cou une chemisette de toile blanche, qui fournissait également l'étoffe des manches larges, flottantes et sans poignets.

Pour se protéger contre le froid et l'humidité elle avait couvert sa tête d'un long et lourd châle de laine, aux couleurs multicolores et déteintes, dont les plis crasseux cachaient sa taille et se drapaient sur sa jupe, et c'était évidemment pour revêtir ce châle qu'elle était rentrée, un instant, avant de s'échapper par la fenêtre, ce qui eût été impossible à une créature moins svelte et moins lilliputienne qu'Efisia.

En effet, elle était d'une petitesse et d'une gracilité extraordinaires, même pour son âge et pour sa race.

Elle marchait avec une extrême rapidité, en personne qui sait où elle va et qui est pressée d'arriver, allant droit devant elle, sans hésitation.

Pourtant son œil noir interrogeait la route et s'assurait que nul ne la voyait, ou ne se trouvait sur son chemin.

Arrivée à l'extrémité de la prairie, où se dressait, déjà loin derrière elle, la voiture paternelle, elle prit un sentier sur la gauche, bordé de haies dépouillées par les premiers froids de l'automne, et qui descendait par une pente douce vers la Loire, qu'on n'apercevait pas. Mais on la devinait à une ligne de brume blanchâtre qui coupait brusquement l'horizon comme un rideau et se confondait ensuite avec les nuages plus sombres.

Au bout de cinq minutes, elle s'arrêta.

Sur la droite apparaissait une grande route dont on ne voyait ni le commencement ni la fin. Autant qu'on pouvait en juger, elle devait suivre la rive du fleuve, à peu de distance.

En face de la grande route, se dressait une grille de fonte ouvragée, terminée par des fers de lance, dorés jadis, mais rougis par l'action du temps, du soleil et de la pluie.

De chaque côté de la grille s'élevait un petit corps de bâtiment.

Sur l'un on lisait le mot : *Concierge*.

A travers les barreaux, on distinguait une longue avenue et des massifs d'arbres qui devaient être fort touffus pendant l'été.

Pour le moment, entre leurs branches privées de feuilles, ils laissaient pénétrer le regard et apercevoir, de l'autre côté, un mur moussu, noirâtre, peu élevé, qui fermait la propriété et la séparait des champs voisins, car cette habitation paraissait isolée en rase campagne.

La maison se dessinait en noir sur une petite éminence, à peu près à deux cents mètres de la grille.

Mais c'était tout.

L'ombre où elle était encore plongée et la lumière indécise qui luttait, par derrière, contre les nuages lourds et la brume du fleuve, n'en laissaient distinguer aucun détail.

C'était une masse qui bouchait la vue.

Cependant la petite bohémienne s'avança près de la grille et plongea, entre deux des barreaux, un regard chargé d'une curiosité intense et d'une sorte de passion étrange, comme si elle cherchait quelque objet.

Son œil noir l'aperçut, sans doute, à travers le

brouillard, car elle tressaillit, et sa bouche s'entrou-
vrit, non pour sourire, mais par suite d'une émotion
intérieure, comme il arrive à tous les enfants, lorsqu'ils se trouvent en face d'un spectacle saisissant,
soit qu'il les effraie, soit qu'il les charme.

Cela ne dura pas.

Jugeant, évidemment, que la plaque de tôle qui garnissait le bas de la porte grillée gênait sa vue, — car
c'est à peine si la fillette dépassait cette plaque de la
hauteur du front, en se dressant sur ses orteils, —
elle saisit deux barres, de ses petites mains, et se
hissa sur l'obstacle, où elle posa les pieds et resta
immobile, regardant obstinément un point du massif
d'arbres qu'on devinait à sa gauche.

Son châle, écarté par le mouvement, découvrait sa
poitrine maigre, et ses bras élevés en l'air, où ils
prenaient leur point d'appui, avaient fait retomber
ses longues manches blanches, d'où ils sortaient,
bruns et dorés, presque jusqu'aux épaules.

En quelques secondes la brume froide, condensée
par le contact de cette peau tiède, se forma en goute-
lettes et coula silencieuse le long de ses membres
grêles et nus, sans qu'elle parût le sentir ou s'en apor-
cevoir.

— Que fais-tu donc là ? s'écria tout à coup une voix
brutale.

La petite tressauta et se retourna toute rouge.

Un vieux paysan, plus matinal que les autres habitants du village, était derrière elle.

Il allait visiter quelque champ, sans doute, car il
portait sur son épaule une bêche et tenait à la main
un panier vide, destiné probablement à recevoir une
provision de légumes quelconques pour le marché de
la ville ou du gros bourg le plus voisin.

— Voyons, répondras-tu, petite vaurienne ? reprit
le paysan, en la dévisageant d'un air soupçonneux.
Qué que tu fais là ? A c't'heure, tu devrais dormir, et
non rôder dans la campagne, où tu n'as que faire...

— Je regardais, monsieur, dit la petite fille, de
cette voix rauque, et comme cassée par l'usage de

l'eau-de-vie, qui est spéciale aux Italiennes de tous les âges et de toutes les classes, bien qu'elles ne boivent que de l'eau.

— Tu regardais ! tu regardais ! grommela le paysan ; c'est pas une réponse... Tu regardais si tu pouvais voler... hein ?... Les petites gueuses comme toi ne doivent pas regarder dans les propriétés de *écusses* qui ont du bien... Bien sûr qu'on n'aurait pas dû permettre le séjour à cette nichée de vagabonds...

— Je ne volais pas, répliqua Elisia, s'irritant de l'accusation ; je regardais le pendu !

Le paysan fit un saut en arrière.

— Le pendu ! répéta-t-il. Quô que tu chantes, petite malheureuse ?... C'est-y pour jeter un sort ?... Quel pendu ? Où ça ?

— Là, fit la petite bohémienne, en montrant du doigt le massif où ses yeux s'étaient fixés en arrivant à la grille.

Le paysan, un peu pâle, s'approcha à son tour, la curiosité l'emportant sur la terreur.

— Je ne vois rien, satanée menteuse ! dit-il d'une voix mal assurée.

Mais, au même moment, il se produisit une éclaircie dans le brouillard, sous un coup de vent brusque, et un rayon de lumière blanche tomba d'aplomb dans la direction indiquée par l'enfant.

— C'est-y Dieu possible ! balbutia le vieux paysan, en laissant échapper son panier et en se signant avec terreur.

II

LE PENDU.

A la plus forte branche d'un tilleul centenaire se balançait une corde. A l'extrémité de la corde se balançait un corps.

La corde paraissait fortement nouée à la branche.

Le corps, légèrement agité par les rafales du vent d'automne, allait et venait, comme le lugubre battant de quelque cloche colossale dont on n'eût pas entendu le son.

L'arbre étant au second rang du massif, dans une sorte d'angle rentrant, il avait fallu une vue exceptionnelle pour le distinguer quelques instants plus tôt, à travers le brouillard et les ombres fantastiques des troncs tordus qui l'entouraient et le masquaient en partie... à moins que celle qui l'avait aperçu la première ne sût d'avance qu'il était là, et ce qu'il portait.

Même à présent, sous la lumière grandissante et l'éclaircie du ciel sombre, combien seraient passés devant la grille sans se douter de la présence du pendu!

Mais le vieux paysan, trop effaré, ne songeait point à faire cette remarque.

Le corps était celui d'un homme de la haute classe évidemment, et non du peuple ou de la campagne.

A moitié vêtu, il portait un pantalon noir, des bottines vernies. Le gilet, de drap noir également, paraissait de coupe élégante, et, à demi déboutonné, laissait voir une chemise blanche, de fine batiste.

Pour cravate, le nœud coulant de la corde, — corde fine et souple, qui devait serrer et mordre comme de l'acier.

Point d'autre vêtement : ni redingote, ni pardessus.

De longs cheveux noirs, débouclés par l'agonie et l'humidité, secoués par l'air âpre de la nuit, puis collés en mèches lourdes sur le font et les joues par la pluie et le brouillard, couvraient en partie le visage tuméfié, cachant les yeux, ne laissant guère apparaître que la bouche tordue par un rictus hideux, d'où sortait un bout de langue gonflée et violette.

La chemise, également trempée, se collait aux bras et sur la poitrine, dessinant les muscles en saillie et moulant le buste, dont on aurait pu presque compter les côtes.

A l'une des mains, on voyait briller le chaton d'une bague : — ce devait être un diamant de quelque prix.

La lumière grandissait, le jour, le vrai jour naissait succédant à la pénombre de l'aurore, l'éclaircie de la brume se marquait et donnait à présent une grande netteté à tous les objets.

La maison, dans le fond, émergeait des ténèbres, montrait ses murs blancs, ses volets verts hermétiquement clos et annonçant que tout reposait derrière eux.

Le silence y était profond.

C'était une maison moderne, ni trop grande ni trop petite, à deux étages sur rez-de-chaussée, sans perron.

Peu d'ornements : — cinq fenêtres de façades.

Un balcon, au premier étage, reliait les trois fenêtres du milieu.

Un balcon, au deuxième étage, devant chaque fenêtres du coin, surplombait hardiment et semblait promettre une vue magnifique sur la Loire et ses bords fleuris, ses plaines gracieuses semées de bouquets d'arbres, où dominaient les saules trapus et échevelés, les peupliers sveltes et babillards, qui se penchent, sous l'effort du vent, vers leurs voisins, comme pour leur confier quelque secret toujours inachevé.

De la grille à la porte de la maison, s'étendait une assez longue avenue, entre les massifs, semée d'un sable fin.

A moitié de l'avenue, s'élargissait une pelouse grassement fournie d'herbe verte, coupée de deux groupes d'arbustes bas.

L'avenue se bifurquait là, suivant les contours de la pelouse, puis ses deux bras se réunissaient pour aboutir, en une seule voie, à la porte d'entrée de la maison.

Cette propriété, en somme assez modeste, s'appelait dans le pays, le *Château de la Baumette*, du nom de ses propriétaires.

Le corps se balançait doucement.

Maintenant aucun détail n'échappait.

On pouvait aprécier la coupe des vêtements, la qualité du linge et du drap, reconnaître que les bottines vernies sortaient de la maison d'un cordonnier sérieux, habitué à travailler pour le beau monde.

Le vieux paysan semblait comme fasciné.

Il regardait le pendu, avec un acharnement stupide, sans une idée, répétant seulement:

— C'est-y Dieu possible!

Il ne songeait ni à sonner, en tirant la tige de fer qui agitait une grosse cloche visible près du corps de bâtiment destiné au concierge, ni à pousser un appel, pour réveiller les habitants de la maison endormie.

Quant à Efisia, maintenant qu'on ne l'interrogeait plus, elle avait repris sa comtemplation muette et passionnée, dont la profondeur, eu égard à son âge, paraissait étrange.

Il était visible, d'ailleurs, que ce spectacle plein d'horreurs ne lui causait ni terreur, ni dégoût, ni pitié ou sympathie particulière pour la victime, bien qu'il l'émût en une certaine façon.

Ses grands yeux noirs s'imprégnaient lentement de cette image de mort violente, dans ce qu'elle a de plus

laid, mais ne disaient point à quel sentiment elle obéis-
sait.

Cependant le vieux paysan, après avoir égrené un
chapelet de :

— C'est-y Dieu possible ! — parut revenir à lui.

Le premier sentiment avait été la stupeur bête.

Le second sentiment fut la curiosité niaise.

Au lieu de se dire :

— Peut-être vit-il encore ; peut-être peut-on le
sauver : coupons la corde !

Il se dit :

— Qui ça peut-il bien être ?

Eflsia entendit l'exclamation.

— C'est le monsieur, répondit-elle, cette fois sans
se retourner.

— Le monsieur ! Qué monsieur ?

— Le mari de la dame.

— Qu'est arrivé hier au soir ?

— Oui.

— Comment que tu le sais, malheureuse ?

Eflsia se retourna ; rougissant pour la seconde fois.

— Je l'ai vu, quand il descendait de la voiture.
l'uis... je le reconnais à ses pieds... Voyez comme ils
sont petits !... et à ses cheveux... Voyez comme ils
sont noirs !

— C'est pardine vrai ! murmura le paysan. C'est-y
Dieu possible !

En ce moment quelques campagnards passèrent sur
la route, et on entendit le bruit d'une charrette dont
les énormes roues grinçaient à peu de distance.

Cela réveilla le vieux paysan, et la petite Eflsia
sauta légèrement à terre.

— Eh ! vous autres ! Eh ! là-bas ! cria le compagnon
de la saltimbanque, en gesticulant avec force pour
attirer l'attention.

— Qué qu'y a ? répondirent deux ou trois voix en-
rouées par la brume matinale.

— Un pendu ! L'monsieur qui s'a pendu !

En moins de trois secondes, cinq ou six paysans et
deux ou trois paysannes débouchèrent des champs en-

.2

vironnants, ou accoururent de la route et se précipi-
tèrent vers la grille, où il se forma bientôt un petit
rassemblement, promptement grossi par l'arrivée du
charretier, dont on entendait l'approche depuis quelques instants, grâce à la musique de sa voiture mal
graissée.

Les interjections et les exclamations se pressaient,
se croisaient, avec une rumeur grandissante.

— Et tu dis que c'est le monsieur ?

— Oui-dà !

— Et à quoi que tu l'as reconnu ? On n'y voit que
la bouche !

— C'est la petite qui l'a reconnu.

— Qué petite ?

— Eh ! ben, la danseuse !... mais où est-elle donc ?...
On chercha des yeux Efisia, pour l'interroger.

Elle avait disparu.

— Faut pas rester là comme des oies, dit brusquement le charretier, jeune gars fortement découplé,
d'une vingtaine d'années, et que ses voyages fréquents
à la ville avaient probablement un peu dégourdi.
Faut entrer, appeler, prévenir... Il n'est peut-être
pas mort.

Et, d'une main vigoureuse, il ébranlait la grille.

— Est-ce qu'il y a du monde, là-dedans ?

— J'crois ben ! répondirent plusieurs voix. Y a la
dame !... puis sa mère... et Jean-Claude, le portier !...
et le jardinier... et la grosse Suzon, la cuisinière...

— Bon ! bon !... j'te vas les réveiller ! répondit le
charretier ; et, empoignant la tige de fer, il fit retentir
désespérément la grosse cloche.

L'effet ne tarda pas à se produire.

Au bout d'une demi-minute, la porte du petit corps
de bâtiment qui servait d'habitation au concierge s'ouvrit, et Jean-Claude, le portier, apparut, à peine vêtu,
les yeux gonflés de sommeil, grommelant et hébété.

— Qu'est-ce qu'il y a donc, bonnes gens ? s'écria-
t-il, en regardant le groupe devenu subitement silencieux à sa vue. Est-ce que le feu est à la maison ?... Il
fait à peine jour !

— Regarde devant toi, vieux, reprit le jeune charretier, en s'adressant au portier, qui était, en effet, un
homme d'une soixantaine d'années, mâtiné de campa-
gnard et de citadin, — et tu verras de quoi y retourne.

— Le pendu! le pendu! murmura la foule.

— Ah! mon Dieu! balbutia Jean-Claude, dont les
yeux venaient de rencontrer le corps se balançant au
bout de la corde.

— Allons! ouvre!... Préviens ta maîtresse!... Faut
envoyer chercher la gendarmerie... Faut avertir le
maire.

Le concierge avait ouvert la porte d'une main tremblante, heureux d'avoir du monde autour de lui, dans
cette circonstance tragique.

Ses jambes s'entrechoquaient. Il semblait avoir
aussi peu de présence d'esprit que les paysans qui se
trouvaient là, et qui, se sentant en nombre, s'avançaient maintenant vers l'arbre, avec une avide curiosité.

— Mais c'est monsieur! s'écria enfin Jean-Claude,
quand il fut près du corps...

— Depuis quand qu'il était là?

— Depuis hier.

— N'y touchez pas! On ne touche pas à un pendu!
Surtout ne coupez pas la corde! Allez prévenir le
maire... Faut que les autorités soient là.

On avait formé un cercle.

Personne ne bougeait, tout le monde parlait à la
fois.

On n'osait toucher au corps, par suite d'un préjugé
idiot qui règne encore dans nos campagnes, et on ne
voulait pas s'en éloigner.

Cependant une femme, emportée par le désir d'être
la première à colporter la nouvelle dans le village, et
à prévenir le maire, charmée de l'importance que
cela allait lui procurer, céda à ces considérations plus
fortes que sa curiosité et son besoin de contempler
un pendu, et s'éloigna en courant, après avoir dit:

— J'y vas! attendez-moi!

Le bruit avait fini pourtant par réveiller les gens de la maison.

On entendait aller et venir ; deux volets s'ouvrirent, et, à deux fenêtres, apparurent les têtes effarées et mal réveillées de Suzon, la cuisinière, et d'une autre femme, qui se retira précipitamment.

Puis on distingua le son d'un pas léger et rapide, qui descendait l'escalier, la porte s'ouvrit avec violence, et, dans l'ombre du corridor, entre l'encadrement, se dessina la silhouette blanche d'une jeune femme de vingt-deux ans, enveloppée d'un riche peignoir de nuit, les cheveux en partie défaits, le visage affreusement livide.

— C'est elle ! c'est madame ! c'est sa femme ! murmurèrent les paysans, et un grand silence se fit.

III

LA MAISON ROULANTE.

Pendant que ces événements s'accomplissaient à la grille du château de la Baumette, les hôtes restés dans la maison roulante des saltimbanques commençaient à se réveiller, à leur tour, le jour étant entièrement venu.

La Pepina avait ouvert la petite porte sur le derrière de la voiture.

L'escabeau de six marches qui permettait de monter et de descendre à volonté, et qu'on retirait la nuit, avait été remis en place, et la tireuse de cartes, en jupon semblable à celui d'Efisia, mais sans corsage noir, et le buste seulement couvert, sur sa chemise, par un châle épais et fané, procédait à sa toilette.

Elle s'était assise au dehors, sur l'une des marches de l'escabeau, et là, ayant devant elle un morceau de glace brisée, elle peignait ses longs cheveux noirs, où commençaient à briller quelques fils d'argent.

Cela fait, elle les lissa, en larges bandeaux, du plat de ses mains, dans lesquelles elle crachait paisiblement, pour remplacer la pommade, et ramena le reste en

2.

lourdes torsades sur le derrière de la tête, où s'éleva
bientôt un énorme chignon, car elle appartenait à une
race dont la chevelure richement fournie ne demande
point de ressources trompeuses aux cheveux enlevés
à la tête d'autrui et pourrait, au besoin, faire commerce des siens.

Cette première partie de la toilette terminée, elle
prit un peu d'eau, d'une tasse ébréchée, dans le creux
de sa main, et se mouilla légèrement le visage, qu'elle
essuya ensuite avec son mouchoir de poche ; puis elle
endossa son costume de drap noir et posa sur sa tête
un long morceau de laine, plié en quatre, aux couleurs
éclatantes, qu'elle fixa de chaque côté, un peu en arrière des oreilles, avec deux épingles à têtes d'or grosses comme des noix, laissant retomber la pointe de l'é-
toffe lourde sur ses épaules jusqu'à la moitié des reins.

La Pepina avait fini de sacrifier à la propreté et à la
coquetterie.

Antonio Lavaggi, dit *il Matto*, c'est-à-dire le fou,
apparut, à son tour, sur le haut de l'escalier, qu'il descendit lentement.

Lui aussi portait le costume sarde dans toute sa pureté, beaucoup plus beau et plus original pour les
hommes que pour les femmes.

Ses guêtres noires s'arrêtaient aux genoux, serrant
ses jambes sèches. Un pantalon bouffant, de drap noir,
montait des genoux, où il était attaché sous la guêtre,
jusqu'à la taille. Par-dessus la culotte bouffante s'é-
talait une jupe courte, d'une blancheur éclatante, assez
semblable à celle que portent les brasseurs alsaciens.
Une ceinture rouge entourait ses reins. Un gilet rouge,
fermé d'une rangée de boutons d'argent, s'évasait à
la naissance du cou, autour duquel se dressait un
immense col de chemise droit et fortement amidonné,
qui enfermait le derrière de la tête jusqu'à la hauteur
de l'extrémité supérieure des oreilles. Évasé aussi par
devant, deux boutons de filigrane d'argent, reliés par
une chaînette de même métal, en maintenaient la
fermeture.

Une veste de drap noir couvrait son buste.

Par-dessus la veste, il avait endossé une peau de mouton blanche, la laine en dedans, sans manches, et richement brodée de fils de soie bleue et rouge, dessinant de capricieuses arabesques.

Sa tête était couverte, par-dessus ses cheveux noirs et longs, qui retombaient sur ses épaules, d'un bonnet de laine rouge, dont l'extrémité penchait sur le côté, près de la joue.

Il était soigneusement rasé, sans aucune apparence de poil.

Arrivé au bas de l'escalier, il bourra lentement une vieille pipe, — dite brûle-gueule, — battit le briquet et commença à fumer silencieusement.

La femme ni le mari n'avaient encore échangé une parole.

Tous deux, basanés comme des Africains, avaient ces grands yeux noirs, admirables de forme et d'éclat velouté, propres aux naturels de la Sardaigne, et l'ensemble de leur type prouvait qu'ils descendaient des Sarrasins, qui conquirent, au moyen âge, et occupèrent longtemps la seconde île, en grandeur, de la Méditerranée.

Lavaggi avait, du reste, le nez busqué, les joues creuses, les pommettes saillantes de l'Arabe, et la Pepina les formes rondes et ouatées de graisse des femmes d'Orient.

Tous deux, assez petits de taille, en plus, portaient cette empreinte de tristesse qu'on remarque souvent chez les Sardes, mais qui, chez nos bohémiens, semblait encore plus marquée.

Ils étaient visiblement courbés, l'un comme l'autre, sous quelque grand malheur silencieux, foudroyés par quelque douleur secrète.

Après avoir tiré un certain nombre de bouffées de sa pipe noire, Lavaggi tourna les yeux autour de lui et parut surpris.

— Où est-donc la petite? dit-il en son dialecte sarde, mélangé de latin, d'arabe et d'espagnol, où l'italien n'entre que pour souvenir. Femme, ne l'as-tu pas vue !

— Non. Je la croyais dans la voiture.

— Elle n'y est point ! répondit le mari.

Tous les deux se regardèrent avec inquiétude, puis l'homme fit lentement le tour de la maison roulante, interrogeant la prairie.

La Pepina le suivait, par derrière, à deux pas de distance, l'air humble et soumis.

L'homme s'arrêta brusquement devant le carreau ouvert, que, dans la précipitation de sa fuite, Efisia n'avait pas pris le temps de refermer.

— Est-ce toi qui as ouvert ce carreau ? demanda le chef de la famille, du regard de ses yeux noirs, en se tournant vers sa compagne.

Celle-ci lui répondit également par un simple geste négatif de la tête, accompagné d'un claquement particulier de la langue contre la voûte du palais.

Alors Lavaggi se pencha vers la terre, interrogeant l'herbe humide, et fit quelques pas dans la direction suivie par la petite bohémienne, un quart d'heure auparavant; puis il se redressa et regarda encore sa femme avec un mouvement intraduisible des paupières.

La femme tressaillit, se signa et parut vivement inquiète.

— Que *Sant'Efisio* nous protège ! murmura le père, les sourcils froncés, et il revint s'asseoir sur une des marches.

Ce fut tout.

Sant'Efisio est le grand saint de la Sardaigne, celui qu'invoque le Sarde superstitieux, dans les circonstances graves, avec la Vierge.

Le Christ aussi joue un certain rôle. Quant à Dieu le père, il ne vient qu'au cinquième ou sixième rang, si même les paysans italiens songent à lui.

Ils sont restés païens. Le culte des saints et de la Vierge, un peu celui du crucifié, parce qu'on en voit l'image, telle est leur religion. Ils ne vont pas au delà.

La Pepina s'occupa alors du déjeuner.

Elle avait allumé quelques branches, placé une vieille marmite sur deux pierres, et mis, dans l'eau

qui l'emplissait, une poignée de pâtes grises en forme
de larges rubans. — Point de sel.

Il Matto fumait toujours; mais ses yeux, comme
ceux de sa compagne, interrogeaient la plaine avec
ardeur, et leurs oreilles se tendaient au moindre
bruit, l'analysaient.

En effet, le village, non loin, de l'autre côté du rideau de peupliers, commençait aussi à s'éveiller.

On entendait le roulement des lourdes charrettes
qui s'attelaient, des allées et venues de gros sabots,
claquant sur les pierres.

En ce moment, la paysanne que nous avons vue quitter le groupe autour du pendu, apparut près de la
voiture.

Comme Efisia, elle avait pris au plus court.

Elle marchait précipitamment, rouge d'émotion et
rouge de sa précipitation.

Quel que fût son désir d'arriver la première auprès
de M. le maire, elle ne pouvait garder ainsi la grande
nouvelle qui voltigeait sur ses lèvres charnues.

— Ah! bonnes gens! s'écria-t-elle, essoufflée et
s'épongeant le front, tout en faisant de grands bras,
quô malheur !... Ils ont pendu l'monsieur !... Il est
là... tout droit, qui sautille au bout d'une corde... Je
l'ons vu... Ah! qué malheur !

— Quel monsieur? demanda froidement le bohémien, pendant que sa femme se penchait davantage
sur sa marmite.

— Eh! l'monsieur du château.

— Ah! fit Lavaggi.

Et il continua de fumer.

La paysanne, voyant qu'elle manquait son effet et
ayant soufflé une demi-minute, reprit sa course vers
le village, en murmurant :

— Ces païens !... Y se remueraient davantage pour
un chien crevé !

Au village, par exemple, son succès fut complet.

Les exclamations, le tumulte, naissaient sur son
passage. La nouvelle volait de bouche en bouche.
Tout le monde était sur pied, on quittait les travaux

les plus pressants, on se bousculait, on courait.

Des groupes effarés passaient devant la voiture des bohémiens, toujours immobiles et silencieux à la même place.

Enfin, le maire apparut, suivi du garde champêtre et d'un bataillon d'enfants des deux sexes, réalisant, en attendant mieux, l'égalité des guenilles et de la morve au nez.

Le torrent s'écoula, rapide, agité, bruyant, et la plaine rentra dans le calme.

Le village était vide. Il n'y restait que trois paralytiques, deux aveugles et un crétin, qui, n'ayant pas compris, suçait son pouce devant une porte.

Efisia était revenue, à cet instant.

Elle se tenait debout, devant son père, fascinée par son regard sombre et plein de reproches.

La mère, redressée, contemplait le père et la fille.

— D'où viens-tu ? demanda Lavaggi d'une voix basse, quand il se vit bien seul.

— De là-bas ! murmura la petite fille.

— Malheureuse !... Pourquoi ?

— Je voulais le voir...

— Et on t'a vue ?

Efisia rougit.

Le père eut un geste violent, aussitôt réprimé.

— Père... je croyais qu'on ne me verrait pas... J'ai eu tort.

— Que répondras-tu, si on te demande ce que tu faisais là ?

La petite hésita.

— Je dirai que j'allais pour voler des carottes.

— Bien ! fit le père. Tiens-toi là, et n'en démords pas ! Que Sant'Efisio nous protège !

La Pepina se signa.

Efisia embrassa son pouce, et les trois bohémiens, assis autour de la marmite, à présent retirée du feu, se mirent à manger, saisissant avec leurs doigts les rubans de pâte à moitié cuite, qu'ils avalaient lentement.

Une cruche d'eau complétait le repas.

IV

AU CHATEAU.

Nous avons quitté le château de la Baumette, au moment où une jeune femme, qu'on disait être la femme du pendu, apparaissait sur la porte, attirée par le bruit et les cris de la foule rassemblée autour du corps.

C'était une grande et fort jolie personne, ainsi qu'on en pouvait juger, malgré la lividité et la décomposition de ses traits.

Elle était blonde avec des yeux d'or; c'est-à-dire que ses prunelles, d'une couleur indécise que les passeports mentionnent sous la rubrique : yeux châtains, étaient semées comme de paillettes qui avaient l'éclat du métal précieux.

La bouche charnue, bien fendue, proéminente, semblait aller au-devant des baisers; mais le nez long et busqué, l'arcade sourcillière fortement dessinée par des sourcils plus foncés que les cheveux et tirant presque sur le noir, donnaient quelque chose de fier et même de dur à l'expression de la physionomie, quand le sourire ne l'éclairait pas, tandis que le front

bas et bombé et le développement du menton fortement accusé semblaient indiquer la volonté poussée
jusqu'à l'entêtement, et la prédominance des sentiments de personnalité et de *combativité*, pour employer l'expression des phrénologues.

La main et le pied, extraordinairement petits, révélaient la race.

Un long peignoir blanc la drapait, endossé à la hâte,
sans doute, au moment où elle s'était réveillée et
levée, en entendant le bruit inusité qui, à pareille
heure, emplissait le jardin sous ses fenêtres; et, au
premier coup d'œil, grâce à son costume sans apprêt,
sous les plis souples de l'étoffe moulant ses formes
élégantes et élancées, on constatait son état de grossesse avancée.

En l'apercevant, avons-nous dit, la foule s'était tue,
moins par sympathie, du reste, pour la douleur pré-
sumée de la veuve, que par curiosité, et pour ne rien
perdre de la scène dramatique qui se préparait.

Le corps du pendu se trouvait juste en face de la
porte, et, de plus, le groupe des paysans s'était coupé
en deux, d'instinct, pour livrer passage à la nouvelle
venue, de telle sorte que rien ne pouvait lui échapper
de cet affreux tableau.

Elle resta un moment immobile, les yeux grands
ouverts, fixés sur le corps, puis s'avança précipitamment; mais, arrivée à moitié chemin, elle s'arrêta,
murmura d'une voix sourde et entrecoupée :

— Quel horrible spectacle! je ne puis... non.., je
ne puis !...

Et, mettant ses mains sur ses yeux, pour échapper
à la sinistre vision, elle s'enfuit vers la maison, où
elle disparut dans l'ombre du corridor.

— Pauvre dame! s'écria une paysanne. Et avec ça
qu'elle est grosse!... Il y a de quoi lui faire faire une
fausse couche.

Elle avait à peine fini de parler, qu'un cri aigu, désespéré, effrayant, traversa l'air et fit lever toutes les
têtes.

A l'une des fenêtres du premier étage, venait de

saillir le visage et le buste d'un nouveau personnage.

— La mère !... c'est la mère de madame !... c'est madame de la Baumette ! murmura la foule.

En effet, ce nouveau personnage était une femme âgée, aux traits émaciés, encadrés de cheveux blancs, et qui, à cette distance, dans la pâleur que l'émotion plaquait sur ses joues, son front et ses lèvres, semblait de cire.

C'était elle qui venait de pousser ce cri poignant, en apercevant le corps de son gendre ; et elle restait là, foudroyée sur place, penchée en avant, cramponnée à la barre d'appui de la fenêtre, de ses deux mains sèches et crispées.

Il y avait une telle expression d'horreur sur ce visage labouré par les ans, et dont quelques traits rappelaient vaguement ceux de la jeune femme apparue la première, que les spectateurs, peu sensibles aux impressions nerveuses, pourtant, éprouvèrent une commotion profonde sous leur calus d'égoïsme paysannesque, et se sentirent presque frissonner.

— Elle est dans le cas d'en mourir ! reprit la campagnarde, qui avait déjà parlé, donnant ainsi un sens défini à l'émotion générale.

— En effet, on eût dit la malheureuse atteinte de paralysie subite ; son visage était celui d'un cadavre où la mort aurait pétrifié, par sa vertigineuse rapidité, la dernière expression de l'agonie.

— Il faut l'ôter de là, dirent quelques voix.

Deux femmes, plus hardies ou plus intelligentes, se détachant du groupe, s'élancèrent vers la maison, gravirent l'escalier, appelant la cuisinière et la femme de chambre, la grosse Suzon et mademoiselle Clémentine.

Mais ces dernières s'empressaient autour de leur jeune maîtresse, en proie à une crise nerveuse des plus violentes, et se débattant sur le tapis du salon, entre leurs mains impuissantes à la contenir.

— Ah ! mon doux Jésus ! murmurait la cuisinière, elle va tuer son enfant... elle va se tuer !

Une des deux paysannes resta, pour prêter son aide

3

et contenir les mouvements désordonnés de la jeune
femme, qui, au milieu de la crise, serrait les lèvres
et ne poussait que quelques cris sourds et inarticulés.

L'autre paysanne, voyant que son concours était
inutile et gênerait plutôt les efforts des trois femmes
rassemblées là, dont deux, la cuisinière et la Marianne,
étaient d'une vigueur peu commune, sortit de la pièce
et gagna la chambre où se trouvait la vieille mère.

Elle n'avait point bougé.

La paysanne la saisit à bras-le-corps, en lui disant :

— Allons, madame, faut pas rester là... ça vous
fait mal... C'est pas un spectacle pour vos vieux yeux...
Venez !

Mais madame de la Baumette, sans dire une parole,
sans faire un geste, résistait, passivement, par la raideur de ses muscles.

On eût dit qu'elle était rivée à la barre de fer.

La paysanne, qui s'appelait Catherine, dut prendre
les mains, détacher un à un les doigts secs et osseux :
cela fait, elle put enfin la ramener à l'intérieur de la
pièce.

— Voyons, ma bonne dame, voyons, répétait Catherine, asseyez-vous, ne regardez plus... C'est vot'
gendre, j'sais ben !... mais quoi, faut s'faire une raison !

Madame de la Baumette parut revenir un peu à
elle.

Elle jeta un regard farouche autour de la chambre
et murmura :

— Renée ! en frissonnant des pieds à la tête.

— Vous voulez voir votre fille, madame de la Roque ?... Eh ben, v'nez... J'vas vous y conduire. Ça vaut
mieux, ça la distraira, continua Catherine à part soi.

Alors, prenant le bras de la vieille dame sous son
bras, elle l'entraîna sans éprouver de résistance.

On eût dit un automate qui cède à l'impulsion d'un
ressort.

Les deux femmes arrivèrent ainsi jusqu'au salon,
où Renée de la Roque (puisque tel était son nom) gisait toujours étendue sur le parquet.

Seulement les convulsions avaient cessé.

Elle restait immobile, maintenant, les yeux fermés. Une respiration inégale, saccadée, forte, soulevait son sein, mis à nu pendant la lutte et que l'étoffe du peignoir ne cachait plus, sein de jeune femme qui va devenir mère, que les fatigues de l'allaitement n'ont point atteint, et qui ressemble encore à un sein de vierge.

Les femmes qui veillaient près d'elle et la tenaient toujours par précaution, n'osaient la poser sur le divan, de peur que, la crise reprenant, elle fît une chûte dangereuse.

Sa mère, en l'apercevant, se redressa, et, quittant le bras qui soutenait sa marche sépulcrale, s'avança vers elle.

La fille, comme si elle eût deviné cette approche silencieuse, ouvrit brusquement les yeux.

Les deux femmes se regardèrent une demi-minute, puis les paupières de Renée battirent, se remplirent de larmes, et l'attaque de nerfs recommença, mêlée de cris et de sanglots.

Quant à madame de la Baumette, toujours rigide et muette, elle avait étendu les mains en avant et levé les yeux au ciel; dans un geste solennel et terrible à la fois, qui était une prière ou une malédiction, sans qu'on pût savoir à qui s'adressait la prière, à qui s'adressait la malédiction, ou si elle priait et maudissait à la fois.

Puis ses jambes tremblèrent, et elle parut prête à s'affaisser.

Catherine la saisit de nouveau et la porta dans un fauteuil, où elle se courba sur elle-même, laissant tomber son menton sur sa poitrine et pendre ses bras inertes, les paupières baissées, les lèvres agitées par quelque marmottement confus et insaisissable.

Cependant les rumeurs qui montaient du jardin avaient changé de caractère. Elles étaient plus vives et moins vagues à la fois. On entendait des bruits de pas, des allées et venues. Une voix dominait les autres, donnant des ordres d'un ton bref, autoritaire, du ton d'un homme habitué à commander, à être obéi.

La Catherine, voyant que la vieille dame ne bougeait plus et que ses trois compagnes suffisaient à veiller sur le salut de la jeune dame, qui se débattait toujours, mais avec moins de vigueur, s'approcha vivement de la fenêtre, pour voir ce qui se passait en bas.

On avait apporté une échelle.

Le charretier y était monté et coupait la corde qui soutenait le corps, en criant à ses camarades :

— Recevez-le !

Mais, au moment où la corde coupée laissa choir le pendu, les assistants s'éloignèrent avec terreur, et le cadavre alla rouler dans la boue, produite à présent par le piétinement de tous ces gros sabots sur le terrain détrempé par la pluie de la nuit et le brouillard du matin.

La foule, en s'éloignant, forma un grand cercle, au milieu duquel se trouva le cadavre, et, près de lui, un prêtre, en longue soutane noire, que la Catherine aperçut seulement en ce moment.

C'était lui, dont la voix brève avait donné les ordres et fait couper la corde.

Il venait d'arriver, évidemment.

Il s'approcha du corps, le regarda un instant, sans y toucher, et dit :

— C'est bien fini ! Il est mort, absolument mort ! Cependant, il faut défaire le nœud coulant.

En parlant ainsi, il regardait autour de lui, semblant attendre que quelqu'un s'offrît. Mais personne ne bougeait.

— Voyons, toi, Grand-Pierre, reprit le prêtre en s'adressant au charretier, desserre ce nœud coulant... Allons, vite.

Mais Pierre secoua la tête.

— Nenni, monsieur le curé, répondit le solide gars. Couper la corde, puisque vous en prenez la responsabilité, j'veux ben... mais toucher à ça (il montrait le cou avec répugnance), vous savez, ça n'me va point.

— Alors ce sera moi, dit le prêtre lentement, après un geste de colère, rapidement comprimé.

Il s'agenouilla dans la boue et approcha ses mains du cou.

Cet acte lui coûtait visiblement et lui inspirait une profonde répugnance.

De grosses veines se dessinaient et se tordaient sur ses tempes blêmes; des gouttes de sueur perlaient sur son front; ses mains tremblaient; et, au contact des chairs bleuies, tuméfiées et refroidies par la mort, il éprouva une sorte de commotion qui secoua son corps entier, comme au contact d'une machine électrique.

Mais il dompta sa faiblesse, desserra la corde, qui avait pénétré dans les chairs ramenées en bourrelet, et la jeta loin de lui, puis se releva.

En ce moment, ses yeux rencontrèrent les yeux de la Catherine à la fenêtre.

— Ah! c'est vous, monsieur le curé! s'écria la paysanne, venez vite... La jeune dame va se tuer, tant all s'débat... Et j'savons pas qu'y faire!

— C'est bien, répondit le curé, je monte à l'instant.

— Enlevez le corps, maintenant, dit-il à ceux qui l'entouraient, et portez-le, là, au rez-de-chaussée, en attendant l'arrivée du maire.

Grand-Pierre, le charretier, et un autre paysan saisirent le corps, et, suivant le prêtre, entrèrent dans la maison.

Dans une petite pièce à droite, qui servait de salle d'attente, ils déposèrent le cadavre étendu tout de son long, sur une table occupant le milieu de la chambre.

Cela fait, le prêtre les quitta et monta rapidement l'escalier pour gagner le salon, où il entra, en épongeant son visage baigné de sueur.

A sa vue, madame de la Baumette se leva, tout d'une pièce, les yeux fixés sur lui.

Le prêtre croisa son regard avec elle, mais il le détourna presqu'aussitôt, et la vieille dame retomba sur son siège, où elle parut, désormais, insensible à tout ce qui se passait.

Le curé s'approcha de Renée, et, lui saisissant vigoureusement les deux mains :

3.

— Madame, lui dit-il, madame, du courage !... Songez à votre état... songez à votre enfant !...

Sous cette pression, en entendant cette voix, madame de la Roque tressaillit, ouvrit de grands yeux et parut instantanément plus calme.

Ses lèvres décolorées s'entr'ouvrirent.

— Ah ! c'est vous ! dit-elle faiblement.

Quelques mouvements convulsifs agitèrent encore ses membres, mais le prêtre lui serrait les mains avec force et ne la quittait pas du regard, et les mouvements diminuaient, les contractions musculaires disparaissaient, la respiration devenait plus régulière.

— Jésus-Marie ! balbutia la Marianne, devant ses compagnes ébahies, c'est un miracle... m'sieu le curé est un saint !

Les quatre femmes se signèrent dévotement.

— Prenez madame, continua le prêtre, et portez-la sur son lit. Vous la déshabillerez. Je vais envoyer chercher un médecin.

Les femmes saisirent Renée et la soulevèrent.

— Vous me quittez ? murmura-t-elle. Vous me laissez seule !

Elle eut un frisson d'épouvante.

— Ces femmes resteront près de vous, dit le prêtre presque durement. Dans quelques minutes, j'irai vous porter les consolations de mon ministère.

On emporta Renée sans force, mais redevenue souple et paisible, du moins quant à l'apparence extérieure.

Resté seul, le prêtre se dirigea vers la porte de sortie, mais il fallait, pour cela, passer devant le fauteuil où gisait la vieille mère.

Arrivé là, il s'arrêta et la regarda avec une expression d'inquiétude marquée.

Elle était immobile, la tête penchée sur sa poitrine, les paupières baissées.

Il hésita un instant, puis il se rapprocha et lui dit à voix basse :

— Madame !... Madame !...

Elle parut ne rien entendre.

Le prêtre étonné lui saisit la main, la souleva, et cette main retomba inerte.

Il s'approcha davantage, mit en tremblant un doigt sur le front ridé, et la tête, suivant l'impulsion, se trouva renversée en arrière, les yeux grands ouverts, fixés sur lui.

Ces yeux, éteints quelques instants auparavant, brillaient maintenant d'un feu étrange et qui donnait le frisson, au milieu de cette face de cire blanche.

— Est-ce que vous ne m'entendez pas ? reprit le le prêtre, en élevant un peu la voix.

— Si ! répondirent les yeux.

— Voilà qui est étrange !... Et vous ne pouvez me répondre ?

— Non ! firent les yeux.

— Ni vous lever ?

— Non ! non !

— Ni faire aucun mouvement ?

— Non ! non ! répondirent toujours les yeux roulant dans leurs orbites.

— Ah ! c'est affreux ! murmura le prêtre reculant avec effroi. La paralysie ! la paralysie complète !... C'est affreux ! continua-t-il plus bas, affreux !... et pourtant... cela vaut peut-être mieux !

Il regarda un instant le cadavre vivant, comme si son regard ne pouvait se détacher de ce regard, où la vie qui diminuait concentrait ses derniers rayons, et s'éloigna lentement.

V

LE PÈRE MADOU.

Emporté par la rapidité des événements et la nécessité de les retracer dans l'ordre où ils se produisirent, nous n'avons pu encore présenter à nos lecteurs le nouveau personnage qui venait de faire enlever le corps de M. de la Roque, de mettre fin à la crise nerveuse de madame de la Roque, et de constater la paralysie foudroyante de madame de la Baumette.

Ce personnage n'était autre, on le sait déjà, que le curé du village de Saint-Symphorien, M. l'abbé Angèle-Marie-Justin Poitou.

C'était un homme dans la force de l'âge, de trente-deux ans au plus, de taille moyenne, large d'épaules, puissant de buste, aux membres vigoureux, aux mains fortes et velues jusqu'à l'extrémité des doigts, carrés du bout, au cou de taureau, surmonté d'une tête extraordinairement expressive.

Le front était grand, plein d'intelligence, l'œil vif, mobile, lumineux, brun, comme la chevelure épaisse et drue, le nez fort, le menton saillant et carré. La bouche, sensuelle, était habituellement tordue par un

sourire équivoque, qui relevait la lèvre supérieure et
laissait entrevoir des dents blanches et aiguës.

Ce sourire, ou plutôt ce rictus, avait tracé deux
rides profondes, allant de la commissure des lèvres à
la base des ailes du nez, et donnait à l'ensemble une
expression marquée de dédain douloureux, quand il
n'était pas amer ou sardonique.

Les joues creuses faisaient saillir les pommettes et
la charpente osseuse de la mâchoire. Le teint était
celui d'un homme bilioso-sanguin, c'est-à-dire foncé
et quelque peu olivâtre, un de ces teints où la pâleur
prend des tons verts, où l'afflux du sang se révèle par
de larges plaques sombres.

En somme, il n'était pas beau, si l'on veut, et inspirait quelque répulsion au premier abord ; mais il avait
l'air d'un mâle, dans toute l'acception du mot, et il
rayonnait autour de lui une de ces énergies violentes
et dominatrices, faites d'orgueil, de volonté, de mépris
des autres, qui finissent, sinon par plaire, du moins
par empoigner et fasciner.

Quand une passion l'emportait, quand il se laissait
aller à son éloquence heurtée, hachée, pleine d'imprévu, de trouvailles, truculente ; quand sa voix s'é-
levait, du haut de la chaire, chaude, nourrie, tonnante
ou ironique ; quand son œil s'allumait, se remplissait
de lumière intense, on se laissait prendre, on sentait
tout ce que cette enveloppe, dépourvue de distinction
et de grâce, contenait de force et de ressources inat-
tendues.

Il était évidemment de la race des lutteurs.

Mais desquels ?

Le bandit corse, dans son maquis, est un lutteur,
aussi bien que l'héroïque martyr qui meurt indompté
pour la vérité politique ou sociale qu'il a entrevue.

L'éducation du prêtre avait malheureusement jeté
par-dessus tout cela un vernis de fausse modération
et de froideur voulue, lesquelles, jointes à quelque
chose de l'astuce native du paysan, car il était bien
évidemment fils de la campagne, formaient un ensemble

indéchiffrable, qui mettait mal à l'aise et inspirait la défiance.

Ce contraste entre l'homme vrai et l'homme factice sautait aux yeux, et celui qui le subissait paraissait en souffrir violemment, à en juger par ses gestes saccadés, tourmentés, son regard mobile, tour à tour fuyant et provocateur, ses sourdes impatiences, comprimées avec peine et renaissant toujours.

On s'étonnait de rencontrer un homme de ce tempérament dans cette petite cure infime, jeté au milieu de ces natures placides de paysans bornés, âpres seulement au gain, et l'on comprenait, à le comparer à son entourage banal, à sa position mesquine, l'expression de mépris ironique qu'il ne savait pas suffisamment dissimuler.

En quittant le salon, où il venait de laisser madame de la Baumette seule et sans secours, il descendit au rez-de-chaussée.

Il y arriva au même instant que le maire, le garde champêtre et le reste des habitants du village.

Le maire, M. Madou, qu'on appelait *le père* Madou, était un vieux paysan, gros, court, trapu, à face rougeaude, où s'allongeait, sans ménagement, un nez mince, busqué, effilé de la pointe, surplombant deux lèvres saillantes, mais en même temps serrées de façon à ne point laisser paraître le rouge sous lesquelles fuyait brusquement un menton réduit au plus strict nécessaire.

Des cheveux poivre et sel, ébouriffés, et un collier de barbe rare et rousse complétaient la physionomie, animée par deux petits yeux gris, étincelants et sans cesse en mouvement.

Le père Madou était millionnaire et clérical, ce qui lui avait valu d'être nommé maire de sa commune.

Finaud en affaires, mais ignorant comme une carpe, avare à rendre des points à Harpagon, bien qu'il eût une fortune considérable et que personne n'aurait su évaluer (sauf lui, qui en gardait le secret), et qu'il possédât la moitié du territoire de la commune, il continuait à porter la blouse et de gros sahots, à vivre comme les paysans les plus misérables et à mépriser l'orthographe.

Veuf, il faisait élever ses deux filles, à Tours, au Sacré-Cœur, et vivait maritalement avec une vieille servante, soumise comme un chien et encore plus avare que son seigneur; elle travaillait autant qu'une bête de somme et se privait de nourriture pour ne pas dépenser « le pauvre bien du maître », ce qui avait sans doute charmé le père Madou, trouvant à la fois satisfaction, dans ses relations illicites, pour les besoins du cœur et les intérêts de sa bourse.

Il la rudoyait, du reste, la battait, quand il avait bu un coup de trop, ce qui lui arrivait fréquemment, allait à la messe tous les dimanches, se confessait tous les mois, communiait tous les ans, avait approuvé hautement le coup d'État, et abusait de ses fonctions de maire pour faire entretenir soigneusement, aux frais de la commune, tous les sentiers qui desservaient ses champs et laisser pleins d'ornières les sentiers qui desservaient les champs des autres paysans.

Au fond, ne croyant ni à Dieu ni à diable, défiant, rusé, voyant clair, n'aimant que l'argent, il avait trouvé le moyen de s'assurer contre tous les ennuis et toutes les responsabilités en se mettant bien avec le gouvernement et surtout avec le clergé, dans la personne du curé de Saint-Symphorien, — quel qu'il fût.

— Mâtin de mâtin! s'écria-t-il en apercevant l'abbé, qui venait au-devant de lui; c'est-y donc vrai qu'ils ont suicidé le pauvre monsieur?

— Rien de plus vrai, malheureusement, monsieur le maire, répondit l'abbé. M. de la Roque s'est pendu, cette nuit, et on vient seulement de détacher son corps.

— Alors, c'est ben un suicide et non un crime, comme y disaient en venant me quérir.

— Un crime?... mais non... Il ne faut pas grossir les choses. Le malheur est assez grand sans cela. Du reste, venez voir le corps avec moi, il ne porte aucune trace de violence.

Les deux hommes entrèrent dans la petite pièce où on avait étendu le cadavre, tandis que le garde champêtre se plaçait devant la porte pour empêcher la foule des paysans d'y pénétrer à leur suite.

Le père Madou s'approcha de la table, avec une répugnance marquée, et jeta un rapide coup d'œil.

— Mâtin de mâtin ! c'est-y laid, un pendu !... Qué grimace ! On dirait un singe, grommela-t-il entre ses dents.

— Vous voyez, monsieur le maire, poursuivit l'abbé, que le corps est intact... aucune déchirure aux vêtements, aucune blessure visible, aucune apparence de lutte... D'ailleurs, j'ai fait chercher le docteur Coupevont, au bourg, à côté... Il sera ici, dans une demi-heure, et pourra se livrer à toutes les constatations jugées nécessaires, et donner ses soins à ces dames, qui sont bien malades.

— Malades ?

— Certes ; l'émotion, la douleur... une catastrophe si imprévue... Elles sont brisées.. Madame de la Roque est enceinte... et je crains quelque accident, avant terme... Elle a des crises nerveuses effrayantes... Quant à madame de la Baumette, à son âge, une pareille secousse... est souvent mortelle.

Le prêtre parlait avec une grande volubilité.

Le père Madou écoutait sans interrompre.

— Ah ! les pauvr'dames ! fit-il enfin, en essayant, sans y parvenir, d'attendrir sa voix rude. Mais comment que c'est donc arrivé ?

— On ne peut faire que des conjectures... repartit l'abbé Poitou. Quand on veut se suicider, commettre ce crime, — car c'en est un, — on ne le raconte à personne, et on ne prend pas de témoins.

— Ben sûr ! Mais v'la tout de même un drôle de mari, et qui n'a pas eu de chance ? La première nuit de ses noces, le soir ou le matin, continua le père Madou, avec un clignement d'yeux des plus significatifs, il s'en sauve comme si y avait le feu dans ses chausses...

— Le matin ! interrompit durement le prêtre.

— Le matin, ben sûr ! C'est justement ce que j'voulais dire... On n'en entend plus parler pendant sept mois... La dame (pauvre chère femme !) resta là, seulette, quasi comme veuve, puis voilà qu'il arrive, hier, à la tombée de la nuit, et v'lan ! c'est pour se pendre... Mâtin de mâtin !... quô drôle de mari et quô drôle de mariage !...

— C'est un accès de folie... ou de remords, interrompit le prêtre.

— De remords ?...

— Certes !... Tenez, monsieur le maire, je prévois bien des commentaires fâcheux, bien des calomnies contre deux pauvres femmes sans défense... C'est aux honnêtes gens, aux gens influents dans le pays, tels que vous, cher monsieur Madou, d'y répondre à l'avance et d'empêcher que la calomnie se propage... Vous connaissez ces dames : elles habitent depuis longtemps le pays. Vous savez si elles donnaient l'exemple de la simplicité et de toutes les vertus.

— Sans doute... sans doute... Il n'y avait rien à dire sur leur compte... La demoiselle un peu vive, un peu aventurière... peut-être...

— Vous voulez dire, je suppose, qu'elle montrait plus d'activité et des allures plus décidées que la plupart des jeunes filles de son âge et de sa caste...

— Justement.

— Mais moi, qui ai l'honneur de diriger sa conscience, presque depuis sa sortie du couvent, comme je dirige celle de sa mère, depuis que j'habite le pays, je puis vous affirmer que, sous cet extérieur quelque peu excentrique, il se cache une âme vraiment chrétienne.

— Oh ! pour ça, c'est vrai ! fit le maire avec componction. Mais vous parliez de remords...

— Je le crois, et je l'espère pour son salut. Il n'appartient pas à un prêtre d'être sévère pour personne ; mais sa conduite envers sa jeune femme fut épouvantable. L'épouser, puis l'abandonner ainsi, dès le premier jour..., n'était-ce pas jeter sur elle la suspicion et le scandale ?

4

— Dame! y avait de quoi causer un brin... mais on a dit qu'il avait été rappelé instantanément près de sa mère, gravement malade, qui habite Paris..., et on l'a cru, ou on a fait semblant de le croire... Seulement c'te suicide va délier les langues, pour cette fois, et dru, j'vous en réponds.

— Tenez, monsieur le maire, je puis vous dire sans indiscrétion ce que je sais sur cette triste affaire, ou plutôt une partie de ce que je sais, car tout ce qui m'a été confié, comme prêtre, doit être enseveli dans le silence du confessionnal.

Il allait parler, lorsque ses regards tombèrent sur le corps du suicidé.

Cette vue parut lui être pénible, car, se détournant vivement, il ajouta à voix basse :

— Mais, pas ici... Venez...

Il poussa une porte qui, en s'ouvrant, laissa apercevoir la salle à manger, grande pièce donnant sur la partie du jardin opposée à celle où s'était accompli le drame.

Il y régnait une solitude complète, la foule continuant à se masser autour de l'arbre, où flottait encore un bout de corde, et devant la porte d'entrée de la maison occupée par Simon, le garde champêtre.

— Du reste, reprit l'abbé Poitou, vous serez mieux ici pour dresser votre procès-verbal.

Les deux hommes s'assirent en face l'un de l'autre, et le prêtre commença de la sorte.

VI

LA VERSION DE L'ABBÉ POITOU.

— Ainsi que vous l'avez dit, monsieur le maire, c'est
le lendemain même de sa première nuit des noces que
M. de la Roque quitta la Baumette, sans prendre congé
de personne, s'enfuyant presque comme un voleur, à
coup sûr comme un coupable, ou, mieux encore,
comme un homme de caractère faible, dont la conscience n'est pas tranquille, et qui se défie de sa volonté flottante.

La jeune madame de la Roque déclara à ceux qui
l'interrogeaient sur ce départ précipité, si étrange,
que son mari avait été rappelé brusquement près de
sa mère, dont la vie semblait menacée... Moi-même je
donnai cette explication.

— A laquelle on crut... assez peu dans le village ;
moi... moins que les autres, interrompit le père Madou, avec son éternel clignement d'œil.

— Eh bien, vous aviez tort, monsieur le maire, répliqua l'abbé, de cette voix rude qui lui était propre
quand on le contrariait ou le choquait en quoi que ce
soit ; car le fait était matériellement vrai. Il était vrai

que M. de la Roque était allé rejoindre sa mère; il
était vrai que cette dame était fort malade... Elle l'est
toujours, et depuis longtemps... Seulement, s'il n'y
avait eu que cette cause, il serait revenu au château,
ou il aurait appelé sa femme auprès de lui, à Paris.

— Ben sûr ! grommela le maire.

— Tandis que, une fois à Paris, poursuivit le curé
de Saint-Symphorien, l'absence se transforma en une
véritable rupture, en séparation définitive.

— Je m'en doutais bien... Mais pourquoi ? Le pourquoi, tout est là.

— Pourquoi ? reprit amèrement le prêtre avec son
sourire le plus sardonique et le plus méprisant, pourquoi ? Parce que M. de la Roque, comme vous l'appelez ici, mais en réalité *della Rocca*, puisqu'il est Sarde,
avait un caractère faible, je vous le répète... Il était
habitué à trembler devant sa mère, et sa mère blâ-
mait vivement ce mariage.

— Elle y avait consenti, pourtant...

— Elle n'avait pu faire autrement. M. della Rocca
avait vingt-six ans. Vous connaissez la loi... Il pouvait faire des sommations respectueuses et passer
outre à la volonté maternelle.

D'ailleurs, comme beaucoup d'hommes qui suivent
leur premier mouvement, éperdûment amoureux de
mademoiselle Renée de la Baumette, tant qu'il ne
l'avait pas possédée, il aurait tout sacrifié à ses désirs charnels... La mère céda donc... à son corps dé-
fendan , comptant bien, plus tard, dès le lendemain
— car elle connaissait le caractère ardent, frivole et
sans consistance de son fils, — reprendre toute son
autorité et toute son absorbante domination... Elle ne
se trompait pas... Une fois près de sa mère, qui exa-
gérait sa maladie pour le retenir à son chevet, il n'eut
pas la force de briser sa vieille chaîne, — et resta.

— Qué drôle de nature d'homme ! murmura le père
Madou, dont le visage ne bougeait pas, mais dont
les petits yeux pétillaient de curiosité et de malice
et ne quittaient pas les yeux de son interlocuteur.

— Maintenant, me direz-vous, continua le curé,

quelle raison madame della Rocca avait-elle pour blâmer le mariage de son fils et s'efforcer de l'arracher à sa femme ? Une raison d'intérêt, une raison d'argent. La mère est pauvre, le fils était riche. Les della Rocca n'ont point de fortune. Le père, mort assassiné, il y a quelques années, en Sardaigne, à Cagliari, où il remplissait les fonctions de juge, n'avait que son traitement, avec lequel il entretenait sa femme et élevait ses deux enfants : Paolo, celui qui vient de se suicider, et mademoiselle Eva, encore tout enfant, car elle est née en 1842 et n'a pas plus de quatorze ans aujourd'hui. La famille quitta la Sardaigne après le meurtre du père. C'était en 1840. Le fils avait vingt ans. L'Italie était soulevée contre le pape et la domination de l'Autriche. Pendant que la mère et la fille venaient se fixer à Paris, le fils gagnait Venise en insurrection, et, aux côtés de Manin, prenait part à la défense de cette ville rebelle.

Après la défaite, ayant pu s'échapper, il vint rejoindre sa famille, à Paris, où il vécut tant bien que mal, en donnant des leçons, dont le produit, joint au travail de sa mère, faisait vivre les trois personnes.

— Mais, d'où lui vient donc sa fortune actuelle ?

— Vous allez le savoir. A Venise, il se trouvait, à ce moment, des aventuriers de toutes les parties de l'Italie, notamment un gentilhomme napolitain, garçon, et puissamment riche, qui avait voué sa vie et sa fortune au service des idées révolutionnaires.

— L'gueux ! s'exclama le père Madou, qui avait une peur bleue de la Révolution, bien convaincu que la Révolution n'avait d'autre but que de le dépouiller de ses bons biens au soleil et de remplacer les beaux écus trébuchants d'or et d'argent par des assignats sans valeur.

— Or, pour assurer son indépendance, le vieux républicain avait réalisé tous ses biens, situés en Italie, et en avait placé le produit à Paris, en excellentes rentes sur l'État. Il s'était pris d'amitié, à Venise, pour le jeune Paolo, et lorsqu'il mourut, en 1854, il le fit son légataire universel.

4.

— Et elle est *conséquente*, c'te fortune? interrompit
le père Madou, dont les yeux, au mot de fortune,
brillaient comme ceux d'un chat qui guette une
souris, la nuit.

— Elle était énorme, elle se montait à cinq ou six
millions...

— Mâtin de mâtin! s'exclama le vieux paysan
ébloui.

— Mais il en avait mangé les trois quarts en achats
de poudre et de fusils au service de toutes les insurrections italiennes.

— Qué vieux scélérat! Pour troubler le pauvre
monde... quand y a tant de bonne terre à faire rap-
porter!

— De sorte qu'à sa mort, il ne lui restait plus qu'un
million cinq cent mille francs, représentant environ
soixante à soixante-dix mille livres de rentes.

— Ben sûr que c'est encore un beau denier! inter-
pit le maire de Saint-Symphorien, avec une nuance
de respect, et regrettant, maintenant, la sotte répugnance avec laquelle il avait regardé, quelques instants auparavant, un cadavre qui valait son million
et demi. — Et alors, tout ça appartient à cette pauvre dame, à présent?... Pauvre chère âme!

— Non, pas à elle, mais à l'enfant qui va naître
d'elle et de M. della Rocca, si cette terrible émotion
ne l'a pas tué, fit le prêtre d'un air sombre.

— Ben sûr!

— Cela vous explique l'opposition de la mère au
mariage de son fils. Ce mariage, s'il naissait des enfants, la dépouillait, elle et sa fille. Elle craignait
que l'influence d'une jeune femme s'emparant de
l'esprit faible et du caractère sans ressort de M. della
Roca, le bien-être qu'elle devait à sa munificence ne
diminuât. Elle aurait voulu que la petite Eva attei-
gnit l'âge de se marier elle-même et se mariât la
première, pour que le frère, sans liens étrangers, su-
bissant toujours et exclusivement l'influence maternelle, constituât une dote sérieuse à sa sœur... Or,
tous ces beaux rêves s'envolaient par le mariage de

M. della Rocca avec mademoiselle Renée de la Baumette ; et, s'il naissait des enfants de cette union,
l'amour paternel s'ajoutant à l'amour conjugal, et la
loi assurant toute la fortune de leur père à ces enfants, il ne restait plus rien pour la mère du mari et
pour sa sœur.

— Ben sûr... C'est clair.

— Aussi s'arrangea-t-elle (en feignant un danger
de mort, qui n'existait pas, sans doute) pour ramener
son fils près d'elle, et là le reconquérir, dans l'espoir
de stériliser cette union ruineuse, d'irriter la jeune
femme... Qui sait ?... de la pousser peut-être au désespoir ou à l'inconduite ; en tous cas de créer une
séparation réelle... dont elle saurait tirer parti dans
son intérêt bien entendu.

— Mâtin de mâtin ! qué fine mouche !

— La Providence ne l'a pas voulu, continua l'abbé
Poitou d'une voix grave ; madame Renée était grosse,
et elle sera bientôt mère !

— Et le mioche aura les soixante-dix mille livres
de rente !

— C'est en apprenant cette grossesse que M. della
Roca est revenu au château, près de l'épouse résignée, mais justement irritée...

Ici, le prêtre s'arrêta un instant, puis reprit plus
lentement :

— Que s'est-il passé dans cette entrevue, qui devait être suprême ? Dieu seul le sait ! Madame della
Roca le dira, sans doute, si elle le juge nécessaire,
pour rassurer ses amis et éclairer leur conscience,
quand ses forces lui seront revenues. Sa vieille mère,
la vénérable madame de la Baumette, pourra fournir
un certain nombre de renseignements précieux,
ajouta-t-il lentement, sans faire allusion à l'état terrible dans lequel il avait laissé la vieille dame, et qui
semblait annoncer qu'elle était condamnée au mutisme
de la paralysie, avant de l'être à celui de la mort.

— D'ici là, continua-t-il en élevant la voix, nous
ne pouvons émettre que des conjectures... Je prévois
que ce malheureux jeune homme, pris entre des de-

voirs contraires, entre des affections opposées, entre
sa femme, qu'il se repentait d'avoir cruellement
abandonnée, et qui allait le rendre père, et sa mère,
dont le joug pesait sur sa volonté; n'osant plus abandonner la première, n'osant résister à la seconde,
aura perdu la tête, et, dans un moment de désespoir,
enfanté par sa faiblesse, plein de remords pour sa
conduite passée, plein d'incertitude pour sa conduite
à venir, aura cherché un refuge dans le suicide
contre une situation au-dessus de son énergie...
Voilà ce que je suppose, monsieur le maire, conclut
l'abbé Poitou, d'une voix nette et presque de com-
mandement. Cela explique...

— Tout, oui, m'sieur le curé. Voilà ce qu'il faut
supposer... c'est-à-dire la vérité, la vraie vérité, j'en
mettrais ma main au feu, s'empressa d'ajouter le père
Madou, avec enthousiasme. Et la fortune, à c'te
heure ?

— La fortune revient tout entière à madame veuve
della Rocca, comme tutrice naturelle de l'enfant qui
va naître prochainement.

Il y eut un moment de silence.

Le prêtre paraissait épuisé de fatigue, ce qui étonnait chez cette nature si terriblement vigoureuse.

Le maire le regardait toujours de ses petits yeux
étincelants d'insecte, sentant grandir, à chaque minute, son respect et sa sympathie pour une veuve
d'un million et demi, et pour l'abbé qui dirigeait la
conscience d'une si belle fortune. Il se disait, d'ailleurs, que son rôle le plus simple et le plus profitable
était de constater purement et simplement le décès,
laissant à d'autres le soin des questions indiscrètes et
des suppositions malséantes, qui ne pouvaient lui
attirer que des inimitiés puissantes, et peut-être
éveiller l'attention sur ses petits tripotages adminis-
tratifs et sa façon cavalière de transformer en dictature ses fonctions municipales et toutes paternelles.

Ce fut lui qui reprit le premier la parole.

— Dans ces conditions, fit-il, je juge inutile de déranger et de fatiguer ces dames... les pauvres chères

femmes !... Je vais simplement dresser un procès-
verbal des faits...

— Oui, interrompit l'abbé; vous ferez constater,
par témoins, à quelle heure et dans quelles conditions
le corps a été découvert, et vous pourrez, après, vous
retirer. Votre ministère sera terminé, le mien com-
mencera, ministère de consolation et d'encouragement,
près de celles que ce malheur a frappées. Je vous
aiderai, d'ailleurs, pour votre procès-verbal.

— C'est pas de refus ! s'empressa de répondre M. le
maire, lequel, connaissant son incapacité littéraire et
grammaticale, était enchanté de trouver un collabo-
rateur de bonne volonté, modeste, qui ne s'en vante-
rait pas.

VII

LE PROCÈS-VERBAL EN COLLABORATION.

Il fallait, d'abord, constater l'heure à laquelle on avait découvert le corps de M. della Rocca, sa position exacte, etc.

Il n'y avait même pas autre chose à faire pour le représentant de l'autorité à Saint-Symphorien, et, pour cela, il suffisait d'interroger les personnes qui avaient, les premières, aperçu le cadavre, et celles qui l'avaient détaché de l'arbre.

Quant aux autres constatations, décidant s'il s'agissait bien d'un suicide ou d'un crime, c'était au docteur Coupevent, attendu d'un moment à l'autre, qu'elles incombaient.

— Lorsque je suis arrivé, dit le maire, le corps de M. della Rocca était déjà détaché et rentré dans la maison. Je n'ai donc rien vu par moi-même.

— C'est par mon ordre qu'on a coupé la corde, répliqua l'abbé Poitou. On ne pouvait guère espérer que la mort ne fût complète... mais je devais agir ainsi pour l'acquit de ma conscience et afin de ne rien négliger... A ce moment il ne se trouvait là que cinq ou six personnes, que je vais vous désigner, et que vous interrogerez.

— Ben sûr !... Lesquelles ?

— Il y avait Grand-Pierre, le charretier; Thomas Noireau et son fils Victor; le vieux père Mathurin; Mathieu Deschamp; Jean-Claude, le concierge; puis la Marianne et la Catherine, qui étaient déjà montées dans la maison pour porter secours aux dames.

— Voilà qui est bon, fit le père Madou, nous allons les entendre.

Sur l'ordre du maire, le garde champêtre appela ceux que le curé venait de désigner et les introduisit dans la première pièce, où gisait toujours le cadavre.

Les paysans entrèrent (moins les deux femmes, restées, sans doute, auprès de la veuve et de sa belle-mère), aussi silencieux à présent qu'ils étaient bavards quelques instants auparavant.

C'est qu'il ne s'agissait plus de faire des commentaires entre voisins, mais de porter un témoignage officiel, de dire des paroles qui seraient couchées par écrit et qui pourraient aller en justice, la chose du monde que le paysan redoute le plus en pareil cas.

Il n'aime point les responsabilités directes, personnelles; il ne sait trop où cela peut le conduire et craint toujours de se trouver compromis à un degré quelconque.

— Voyons, dit brutalement le père Madou, reprenant toute sa morgue de gros propriétaire et de dictateur municipal, en face de ses administrés, dont l'intimidation le flattait et l'encourageait; voyons, parlons peu et parlons ben... A c't'heure, je représente le gouvernement, la justice et l'autorité, j'ai mis mon écharpe.

En effet, il venait de nouer, par-dessus sa blouse, la fameuse écharpe tricolore, que les paysans apercevaient bien, et dont la vue les disposait (sans qu'il fût nécessaire d'insister à cet égard) à parler le moins possible.

— Qui de vous a découvert le corps ? continua le maire.

Personde ne répondit.

— Eh ben ? Eh ben ?... Répondez-donc !... Qui de vous a vu, le premier, le pendu ?

— Voyons, mes amis, insista le prêtre, cela n'a rien de compromettant; il s'agit d'un simple témoignage, d'une simple constatation matérielle.

— C'est pas moi, répondit le charretier; quand j'suis arrivé, attiré par les cris des autres, y avait déjà Thomas, Victor et Mathieu.

Les trois personnages mis en jeu se récrièrent aussitôt.

— Eh! le père Mathurin y était avant nous, dirent-ils.

— Alors, c'est toi, Mathurin, qu'as vu le premier le suicidé ? s'écria le maire.

— Mais non, mais non ! répliqua vivement le vieux paysan.

— Comment non ? Qué qui dit là ? ripostèrent les autres. A preuve que c'est tes cris et tes gesticulations qui nous ont amenés à la grille.

— J'étais avant vous, c'est vrai, mais j'étais pas le premier... Ah ! ben sûr, que je passais innocemment devant le château, sans rien regarder, sans rien voir... J'allais cueillir mes derniers artichauts de la saison, avant les grosses gelées, pour le marché de demain, au bourg de Cé.

— Eh bien ! dites-nous qui était déjà là, quand vous êtes passé, interrompit le curé.

— Eh ! la petite bohémienne, pardine !

Le prêtre dressa l'oreille.

— Quelle petite bohémienne ? fit-il durement.

— Eh ! la fille aux saltimbanques, celle-là qui danse sur la corde raide... mêmement...

L'abbé Poitou tressaillit imperceptiblement, et un nuage passa sur son front, pendant qu'il coupait avec vivacité la parole au vieux paysan.

— Qu'est-ce que vous chantez là, Mathurin ? dit-il en lui lançant un regard de colère. Cette petite fille n'a rien à voir là-dedans. C'est une enfant grosse comme le poing...

— Grosse comme le poing, c'est vrai, mais qu'a plus de malice qu'elle n'est grosse..... Elle était là, juchée sur la grille, qui regardait, qui regardait... mêmement que j'ai crié : — Qué que tu fais donc là, vaurienne ? — Et qué m'a répondu : — Je r'garde l'pendu !

— C'est absurde ! que nous importe ? s'écria l'abbé, qui ne pouvait cacher entièrement son agitation ; cette enfant ne peut servir de témoin. C'est une petite sauvage, elle sait à peine le français..,

— Possible !... mais elle voit clair.., Dieu de Dieu ! qué vue !

— Qu'entends-tu par là, Mathurin ? demanda le maire.

— J'entends, pardine, qui f'sait sombre, et que j'n'aurais ren vu sans j't'icelle-là qui m'a montré le corps.

— Quelle heure était-il au juste ?

— Six heures et demie à peine.

— Ça c'est vrai, dit le charretier ; quand je suis arrivé, voyant le rassemblement, le jour commençait à poindre, et il fallait y regarder à deux fois pour distinguer ce corps qui se balançait dans l'ombre des arbres.

— Voilà qui est entendu, conclut brusquement le curé de Saint-Symphorien. C'est vers les six heures et demie du matin, que le corps a été aperçu pour la première fois.

— Oui, parfaitement, répliquèrent les témoins.

— D'autant plus, ajouta le portier, qu'en cette saison je me lève à sept heures moins le quart, et ce sont les appels et les coups de sonnette de vous autres qui m'ont éveillé et fait sortir de mon lit.

— Vous n'avez rien entendu cette nuit ? demanda le maire.

— Non, m'sieu Madou.

— Aucun bruit n'a troublé votre somme ?

— Aucun, que le tapage de la pluie qu'a pris vers les une heure du matin, et qui tombait, qui tombait, que c'était une bénédiction.

— Cela prouve bien, conclut l'abbé Poiton, qu'il

5

s'agit d'un suicide... Sans cela, on aurait entendu le
bruit d'une lutte, et, si des étrangers avaient pénétré
dans la maison ou parcouru le jardin, les chiens de
garde auraient aboyé.

— Oh ! ils ont bien aboyé un brin.

L'abbé tressaillit encore.

— Comment cela ? A quel moment ?

— Dans la soirée, mais y avait encore des lumières
dans la maison. . Il était peut-être neuf heures.

— Alors cela n'a aucun rapport avec l'événement.

— Pour sûr... J'ai fait une petite ronde et je n'ai
rien remarqué.

L'interrogatoire dura encore quelques instants.

On fit descendre la Catherine et la Marianne, qui
apportèrent des nouvelles des deux dames.

La jeune allait mieux. Les crises de nerfs ne
l'avaient point reprise... Elle demandait M. le curé.
Quant à la mère, elle était toute drôle, ne bougeant
pas plus qu'une bûche de bois et ne parlant pas... On
l'avait couchée.

Les deux paysannes confirmèrent, d'ailleurs, tous
les dires des témoins précédemment entendus, et il
fut établi que le corps avait été aperçu, pour la première fois, entre six heures et demie et sept heures
moins le quart du matin; qu'il pendait à la plus
grosse branche d'un tilleul de la seconde rangée en
face de la pelouse, à peu près à égale distance de la
maison et de la grille, sur la gauche, quand on arrivait par la route; que le terrain à l'entour et les
arbres ne portaient aucune trace de lutte ou de violences, pas plus que les vêtements du mort.

On constata qu'il avait au petit doigt de la main
gauche un brillant de grande valeur, — au dire de
M. le curé.

On visita les poches du gilet et du pantalon.

Dans le gilet, on trouva de la menue monnaie et
quelques pièces d'or.

Du pantalon, on retira un petit revolver à six
coups, chargé, mais dont la baguette était au cran
d'arrêt, et un portefeuille contenant des lettres et di-

vers papiers, parmi lesquels un chèque au porteur de trois mille francs, sur un banquier de Tours, tiré par une maison de banque de Paris.

Donc aucun vol n'avait été commis, ce qui confirmait absolument l'idée du suicide.

— Du reste, ajouta l'abbé, pour qu'il n'y ait plus de doute, nous allons, monsieur le maire et moi, visiter la chambre où M. de!'a Rocca a dû passer une partie de la nuit. Savez-vous où elle est, Jean-Claude ?

— Oui, monsieur le curé. C'est moi qui l'ai préparée, hier soir, avec Clémentine, la femme de chambre de madame.

— Il n'est donc pas resté dans la chambre de son épouse ? demanda le maire, en clignant de l'œil.

— Non, monsieur Madou, répondit le concierge ; on lui a préparé à la hâte une pièce à l'autre extrémité de la maison. On l'appelle la chambre verte... C'est celle-là dont vous voyez la fenêtre, à droite, à l'angle, au deuxième étage, avec ce petit balcon.

— Personne n'y a encore pénétré ce matin ? interrogea le curé de Saint-Symphorien.

— Oh ! non, pour sûr... On a été tellement surpris par la catastrophe... Moi je n'y suis pas entré, ni Suzon, ni mademoiselle Clémentine, qui sont restées auprès de ces dames.

— Quant au jardinier, ajouta l'abbé, je l'ai envoyé à cheval, au bourg de Cé, il y a plus d'une heure, pour chercher le docteur Coupevent.

— Allons-y voir, dit le maire.

Les deux hommes, accompagnés du portier, se dirigèrent vers la maison, à présent retombée dans un silence lugubre, et montèrent au deuxième étage, où Jean-Claude ouvrit une porte.

Ils se trouvaient dans la chambre verte, ainsi appelée de la couleur du papier qui la tapissait et de l'étoffe de velours qui couvrait les meubles et garnissait les fenêtres.

C'était une assez vaste pièce, telle qu'on en trouve dans les maisons de province et surtout de la campagne, mais confortablement meublée.

— Mâtin de mâtin! grommela le père Madou, après un premier coup d'œil, c'est cossu là-dedans!

En face de la porte, on apercevait une immense cheminée fermée par son paravent et ornée de sa pendule et d'un candélabre garni de bougies.

L'autre candélabre était sur une petite table, au milieu de la chambre, table recouverte d'un tapis vert, où se trouvait tout ce qu'il faut pour écrire.

Une des bougies de ce candélabre avait été allumée et s'était consumée jusqu'à la fin, couvrant la bobèche de cire fondue. On apercevait encore un reste de mèche carbonisée.

Il était évident qu'elle avait brûlé toute la nuit, sans que personne ne l'éteignît.

Des feuilles de papier blanc, éparses sur la table, l'encrier ouvert, une plume dont le bec contenait de l'encre desséchée, semblaient indiquer que M. della Rocca avait écrit avant son suicide.

Ce qu'il avait écrit, à cet instant suprême, devait se trouver dans le portefeuille trouvé sur lui et qu'on n'avait vérifié que très sommairement.

La pièce était à l'angle de la maison, avait deux fenêtres, l'une à balcon, donnant sur le devant, l'autre sans balcon, donnant sur le côté.

Là, le mur qui fermait la propriété était peu éloigné et peu élevé. Un immense platane se dressait dans cette espèce de couloir, étendant ses branches vigoureuses au delà du mur et jusques ur le toit de la maison.

Entre la cheminée et la fenêtre de côté, il y avait un petit lit d'une personne, préparé pour le sommeil, mais qui n'avait point été foulé, qui n'avait pas servi, bien évidemment.

Près du lit, une table de nuit portait un plateau de cristal, une carafe, un verre, un sucrier. La carafe avait été entamée, mais le verre était vide, ce qui semblait indiquer que M. della Rocca avait bu.

Sur un fauteuil, étaient jetés la redingote et le pardessus du mort.

Dans une poche de ce dernier vêtement, on trouva le journal de la veille et un mouchoir.

Aucun meuble dérangé. Rien qui indiquât non plus une lutte quelconque, ou la présence de plusieurs personnes.

Tout semblait démontrer que M. della Rocca avait eu l'intention, d'abord, de se coucher, puisqu'il avait commencé à se déshabiller ; à moins qu'il ne se fût dépouillé de ses vêtements les plus lourds afin de pouvoir grimper plus facilement sur l'arbre où il avait attaché la corde, pour accomplir son sinistre dessein en se lançant dans le vide, après avoir passé le nœud coulant autour de son cou.

Telle fut la conclusion qu'adoptèrent naturellement les trois hommes, à la suite de cette rapide inspection.

Le maire et le curé redescendirent au rez-de-chaussée, ou le premier dressa son procès-verbal et mentionna ses constatations, sous la dictée de l'abbé Poitou, qui, en relatant les témoignages des témoins, oublia absolument de mentionner la présence de la petite Efisia à la grille du château, bien qu'elle eût été signalée avec insistance par le vieux père Mathurin.

Les paysans signèrent ou firent des croix, après une lecture à haute voix, à laquelle ils ne comprirent absolument rien, et on les renvoya à leurs occupations.

Il ne resta, à la Baumette, que le maire, qui attendait la venue du médecin, et l'abbé, qui était monté près de la veuve.

Jean-Claude gardait le corps.

VIII

TROIS NOUVEAUX ÉVÉNEMENTS.

Le docteur Coupevent n'arriva qu'assez tard dans l'après-midi.

On comprend bien que le village de Saint-Symphorien, composé d'une centaine de feux tout au plus, ne possédait point le luxe d'un médecin. Il n'y avait même ni pharmacien, ni droguiste, ni vétérinaire.

C'est au bourg de Cé, beaucoup plus important et situé à près de six kilomètres, en allant du côté de Tours, que se trouvaient réunis les divers représentants de la science médicale appliquée aux gens ou aux bêtes.

Le jardinier, dépêché par le curé pour ramener promptement le docteur, ne l'avait point rencontré à son domicile. Le docteur Coupevent était déjà parti pour un autre village, où l'appelait un accouchement laborieux.

Il fallut attendre son retour.

Enfin, vers les deux heures, un cabriolet s'arrêta devant la grille, déposant le médecin impatiemment attendu.

Il était jeune encore, grand, blond, avec des jambes de héron, un buste court, une tête déjà chauve, de gros yeux bleus de faïence, saillants, écarquillés, qui paraissaient toujours apporter la nouvelle d'un épouvantable malheur, des oreilles écartées du crâne, une bouche éternellement entr'ouverte, un gros nez ramassé, tassé et retroussé au milieu du visage, un collier de barbe frisottante.

Sans fortune, il était venu se fixer en Touraine, dans un canton vacant, après avoir pioché consciencieusement à l'École de médecine, sachant tout ce qu'on apprend dans les livres et dans les cours, mais n'ayant ni cette seconde vue, ni cette divination qui constituent seules le médecin digne de ce nom.

Il s'occupa d'abord des vivants, du mort ensuite, et, en moins d'une demi-heure, — car il pensait qu'un médecin ne doit jamais hésiter et que son principal mérite consiste à se prononcer vite, — il rendit les trois arrêts suivants :

1° Madame de la Baumette, âgée de soixante-cinq ans, à la suite d'une violente commotion morale, était frappée de paralysie générale. Point de remède ni d'espoir. Ses jours, ses heures même étaient comptés.

Il ordonna, cependant, des sinapismes et des moxas sur tout le corps, notamment le long de la colonne vertébrale, en vertu de ce principe que si l'on ne peut pas toujours sauver un malade, on peut, du moins, toujours le faire souffrir.

2° Madame della Rocca, à la suite également d'une violente commotion morale, vu son état de grossesse avancée, était menacée d'un accouchement prématuré.

En attendant, il prescrivit de garder le lit, d'éviter tout mouvement et toute fatigue inutiles, et fit préparer, à l'aide de sa boîte de pharmacie, qu'il emportait avec lui dans son cabriolet, une potion calmante.

3° Après une rapide inspection du cadavre de M. della Rocca, il n'hésita pas à déclarer fermement que ledit della Rocca était mort par asphyxie ; que cette asphyxie était le résultat de la strangulation opérée par une corde qui avait serré le cou, pressé

sur la trachée-artère et empêché l'introduction de
l'air dans les poumons ; que la mort dudit della Rocca
devait remonter à peu près à douze ou quatorze
heures, c'est-à-dire qu'elle devait être fixée entre minuit et une heure du matin, dans la nuit précédente,
(car il était deux heures de l'après-midi au moment
où le docteur rendait ses oracles).

Il conclut, enfin, que, le corps ne présentant aucune blessure, aucune trace de violence, la mort devait être attribuée, incontestablement, à un suicide
volontaire.

Comme tout suicide est généralement volontaire, et
que ce qui constitue le suicide, c'est justement la volonté, suivie d'effet, de se donner la mort, l'épithète
était, au moins, inutile ; mais le docteur Coupevent
jugea qu'elle arrondissait la phrase, qu'elle lui donnait
du nombre et de l'harmonie.

Cela fait, il remonta dans son cabriolet, promettant
de revenir le lendemain.

Ces événements se passaient le lundi.

Le mercredi matin eut lieu l'enterrement de Paolo
della Rocca, avocat, âgé de vingt-six ans, décédé en
son domicile de la Baumette, au village de Saint-
Symphorien (Indre-et-Loire), le 6 novembre 1855, à
une heure du matin.

En sa qualité de suicidé *volontaire*, le corps de
M. della Rocca ne fut point porté à l'église ; mais le
curé et le maire, par égard pour la veuve et ses écus,
le laissèrent inhumer, néanmoins, en terre sainte, dans
le petit monument réservé à la famille de la Baumette,
où reposaient déjà les os de M. de la Baumette père,
mort cinq ou six ans auparavant.

Ni la mère du suicidé, ni sa sœur, la jeune Eva,
n'assistèrent à l'enterrement, étant à Paris, et n'ayant
pu être prévenues à temps. D'ailleurs, madame della
Rocca mère se trouvait dans un état d'infirmité qui
lui eût, quand même, interdit un pareil dérange-
ment.

La veuve, retenue au lit, et la belle-mère, absolument mourante, n'accompagnèrent pas non plus le

corps, qui s'en alla presque seul, par une pluie bat-
tante, suivi des domestiques du château et de quelques fermiers au service de la famille.

Tout le village s'était massé à la porte du cimetière,
n'osant marcher derrière une bière qui n'avait pas
reçu l'eau bénite de M. le curé.

Cela se passait à huit heures du matin.

A neuf heures, tout était terminé.

Le même soir, madame de la Baumette expira, sans
avoir recouvré la parole.

On avait pu voir, dans ses yeux grands ouverts,
s'éteindre peu à peu les derniers restes d'intelligence.

En conséquence, il y eut, deux jours plus tard, un
nouvel enterrement, celui-là dans toutes les règles.

On para l'église de grands draps noirs semés de
larmes d'argent. Le curé de Saint-Symphorien dit la
plus longue de ses messes, et tout le village recueilli,
M. le maire en tête, conduisit la morte à sa dernière
demeure, après une oraison funèbre prononcée du
haut de la chaire par l'abbé Poitou, dont on remarqua l'émotion sincère, et dont la voix, deux ou trois
fois, s'étrangla dans sa gorge.

Au moment même où l'on descendait la bière dans
le caveau, à côté de celle contenant les restes de M. de
la Baumette le père, madame veuve della Rocca, avec
l'aide du docteur Coupevent, accouchait d'un enfant
du sexe masculin, fort bien constitué, et qui paraissait vigoureux, malgré les étranges et pénibles conditions qui accompagnaient et précipitaient son entrée
dans le monde.

Le docteur Coupevent ne s'était point trompé dans
ses prévisions.

Il déclara, sans hésiter, et non moins fermement.
que le nouveau-né devait avoir entre sept ou huit mois,

— Mâtin de mâtin ! s'écria le père Madou, en apprenant ce nouvel événement, vl'à un gars qui trouve
une belle héritage à sa naissance!

Trois jours après, il fut baptisé, en grande pompe,
par le curé, et reçut les noms de Paul-Edouard.

Jamais une pareille succession de faits graves et

palpitants n'avait secoué la torpeur du petit village.

Dans la même semaine, un suicide mystérieux, une mort presque foudroyante, la naissance d'un héritier posthume.

Il y avait de quoi causer, à la veillée, pour tout l'hiver, et même pour quelques hivers subséquents.

Cependant Saint-Symphorien avait repris son calme habituel. La foire aux bestiaux était terminée, et, le lendemain, Antonio Lavaggi, le joueur de mandoline, la Pepina, la diseuse de bonne aventure, et Efisia, la petite danseuse de corde, avaient attelé leur cheval maigre à leur voiture bariolée pour aller tenter fortune ailleurs.

Quinze jours s'étaient écoulés.

Tout à coup une nouvelle inattendue éclata, comme une bombe incendiaire, au milieu du hameau rendu à sa quiétude ordinaire.

Ce qui venait de se passer n'était rien à côté de ce qu'on apprenait.

Un juge d'instruction, accompagné d'un médecin inconnu et d'hommes de police, venait d'arriver et s'était rendu au château de la Baumette, auprès de madame veuve della Rocca.

On disait que Paolo della Rocca, le mari, ne s'était pas suicidé, mais avait été assassiné!

On disait que sa mère intentait un procès à la veuve, — soutenant que le fils qu'elle venait de mettre au monde, était adultérin, que le mariage n'avait jamais été consommé, — et qu'elle demandait à être envoyée en possession de l'héritage du mort, comme seule et unique héritière légitime.

IX

OU M. AUBERTIN EST OBLIGÉ DE RENTRER
SES EFFUSIONS.

Rien n'était plus vrai, rien n'était plus exact.

En effet, M. Aubertin, juge d'instruction près le tribunal de Tours, venait d'arriver à Saint-Symphorien, en compagnie du docteur Morand, également de Tours, délégué par le parquet.

Un greffier et trois agents de police suivaient ces messieurs, qui étaient descendus d'abord chez le maire de la commune, lequel répondait, avec effarement, aux questions dont il était l'objet et racontait les événements tels qu'il les avait vus et compris, tels qu'ils les avait relatés dans son procès-verbal.

L'abbé Poitou, également appelé, comme témoin principal, — et le plus intelligent, — corroborait les dires du maire et fournissait son contingent de renseignements.

M. Aubertin écoutait cela en hochant la tête.

C'était un vieux magistrat, très doucereux, et même bon enfant d'aspect, mais retors et défiant, qui eût donné gros pour n'être point chargé d'une semblable affaire.

Madame della Rocca, née Renée de la Baumette, appartenait à l'une des meilleures familles du département, bien que sans fortune; car, en dehors de la maison, du petit parc que nous connaissons et de quelques terres de peu de rapport, le tout à peine suffisant à faire vivre, plus que simplement, deux femmes de goûts peu dispendieux et d'habitudes retirées, la veuve du suicidé ne possédait rien, et on avait considéré son mariage comme une aubaine inattendue et tout à fait inespérée.

D'autre part, M. Aubertin sentait, dès les premiers pas, qu'il aurait à compter avec les influences cléricales, ainsi que le lui prouvaient la chaleureuse intervention du curé de Saint-Symphorien et les renseignements discrets qu'il avait pris avant d'entamer officiellement l'affaire, chose importante sous l'empire, qui, surtout à ses débuts, avait besoin de l'appui de l'Église et la traitait avec d'excessifs ménagements.

A ces divers titres, le juge d'instruction désirait trouver madame della Rocca innocente et ne point pousser la sévérité au delà du strict nécessaire.

Or, rien ne pouvait faire souffrir autant M. Aubertin que ce secret désir de ne pas confondre un accusé.

Cela dérangeait toutes ses habitudes d'esprit.

Dans ce cas particulier, cela troublait même sa conscience, car l'affaire lui paraissait des moins claires, et bien des détails lui semblaient inexplicables.

Cependant, après avoir pris langue, s'être mis au courant des antécédents, que nous connaissons, et avoir donné quelques ordres à voix basse aux trois agents qui l'accompagnaient, il se rendit au château.

Là, on l'introduisit dans la chambre où Renée, mal remise encore des suites de sa couche assez pénible, reposait, pâle et amaigrie, sur une chaise longue.

En apercevant ce visage étranger, étalé sur une cravate blanche, comme une fraise sur une jatte de lait, — car M. Aubertin, malgré ses fonctions sédentaires, avait ce teint haut en couleur que l'air et la vie de province développent chez les hommes d'un certain âge, — Renée parut très surprise, et, se soulevant à demi sur un de ses coudes, elle lança, sur le personnage qui s'avançait vers elle, un regard où se lisait une certaine inquiétude.

Un magistrat, un homme de loi, se reconnaissent toujours à un je ne sais quoi qui les dénonce en toute circonstance.

— Madame, dit M. Aubertin, en l'étudiant comme elle l'étudiait, et s'armant de son plus doux sourire, je suis juge d'instruction, chargé d'une mission pénible et douloureuse, mais que je suis décidé à remplir avec tous les égards, tous les ménagements compatibles avec mes devoirs et que comportent votre santé, le rang que vous occupez dans la société, ainsi que la réputation de suprême honorabilité dont vous jouissez, je suis heureux de le constater.

Renée, aux premières paroles, avait tressailli. Ses yeux d'or s'étaient agrandis, et une rougeur fugitive avait monté à ses pommettes.

Mais ce fut tout.

Elle se laissa retomber sur sa chaise longue, comme fatiguée de son effort, et ferma les paupières.

M. Aubertin avait pris une chaise et s'était assis bien en face, de façon à ne perdre aucun mouvement, aucune contraction de ce visage de jeune et jolie femme, dont la contemplation ne lui était, d'ailleurs, nullement désagréable, — M. Aubertin ayant toujours eu un goût prononcé pour *le sexe,* ainsi qu'il l'avouait lui-même dans l'intimité.

Voyant qu'on ne lui répondait pas et qu'on ne l'interrogeait point, il reprit :

— Comme vous pouvez voir, madame, je suis venu seul : je n'ai point introduit mon greffier. Pour aujourd'hui, il s'agit simplement d'une conversation tout intime et toute sincère, quelque chose comme les confidences d'une fille à son père. Je viens éclairer ma religion, avant de procéder régulièrement, légalement.

On voit que M. Aubertin appartenait à l'école du

6

juge patelin et papelard qui ouvre ses bras à l'accusé et l'y serre tendrement, avant de l'envoyer au bourreau.

C'est un système qui réussit aussi bien que le système opposé, et que M. Aubertin employait toujours avec les gens de quelque distinction, — ce qui le faisait passer pour un homme excellent et sensible ; — bien qu'il eût convaincu et livré plus de prévenus, à lui seul, que trois juges d'instruction ordinaires.

Il devait à cela de n'avoir pas eu d'avancement.

Il poussait si loin l'art de confesser les malheureux qu'on amenait dans son cabinet et de les conduire d'attendrissements en effusions, et d'effusions en attendrissements, à se charger eux-mêmes de la façon la plus déplorable... pour leurs intérêts, qu'on s'était bien donné de garde de lui enlever des fonctions délicates qu'il remplissait si admirablement aux yeux du ministère public.

Quand on sortait des bras et du cabinet de M. Aubertin, il n'y avait plus d'acquittement possible, et les circonstances atténuantes elles-mêmes devenaient très difficiles.

Renée gardait toujours le silence et ne relevait point ses paupières.

Cela commençait à gêner son interlocuteur.

— Frappons plus fort, se dit-il : je n'aime pas ces façons de chatte endormie.

Après un temps, il poursuivit donc en ces termes :

— Le suicide de votre mari a paru peu explicable. On a porté une accusation d'assassinat pur et simple. On prétend aussi que l'enfant auquel vous avez donné le jour ne serait point de M della Rocca, que vous étiez enceinte lorsqu'il vous épousa, et que c'est cette constatation, faite par lui, la première nuit de ses noces, qui a amené la séparation survenue entre vous immédiatement.

Renée ouvrit les yeux et regarda M. Aubertin bien en face.

— Bon ! la chatte se réveille ! pensa-t-il ; mais il ne faut pas qu'elle se réveille trop.

— Vous comprenez bien, madame, s'empressa-t-il d'ajouter, que ce sont là des brutalités de l'accusation, dont j'ai tenu à vous prévenir tout d'abord, afin qu'il n'y ait point de surprise ni apparence de piège tendu de ma part. Pour moi, je n'en crois et n'en croirai rien, sans preuves bien établies, et je suis venu pour que vous m'aidiez à démontrer votre innocence, ce qui sera des plus simples.

— Je m'attendais à ces deux accusations, répliqua tranquillement madame della Rocca, et je préfère qu'elles se produisent avec brutalité. Tant pis pour ceux qui auront provoqué le scandale. Il retombera sur leur tête. Ainsi je suis accusée, vous êtes juge d'instruction, et vous m'interrogez ?

— Je viens causer avec vous, d'abord. Vous le voyez, encore une fois, mon greffier ne m'accompagne pas. C'est une démarche que je qualifierais d'amicale, si j'avais l'honneur d'être mieux connu de vous.

— Mais le greffier est là, derrière la porte, fit Renée ironiquement, en indiquant par dessus sa tête, d'un doigt fin et blanc, la porte qui avait livré passage au juge.

— Qu'importe, madame, s'il n'entre pas et s'il n'écoute pas ?

— Cela importe beaucoup, car je veux qu'il entre, qu'il entende, et qu'il prenne note de ce que j'ai à dire.

— Vraiment, vous me désolez. C'est vous qui aurez donné un caractère officiel et comminatoire à cette première démarche, dont vous n'oublierez pas, je l'espère, que je voulais adoucir le plus possible l'aspect... désobligeant.

— Je reconnais, monsieur, que vous êtes un fort galant homme ; mais ce n'est point pour nous dire des douceurs que nous sommes ici l'un et l'autre. Ainsi donc veuillez...

Le juge s'inclina, se leva et alla doucement à la porte, où, en effet se tenait son greffier.

— Diable de femme ! se disait-il *in petto* : elle me donnera du fil à retordre.

Le greffier s'installa près d'une petite table et prépara lentement son papier et ses plumes, prêt à fonctionner selon les règles.

Pendant ce temps, Renée, toujours étendue sur sa chaise longue, dans une pose abandonnée, les deux mains en l'air, s'appuyant l'une sur l'autre, par l'extrémité des doigts, regardait le juge de son regard plein d'étincelles, où M. Aubertin commençait à comprendre qu'il ne voyait et ne verrait que du feu.

Renée della Rocca donna ses nom et prénoms, son lieu de naissance : — la Baumette, d'une voix calme et paisible, mais légèrement ironique.

— Est-ce fini maintenant ? dit-elle.

— Oui, mada ne.

— Alors, interrogez vite. Je suis accusée de meurtre sur la personne de mon mari, et d'avoir introduit, dans la vie, sous son nom, l'enfant d'un autre. Cela est joli... Mais c'était certain.

— Ah ! madame, vous avez de bien cruels ennemis, et bien acharnés.

— Oui, ma belle-mère !

— Vous savez donc que c'est elle ?

— Je sais que la mère de mon mari me hait, qu'elle voudrait être riche... Je sais que, si je n'avais pas eu d'enfant qui héritât de son fils, elle n'aurait point songé à m'accuser d'assassinat. Voilà tout ce que je sais. Vous allez m'apprendre le reste.

X

M. Aubertin, pour la première fois de sa vie, ne se
sentait pas fort à l'aise en face de *son* prévenu.

Cette jeune femme ironique lui semblait avoir trop
bien prévu l'attaque dont elle était l'objet, pour ne
pas être absolument sur ses gardes. De plus, elle
était évidemment pourvue, sous son air à demi indifférent, de cette finesse extraordinaire qui dépiste
tous les pièges.

Il n'avait pu ni la surprendre ni l'endormir.

C'était elle, presque, qui l'interrogeait, le pressait,
le forçait de sortir toutes ses armes de l'arsenal, non
à l'heure et au moment choisis par lui, mais sur ses
ordres à elle et suivant sa volonté.

Cette veuve de trois semaines, cette nouvelle ac-
couchée, encore pâle et affaiblie, lui paraissait l'ad-
versaire le plus redoutable qu'il eût rencontré, et,
bien qu'il souhaitât de la trouver plus blanche que la
blanche hermine, et qu'il fût décidé, pour les raisons
que nous connaissons, à user d'extrêmes ménagements envers elle, son amour-propre de vieux juge,
habitué à retourner comme un gant l'accusé quel-

6.

conque qu'on livrait à sa sagacité, saignait de cette situation anormale.

Après tant d'Austerlitz, allait-il trouver son Waterloo ?

Il ne demandait pas mieux que de rendre une ordonnance de non-lieu, que madame della Rocca fût coupable ou non, pourvu que cela fût possible sans compromettre sa réputation d'infaillibilité ; mais il tenait, du moins, à voir clair, et l'idée qu'il allait être *roulé* l'exaspérait intérieurement.

— N'exagérons rien, madame, reprit-il paternellement ; évidemment on soupçonne la mort de M. della Rocca de n'être point volontaire ; mais la justice ne vous accuse point encore, bien qu'elle agisse en vertu d'une dénonciation positive. Elle cherche la vérité, voilà tout, et nous la chercherons ensemble. Vous pouvez voir, d'ailleurs, qu'au lieu de lancer un mandat d'amener, je suis venu chez vous, par égard pour votre état de santé et votre position, désireux de vous compromettre le moins possible, tant que durera une enquête, qui démontrera, nul ne le souhaite plus ardemment que moi, votre parfaite innocence. Cela ne sera pas long. Ainsi, ajouta-t-il doucereusement, en clignant ses paupières pour bien la dévisager, sans qu'elle s'en aperçût trop, — au moment où je vous parle, sous la surveillance du docteur Morand, on exhume le corps de votre mari. Il sera transporté à Tours, et, là, une autopsie sérieuse, approfondie, démontrera ou le suicide ou le meurtre.

Renée resta parfaitement calme.

— Et ce sera long ? dit-elle simplement.

— Trois ou quatre jours au plus.

— Alors mon honneur et ma réputation, ma liberté, ma vie peut-être, dépendent du rapport de deux ou trois médecins, et, s'ils déclarent que mon mari a été tué, ce sera moi la meurtrière !

Elle haussa les épaules.

— Voilà des mains bien petites et bien faibles, reprit-elle avec ironie, pour avoir mis à mort un homme vigoureux et dans la force de l'âge ; pour lui avoir jeté une corde au cou, sans qu'il pût se défendre, et pour avoir, sur mes épaules frêles, ou à bras tendu, porté son corps dans le parc, puis l'avoir hissé à la plus haute branche d'un tilleul des plus gros et des plus élevés !

— Aussi, répliqua le juge, s'il y avait un crime démontré, la justice supposerait-elle, avec raison, qu'il y avait un acteur principal, dont vous n'auriez pu être que le complice moral, ou l'instigateur.

— C'est vrai, fit-elle, je n'avais pas songé à cela !

— Et la justice a même déjà quelques soupçons sur cet acteur principal.

— Ah ! dit Renée, en se soulevant un peu.

— Et j'ai même donné l'ordre de l'arrêter provisoirement.

Renée se laissa retomber sur sa chaise longue, fort pâle, et les yeux fermés.

« Est-ce que j'aurais touché juste ? » pensa le vieux juge.

— Qu'avez-vous ? madame, reprit-il tout haut avec empressement; vous semblez vous trouver mal.

— Oh ! une faiblesse .. rien d'autre, répondit-elle d'une voix éteinte en entr'ouvrant des yeux languissants. Depuis mes couches j'y suis sujette.

— Faut-il appeler votre femme de chambre ?

— Inutile... Veuillez seulement avoir la bonté de me passer ce flacon de sels, là, sur la cheminée.

M. Aubertin courut à la cheminée, saisit le flacon indiqué et le remit galamment à madame della Rocca, qui le respira fortement à plusieurs reprises.

Le sang revint à ses pommettes, la flamme à ses prunelles pailletées, et elle sourit même.

— Me voilà tout à fait bien, dit-elle; interrogez, monsieur le juge d'instruction.

— Si vous vous sentez fatiguée... nous pourrions remettre à plus tard...

— Non, non, interrompit-elle avec impatience. Je vous écoute.

« Elle ne me demande pas le nom du complice présumé, pensa M. Aubertin, c'est étrange... Cela doit pourtant la préoccuper. »

— A quelle époque avez-vous connu M. della Rocca ? commença-t-il tout haut.

— Au mois de mars de cette année.

— A quelle occasion ?

— Il était venu chez un de ses amis, qui habite Tours, M. Louis Moreau.

— C'est à Tours qu'il vous a vue ?

— Oui... Ma mère, à ce moment, suivait un procès, qu'elle a perdu, et nous nous étions fixées à la ville pour quelques semaines.

— Et alors ?

— Alors, je lui ai plu, il m'a fait la cour, il a demandé ma main, et, au mois d'avril, le mariage avait lieu, ici même, à la Baumette.

— Il vous aimait ?

— Il m'adorait.

— Et vous l'aimiez ?

— J'en étais folle.

— Ce fut donc un mariage d'amour, et un beau mariage en même temps... car il était fort riche.

— Et j'étais fort pauvre. Le peu de confortable que vous voyez ici, vient de lui, qui voulut, suivant son expression, capitonner notre nid.

— Vous avez pourtant reçu une éducation fort distinguée, et telle, je le vois, qu'elle ferait honneur à la plus riche héritière.

— Mon père était industriel, quoique d'origine noble, et fit, d'abord, d'excellentes affaires. Puis de fausses spéculations le ruinèrent, et il en mourut de chagrin, il y a cinq ans environ, laissant à ma mère cette maison de campagne, qui ne rapporte rien, et quelques terres, qui rapportent peu. J'étais, à cette époque, au couvent, où j'ai reçu toute mon éducation. A force de privations, ma mère m'y maintint jusqu'au bout. Voilà le mystère expliqué.

— Pourriez-vous m'expliquer aussi comment, étant folle de votre mari, ainsi que vous venez de le dire vous-même, et votre mari vous adorant, vous vous êtes séparés, tous les deux, le jour même de votre mariage ?

— Le *lendemain*, monsieur! répliqua Renée, en regardant le vieux juge bien en face, et en soulignant sa réponse.

— L'accusation prétend, au contraire, que votre mari partit avant... comment dirai-je ?... enfin que le mariage ne fut point consommé.

Renée sourit et, étendant le bras, elle tira un cordon de sonnette à sa portée.

Une femme de chambre entra.

— Clémentine, dit madame della Rocca, veuillez prier Françoise de descendre avec Edouard.

— Quelle est cette Françoise ? demanda le juge, surpris de l'action de la jeune femme.

— Vous allez le voir.

En effet, la porte se rouvrait, et une grosse et fraîche nourrice apparaissait, tenant entre ses bras un poupon à visage chiffonné, avec de grands yeux ouverts qui ne voyaient rien.

— Voilà ma réponse, fit Renée en montrant le marmot.

— Il est fort beau ! — dit M. Aubertin, ulcéré, au fond, de cette raillerie quelque peu impertinente, puisqu'il ne s'agissait point de savoir si elle avait un enfant, mais si cet enfant était de son mari ; et il caressa les joues du bébé du bout de son index : — mais il ne porte pas le nom de son père écrit sur son visage.

— Vous n'êtes pas galant, monsieur. On trouve toujours qu'un enfant ressemble à son père, même à l'époque où il ne ressemble à personne... Viens embrasser ta mère, Edouard.

La nourrice pencha le marmot.

Madame della Rocca l'embrassa à deux reprises et fit signe à la nourrice de se retirer.

— Donc, reprit le juge, ayant peine à cacher son irritation, vous persistez à affirmer que M. della Rocca passa près de vous la première nuit de ses noces.

— Mon Dieu, oui, je persiste à l'affirmer.

— Sa mère affirme le contraire; elle affirme le tenir de son fils lui-même.

— Qu'elle le prouve !

— Mais vous, madame, pouvez-vous fournir quelque preuve de ce que vous avancez?...

— Ma preuve, que vous venez de voir, vous la récusez. D'ailleurs, c'est à ceux qui accusent de prouver. Je n'ai rien de plus à dire. Peut-être, pourtant, Clémentine, puisqu'il faut des témoignages, a-t-elle vu mon mari entrer dans ma chambre, cette nuit-là; mais je n'en sais rien... Vous l'interrogerez, cela ne me regarde point.

— Laissant cela de côté, comment expliquez-vous, que M. della Rocca ait ou non passé la nuit près de vous, son brusque départ, incontestable, dans la nuit même ou le lendemain matin?

— Il avait reçu une lettre de sa sœur lui disant que leur mère était mourante et qu'il accourût, s'il voulait lui fermer les yeux.

— Avez-vous cette lettre?

— Comment voulez-vous que je l'aie? Elle était adressée à M. della Rocca, non à moi.

— Savez-vous ce qu'elle est devenue?

— Je l'ignore absolument.... S'il l'a gardée, elle se trouve dans ses papiers.

— Où sont-ils?

— Chez sa mère, sans doute. Ici, où il n'habitait point, il n'y a qu'un portefeuille trouvé sur lui après sa mort.

— Il serait fort désirable qu'on pût retrouver cette lettre.

— Cela regarde la justice.

— Je vais écrire immédiatement à Paris pour qu'on fasse une perquisition dans les papiers de M. della Rocca.

— Faites.

— D'ailleurs, madame della Rocca mère n'était point si malade, puisqu'elle vit encore.

— Ma belle-mère, en effet, n'était pas plus malade qu'à l'habitude... Elle est infirme depuis longtemps, et rien ne justifiait, dans sa santé, cet appel pressant.

— Alors, comment expliquez-vous que M. della Rocca, pendant les sept mois qui suivirent, n'ait pas remis les pieds chez sa femme?

— Je vais vous répondre, monsieur.

XI

LA VERSION DE LA VEUVE.

« Nous voilà au nœud de la question, se dit M. Aubertin : ouvrons l'œil et l'oreille. »

Renée s'était accoudée, ramenant ses pieds sous son long peignoir, la tête haute, le regard fixé sur son interlocuteur.

— Je vais vous répondre, répéta-t-elle lentement, mais seulement parce que cela me convient; parce que je veux reconnaître, par quelque complaisance, la modération et la délicatesse de vos procédés envers moi; parce que je veux vous faciliter les moyens de vous tirer, le mieux et le plus promptement possible, de la sotte et ridicule affaire où vos fonctions engagent un homme d'esprit.

M. Aubertin s'inclina, sans pouvoir dissimuler entièrement la surprise que lui causait ce qu'il qualifiait en lui-même de colossal toupet. Mais que lui importait, après tout, pourvu qu'elle parlât ! Un prévenu qui parle étant, quatre-vingt-dix-neuf fois sur cent, un prévenu qui se compromet et qui se livre.

— Sans cela, il me serait facile, monsieur, de vous

dire que vous me posez des questions sur lesquelles j'entends garder le silence ; qu'il s'agit de savoir si c'est moi qui ai tué mon mari, avec ou sans complice, ou s'il s'est tué lui-même, et non quel était le caractère de nos relations intimes ; qu'il s'agit aussi de savoir si j'étais enceinte au moment où je me mariai,

— comme vous avez eu la bonté de me prévenir que l'affirmait ma belle-mère, — et que c'est à elle de le prouver, mon accouchement, précipité par de terribles émotions, s'étant produit dans les délais légaux voulus par le Code pour la légitimité d'un enfant posthume.

— Diable ! madame, ne put s'empêcher de murmurer le juge, je vois que votre éducation est encore plus complète que je ne le croyais, car vous connaissez fort bien la législation qui régit la matière.

— Que voulez-vous ? Je n'ai jamais aimé vivre à l'aveuglette, et, prévoyant quelque procès bien odieux de la part de ma belle-mère, je me suis informée et renseignée de mon mieux.

Renée fit une pause et reprit :

— Ma belle-mère avait vu le mariage de son fils avec regret.

— Vous connaissait-elle ? Avait-elle quelque raison particulière de blâmer ou de redouter cette union ?

— Elle ne me connaissait point. Nous ne nous sommes jamais rencontrées, non plus qu'avec ma belle-sœur, mademoiselle Eva. La santé de madame della Rocca lui interdisait les dérangements et les voyages, et, si elle m'a vue, ce ne peut être qu'en photographie. Quant à ses raisons, elles sont simples : elle est pauvre, ainsi que sa fille ; son fils était riche !

— Oui, je sais cela... Un héritage personnel !...

— Or, madame della Rocca, par ce mariage, comme par un mariage quelconque, voyait s'échapper de ses mains cette fortune, à laquelle elle n'avait aucun droit, s'il naissait un enfant : — ce qui est arrivé. S'opposer à la volonté de son fils amoureux, violemment, légalement, c'était impossible. Il avait plus de vingt-cinq ans, et, en l'irritant, en se brouillant avec lui, elle aggravait sa position.

— Telle est votre version, fit le juge, et jusqu'ici elle n'est point démentie par madame della Rocca elle-même, qui reconnaît avoir vu ce mariage avec déplaisir, bien qu'elle en donne des raisons un peu différentes.

Renée inclina seulement ses longues paupières, en signe qu'elle prenait acte des paroles prononcées par M. Aubertin; et poursuivit.

— Ne pouvant empêcher le mariage, il fallait empêcher qu'il produisît son effet redouté ! Pour cela, elle comptait bien séparer à jamais les époux qu'elle n'avait pu empêcher de s'unir. Connaissant le caractère de son fils, elle se sentait sûre, si elle remettait la griffe sur lui, d'y réussir, comme elle y réussit effectivement. De là cette lettre dont je vous parlais, et qui devait ramener son fils près d'elle. M. della Rocca, en effet, aimait et craignait sa mère. Il était habitué à ne voir que par ses yeux. Il avait fallu la passion que je lui inspirais, sa première — car jusque-là la politique et la pauvreté l'avaient absorbé, — pour qu'il agît malgré la volonté maternelle. Retourné près de sa mère, il retomba sous le joug. D'abord, on joua la comédie de la maladie, puis on me calomnia à ses yeux... J'étais loin... Elle était près... Il m'aimait depuis trois mois; il avait vécu à mes côtés quelques heures trop rapides pour que l'intimité pût naître, que de nouvelles habitudes se formassent, que je prisse sur son faible caractère l'empire qu'exerce toujours une jeune femme, assez jolie et non stupide, sur un jeune mari amoureux, tandis que la mère avait pour elle vingt-cinq années de dictature incontestée !... Bref, il n'osa résister en face de l'autorité sous laquelle il avait toujours ployé : il resta.

— Cela est bien étrange et bien invraisemblable, interrompit le juge, puisqu'il vous aimait.

— Ah ! monsieur le juge, la nature humaine est si inexplicable !

— Madame della Rocca argue, au contraire, qu'elle fut fort surprise du retour de son fils, qui lui avoua, avec désespoir, qu'il avait été trompé ; que, le jour

7

même de ses noces, il avait appris que vous aviez un amant, que vous étiez enceinte de ses œuvres et que vous ne l'aviez épousé que pour couvrir votre faute et légitimer cet enfant naturel.

En parlant ainsi, M. Aubertin espérait provoquer un éclat d'indignation ou de colère imprudente, ou amener, au moins, un peu de trouble au milieu de ce magnifique sang-froid.

Il fut déçu.

Renée se renversa en arrière, levant les yeux au plafond, et répliqua froidement :

— Qu'on me présente mon amant !

Le juge resta stupéfait.

— Eh bien, où est-il ? reprit madame della Rocca. Est-ce que ma belle-mère ne l'a pas nommé, désigné ? Est-ce que vous n'en avez pas le signalement exact, les nom, prénoms, lieu de naissance, âge, position, etc ?

— Non, mada· ·e : M. della Rocca n'avait pas voulu, jusqu'alors, paraît-il, nommer cette personne, même à sa mère, pour des raisons restées inconnues ; et l'on prétend justement que votre mari n'a été tué que pour l'empêcher de parler, — comme il y eût été contraint, avant peu, par le procès qu'il comptait intenter, — et pour assurer sa fortune à l'enfant qui allait naître, et dont il devait désavouer la paternité devant les tribunaux. De cela, il y a des preuves. Il avait déjà consulté, à cet égard, un des avocats les plus célèbres du barreau de Paris...

— Sur l'instigation de sa mère, je le sais.

— Ah ! vous le savez !

— Oui, il me l'a avoué, en m'en demandant pardon.

— Quand cela ?

— Quand il est venu ici, la veille de sa mort.

— Pourquoi venait-il vous retrouver, après sept mois de séparation ? Je ne pense pas que ce fût exprès pour se pendre... à la campagne, dit M. Aubertin, de plus en plus exaspéré, au fond, du peu d'effet qu'il produisait et du résultat nul de son interro-

gatoire, où il jouait le rôle de la souris, lui qui avait
toujours rempli le personnage du chat.

— Malgré les calomnies et les objurgations de sa
mère, en apprenant ma grossesse, il s'était senti
père... Le remords l'avait pris de son brutal et lâche
abandon. M. della Rocca était faible, non méchant.
Dans un quart d'heure d'abaissement, il avait consenti à servir les desseins de sa mère ; puis, comprenant
qu'on le poussait aux dernières infamies, il s'était en-
fui de chez elle, avait quitté Paris, comme un enfant
fautif qui a peur de la férule paternelle, et venait à
mes pieds, pour implorer mon pardon.

— Ce que vous dites de son caractère est peu conforme à ce que l'on en sait. C'était un homme de grand
courage, qui s'était battu héroïquement en Italie, et
sur la fermeté duquel comptaient ses amis, patriotes
et révolutionnaires de l'autre côté des Alpes.

— Je n'ai jamais connu le patriote, le soldat de
la Révolution italienne. J'ai connu le fils et l'époux.

— Et vous admettez ce contraste, cette dualité ?

— Je n'admets rien, je raconte ce que je sais. Je
n'ai point fait le cours de philosophie au couvent, et
je suis trop jeune encore pour que l'expérience de la
vie et des hommes ait comblé cette lacune dans mon
éducation.

M. Aubertin se pinça les lèvres.

Décidément il n'aurait pas le dernier mot avec elle.

— Donc, reprit-il, le voilà revenu près de vous,
reconnaissant ses torts, prêt à adopter l'enfant qui
allait naître, vous demandant pardon, dites-vous...

— C'est cela même.

— Que fîtes-vous ?

— Je fus dure, impitoyable !

— Ah ! vraiment ?

— Oui. Cela vous étonne ?... J'ai l'air si doux, n'est-
ce pas ?

La question était si ironique que le vieux juge, craignant de dire une sottise, ne répondit pas.

— C'est que vous voyez la femme malade, brisée
par une épouvantable catastrophe ; chez qui le mé-

pris a fini par tuer l'indignation. Lorsqu'il vint, c'est l'épouse abandonnée, outragée, qu'il retrouva, blessée dans sa fierté et dans son amour ; impitoyable et dure, par conséquent... Encore un contraste, monsieur le juge.

— Il me semble, madame, que ce n'est point le moment de persifler.

— Cela vaut bien autant que de pleurer. On ne croirait pas à mes larmes, et elles feraient trop de plaisir à ceux qui me poursuivent. Je reprends. Il m'avoua son incurable faiblesse devant sa mère, reconnut que sa conduite avait été abominable, et, me revoyant, voulut renouer la vie brisée... Je le repoussai, je lui déclarai que tout était fini entre nous, que je ne l'aimais plus. C'était vrai ! Que j'aurais pu lui pardonner des infidélités, des brutalités, mille torts plus graves, mais non de m'avoir aussi odieusement sacrifiée à sa mère. Il pleura, il se traîna à mes genoux. Rien ne put m'attendrir. Je suis ainsi faite, monsieur : j'aime la force, la volonté, la virilité ! Cette âme sans ressort, que je sentais prête à retomber, le lendemain, sous le joug auquel elle s'était arrachée furtivement, non la tête haute, et trop tard, ne m'inspirait plus que le dédain. Je l'avais trop aimé ! Indifférente, je lui eusse pardonné peut-être... Mais l'amour parti, quand l'estime part avec lui, laisse un cœur de pierre. Il se releva, pâle et désespéré, en me disant :

— Réfléchissez, Renée ; ne me chassez pas.

Je lui répondis :

— C'est fini.

— Jamais vous n'oublierez ?

— Jamais !

— Jamais vous ne pardonnerez ?

— Jamais !

— Vous me méprisez ?

— Ne m'interrogez pas.

— Mais je t'aime, Renée !

— Quand maman n'est pas là.

— Oh ! c'en est trop ! s'écria-t-il en se relevant.

— C'est mon avis !

Il se retira chancelant. Arrivé près de la porte, il s'arrêta et me dit :

— Adieu, Renée !... Vous ne me reverrez plus... vivant !

Je haussai les épaules. Je sonnai Clémentine et la priai de reconduire monsieur à la chambre qui lui était destinée. Le lendemain matin, on le trouva pendu !

Il y eut un silence.

Renée paraissait agitée. Un cercle noir s'était creusé autour de ses yeux, et ses lèvres avaient blémi.

Elle aspira plusieurs fois fortement les âcres parfums de son flacon de sels, et ajouta :

— Vous voyez, monsieur, qu'en effet, je suis l'auteur de sa mort ; mais autrement que ne l'entendent la loi et l'accusation. Je l'ai poussé au désespoir, sans crainte, ne prévoyant pas que celui qui n'avait pas le courage de la vie aurait le courage de la mort. Si j'ai commis une faute, c'est inconsciemment, et je l'expie durement.

Elle se tut et se laissa retomber, épuisée, sur sa chaise longue.

M. Aubertin réfléchissait.

Cette partie du récit de Renée lui paraissait plus vraisemblable.

Cette femme, telle qu'elle lui apparaissait, dans sa beauté et sa jeunesse, devait avoir de ces accents qui cinglent, de ces paroles qui poignardent, de ces regards qui soufflètent.

On comprenait qu'un homme, Paolo della Rocca, faible et amoureux ; pris entre la rivalité de la belle-fille et de la belle-mère ; ne trouvant pas auprès de sa femme l'accueil et l'appui qui l'auraient peut-être prémuni contre les rechutes ; voyant son intérieur brisé, son amour perdu, sa vie gâchée ; honteux de lui-même ; en arrivant presque à se mépriser, eût cédé à un accès de désespoir et cherché, dans une mort prompte, la solution à une lutte au-dessus de sa taille et contraire à son caractère.

7.

— Madame, dit enfin le juge d'instruction, vous êtes fatiguée. Pour aujourd'hui, nous allons terminer notre entrevue... Encore une question seulement.

— Je suis à vos ordres.

— N'avez-vous rien fait pour ramener votre mari, pendant cette longue séparation ?

— Je lui ai écrit deux lettres. Elles sont restées sans réponse.

— Savez-vous ce qu'elles sont devenues ?

— Non... Je sais seulement que mon mari ne les a point reçues.

— Comment cela ?

— Sa mère les aura interceptées.

— Il serait important pour vous de les produire ou de le prouver.

— Trouvez-les.

— Oh ! je sais d'avance que je ne les trouverai pas, fit M. Aubertin, légèrement ironique à son tour.

Le secrétaire lut l'interrogatoire.

Renée le signa d'un air indifférent.

— Je me retire, madame, dit alors le vieux juge en se levant. J'aurai, sans doute, l'honneur de vous revoir plusieurs fois. Pour l'acquit de ma conscience, je vous prierai de vouloir bien accorder l'hospitalité à un homme de confiance qui restera ici.

— Un agent de police. Je suis prisonnière !

Une fugitive rougeur empourpra son front.

— Je n'essaierai point de m'échapper. Suis-je au secret ?

— Oh ! non, madame ; indiquez-moi les personnes que vous désirez voir; et je donnerai des ordres.

M. Aubertin, la tête penchée, les yeux baissés, arrangeait ses papiers et se préparait à sortir.

Il avait tort, car il ne vit pas le regard intense avec lequel madame della Rocca lui posa, de sa voix la plus éteinte, la question suivante, et le sourire étrange avec lequel elle entendit la réponse du juge :

— Puis-je recevoir mon directeur, M. l'abbé Poitou ?. . Toute autre visite me serait importune.

— Très volontiers, madame ; votre désir sera satisfait.

— Je sais ce que je voulais savoir, murmura-t-elle en poussant un profond soupir de soulagement, quand la porte se fut refermée sur le magistrat.

— Je n'en sais pas plus qu'avant, se disait au même instant M. Aubertin, assez déconfit.

XII

LE COMPLICE.

Pour M. Aubertin, il y avait mille choses, dans le récit de Renée della Rocca, qu'il ne pouvait admettre, où il sentait qu'on lui cachait, ou qu'on lui arrangeait la vérité, sans compter les autres éléments de preuves, tout au moins morales, qu'il possédait en venant et qu'il avait réunies depuis.

Il se trouvait en face d'un de ces drames de famille dont la justice ne se dépêtre jamais à son complet honneur, faute de posséder la clef véritable du mystère et de pouvoir descendre au fond des cœurs où se sont agitées les passions dont le dernier éclat s'est seul produit au grand jour.

On assiste à un dénouement, brusquement, sans connaître le prologue et le développement de l'action.

C'est comme s'il s'agissait de reconstituer un mélodrame de Dumas père, dont on ne posséderait que la dernière scène, ou d'écrire *Phèdre* après avoir lu le *récit de Théramène*.

M. Aubertin était, d'ailleurs, trop habile et trop

expérimenté pour se faire illusion, pour ne pas comprendre qu'il ne saurait jamais, à moins d'un grand hasard, le fond des choses et la vérité vraie.

Il en aurait pris son parti assez gaillardement, et même avec satisfaction, sans la blessure d'amour-propre.

Renée l'irritait et l'humiliait.

C'était l'homme joué et manquant ses effets qui saignait en lui, non l'homme de la justice et le représentant de la loi.

Celui-là ne demandait pas mieux que d'éviter la cour d'assises à une femme riche, du meilleur monde, et en bons termes avec la religion.

Ces catastrophes ébranlent toujours, plus ou moins, le respect qu'il est nécessaire que conservent ceux d'en bas pour ceux d'en haut, — dans l'intérêt de ceux d'en haut.

Le lendemain donc, au lieu de reprendre son interrogatoire, dont il savait d'avance le résultat négatif, il se rendit chez madame della Roca, absolument en homme privé, afin de prendre des nouvelles de sa santé et aussi un peu de voir si son visage indéchiffrable porterait la trace de ces angoisses que présente généralement le visage des prévenus, après une nuit sans sommeil, passée à se demander avec effroi ce que le jour qui vient leur réserve de surprises désagréables et de pièges imprévus.

Le visage de madame della Roca lui parut, au contraire, plus reposé.

Elle avait meilleure mine.

Elle se montra avec lui tout à fait gracieuse et femme du monde, ne faisant aucune allusion à ce qui s'était accompli, la veille, et le recevant exactement comme elle eût reçu un visiteur aimable, dont la conversation spirituelle lui eût beaucoup plu.

« C'est à donner sa langue aux chiens ! murmura le vieux juge en se retirant, mais avec une sorte d'admiration au fond de son dépit. Je n'ai plus que deux cordes à mon arc : la confrontation avec son complice présumé et le rapport du médecin chargé de l'autopsie. Si ces deux épreuves lui sont favorables, l'accusation de meurtre sera bien difficile à établir, quoique incontestable à mes yeux... Restera le procès intenté par la belle-mère contre la légitimité de l'enfant ; mais du diable si l'on pourra la convaincre sur ce point, beaucoup plus délicat et beaucoup plus impossible à démontrer, quoiqu'en fait le mari voulût, de son vivant, repousser sa prétendue paternité, et qu'il soit mort juste à temps pour que l'enfant héritât et que la veuve sans le sou devînt une fort riche tutrice.

Le juge d'instruction s'était installé chez le maire, M. Madou, le village ne contenant aucune auberge, aucune habitation, sauf le château de la Baumette, où M. Aubertin pût travailler avec son greffier, organiser le service de son enquête et s'abriter confortablement contre les intempéries de la saison.

Quant au docteur Morand, après l'exhumation du corps, il était parti pour Tours, où devait avoir lieu l'autopsie.

Un des agents de police amenés par le juge s'était établi au château, qu'il surveillait, causant avec les domestiques, interrogeant l'un, interrogeant l'autre, sans en avoir trop l'air, étudiant consciencieusement l'état des lieux.

Le second se tenait à la disposition de M. Aubertin et ne perdait pas son temps.

Le troisième avait disparu.

Deux gendarmes, venus du chef-lieu de canton, complétaient la force mise aux ordres du magistrat délégué.

Celui-ci se montrait de plus en plus bon enfant, faisant patte de velours avec tout le monde, surtout avec le curé de Saint-Symphorien, qui lui avait paru un homme intelligent, et qu'il trouvait tout intérêt à ménager, en lui montrant une grande sympathie et une grande confiance.

— Ce gaillard-là, se disait-il, en sa qualité de prêtre et de directeur de conscience de la veuve, en sait probablement plus long que moi et que personne ;

mais ne touchons pas à l'église. Un bon rapport de
lui sur mon compte est plus précieux que la décou-
verte de la vérité et des criminels, — s'il y en a.

Aussi recevait-il volontiers l'abbé Poitou, dans la
pièce qu'il s'était réservée chez le père Madou, et
cela à toute heure, causant avec lui politique, et
affectant de se montrer d'un cléricalisme irréprocha-
ble, bien qu'il fût, en réalité, voltairien et sceptique
jusqu'au bout des ongles.

Ils se trouvaient justement ensemble, le surlende-
main, lorsque l'agent, dont nous avons signalé la
disparition, entra tout à coup dans son cabinet.

— Ah ! ah ! s'écria M. Aubertin, en l'apercevant,
vous voilà de retour, Lafourche. — Eh bien ! avez-
vous réussi ?

— Oui, monsieur le juge : ils sont là.

— Ont-ils paru surpris, inquiets ?

— Non, impossible de rien lire sur ces faces patibu-
laires... On dirait des momies. Ils ne parlent point et
semblent absolument indifférents à tout ce qui se passe.

— Vous avez veillé à ce qu'ils ne puissent commu-
niquer ensemble... même par signes ?

— Soyez sans crainte. Depuis que j'ai mis le grappin sur eux, ils n'ont pu échanger ni une parole, ni
un regard... Voulez-vous les interroger ?

— Certes !... et immédiatement.

— Qui faut-il introduire d'abord ?

— L'homme.

L'agent sortit.

— Puisque vous êtes occupé, je me retire, dit l'abbé
Poitou en se dirigeant vers la porte.

— Vous m'excuserez, n'est-ce pas ? monsieur l'abbé.

Mais, au moment où le curé de Saint-Symphorien
mettait la main sur la clef, la porte s'ouvrit, et, entre deux gendarmes, parut notre vieille connaissance, Antonio Lavaggi, le joueur de mandoline, introduit par l'agent Lafourche.

En l'apercevant, le prêtre eut un brusque mouvement et recula de deux pas.

Une pâleur subite avait envahi son visage expressif, puis la réaction se produisit, et le sang afflua à ses joues avec une extrême violence, les plaquant d'une teinte de vieil acajou.

Lavaggi, au contraire, ne manifesta aucune émotion. Pas un des muscles de son visage basané ne tressaillit ou n'indiqua une surprise quelconque.

Il regarda indifféremment le prêtre, comme on regarde un inconnu, et détourna aussitôt ses yeux noirs pour les fixer sur le juge assis devant un petit bureau.

Ce dernier avait surpris le geste de l'abbé.

— Est-ce que vous connaissez cet homme? demanda-t-il vivement.

— Sans doute, répliqua le prêtre d'une voix mal affermie. Ce brave homme, sa femme et sa fille sont restés huit jours environ dans la commune.

— Et savez-vous quelque chose sur leur compte?

— Rien, sinon qu'ils sont venus le samedi qui a précédé l'arrivée et la mort de M. della Rocca, qu'ils sont partis le samedi suivant, après la foire aux bestiaux tenue le jeudi, et que leur présence n'a donné lieu à aucune plainte.

Impassible et complétement indifférent, Lavaggi écoutait la réponse du prêtre.

— Est-ce qu'il est accusé de quelque vol? ajouta l'abbé.

— Oui, c'est cela, fit le juge d'un air préoccupé. Tenez, monsieur l'abbé, j'y songe... J'aurai peut-être besoin de vous tout à l'heure. Je vous serai obligé de ne pas vous éloigner. Passez dans cette chambre et veuillez m'attendre. J'en aurai bientôt fini avec cet individu.

Ce disant, il se levait et ouvrait derrière lui une porte communiquant avec une assez grande salle.

Le prêtre lança de côté un regard interrogateur et défiant au juge, mais n'osa refuser et entra dans la pièce qu'on lui indiquait.

La porte refermée, M. Aubertin se retourna vers l'agent et lui dit à voix basse:

— Veillez à ce qu'il ne sorte point et ne communique avec personne, mais sans qu'il s'en doute!

— Compris, monsieur le juge, fit l'agent, qui disparut aussitôt.

— L'arrivée de ce bohémien l'a trop vivement frappé, grommela M. Aubertin. Il y a quelque chose là-dessous, et, d'ailleurs, je ne veux pas qu'il prévienne madame Della Rocca. Une confrontation n'a d'utilité que si elle est absolument imprévue. Ce diable de prêtre... je suis sûr qu'il a le fil pour sortir du labyrinthe, mais il ne me le donnera pas, et je ne serai pas assez niais pour le lui demander.

Il fit signe aux gendarmes de se retirer, s'assit devant son bureau, pendant que le greffier préparait son papier et sa plume, et commença l'interrogatoire d'Antonio Lavaggi, dit *il Matto*.

8

XIII

A VIEUX MAGISTRAT, BOHÉMIENS JEUNES ET VIEUX.

Mais, avant d'interroger le joueur de mandoline, il étudia un instant le visage basané et étrangement énergique du bohémien sarde.

Cette inspection ne dit rien de bon au vieux juge d'instruction. Ces têtes, creusées de sillons profonds, accentuées, couvertes de cette patine sombre que le temps met sur les vieux tableaux, et le soleil et la poussière combinés avec le sang africain sur les traits d'animal de proie de ces coureurs de route, échappent à l'examen et ne se laissent pas lire.

Tout y est de bronze. L'œil seul, mobile et ardent, est plein de vie, mais il garde son secret dans ses profondeurs, noirés comme la nuit.

M. Aubertin sentit, au premier regard, que l'intimidation ne produirait aucun résultat, et il essaya de lutter de ruse avec ce sauvage.

— Mon ami, lui dit le juge de son air le plus ouvert et le plus bonhomme, vous avez dû être quelque peu surpris de cette brusque arrestation.

Lavaggi ne broncha pas.

— Vous doutez-vous, au moins, du motif pour
lequel je vous ai fait appeler en ma présence ? poursuivit le magistrat après avoir vainement attendu une
réponse.

— Non, fit laconiquement Antonio.

— Cependant, vous le connaissez.

Point de réponse.

— Il s'agit de l'assassinat commis sur la personne
de M. Della Rocca, il y a quelques semaines, reprit
M. Aubertin, affirmant ce qu'il croyait, mais ce qui
était encore à démontrer.

Le saltimbanque ouvrit de grands yeux étonnés.

— Or, cet assassinat a été découvert par votre petite fille, la première, dans des conditions qui prou-
vent qu'elle en était prévenue, qu'elle en avait connaissance, et je viens vous demander, dans votre intérêt, de fournir à la justice les renseignements qui
peuvent la guider dans ses recherches.

— Je ne comprends pas, fit Lavaggi.

— Vous allez comprendre. Votre fille a été trouvée
hissée sur la grille de la porte d'entrée, « regardant
le pendu », suivant sa propre expression, à une heure
où tout le monde dormait dans le village et où l'obscurité était encore trop grande pour qu'un passant, —
non prévenu, — pût apercevoir le corps.

On voit que M. Aubertin, avait, contrairement au
maire et à l'abbé, attaché une grande importance à
cet incident, dont il avait eu connaissance en interrogeant les paysans arrivés les premiers au château
de la Baumette.

— Expliquez-moi ce double fait, insista le juge. Et,
d'abord, la présence, à pareille heure, de votre fille, à
pareil endroit.

Le bohémien parut embarrassé et baissa les yeux.

— Voyons, mon ami, je vous écoute... Vous savez
qu'on ne trompe pas la justice et qu'il y a toujours
avantage à lui avouer, avec sincérité, ce qu'elle sait
déjà, ce qu'elle a déjà découvert.

— Je vas vous dire, monsieur, balbutia Antonio,
comme un homme qui fait un grand effort. Efisia est

une petite coureuse... Nous sommes pauvres... Nous
avons faim, quelquefois... et les recettes ne suffisent
pas toujours... Alors, il arrive qu'en passant dans les
champs... elle va arracher des pommes de terre, ou
cueillir des fruits sur les arbres... suivant la saison...
alla mattina, ou *alla sera*... quand personne ne peut
la voir...

M. Aubertin fit un geste.

— Oh ! monsieur, reprit vivement le père, je fais
bien ce que je peux pour l'empêcher... C'est défendu...
je le sais... Quand je la surprends, je la bats... Mais
c'est son instinct.

—. Ainsi, vous prétendez qu'elle était sortie pour
voler ?

— Ce qu'elle trouverait... des légumes... des fruits...
des racines...

— Vous mentez !

— Que Sant'Efisio me protège !

— Si elle était sortie pour voler, on l'aurait trouvée
dans les champs, non à la grille de fer dont il s'agit,
et qu'elle n'avait pas la prétention d'emporter pour
votre nourriture, je suppose... Voyons, soyez franc,
ou je vous garde en prison jusqu'à ce que vous ayez
avoué.

— On est aussi bien en prison qu'ailleurs. On est
nourri et on ne fait rien, répliqua tranquillement le
Sarde.

— Comment m'expliquez-vous qu'elle ait vu le
corps, alors que personne, je le répète, ne pouvait
encore le distinguer, à moins de savoir où il était !

— Efisia a bonne vue... Quand j'allais tendre des
filets aux oiseaux, dans les bois, en Sardaigne, avant
le jour, elle m'accompagnait et souvent me guidait
malgré l'obscurité.

— Mais pourquoi s'est-elle arrêtée à la grille ?

— Je n'en sais rien. Demandez à un papillon pourquoi il va de droite et de gauche, à un enfant pourquoi il s'arrête ici ou là.

M. Aubertin était en colère.

Il n'avait jamais rencontré de prévenus aussi rétifs depuis le commencement de sa longue carrière.

— C'est bien, s'écria-t-il. Vous ne voulez pas parler... Un meurtre a été commis... Nul des habitants de la commune ne peut en être accusé : ils sont tous connus. Vous êtes le seul étranger ayant passé dans le pays. Vous arrivez le samedi, le lundi on tue. Il n'y a que vous qui ayez pu commettre ce crime, à moins que vous ne prétendiez que c'est madame Della Rocca.

Lavaggi se tut.

— Je maintiens votre arrestation et je vais faire faire une enquête très sérieuse sur votre passé et vos antécédents.

— *Padrone* (1) ! répondit froidement le bohémien.

— Cependant, reprit d'un air indifférent le magistrat, mais sans le quitter de l'œil, savez-vous quelqu'un qui pourrait témoigner en votre faveur et répondre de votre honorabilité?... Parce qu'alors je me relâcherais peut-être de ma sévérité...

— Je suis étranger.

— Cherchez bien !... Est-ce que l'abbé Poitou, par exemple ?...

— Qui ça, l'abbé Poitou ?

— Vous le connaissez bien... le curé de Saint-Symphorien !... Vous vous êtes reconnus, là, tout à l'heure. Sa recommandation serait la meilleure.

M. Aubertin fermait presque les yeux, pour mieux voir et cacher l'intérêt qu'il portait à cette question.

— Je ne le connais pas, répondit Antonio Lavaggi.

— Comment !... Il a dit lui-même qu'il vous connaissait, et je sais qu'il vous connaît fort bien.

— Peut-être me connaît-il; moi je ne le connais pas.

— Vous avez passé huit jours ici, et vous ne connaissez pas le curé?

— Je l'ai vu aller et venir, traverser la prairie devant ma voiture, mais j'ignorais son nom, et je ne lui ai jamais parlé... Il ne doit pas me connaître davantage.

(1) Vous en êtes le maître.

8.

M. Aubertin, exaspéré, fit emmener le chef de la troupe.

— Allons! je ne saurai rien, dit-il en tapant du poing sur sa table... Et pourtant le prêtre a tressailli en l'apercevant. Je serai, sans doute, plus heureux avec l'enfant. — Elle a dix ans !

On introduisit Efisia.

Sa grâce sauvage, sa physionomie éveillée, la beauté et la délicatesse de ses traits, sous leur couche de bistre, frappèrent le magistrat.

— Elle est vraiment charmante ! pensa-t-il. Celle-là parlera.

— Ma petite amie, lui dit-il doucement, il ne faut pas avoir peur de moi... Ton papa, que je viens de voir, m'a tout dit, et il m'a promis que tu serais bien franche... Tu sais comme c'est laid de mentir. Raconte-moi comment tu as su que M. della Rocca avait été pendu, et pourquoi tu allais le regarder, quand tu as été surprise par le père Mathurin.

— Qui ça, Mathurin? fit Efisia.

— Ce vieux paysan qui t'a demandé ce que tu faisais là.

— Ah ! oui !

— Eh bien ?

— Je regardais.

— Oui, c'est entendu. Mais, dis-moi le reste, et prends bien garde... Ton papa m'a tout avoué, et je saurai si tu mens.

— Quoi, le reste?

— Tu savais que M. della Rocca était mort... Voyons, tu vois que je t'aide. Allons, continue...

— Oh ! oui, répondit Efisia.

M. Aubertin eut un mouvement de joie inexprimable.

— Bien, mon enfant, achève, lui dit-il en lui caressant le menton. Comme cette petite fille est jolie et gentille !...

— Quand j'ai vu qu'il pendait au bout de la corde et qu'il ne bougeait pas, j'ai bien compris qu'il était mort... parce que maman, une fois, a étranglé un

chat... pour le manger... et, quand il n'a plus remué...
elle m'a dit qu'il était mort.

Si quelqu'un eût vu la déconvenue empreinte sur
les traits de M. Aubertin, à cette réponse, il n'eût
pu s'empêcher de rire.

— Prends garde! s'écria-t-il, on ne se moque pas
de moi. Tu savais d'avance qu'il était mort. Que fai-
sais-tu là, à six heures et demie du matin, avant le
jour, au lieu de dormir dans ton lit?...

Efisia baissa le nez.

— Réponds! Les petites filles de ton âge qui men-
tent et qui se moquent de la justice, on les renferme
en prison jusqu'à leur majorité, c'est-à-dire jusqu'à
vingt ans! Et tu dois aimer ta liberté!

Efisia se mit à pleurer.

— Je t'écoute, parle.

— Oh! monsieur!... vous ne me gronderez pas
trop fort... Vous ne me mettrez pas en prison... vous
ne le direz pas à papa... qui me battrait.

— Non, si tu dis la vérité.

Efisia regarda autour d'elle, se rapprocha du juge,
baissa la voix, en essuyant ses yeux de ses petites
mains noires, et dit :

— J'étais sortie pour voler des carottes... et, alors,
comme je passais devant le château, j'ai regardé pour
voir dedans, parce que ça me paraissait beau...

— Petite malheureuse! s'écria le juge hors de
lui.

— Mais je vous jure que je n'ai pas volé ce jour-là...
Je n'ai pas pu... puisque j'ai été surprise... il ne faut
pas faire de peine à papa pour ça... Sant'Efisio le
sait bien, que je n'ai rien pris!

La petite sanglotait.

Le juge la regarda un instant en silence.

— Si celle-là joue aussi la comédie, se disait-il,
elle sera rudement forte!

Il eut beau insister, il n'obtint plus que des larmes
pour réponse.

Restait la mère à interroger.

La Pepina ne lui apprit rien de plus.

Elle répéta, en d'autres termes, ce qu'avaient dit son mari et sa fille.

— Ils récitent tous la même leçon ! pensait le juge : à moins que je ne me trompe et qu'ils ne soient innocents... ce qui m'étonnerait beaucoup !... Reste la confrontation avec madame della Rocca. Nous allons voir.

Il fit appeler l'agent Lafourche.

— L'abbé est toujours là ? lui demanda-t-il.

— Oui, monsieur le juge.

— Il n'a vu personne ?

— Personne.

— On ignore dans le village l'arrivée des bohémiens et leur arrestation ?

— Oui, je les ai amenés dans une voiture fermée.

— C'est bien... Faites monter le père, discrètement, dans mon coupé, où je le rejoins. Mettez-lui les poucettes, c'est plus prudent. Placez-vous près du cocher. Nous allons au château de la Baumette.

XIV

LA CONFRONTATION.

La conduite de M. Aubertin peut paraître illogique et contradictoire.

En effet, désirant, au fond, rendre une ordonnance de non-lieu au sujet du crime de la Beaumotte, et surtout de madame della Rocca, on peut trouver extraordinaire l'acharnement qu'il mettait à la convaincre, et la rapidité avec laquelle il agissait, avant que l'autopsie eût démontré légalement, scientifiquement, l'existence du crime.

C'est que M. Aubertin subissait, malgré lui, deux impulsions en sens opposé.

En réalité, il était juge d'instruction, reconnu pour sa finesse et son habileté, et, une fois sur une piste, qu'il le voulût ou non, à chaque instant, son instinct l'emportait, comme il emporte le chien de chasse, qui oublie tout, dès qu'il a senti le gibier; il le poursuit, sans s'inquiéter de savoir ce que cela lui rapportera et sans compter sa fatigue.

D'autre part, M. Aubertin ne pouvait négliger certaines mesures, pour ainsi dire classiques, en pareil cas, n'étant pas seul au courant de l'affaire et agissant en vertu d'ordres positifs.

Il fallait que son enquête eut l'air d'être sérieuse et le fût en fait, car les agents qui l'entouraient et qu'il devait mettre en mouvement, ne partageant ni ses scrupules ni ses arrière-pensées, n'auraient point compris une conduite différente.

Les résultats de son instruction seraient soumis au parquet, passeraient sous les yeux du procureur général.

Il fallait donc qu'ils ne révélassent aucune négligence.

De là, nécessité pour M. Aubertin d'agir, en somme, régulièrement, tout en usant vis-à-vis de la principale inculpée de tous les ménagements de forme, sinon de fait, qu'il lui était loisible de montrer, sans sortir de ses devoirs professionnels.

Nous devons ajouter, dès à présent, que l'accusation portée contre madame della Rocca était beaucoup plus probante, que M. Aubertin ne le lui avait fait connaître.

La mère du malheureux jeune homme dont nous avons vu la mort, au premier chapitre, accusait très nettement sa belle-fille et fournissait un ensemble de preuves morales et de probabilités, qui, bien des fois ont suffi pour amener une condamnation, alors même que les preuves matérielles faisaient défaut.

Qu'on se rappelle l'affaire La Pommeraye, et tant d'autres, dont la nomenclature serait trop longue et les détails fastidieux.

L'intérêt de la femme à la mort de son mari, — étant établi qu'il voulait obtenir une séparation et faire constater l'illégitimité de l'enfant dont elle était enceinte, — ne pouvait se contester, puisque cette mort faisait, du coup, hériter l'enfant posthume de la fortune très considérable de son père présumé, en vertu de l'axiome :

Pater est is quem nuptiæ demonstrant.

C'est-à-dire en français :

Celui-là est le père de l'enfant, qui est le mari de la mère.

De plus, madame della Rocca prouvait surabon-
damment que son fils avait quitté la Baumette et sa
jeune femme, immédiatement après son mariage, l'a-
bandonnant, sans la revoir, pendant plus de sept mois.

Il n'était revenu qu'une seule fois chez elle, après
ce long laps de temps, et pour y trouver la mort.

Elle niait le suicide et en fournissait pour preuve
l'affection que Paolo della Rocca portait à sa mère et
à sa sœur, affection absolument incontestable.

Dans ces conditions, pouvait-il se tuer, alors qu'il
était leur unique soutien ; que sa mort enrichissait la
femme dont il voulait se séparer, l'enfant qu'il voulait désavouer, et réduisait à une complète misère la
mère et la sœur qu'il adorait ?

Pourquoi se serait-il tué, d'ailleurs ?

Par désespoir de se savoir trompé, dupé, exploité
par la femme qu'il aimait ?

Mais alors ce désespoir eût produit son effet sur le
premier moment, non après sept mois ; et son brusque
départ, sa rupture décidée et accomplie sans faiblesse,
établissaient jusqu'à l'évidence qu'il mettait au-dessus
de son amour, en admettant que cet amour existât encore, le soin de son honneur et de sa dignité.

Du reste, tous ceux qui connaissaient le jeune homme
affirmaient la fermeté et l'énergie de son caractère.

Il n'avait point nommé l'amant de sa femme, il est
vrai ; mais il avait déclaré qu'il le nommerait, s'il y
était contraint, pour établir la preuve de sa non-pa-
ternité, et qu'il s'était réservé ce moyen d'action sur
sa femme pour obtenir qu'elle reconnût le bien-fondé
de son accusation et consentît à se laisser condamner
avec le moins de scandale et de retentissement possibles, afin de sauver la position et la réputation de cet
amant, dont elle avait tout intérêt à ne point traîner
la personnalité devant les tribunaux.

De toutes ces assertions, madame della Rocca mère
donnait des preuves indiscutables.

De plus, avant d'agir ouvertement, on avait fait une
enquête secrète, dans le pays même, à Saint-Symphorien, et on y avait relevé les mêmes accusations, por-

tées par les paysans et les habitants du hameau, sauf
le maire et le curé.

Là aussi, tout le monde croyait à un assassinat. Là
aussi, tout le monde pensait que la grossesse de Renée
n'était point du fait de son mari.

Dans ces conditions, la justice avait dû agir; et, alors
même que l'autopsie ne donnerait qu'un résultat négatif, il y avait lieu de procéder énergiquement, de
rechercher les preuves du crime présumé.

On voit donc que M. Aubertin, pris dans l'engre-
nage, ne pouvait ni reculer, ni arrêter son action,
malgré son désir secret de diminuer l'affaire plutôt
que de la grossir.

D'ailleurs, il avait relevé lui-même plusieurs petits
faits qui appuyaient l'accusation et le convainquaient
de l'existence d'un crime.

D'abord, le trouble évident de Renée, lorsqu'il avait
parlé de l'arrestation de son complice présumé.

Ensuite l'émotion violente ressentie par l'abbé à la
vue du bohémien.

Pour M. Aubertin, il y avait évidemment un rapport quelconque entre ces divers personnages, et les
dénégations d'Antonio Lavaggi lui avaient encore en-
foncé cette idée dans le cerveau.

Enfin, l'agent resté près de lui avait retrouvé un
bout de la corde qui avait servi à la pendaison, un
paysan superstitieux l'ayant emporté avec cette idée
que *la corde de pendu porte bonheur*.

Or, cette corde provenait évidemment de l'unique
marchand épicier, cordier, etc., de Saint-Symphorien,
qui en possédait de l'identiquement pareille.

Cependant, il était non moins certain que Paolo della
Rocca n'en n'avait point acheté.

Arrivé, le soir, à la Baumette, sans s'arrêter au village, il n'était pas ressorti de la maison.

Est-ce dans la maison qu'il avait pris cette
corde ?

Non.

L'agent avait relevé la quantité de corde achetée
par les gens de la Baumette, depuis plusieurs mois, et

en avait retrouvé l'usage et l'emploi jusqu'au plus petit bout.

Le seul qui en possédât, au moment du crime, dans le château de la Baumotte, était le jardinier.

Or, les quelques mètres qu'il en possédait à cette époque, avant le suicide ou l'assassinat, se retrouvaient encore intacts chez lui.

Donc, la corde qui avait servi à la pendaison ne provenait point de celle existant chez madame Renée della Rocca et avait été fournie ou apportée du dehors.

Par qui ?

M. Aubertin réfléchissait profondément à tout cela, pendant le court trajet qui séparait l'habitation du maire de l'habitation de la veuve.

Il n'avait pas adressé la parole à Lavaggi, assis dans le coupé, à ses côtés, et le Sarde, impassible, ne lui avait point demandé où on le conduisait.

Arrivé à destination, le vieux juge gravit rapidement l'escalier qui conduisait au salon où Renée continuait à passer ses journées sur sa chaise-longue, et, ouvrant la porte, sans frapper ni crier gare, il poussa Lavaggi devant lui, afin que Renée l'aperçut brusquement, sans s'y attendre, ni voir M. Aubertin, dissimulé dans l'ombre du palier, derrière son prisonnier.

Il guettait avidemment le premier coup d'œil qu'elle lui lancerait.

Il en fut pour ses frais.

Renée leva ses yeux pleins d'étincelles sur l'étrange personnage et le regarda avec un étonnement qui n'avait rien de forcé.

— Qu'est-ce que c'est que ça, mon Dieu ! s'écriat-elle enfin. Que me voulez-vous, mon ami ?

— Je n'en sais rien, madame ! répondit Antonio froidement. On m'a amené ; j'ignore pourquoi.

— On vous a amené ? répéta Renée. Qui ça, on ?

— Moi, madame, fit le juge en se montrant.

— Vous ! reprit Renée. Pourquoi m'exhibez-vous ce sauvage ?

— Vous ne le connaissez pas ?

— Moi ?...

9

Elle s'arrêta, s'aperçut que Lavaggi avait les mains attachées, regarda le juge, puis se renversa en arrière, en riant.

— Ah ! j'y suis ! je comprends ! mon complice !

M. Aubertin était rouge de colère.

— Connaissez-vous madame ? dit-il au bohémien, qui semblait seul en dehors de la question et gardait son sang-froid imperturbable.

— C'est la première fois que je la vois.

Renée avait repris son sérieux, et sa bouche, comme ses yeux, n'exprimait plus qu'un dédain ironique.

— Mon pauvre homme ! dit-elle, je suis désolée de l'ennui qui vous est causé par ma faute. Qui êtes-vous ? Que faites-vous ?

— Je suis Sarde. Je joue de la mandoline, ma femme prédit l'avenir, et ma fille danse sur la corde.

— Alors, c'est vous qui étiez dans le village, il y a un mois ?

— Oui, signora.

— Je ne vous ai pas vus. Je sors si peu ! Pauvres gens !

Elle fouilla dans sa poche, en tira un porte-monnaie contenant de l'or, le vida dans sa main.

— Tenez, mon ami, voilà un peu d'argent pour vous dédommager du tort que je vous cause involontairement.

— Madame, dit M. Aubertin, un prisonnier ne peut recevoir d'argent.

— Eh bien, prenez-le pour lui. Il pourra, avec cela, se procurer quelques douceurs, pendant son emprisonnement, qui sera court ; ou donnez-le à sa femme, qui doit être au désespoir et dans la misère.

Le juge prit une dizaine de louis, que Renée lui tendait.

— Il en sera fait l'usage que vous désirez.

— Quand on vous relâchera, si je suis libre, ajouta-t-elle avec un sourire, venez me trouver... je m'occuperai de vous. Vous m'amènerez votre petite danseuse de corde... je veux la voir... je lui ferai peut-être un sort... Comment l'appelle-t-on ?

— Effsia.

— Joli nom ! je sens que je l'aimerai.

Il était inutile d'insister.

La confrontation n'avait rien produit... qu'un peu de ridicule pour le juge d'instruction.

XV

COMMENT RENÉE AVAIT CONNU PAOLO DELLA ROCCA.

Voici, d'ailleurs, comment Paolo della Rocca et Renée de la Baumette firent connaissance.

C'était pendant l'hiver 1854-55.

Paolo venait d'hériter, depuis peu, de la fortune considérable, se montant à un million cinq cent mille francs, léguée à lui par le vieux conspirateur napolitain dont on se rappelle l'histoire, l'abbé Poitou l'ayant racontée au maire de la commune, le jour où l'on découvrit le corps du jeune homme.

A ce moment, il approchait de sa vingt-sixième année, c'est-à-dire qu'il avait encore toutes les ardeurs de la première jeunesse, et d'autant plus que, la vie lui ayant été dure au début, cette première jeunesse s'était écoulée pour lui, jusque-là, loin des plaisirs même les plus légitimes et les plus permis ; absorbée par les luttes pour l'indépendance de la patrie, d'abord, ensuite par la conquête, au jour le jour, du gain quotidien nécessaire à son entretien, à celui de sa mère et de sa sœur.

Aussi, à vingt-six ans, était-il vierge de cœur, si-

non de corps, et plein de la sève contenue et amon-
celée qui doit, tôt ou tard, briser tous les obstacles
et donner naissance à cette fleur, éphémère ou durable, suivant les circonstances et les tempéraments,
qu'on appelle l'amour.

Sur le conseil même de sa mère, veuve de bonne
heure et clouée dans sa chambre, à la suite de précoces
infirmités, aggravées par les souffrances matérielles et
morales d'une existence dramatique, où avaient suc-
cédé, aux larmes versées sur la tombe d'un mari,
mort poignardé de la main d'un ennemi qu'on n'avait
pu découvrir, les angoisses de la mère tremblant pour
les jours de son fils aîné, qui combattait à Venise contre les Autrichiens; puis les amères et stériles épreuves
de la misère profonde, à l'étranger, loin du soleil aimé
et des habitudes d'enfance; sur le conseil même de sa
mère, disons-nous, Paolo,   .squ'il eut été mis en possession du riche héritage qui lui tombait ainsi du ciel,
s'était décidé à employer ses premiers instants de liberté à une sorte de *tour de France*.

— Va, mon cher fils, lui avait dit madame della
Rocca, née Caterina Bembo, — voyage, suspends ton
travail, prends un peu de grand air, de distraction et de *farniente*. Depuis des années, tu es
resté près de moi, malade et triste, en deuil de ton
père, en deuil de la patrie, inconsolable. J'attristerais,
sans le vouloir, l'expansion de ta joie. Je suis heureuse aussi, oh! bien heureuse de ce bonheur qui
nous arrive, non pour moi, mais pour toi, pour Eva,
la pauvre et chère créature! Grâce à cet argent, elle
ne sera plus contrainte au dur labeur qui comprome-
tait sa santé et la condamnait à une sorte d'emprisonnement à mes côtés, dans une demeure misérable et
sombre. D'ailleurs, tu as vécu trop longtemps près de
deux femmes, l'une, trop vieillie par le malheur,
l'autre, trop jeune. Les luttes politiques t'ont pris
presque enfant. Tu n'as connu que les passions des
grands jours, où un peuple écrasé se soulève contre
l'oppression; puis, vaincu, que les luttes sombres contre la pauvreté dans l'exil. Tu ignores donc presque

v.

tout de la vie courante. Cela m'inquiète et m'effraie pour toi. Puisque la fortune t'ouvre ta cage, car la pauvreté est la pire des prisons, étends tes ailes; élance-toi dans l'espace. Va devant toi, voyage pendant un an, apprends à connaître ce pays où tu es condamné à vivre, apprends à connaître les hommes de tous les jours. A ton retour, tu nous retrouveras environnées toutes deux de la portion de bien-être que j'accepte de prélever sur ta richesse, et les tristes impressions du passé s'effaceront de ton esprit trop concentré.

Paolo était parti, comprenant, en effet, que sa mère avait raison; qu'il n'avait connu de la vie que les extrêmes: la bataille révolutionnaire qui nous jette, au delà de l'humanité, sur un piédestal, et l'humble combat du professeur au cachet, courant dans la crotte, en habit râpé, donner la leçon mal payée, qui courbe devant les parents exigeants et dédaigneux et l'élève maussade et malveillant.

Après avoir parcouru la Normandie et ces côtes admirables qui bordent la Manche, il s'était, aux approches de l'hiver, dirigé vers le centre de la France, avec l'idée de parcourir le Midi et de retrouver, sur les rives de la Méditerranée, quelque chose du soleil natal, dont il avait conservé l'éblouissement dans les yeux.

A Tours, habitait, non pas un ami, dans la force du terme, mais un compagnon d'armes, jeune français, qui, au souffle des premiers jours de la Révolution de 1848, avait senti son cœur s'échauffer, son imagination s'allumer, et qui était parti volontaire pour combattre en Italie.

Arrivé à Milan, le lendemain des journées glorieuses où les Milanais avaient chassé les Autrichiens, il s'était engagé dans l'armée piémontaise, commandée par Charles-Albert; puis, après la défaite de Novare, avait gagné Venise et lutté aux côtés de Manin.

C'est là qu'il avait rencontré Paolo della Rocca, qu'il s'était lié avec lui.

Depuis leur retour en France, ils s'étaient perdus de vue.

Louis Moreau, retourné dans sa famille, famille de riches industriels, n'avait plus fait parler de lui.

Paolo le retrouva associé de son père, dans les affaires jusqu'au cou, en passe de devenir millionnaire, ayant complétement oublié son passé d'enthousiasme révolutionnaire et militant, ayant jeté sa gourme, comme il le disait lui-même, et jugeant très extraordinaire qu'il n'en fût pas de même pour tout le monde.

Rien de moins rare que ces caractères.

Le monde est plein de ces gens qui ont jeté leur gourme. En eux la chaleur du sang éteinte n'a laissé que l'égoïsme et le culte des intérêts matériels. Leurs convictions ne sont faites que de tempérament. Leur amour de la justice n'est que le caprice éphémère des vingt ans pour une grisette que l'on abandonne, à l'âge de raison, afin d'épouser une fille laide, acariâtre et dévote, mais riche et bien apparentée, qui apporte avec elle une étude de notaire, de bonnes terres, ou un siège assuré de député conservateur.

Louis Moreau n'en reçut pas moins à bras ouverts son ancien *copain* de Venise insurgée, comme il l'appelait.

— Étions-nous assez *godiches*, hein? lui dit-il, après les premières effusions, en faisant allusion à leur fougue révolutionnaire.

— Mais je ne trouve pas, fit Paolo, surpris et blessé à la fois.

— Ah! mon bon! vous croyez donc toujours à tous ces grands mots de patrie, de liberté, de République, de Révolution?

— Et vous?

— Moi, je crois à la raison de commerce *Moreau et Cie*. Il n'y a que ça de sérieux et de solide. Le reste ne tient pas devant les troupes régulières. Le temps des paladins est passé. La société actuelle repose sur le travail et l'industrie; et, pourvu qu'on nous procure la paix publique et la tranquillité matérielle qui permet de faire des affaires, nous n'avons rien de plus à demander. Tenez, cette satanée Révolution de 48, cette

République universelle, au service de laquelle j'ai manqué de me faire briser les os, parce que je croyais qu'elle allait réussir, était en train de ruiner mon père, de le conduire à la faillite! Sans le coup d'État victorieux, nous étions sur la paille!

— Croyez-vous?

— Parbleu! je vous montrerai les livres de la maison Moreau, *avant*, *pendant* et *après*. Cela vous convaincra. On ne dément pas les chiffres.

— Et Venise retombée sous le joug autrichien, malgré son héroïque et sublime défense?

— Venise retombée sous le joug autrichien, comme je disais à dix-huit ans, c'est Venise ayant une forte garnison autrichienne qui consomme et fait aller le commerce. Tenez, j'y suis retourné, il y a deux ans, pour affaire... Les cafés étaient pleins d'officiers. Les cafetiers étaient enchantés, et j'ai entendu d'excellente musique militaire sur la place Saint-Marc, en prenant des sorbets délicieux. La maison *Moreau et Cie* a pu s'y créer de superbes débouchés. Voilà la prospérité, la vraie! Quelle différence avec cette pauvre Venise ruinée et *raffalée* du siège! Tout le monde y crevait de misère...

Paolo comprit qu'il était inutile de discuter.

— Ainsi, vous êtes satisfait? reprit-il.

— Enchanté, mon bon ami; je suis l'associé de mon père. Nous gagnons un argent fou... et je vais me marier... Une dot magnifique... Les plus belles terres du département.

— Je vous fais mon compliment.

— Mais vous-même, vous avez hérité, vous voilà riche, m'a-t-on dit.

— Oui.

— C'est le moment de se ranger et de faire aussi un beau mariage.

— Je ne suis pas pressé.

— Oui, oui, j'entends... La vie de garçon a ses charmes... On dit que vous avez des millions...

— On exagère. J'ai juste quinze cent mille francs.

— Soixante-quinze mille livres de rente. C'est un

joli dénier ! Et d'autant plus joli que, d'après ce qu'on
m'a dit, maman et sœurette n'ont rien à prétendre
là-dessus. Cela vous est personnel. C'est le vieux Napolitain, le capitaine Roland, comme nous l'appelions,
en souvenir de Gil-Blas, — car il avait l'air d'un vrai
chef de bandits, — qui vous a légué ça... Les journaux ont raconté l'affaire... Fichtre ! je comprends
que vous aimiez la Révolution vénitienne... Si elle en
avait rapporté autant à tous ceux qui l'ont servie...
on la porterait dans son cœur ! Eh, bien, mon bon, j'en
reviens à mon idée... Il faut vous marier... Vous trouverez facilement une femme qui vous en donnera l'é-
quivalent...

> « Il faut, en ménage,
> Des époux assortis »

fredonna-t-il d'un air malin.

— Je n'épouserai qu'une femme que j'aimerai, dit
froidement le Sarde mélancolique, qui ne comprenait
rien à cette légèreté égoïste, à ce cynisme riant d'un
cœur sec; et, d'ailleurs, cette fortune ne m'appartient pas, comme vous le croyez.

— Ah ! bah! fit Louis Moreau. Est-ce qu'elle est
grevée de donations et autres servitudes ? Est-ce que
vous ne seriez qu'un exécuteur testamentaire, au
lieu d'être l'unique héritier ?

— Légalement, non, moralement, oui. Ma mère et
ma sœur sont pauvres. Je leur réserve cinq cent mille
francs; ce sera la dot de ma sœur, qui n'a que quatorze ans. Je voudrais qu'elle fût mariée, établie,
avant de songer à mon propre mariage... Quant au
million que je m'attribue, je ne me crois pas non plus
en droit d'en disposer entièrement pour ma satisfaction personnelle... Il y a des proscrits italiens qui
meurent de misère, à Paris et ailleurs... Ils ont droit
à une partie de cet argent, qui fut toujours consacré
au service de l'indépendance de l'Italie et de la République universelle.

— Quel âge avez-vous ? demanda le jeune industriel

tourangeau, avec un sérieux moqueur, dont le persi-
flage échappa complétement au Sarde.

— Je vais avoir vingt-six ans. Je parais davantage,
n'est-ce pas ?

— Non, au contraire ! je vous trouve jeune, très
jeune.

« Quel toqué ! pensait Louis Moreau. Il se mettra
sur la paille pour les autres. Il n'y a qu'un bon mariage qui pourrait l'empêcher de faire des sottises.
C'est un brave garçon qui m'intéresse, et puis, après
tout, rien n'est agaçant comme de voir gâcher si niaisement les éléments d'une superbe fortune. »

— Bast ! dit-il tout haut, vous raisonnez comme un
homme, qui ne connaît guère la vie et la société.

— Il est vrai que j'ai vécu fort retiré, pris dans le
laminoire des devoirs sévères de la politique et de la
famille.

— Vous êtes un sauvage, quoi ! Eh bien, il faut
vous civiliser. Tenez, justement, demain, nous don-
nons un petit bal. Toutes les beautés de Tours et des
environs y seront. Beautés à marier, héritières de
choix... Venez-y. Cela vous distraira, et vous change-
rez peut-être d'idées.

— J'accepte volontiers l'invitation, dit Paolo ; mais
je ne pense pas tomber amoureux dans une soirée...

— Ma foi !... on ne sait pas... Je vous présenterai
ma future... Elle n'est pas très belle... mais une excellente famille, et le sac... C'est ce qu'il faut...

Il se frappa le front.

— Ah ! diable !

— Quoi donc ?

— Il y aura la *Charmeuse* ! Défiez-vous de la *Charmeuse* !

— Qui ça ?

— Une jeune fille d'une beauté étonnante... Seulement, nous sommes prevenus, nous autres, les jeunes
gens à marier du pays... Tandis que vous... je dois
vous mettre sur vos gardes.

— Je vous écoute.

XVI

LA CHARMEUSE.

Mais l'explication ne fut pas donnée.

Une tierce personne étant survenue à cet instant, les deux jeunes gens ne purent plus échanger que quelques phrases banales, et Paolo prit congé de son camarade, en promettant d'être exact au rendez-vous indiqué pour le lendemain soir.

Cela peut paraître étrange : un bal était une chose nouvelle, inconnue, pour della Rocca.

A la mort de son père, il n'était guère encore qu'un enfant, et, du reste, les relations de société, les soirées, les bals, sont choses beaucoup moins répandues, beaucoup plus rares dans l'île de Sardaigne qu'à Paris, et même que dans nos villes de province.

La mort de son père avait ruiné la famille, qui ne possédait, comme nous l'avons déjà dit, aucune fortune en dehors du maigre traitement de magistrat touché par M. Serafino della Rocca, juge au tribunal de Cagliari.

La veuve n'avait pas tardé à quitter l'île pour fuir les coups de la vengeance qui avait frappé dans l'ombre son mari, et qui menaçait d'atteindre à présent ses enfants, — tout au moins son fils.

Nous dirons plus tard pourquoi et par suite de quels événements le juge sarde avait succombé sous le poignard d'un bandit, célèbre dans toute la Sardaigne, à cette époque.

Ensuite était venu le contre-coup de la Révolution française en Italie, puis les misères de l'exil, la pauvreté en habit noir, la pire de toutes, le dur et humble labeur du professeur qui court le cachet.

Ce n'est point dans ces conditions, ni dans ces divers milieux, que le jeune Paolo avait pu connaître les fêtes et les plaisirs de la haute société, de la société riche et heureuse.

Il ne faut donc pas s'étonner de l'impression vive et profonde que lui causa le bal donné par la maison Moreau et Cⁱᵉ.

Ce mouvement et cette foule; ces lumières, ces fleurs, cette musique ; ces femmes décolletées, montrant leurs chairs satinées, au milieu de flots de gaze légère, de rubans aux éclatantes couleurs, de guirlandes, de bijoux semés dans les cheveux, autour du cou, des bras ; ces petits pieds finement chaussés glissant en cadence sur le parquet ; cette atmosphère lourde, épaisse, capiteuse, chargée de mille parfums, toute pleine des émanations de la coquetterie féminine, tout cela lui monta au cerveau, l'éblouit, le fascina.

Il faut qu'une femme soit dix fois laide pour n'être pas agréable au bal.

Aussi toutes lui paraissaient charmantes, adorables, idéales, même cette fameuse fiancée, riche et pas trop belle, dont lui avait parlé Louis Moreau et à laquelle son ami venait de le présenter.

Le type méridional, étranger, de Paolo ; sa chevelure d'ébène ; ses yeux noirs, immenses, bien fendus, chargés des effluves de ses ving-six ans conservés par le travail et la sagesse; le bruit, surtout, qu'il était riche et à marier, répandu à dessein par son camarade, firent un succès au jeune insulaire.

Les mères le caressaient du regard, les filles le

lorgnaient du coin de l'œil, derrière leur éventail.

Paolo se crut transporté dans un conte des *Mille et Une Nuits*.

Ses sens, longtemps contenus, s'éveillaient dans ce milieu qui parle à tous les sens à la fois.

Il se sentait amolli, énervé, attendri,

Il se défendait, mais il fondait comme neige au soleil.

Cependant, au bout d'une heure, ses yeux, accoutumés à cet éclat, finirent par établir des différences, avoir des préférences, distinguer les individualités de l'ensemble qui l'enivrait.

Il ne tarda pas à remarquer, notamment, dans un coin retiré, une jeune personne d'un blond soyeux, aux yeux pleins d'étincelles et chargés d'arrière-pensées, dont le regard errait sur la foule avec une étrange expression, tandis que sa bouche, légèrement dédaigneuse, se crispait parfois dans une contraction amère qui disparaissait dès qu'elle se sentait observée.

Sa toilette était des plus simples, quoique portée avec un goût exquis, et pleine de charmes.

Mais ce qui frappait, dans cette jeune fille, c'était elle-même : — elle seule.

Elle paraissait, grande, svelte, élancée.

Ses épaules gracieuses et ses bras ronds, aux fins poignets, avaient cette pâleur rosée propre aux vraies blondes, et qui n'a rien de commun avec la teinte chaude et mate des brunes.

Près d'elle se tenait assise une vieille dame, l'air grave et triste.

A un instant où Paolo la contemplait ardemment, elle leva les yeux sur lui.

Il tressaillit sous ce regard.

C'est que les yeux de la jeune personne, outre leur éclat, étaient étranges. Ils n'avaient, pour ainsi dire, point de couleur définie. Ils n'étaient ni bleus, ni gris, ni noirs, et le brun ne saurait exprimer leur tonalité prodigieuse.

— Elle a des yeux d'or! se dit Paolo, trouvant du premier coup l'expression exacte.

10

Dès cet instant, il ne vit plus qu'elle, ne s'occupa plus que d'elle.

Toutes les autres femmes lui parurent insignifiantes, presque laides, dignes tout au plus de lacer sa bottine de satin blanc.

Or, à force de la contempler, de s'occuper d'elle, encouragé, d'ailleurs, par le coup d'œil qu'elle lui lançait de temps en temps, comme si elle subissait une sorte de fascination sous le regard du jeune homme, Paolo finit par remarquer qu'on ne l'invitait point à danser, ou si peu, qu'elle restait presque toujours assise à sa place, près de la femme âgée qui devait être sa mère.

Quelques personnes mûres lui parlaient seules, tandis que les jeunes gens la lorgnaient à la dérobée et de loin.

Cela choqua Paolo. Il lui sembla qu'il y avait là un abandon injuste, inexplicable ; son cœur, timide et généreux à la fois, s'y encouragea et s'en indigna.

Il avait une propension à aimer les malheureux et les vaincus, à défendre les causes désespérées, à prendre le parti des faibles et des souffrants.

. Sans raisonner, suivant l'élan de sa nature méridionale et primesautière, attiré, qui sait? aussi par les œillades discrètes, mais incontestables, dont il était l'objet, il s'avança tout à coup vers elle et lui demanda, non sans une certaine gaucherie, pâle d'émotion, si elle voulait bien lui faire l'honneur de danser avec lui la valse dont on entendait le prélude.

— Volontiers, monsieur, répondit la demoiselle, sans se faire prier ; — et, se levant, dans sa grâce un peu altière, elle s'abandonna doucement sur son bras.

Quand il sentit ce corps souple contre son corps ; quand sa main toucha cette taille flexible ; quand l'haleine tiède et parfumée, sortie de cette jolie bouche, effleura son visage ; quand ses yeux rencontrèrent de plus près, et encore plus animés par la danse, ces yeux étranges qui semblaient jeter des étincelles d'or ; quand il vit, presqu'à portée de ses lèvres, se soulever et s'abaisser ce sein ferme et blanc que la robe indiscrète laissait deviner dans ce qu'elle ne montrait point,

l'homme ardent, passionné, plein de la fougue des désirs
ignorés et non satisfaits, s'éveilla brusquement dans
le proscrit et le transforma, comme le coup de baguette d'une fée.

Le tempérament éclatait violemment, brusquement,
arrachant le cœur à son engourdissement, ou, plutôt,
lui faisant connaître, après les battements de l'enthousiasme patriotique et l'ardeur de la mort bravée sur
les champs de bataille, les palpitations profondes et
les emportements âcres et doux à la fois d'un premier
amour, fait d'imagination et de désirs.

Il l'invita sept ou huit fois de suite et ne dansa,
dans la soirée, qu'avec elle, négligeant même d'inviter les deux sœurs et la fiancée de la maison Moreau et Cᵉ.

Cela était fort inconvenant.

Mais Paolo ne s'en doutait pas.

Les mœurs italiennes ne sont point les mœurs fran-
çaises, et cette façon d'agir, qui affichait si étrangement ses préférences, et d'une façon si compromettante pour celle qui en était l'objet, n'aurait blessé
personne dans son île perdue au milieu de la Méditerranée.

Quant à la danseuse, qui savait et comprenait, elle
paraissait se moquer absolument du qu'en dira-t-on
et du scandale évident, quoique discret, dont elle devenait l'occasion.

Paolo et la jeune fille causèrent beaucoup pendant
cette longue soirée.

Il lui raconta sa vie, sans rien en taire.

Elle l'écoutait avidement, l'interrogeait adroite-
ment.

Il n'apprit d'elle que son nom : Renée de la Baumette, et les détails que tout le monde eût pu lui dire
à Tours. Elle avait perdu son père, autrefois associé
de la maison Moreau et Cᵉ ; elle vivait avec sa mère,
dans leur château, à la campagne. Elles n'étaient venues à Tours que pour quelques semaines, afin de
suivre, de plus près, un procès d'où dépendait leur
fortune.

A trois heures du matin, la mère et la fille quittèrent les salons pour se retirer à leur domicile

Paolo s'élança derrière elles, avec sa fougue et son laisser-aller italien, et, voyant qu'elles n'avaient point de voiture, offrit son bras pour les reconduire chez elles, ce qu'elles acceptèrent, la mère en hésitant, la fille sans trouble.

Elles demeuraient dans un petit hôtel de troisième ordre, à l'extrémité de la ville, de l'autre côté du pont qui coupe la Loire.

Lorsque la porte se fut refermée sur elle, il resta encore quelques minutes planté devant cette porte, humant l'air imprégné du parfum de la jeune fille.

Le lendemain, à midi, il rêvait dans son lit, quand la porte s'ouvrit, et Louis Moreau apparut.

— Eh bien, vous êtes encore gentil, vous ! s'écria l'associé et l'héritier de la maison Moreau et Cie. Quel sauvage vous faites ! D'où sortez-vous donc ? J'en ai eu de beaux reproches pour vous avoir invité !... Et me voilà presque compromis !...

— Qu'y a-t-il donc ? demanda Paolo, fort surpris.

— Il le demande ? Que diable, cher ami, la maison Moreau est une maison honnête, une maison chic, où on ne vient pas pour lever des femmes !

— Je ne comprends pas !

— Il ne comprend pas ! Il est magnifique ! Quoi ! hier, vous venez au bal, et qui faites-vous danser ! La Charmeuse ! Je vous avais pourtant dit de vous défier. Passe pour une fois, bien ; mais dix fois, mais tout le temps ! Et puis vous sortez sur ses talons, vous l'accompagnez à son hôtel, vous restez planté devant la porte. On ne parle que de ça en ville. Tout se sait à Tours, voyez-vous, mon bon !

— Eh bien, après ?

— Il dit : Eh bien, après ? Il est sublime ! Mais mon cher, ça ne se fait pas, ces choses-là ! Je vous lance dans le monde... j'avais jeté mon dévolu sur une petite fille, fort bien, un peu chlorotique, mais il n'y a pas de mal, — elles sont plus douces ; — sage comme une image, un million de dot, fille unique ! La mère com-

mune, je ne dis pas... on la balance après le mariage. .
Le père apoplectique... excellente chose... Et voilà
monsieur qui fait ses frasques... Il faut que vous soyez
sourd et aveugle, pour n'avoir pas entendu le murmure que votre conduite soulevait, pour n'avoir pas
vu les regards indignés dont on a poursuivi votre fuite,
qui ressemblait à un enlèvement. Mes sœurs sont fu-
rieuses... Du diable si je sais comment vous excuser !...

— Pourquoi n'aurais-je pas fait danser mademoiselle de la Baumette ?

— Il le demande !

— Elle est charmante... Je n'ai vu qu'elle qui me
plût, et personne ne l'invitait.

— Parbleu !

— Pourquoi ?

— Parce qu'elle n'a pas le sou et qu'elle est trop
jolie ! C'est la Charmeuse, vous dis-je. On la fuit. Les
mamans arracheraient les yeux à leurs fils, si elles les
voyaient papillonner autour d'elle, et les papas les
exileraient au diable, pourvu que ce fût loin de la
Circé.

— Ainsi, son crime, c'est sa pauvreté et sa beauté ?

— Tout juste.

— Ah !

— Ça vous étonne ?

— Beaucoup.

— Il est à mettre sous globe ! s'écria Louis Moreau.
Voyons, entre nous, je comprends qu'elle inspire un
caprice... Nous la guettons tous... prudemment...
Mais, encore une fois, ce n'est pas chez moi, en plein
bal, qu'il fallait vous afficher ainsi ! Je n'oserai plus
l'inviter, voilà ce qu'elle y aura gagné... Tout le monde
doit dire qu'elle est votre maîtresse... Ah ! vous allez
bien, messieurs les Italiens !

— Eh bien, alors, c'est moi qui vous inviterai à ma
noce, dit froidement Paolo, devenu très pâle.

10.

XVII

OU L'ON VOIT QUE DON QUICHOTTE
N'EST PAS MORT.

Dès que Louis Moreau fut parti, cette fois bien définitivement convaincu qu'il avait affaire à un fou,
Paolo se leva précipitamment, s'habilla en un tour de
main, sortit de chez lui, et se rendit tout droit dans le
faubourg, à l'hôtel, où, la veille, au milieu de la nuit,
il avait reconduit madame de la Baumette et sa fille.

Sa résolution était prise.

Son cœur et ses sens s'étaient éveillés à la fois, tout
d'un coup, dans le même instant, pour la même personne, et l'emportaient comme en une sorte de fièvre.

Il aimait, brusquement, violemment, à la façon dont
aiment ces tempéraments de feu, longtemps contenus
par la timidité et le sentiment du devoir, en qui la
passion s'accumule comme l'eau d'un étang derrière
une digue.

La digue, lentement minée, s'écroule un beau matin, et c'est un torrent qui s'échappe de ses flancs dé-
chirés, torrent dont le flot ne connaît plus d'obstacle
et se précipite en avant, toujours en avant.

D'ailleurs, Renée lui était apparue dans les conditions voulues pour déchaîner son besoin d'aimer, de s'attacher à une foi, de s'y dévouer.

Ce besoin, il l'avait trompé, plutôt que satisfait, en aimant d'abord la patrie, en lui offrant tout son sang.

La patrie vaincue, il s'était jeté dans les devoirs obscurs de la famille, sacrifiant, sans compter, sa jeunesse ardente à soutenir sa mère et sa sœur, qu'il adorait ; qui n'avaient d'autre appui, d'autre espoir que lui.

La fortune venue, en se sentant plus libre, il courait à la femme, à cet être fait de grâce et de beauté, qui est la tendresse et qui est le plaisir, qui confond sa vie avec la vôtre, et s'identifie si bien à vous qu'à deux on ne fait plus qu'un.

Il avait connu l'amour-héroïsme et l'amour-devoir : le tour était venu de l'amour-passion.

Il passait par les trois phases où passe tout homme de cœur. Seulement il en avait renversé l'ordre.

Si Renée n'avait eu que sa beauté pour elle, l'éclosion eût été moins rapide, moins foudroyante. Il eût hésité, reculé, peut-être, devant le sentiment si inattendu qui l'envahissait.

Non-seulement elle lui était apparue dans un cadre tout nouveau pour lui, et qui lui avait prêté une partie de son charme et de ses séductions, mais l'espèce d'ostracisme dont elle était l'objet, l'abandon auquel la condamnait sa pauvreté, le blâme que la société devait jeter sur une semblable union, jugée impossible ou ridicule par tous les égoïsmes, et tous les bas calculs d'intérêt que haïssait della Rocca, en donnant un caractère de générosité et de désintéressement à sa passion, achevaient de l'exalter.

Il y avait en lui du don Quichotte et du révolté, de l'homme qui redresse les injustices et qui se cabre sous les lois qui choquent son besoin d'équité.

— Ah ! elle est pauvre et on la fuit ! se disait-il. Ah ! l'on rêve d'en faire sa maîtresse, et l'on ne voudrait pas en faire sa femme ! Ah ! je l'ai compromise ! Ah ! l'on croit que je la courtise pour la séduire et la déshonorer, pour exploiter sa misère, sa faiblesse et sa beauté ! Eh bien, j'en ferai ma femme ! Elle est jeune, elle est belle, elle est honnête, je l'aime, cela suffit. Elle portera mon nom. J'aurai conquis le bonheur et fait une bonne action à la fois ; j'aurai prouvé à ce monde, féroce dans son implacable égoïsme, que j'agis comme je pense.

Renée, du reste, l'attirait encore par la facilité de son accueil.

Timide auprès des femmes, ainsi que tous ceux qui les aiment réellement, c'est-à-dire avec le cœur et non pas seulement avec les sens, près d'une fille timide elle-même, il n'eût pas oser se prononcer peut-être. Mais Renée l'avait encouragé, mis à l'aise, pris comme il se présentait, sans faire appel aux usages du monde, sans se retrancher derrière eux. Elle avait paru courir à lui comme il courait à elle, en droite ligne, franchement.

C'était bien la conduite qu'il fallait tenir avec cet enfant ardent du midi, mélancolique, ignorant, enthousiaste et encore à demi sauvage, que le manège savant et raffiné de la coquetterie française aurait absolument dérouté, démoralisé et conduit à se renfermer en lui-même

Sur l'indication du garçon de l'hôtel, il gravit deux étages et frappa à la première porte à sa droite, portant le n° 13.

S'il n'avait pas été emporté par une ardeur immense et qui le dominait, ce chiffre fatidique eût fait réfléchir le Sarde superstitieux.

— Entrez ! dit une jeune voix.

Il entra, et se trouva dans une chambre pauvrement garnie d'hôtel de dernier ordre, en face de mademoiselle de la Baumette.

Elle ne parut pas trop surprise, l'accueillit avec un charmant sourire, et lui montra, sans embarras, un fauteuil recouvert d'une housse de calicot blanc, en lui faisant signe de s'asseoir.

— Ma mère est sortie pour son procès, dit Renée; mais, si vous voulez l'attendre, elle ne tardera pas à rentrer.

— Mademoiselle, répondit Paolo d'une voix très émue, et la dévorant de la flamme de ses yeux noirs, qui ressortaient encore sur la pâleur de son teint mat et légèrement basané, c'est à vous d'abord que je désirais parler, à vous seule, car c'est de vous seule que je désire obtenir une réponse franche et sincère, comme la proposition que je viens vous apporter...

— Je vous écoute, monsieur.

— Il paraît qu'hier au soir, je vous ai compromise.

Renée tressaillit imperceptiblement, hésita une seconde, puis, relevant la tête et le regardant bien en face, avec un sourire fier :

— Cela est vrai, monsieur, répliqua-t-elle.

— Il paraît, qu'en France, il n'est point convenable de faire danser exclusivement une jeune fille, près de laquelle on se plaît.

— Cela est vrai, monsieur.

— Il paraît que cela peut faire naître des suppositions ou des commentaires qui sont également injurieux pour les intentions de l'homme qui a manifesté cette préférence et pour la jeune fille qui en a été l'objet.

Renée rougit.

— Cela est vrai, monsieur.

— Pourquoi ne m'en avez-vous pas prévenu, mademoiselle ?

Renée ne répondit pas instantanément.

— Parce que, dit-elle enfin, avec une certaine lenteur, et d'un ton très doux, vous êtes étranger, et qu'il suffit de vous voir pour comprendre que ces commentaires ne pouvaient vous atteindre.

— Mais vous, mademoiselle...

— Oh ! moi... qu'ai-je à perdre ? Je ne vis point dans le monde ; ma position de fortune me l'interdit... Dans huit jours, dans quinze jours au plus, j'aurai quitté Tours, pour retourner à la Baumette, où je reprendrai, près de ma mère, ma vie de recluse. Le monde n'aura pas l'occasion de me faire sentir sa colère. Je vois, monsieur, que vous ne savez guère nos habitudes. Je suis pauvre, très pauvre. Ma mère pour-

suit, sans espoir, un procès qui, si elle le gagnait,
— mais elle le perdra, — nous donnerait, non pas la richesse, mais un demi bien-être suffisant pour deux
femmes qui vivent à la campagne. Dans ces conditions,
je sais que je ne trouverai point de mari. En me compromettant hier, ainsi que j'ai fait, sous l'œil de ma
mère, je ne risquais point d'effaroucher ou d'éloigner
quelque prétendant possible ou probable. Vous avez
vu avec quel soin les jeunes gens à marier évitaient
de s'approcher de moi. On a beau savoir certaines
choses, on ne les accepte pas toujours sans un peu de
révolte. De tout autre, j'aurais refusé les avances que
vous m'avez faites... Mais, comme moi, vous êtes de
passage à Tours. Demain, vous partirez pour n'y plus
revenir... J'ai cédé au désir, — coupable peut-être,
je n'en disconviens pas, — de protester contre mon
ostracisme, de montrer, à tous ces jeunes gens, qu'ils
étaient lâches, à toutes ces jeunes héritières que je
dansais mieux qu'elles et que j'aurais ma part des
plaisirs de cette fête, quoique pauvre ! C'est une petite
insurrection de ma part... J'espère que votre estime
pour moi, à vous, insurgé proscrit, n'en diminuera
pas : — c'est tout ce qu'il me faut.

Paolo buvait les paroles de Renée.

Il eût été impossible de tenir un langage, de prendre une attitude, qui lui fussent plus sympathiques, qui
lui allassent plus directement au cœur, qui répon-
dissent mieux à tous ses sentiments, à ce secret idéal
d'une certaine femme que nous portons tous en nous.

Elle était donc, elle aussi, de la classe des révoltés ;
une de ces natures fières qui se redressent sous les
injustices et bravent la niaiserie triomphante, l'é-
goïsme vainqueur.

Il n'y a que quelques femmes pour deviner un
homme ainsi, en peu d'heures ; pour découvrir la fis-
sure par où l'on peut pénétrer en lui, s'y installer, et
devenir maître de la forteresse.

— Pourquoi dites-vous que vous ne trouverez point
de mari ? reprit-il, quand elle se tut. — Vous êtes trop
jeune et trop jolie pour désespérer...

— Je suis jeune, il est vrai... jolie... puisque c'est votre avis... mais je n'ai point de dot... Le château de la Haumette et les terres qui l'entourent ne rapportent pas trois mille livres de rente, et cela appartient à ma mère, sa vie durant. Or, monsieur della Rocca, en France, on n'épouse point, de nos jours, une fille sans dot, surtout quand elle est jolie et quand elle a reçu, comme moi, une éducation de demoiselle riche, et qu'elle ne sait rien faire. Laide, sans éducation, je trouverais quelque petit employé, sans fortune lui-même, qui me prendrait pour tenir son ménage et élever ses enfants. Jolie et instruite, on se dit qu'il me faudra le luxe et les plaisirs du monde, et qu'il n'y a rien de plus coûteux qu'une femme dans ces conditions. Celui qui me prendrait ferait une mauvaise affaire, serait blâmé de sa famille, de ses amis, du monsieur qui passe dans la rue. Pauvre, il ne pourrait; riche, il penserait qu'il doit doubler sa fortune par un bon mariage. Il faudrait, pour braver tout cela, un héros. J'ai entendu dire que le temps en était passé.

Paolo della Rocca s'était levé.

— Mademoiselle, lui dit-il, voulez-vous me faire l'honneur de m'accepter pour époux?

Renée devint fort pâle.

Elle resta un instant silencieuse. On voyait qu'un vif combat se livrait en elle.

Paolo la regardait, attendant respectueusement sa réponse.

Enfin, elle releva les yeux sur lui, et, souriant faiblement, elle reprit:

— Monsieur, de tout autre je croirais à une plaisanterie cruelle...

— Je ne plaisante pas, mademoiselle: je réitère ma demande.

— Ainsi, c'est sérieux?

— Très sérieux.

— Vous ne me connaissez pas.

— Je crois le contraire.

— Vous m'avez vue hier, pour la première fois, et

parce que nous avons dansé ensemble plus qu'il n'était convenable...

— Ce n'est point pour cela... que je vous aime!

— Je vous plais peut-être; mais réfléchissez, et prenez garde de céder à un entraînement de générosité... ou à un caprice d'imagination.

— Est-ce moi personnellement qui vous déplaît et que vous refusez?

— Non, monsieur : — je vous ai vu à peine, mais il me semble que je n'ai jamais rencontré un homme plus digne de respect, d'estime, de sympathie.

— Alors, pourquoi me repousser?

— Pour vous!

— Si vous n'avez point d'autre motif, sachez que mon bonheur, c'est vous.

— Vous le croyez, puisque vous le dites, aujourd'hui, mais demain...

— Le temps n'y fera rien. Je veux bien attendre... non pour vous connaître mieux, mais pour me faire connaître de vous.

— Oh ! oui, oui, attendons, reprit Renée avec quelque agitation.

— Acceptez-moi, du moins, dès à présent, comme fiancé. Vous avez ma parole. Paolo della Rocca n'y a jamais failli... Voici ma main.

Renée se tenait debout devant lui.

— Voici la mienne, dit-elle, en effleurant de ses doigts effilés celle qu'on lui tendait; mais comme amie... pour vous remercier de cette preuve de confiance et d'estime, qui me touche... et que je n'oublierai pas... Quant au reste...

— Quant au reste?...

— C'est ma mère que cela regarde ..

— Et si elle dit oui ?

— C'est elle qui décidera, monsieur.

— Merci, oh ! merci.

Et il porta à ses lèvres brûlantes la petite main froide et blanche de mademoiselle de la Baumette.

XVIII

CORRESPONDANCE.

Quelques jours après, Paolo écrivait à madame della Rocca la lettre suivante :

« Ma chère mère,

» Je viens t'annoncer une nouvelle qui te surprendra, mais que tu ne blâmeras pas, je l'espère, quand tu sauras les raisons qui m'ont décidé.

» Je vais me marier.

» J'aime, vois-tu ! J'ai découvert la femme qui seule pouvait m'inspirer cette passion profonde et durable, sans laquelle je ne comprends point le mariage; la femme qui fera mon bonheur, cette âme sœur que nous revons, et qu'il arrive si rarement de rencontrer !

» Jeunesse, — elle a vingt ans, — beauté, éducation, esprit, fierté, indépendance du caractère, noblesse du cœur. elle a tout pour elle; tout, y compris la pauvreté, y compris les dédains odieux de ce monde égoïste, dont les préjugés m'ont toujours indigné.

11

» Elle a tous les trésors que peut désirer un homme ;
» mais elle n'a pas de dot, et le reste ne compte pas.

» La voilà condamnée à la vie isolée, triste, sans
» foyer, et elle n'est pas femme à en accepter un au-
» tre, repoussée par la société, où chacun guette sa
» première faute, espérant en profiter ; s'embusquant,
» comme un chasseur à l'affût, pour surprendre sa
» pureté et se faire du plaisir avec sa honte.

» Pas un homme n'irait à elle, lui disant : Voilà ma
» main, mon cœur, voilà ma fortune !

» Sa position ressemble à la mienne, il y a six mois,
» avant cet héritage qui nous a tirés du bourbier de
» la misère.

» Son père est mort, après s'être ruiné, la laissant
» seule avec sa mère, femme estimable, mais de peu
» de caractère, et presque sans ressources.

» Sauf que tu es la femme antique, digne de la Rome
» libre du passé, n'est-ce pas la même position que
» la nôtre ?

» Un cœur généreux nous a sauvés.

» Il me semble que je dois rendre la pareille à un
» être dans ma position, pour me montrer digne d'une
» fortune que je n'attendais pas.

» C'est dans un bal, à Tours, il y a huit jours, que
» je l'ai vue pour la première fois, et, dès que je la
» vis, je ne vis qu'elle.

» Si tu savais comme elle était différente des au-
» tres, comme elle leur était supérieure !

» Je sentis, je devinai, à l'instant, un cœur fier et
» froissé, qui n'acceptait pas l'ostracisme dont il
» était frappé.

» Personne n'invitait cette jeune fille. On la laissait
» pour d'autres cent fois moins belles. La pauvreté
» fait peur. On aurait craint de s'afficher près
» d'elle...

» Cela me révolta.

» Puis, chose étrange : moi, si timide auprès des
» femmes, qui n'ai jamais su leur parler et leur plaire,
» je me trouvais à l'aise près d'elle, sans embarras...
» Je parlais facilement. Je lui racontais mon histoire.

» Elle disait peu de choses, mais elle m'écoutait,
» m'interrogeait d'un mot...

» Ah! il y a certaine manière d'écouter qui vous
» rend éloquent, bavard. Il était évident que je lui
» plaisais. Point de coquetterie, de manèges, de fausse
» pruderie. C'était un camarade et c'était une femme
» adorable.

» Je la fis danser toute la soirée, je la ramenai chez
» elle avec sa mère.

» Le lendemain, j'appris que je l'avais compromise,
» que tout le monde lui jetait la pierre, qu'on la
» croyait ma maîtresse.

» Infamie!

» Et pourquoi?

» Était-elle de celles qu'on n'épouse pas?

» Non; mais elle est pauvre et je suis riche! Toujours
» le même refrain.

» Je l'aime déjà comme un fou.

» L'indignation me donna l'audace.

» Je courus chez elle. Je la trouvai seule.

» — Est-il vrai que je vous ai compromise? lui de-
» mandai-je.

» — C'est vrai! répondit-elle.

» — Pourquoi m'avez-vous laissé faire?

» — Parce que je dédaigne l'opinion d'un monde
» où je ne fais que passer; parce que je suis révoltée
» de sa froide et lâche injustice; parce que, con-
» damnée par l'humilité de ma situation à ne jamais
» trouver de mari, il m'importe peu d'effaroucher ou
» de choquer les sots, pourvu que ma conscience ne
» me reproche rien; parce que c'était une revanche,
» une petite révolte, qu'un révolté comme vous me
» pardonnera.

» N'est-ce pas que c'est charmant, cette réponse,
» et que cela peint toute une nature?

» Ses yeux, en même temps, d'admirables yeux pail-
» letés d'or .. elle est blonde, comme nos Vénitiennes!

» — me disaient: Parce que vous me plaisez aussi...
» parce que vous ne ressemblez pas plus à tous les
» hommes, que je ne ressemble à toutes les femmes;

» parce que je vous ai distingué des autres, ainsi
» que vous m'avez distinguée...
    » Je lui offris ma main et mon cœur.
    » Elle parut surprise et touchée, sans pose, ni affec-
» tation, ou exagération.
    » Elle semblait comprendre qu'entre nous, frère et
» sœur par l'âme, on devait parler le langage de la
» franchise et agir autrement qu'on n'agit d'après les
» règles de la société qui me repoussait hier et qui la
» repousse aujourd'hui.
    » Elle refusa d'abord. Elle voulut que j'aie le temps
» de réfléchir, de la connaître mieux.
    » Plus je la vois, plus je l'aime... Puis ma parole
» est engagée.
    » Elle s'appelle Renée, Renée de la Baumette.
    » N'est-ce pas, ma mère, que j'ai bien fait?
    » N'est-ce pas que tu m'approuves?
    » Embrasse pour moi ma chère petite Eva; dis-lui
» qu'elle aura bientôt une grande sœur digne d'elle!
    » Je t'embrasse aussi, comme je t'aime
    » Avant peu, tu auras trois enfants à t'adorer.

                    Paolo DELLA ROCCA.

Deux jours, après Paolo recevait la réponse suivante
de sa mère:

        » Mon cher enfant,

    » Ta lettre m'a toute bouleversée! Ainsi, te voilà
» amoureux! Que répondre à un amoureux?
    » Cela devait arriver, tôt ou tard ; je m'y attendais,
» et, pourtant, cela me surprend et m'effraie.
    » Certes, j'ai rêvé pour toi, bien des fois, une com-
» pagne affectueuse, digne de toi, capable de com-
» prendre ton cœur et de faire ton bonheur.
    » Mais j'espérais que je serais admise à participer à
» ton choix ; que je la connaîtrais d'abord, que j'au-
» rais pu l'apprécier, la juger, te guider, et te conseil-
» ler, dans la mesure où je le devais et où tu me
» l'aurais permis.
    » Crois bien que je ne veux, que je n'ai jamais

» voulu, que je ne voudrai jamais empiéter sur ta
» liberté.

» Tu es un homme, si tu es mon fils, un homme
» bon, intelligent et fier, en qui j'ai pleine confiance,
» et, de moi à toi, il ne peut être question d'autorité
» maternelle, mais simplement de sollicitude amicale.

» Je te connais mieux que tu ne te connais toi-même,
» mon pauvre enfant. Je sais toute ta générosité ; je
» sais jusqu'à quel excès tu pousses l'enthousiasme du
» devoir, et, en même temps, que d'ardeurs contenues
» remplissent ton cœur, qui n'avait encore battu que
» pour la patrie, la Révolution, ta mère et ta sœur.

» Je sais que, le jour où tu te donneras, tu te don-
» neras tout entier, sans arrière-pensée, avec une
» sorte de fanatisme religieux. Je sais que tu mettras
» toute ton énergie, toute ton imagination, qui est
» vive et naïve encore, dans le premier amour où tu
» seras pris, et que, dans ces conditions, avec ta na-
» ture faite de tendresse et d'abnégation, le choix
» d'une femme est plus grave, le mariage cent fois
» plus sérieux pour toi que pour tout autre.

» De là mes craintes, de là mon trouble.

» Je ne doute point de tes intentions : je doute de
» ton expérience. Tu ne connais point le monde, ni
» les hommes, ni les femmes.

» Si tu te trompais ?...

» Cette brusque éclosion en toi d'une passion nou-
» velle n'a-t-elle pas de quoi surexciter toutes mes
» terreurs, toutes mes inquiétudes ?

» Ah! l'amour est une terrible chose, vois-tu, pour
» certains caractères.

» Juge par toi-même de la révolution qu'il a déjà
» accomplie en toi.

» Tu as vu cette jeune personne, pendant quelques
» heures à peine, et déjà tu ne songes plus qu'à elle ;
» pour elle tu oublies tout le reste.

» Rappelle-toi tes projets, au départ, lorsque tu te
» vis en possession de cette fortune si inattendue.

» Alors, tu comprenais la situation vraie.

» Tu songeais à tes frères plus malheureux en exil,

11.

» à ces pauvres vaincus de l'indépendance italienne,
» et tu voulais continuer, en partie, l'œuvre de propa-
» gande et de secours à laquelle le vieux patriote na-
» politain avait consacré toujours la plus grande
» partie de ses immenses richesses.

» Tu songeais à ta pauvre petite sœur, notre Eva,
» qui a quatorze ans aujourd'hui, qui a droit égale-
» ment à sa part de bonheur, et qui ne l'aura que si
» tu la lui réserves.

» Comment veux-tu qu'elle se marie, elle aussi
» sans dot, sans ressources, n'ayant que sa beauté
» et son cœur pour elle ?

» Crois-tu qu'elle trouvera un second Paolo ?

» Et ce qui t'attendrit et t'exalte, au sujet de cette
» jeune personne, mademoiselle Renée de la Baumette,
» ne devrait-il pas te rappeler que sa situation est celle
» de ta sœur, si tu l'abandonnes, si ton amour d'au-
» jourd'hui te fait oublier tes devoirs de frère ?

» Moi, tu le sais, je n'ai jamais prétendu à ta for-
» tune.

» Elle est à toi, bien à toi.

» Vieillie avant l'âge, infirme, mon bonheur sera le
» bonheur de mes enfants, ma richesse, leur richesse.
» J'ai peu de besoins, et mon fils saura toujours y
» pourvoir.

» Mais ta sœur, elle ?

» J'avais rêvé, je l'avoue, qu'elle se marierait la
» première.

» Que fallait-il attendre pour cela ?

» Deux ans, trois ans peut-être !

» Elle mariée, dotée par toi, assurée ainsi d'avoir
» un avenir de joie et de bien-être, de pouvoir écouter
» son cœur, tu redevenais libre, et je m'endormais du
» sommeil éternel, sachant mes deux enfants égale-
» ment à l'abri de la misère, armés contre les luttes
» de la vie matérielle, heureux tous deux.

» C'était ton sentiment, il y a six mois.

» C'était ton sentiment, il y a huit jours.

» Une femme passe, qu'en reste-t-il ?

» Puis cet amour en lui-même m'effraie, je le répète.

» Il a été bien brusque, bien foudroyant.

» Tu ne connaissais point, tu ne connais pas celle à
» qui tu donnes ton cœur, ton nom, ta vie.

» Qu'elle soit belle, adorable, je n'en doute pas. Mais
cela ne suffit point.

» Tu la vois avec des yeux épris.

» Tu n'as pu apprécier ni son caractère ni sa nature
vraie.

» Crois-tu que la femme à qui l'on offre sa main, à
» qui l'on fait sa cour, qui vous voit amoureux d'elle,
» soit la femme de tous les jours?

» Non, mon cher enfant. Elle veut plaire. Cet effort
» la change et ne dure pas éternellement.

» Puis, si tu l'as aimée, à première vue, avec cette
» violence, est-il probable, vraisemblable, que l'effet
» produit ait été le même des deux côtés?

» Crois-tu, réellement, qu'elle puisse, à l'instant,
t'aimer autant que tu l'aimes?

» J'avais rêvé pour toi, je l'avoue, une femme qui
» t'eût aimé, elle aussi, exclusivement, pour toi-même,
» de toutes les forces de son âme, ainsi que tu mérites
» d'être aimé.

» Pourrais-tu, oserais-tu m'affirmer que cela soit?

» Le crois-tu, même?

» Que tu lui aies plu, que tu lui plaises, c'est pos-
» sible. — Ma vanité maternelle n'est que trop portée
» à admettre que nul ne peut te voir sans t'apprécier,
» t'admirer et t'aimer.

» Mais ma raison me dit ceci :

» C'est qu'évidemment ton amour est désintéressé,
» fait d'enthousiasme et de générosité.

» C'est que je n'ai aucune preuve du sien.

» Je vois ce que tu donnes, et je vois ce qu'elle re-
» çoit.

» Tu es riche, elle est pauvre.

» Tu reconnais que personne ne l'épouserait, ne le
» lui a proposé, n'y songe...

» Elle te l'a avoué.

» Qu'y a-t-il d'étonnant à ce qu'elle encourage, à
» ce qu'elle accepte un homme jeune, beau, riche,

» qui vient lui ouvrir tout à coup la porte du paradis
» dont elle se croyait exclue ?

» Elle fait une bonne affaire.

» Qu'elle ait de la sympathie pour toi, je veux le
» croire. Qui n'en aurait, et de la reconnaissance, en
» pareil cas ?

» J'aurais préféré qu'elle t'aimât, pour toi-même,
» pour toi seul ; qu'elle t'eût choisi, comme tu l'as
» choisie ; qu'elle n'eût vu que toi, comme tu n'as vu
qu'elle.

» En un mot, je suis bien sûr qu'elle t'épousera vo-
» lontiers.

» Je ne suis pas sûre qu'elle t'aime.

» Elle peut le dire, mais c'est ton amour seul qui
» sera prouvé par votre union.

» Mon enfant, ma lettre va t'affliger. J'espère qu'elle
» ne t'irritera pas contre moi.

» Je te devais de te parler sérieusement, à cœur ou-
» vert, de répondre, par le langage de la froide raison,
» du bon sens, de l'expérience, du DEVOIR, au lan-
» gage de la passion, qui oublie tout ce qui n'est pas
» elle et qui transforme tout ce qu'elle touche.

» Je ne connais pas cette jeune personne ; tu ne peux
» donc supposer que j'aie quelque parti pris contre-
» elle.

» Ma santé ne me permet point d'aller la trouver,
» de la voir.

» Je te demande seulement une grâce :

» Attends, avant de faire un acte irréparable, at-
» tends d'être sûr de toi-même et de la connaître
» davantage.

» Tu ne doutes pas de toi, n'est-ce pas ?

» Tu ne doutes pas d'elle ?

» Eh bien, accorde-moi un an. Ce sera l'épreuve
» de ton amour.

» Tu ne peux me refuser cela...

» Si, dans un an, tes sentiments n'ont point changé,
» eh bien, je serai la première à te dire : épouse-la.

» Songe à ceci, cher enfant : c'est que, dans la pre-
» mière femme à qui l'on donne son cœur, bien sou-

» vent, c'est l'amour qu'on aime, la femme, non telle
» femme en particulier.

» On a besoin d'aimer : une femme se rencontre,
» qui trouve ce trésor et le ramasse. Ce n'est pas un
» choix, ce n'est pas une sympathie particulière, per-
» sonnelle: c'est un hasard.

» Je ne veux rien t'imposer, je te supplie. Attends.
» Laisse-moi m'informer. Laisse-toi le répit nécessaire
» pour te reconnaître et voir clair en toi.

» Cela vaudra mieux pour toi et pour elle.

» Ne m'en veux pas de cette longue lettre, qui cho-
» quera ton ardeur.

» N'y vois que la preuve de mon affection profonde.

» Je compte sur ton affection pour comprendre mes
» hésitations, pour accepter mes conseils, pour ne
» pas me refuser la grâce qu'implore la mère qui
» t'adore et ne veut que ton bonheur, que le bonheur
» de ses deux enfants.

» Caterina Della Rocca. »

XIX

OU LA RAISON N'A PAS RAISON.

La mère ne se trompait pas.

Sa lettre produisit sur son fils l'impression la plus vive. Seulement, au lieu de le dissuader, ou de le pousser à réfléchir, comme l'avait espéré madame della Rocca, elle amena un effet tout contraire.

Elle lui fit une impression pénible, plus pénible qu'une opposition nette et violente, parce que rien au monde n'est plus cruel que de se trouver en face de la froide raison, quand on est décidé à commettre une folie ; — et elle ne l'ébranla pas dans sa résolution, parce que, la raison étant une chose, et la passion une autre chose, elles suivent deux lignes parallèles qui ne se rencontrent jamais.

Il aimait trop sa mère, il avait trop le sentiment du devoir, il était trop réellement honnête, en un mot, pour ne pas souffrir et s'affliger de cette discrète opposition qui ne faisait appel qu'à son intelligence et à son cœur.

Mais son cœur était plein de l'image resplendissante de la femme désirée ; l'amour l'avait envahi, en

occupait les plus petits recoins, et dictait mille sophismes à l'esprit tendu vers un seul but.

Il répondit à sa mère, avec une affection réelle,
mais qui n'était pas exempte d'amertume, « que rien
» ne prouvait qu'il eût oublié ses anciens engagements ;
» qu'il n'était pas une de ces natures égoïstes en qui
» l'amour éteint tout le reste; qu'il ne cédait pas
» à un vulgaire entraînement ; que celle qu'il avait
» choisie était digne et capable de le comprendre ;
» qu'habituée à une vie restreinte, pauvre même, elle
» ne demandait ni ne rêvait le luxe; qu'elle connais-
» sait les charges, les sentiments et les devoirs de
» l'homme qu'elle acceptait, et qu'elle serait la première
» à les lui rappeler, s'il était tenté de les oublier; que,
» par conséquent, sa mère ni sa sœur n'avaient rien
» à craindre; qu'il saurait toujours assurer la vie de
» la première, sauvegarder la dot d'Eva, songer à ses
» frères malheureux, à son œuvre de propagande pour
» l'indépendance italienne; qu'il avait fait trois parts
» de sa fortune : une pour l'Italie, une pour sa pre-
» mière famille, une enfin, la plus petite, pour lui-même,
» et qu'il se croyait le droit d'appeler à la jouissance
» de cette part la femme qui porterait son nom.
» Ainsi, il sortirait d'une cruelle position celle qu'il
» aimait d'amour, et dont il était aimé. »

Il perçait, dans toute cette réponse, à côté des
effusions d'une tendresse réelle et profonde, une sorte
de susceptibilité et d'irritation, peut-être inconsciente,
qui ne pouvait échapper aux yeux d'une mère.

» Je n'ai jamais douté de ton cœur et de tes inten-
» tions, répondit tristement madame Della Rocca;
» seulement je connais la vie. Une fois marié, une
» fois père, d'autres devoirs, bien légitimes aussi,
» t'apparaîtront et te domineront. Tu ne seras plus
» maître ni de toi, ni de ta fortune. Les tiens y auront
» des droits que tu verras seuls Cela est ainsi, cela
» doit être. En tout cas, cela est dans la nature, et
» mon expérience m'a appris qu'on ne luttait pas
» contre ces tendances, d'abord faibles, et qui vont
» toujours grandissant.

» Quelle que soit la conformité des sentiments,
» aujourd'hui, de ta compagne avec tes propres sen-
» timents, elle ne peut les partager que théorique-
» ment ; ils lui sont superficiels, non intimes et tout-
» puissants. Mariée et mère de famille, ses intérêts
» d'épouse et de mère seront toujours les plus forts à
» ses yeux, et tu arriveras à voir, à sentir comme elle,
» parce que tu l'aimes, parce que tu voudras qu'elle
» soit heureuse, ton bonheur se composant du sien.

» Puisque tu ne consens pas à m'accorder même le
» délai que je te demande, et qu'elle eût dû, peut-être,
» t'imposer la première, — suis ton cœur, mon enfant.
» Je ne voudrais m'y trouver en lutte avec personne,
» de peur d'être vaincue et de perdre quelque chose
» de ton affection... de ton affection, à laquelle je tiens
» plus qu'à tout au monde. »

Ce que Paolo n'avait pas dit à sa mère, c'est qu'au
moment où il lui annonçait sa résolution, il était plus
engagé qu'il n'osait l'avouer ; engagé à ce point qu'il
ne pouvait plus guère reculer sans commettre une
lâcheté vis-à-vis de mademoiselle de la Baumette.

Que les indiscrétions fussent venues de lui ou d'ailleurs, tout le monde savait, à Tours, qu'il avait demandé la main de Renée, qu'il allait l'épouser.

On ne parlait que de ce mariage, et à ceux qui y
faisaient allusion devant lui, il répondait : Oui, avec
une sorte d'ostentation.

Dans ces conditions, s'il n'épousait pas, et s'il n'épousait pas vite même, il faisait à cette jeune fille le plus
cruel des affronts.

Inutile de dire qu'il ne pouvait y songer.

D'autre part, Renée, ayant immédiatement vu, sur
son visage et dans ses manières, le contre-coup de la
première lettre de sa mère, l'avait amené à des confidences.

Elle savait qu'il avait écrit.

Elle devina, en partie, la réponse et attaqua, comme
on dit, le taureau par les cornes.

— Vous êtes triste, lui dit-elle un jour.

— Moi, non !

— N'essayez pas de me tromper, mon ami. Je m'y attendais. Je l'avais prévu.

— Qu'aviez-vous prévu ?

— Ce qui arrive. Vous n'avez écouté que les générosités de votre cœur ; vous n'avez pas vu, dans le premier moment, les difficultés et les épines de la situation. J'avais raison de vous dire non, de repousser ce grand bonheur imprévu qui venait à moi, de le repousser pour vous...

— Vous faites erreur, je vous assure...

— Pour m'épouser, il faut soulever un poids trop lourd, qui fait fuir tous les prétendants, et qui vous écrasera, même vous.

— Vous ne me connaissez pas... Je vous aime, je vous ai dit que vous seriez ma femme... Vous la serez.

— Mais vous en souffrirez, et je ne le veux pas.

— Je vous jure que non.

— Et moi je vous jure que si. Je ne voudrais pas vous devoir au respect de la parole donnée ou à la pitié. J'ai ma fierté, aussi. Je n'oublierai jamais vos nobles intentions ; mais il ne faut pas que le sacrifice soit trop grand, car je ne l'accepterais pas.

— Renée, que voulez-vous dire ? C'est vous qui me faites souffrir en ce moment.

— Vous m'avez annoncé que vous aviez écrit à votre mère.

Paolo rougit un peu.

— Sans doute.

— Elle vous a répondu ?

— Oui.

— Je le voyais.

— A quoi ?

— A votre tristesse. Ce mariage n'a point son acquiescement. Cela devait être. Elle s'y oppose : il faut lui obéir.

— Ma mère ne vous connaît point, et elle me donne quelques conseils, mais elle ne s'oppose à rien : d'abord, parce qu'elle ne le peut pas, le voulût-elle... et elle n'y songe même pas.

12

Renée sourit tristement.

— Vous êtes bon, je le sais, et je le vois, chaque jour davantage.

— Vous ne me croyez pas ?

— Je crois que vous m'aimez et que vous voulez la lutte pour vous seul ; mais je ne vous épouserai pas malgré votre famille.

— Voici sa lettre, dit Paolo avec résolution. Lisez et vous verrez combien vous exagérez. Ma mère ne me dit que ce que toute mère dirait à sa place. D'ailleurs, je vous aime et je vous estime trop pour vous rien cacher.

Renée prit, avec une sorte de précipitation, la lettre qu'on lui tendait : mais elle la lut lentement, très lentement, puis garda le silence.

— Eh bien ? fit Paolo.

— Eh bien, votre mère a raison.

— Comment cela ?

— J'ignorais votre véritable position, vos devoirs particuliers... ou, plutôt, je n'y avais point réfléchi. En effet, vous n'êtes pas libre... Il y a votre sœur. Il faut la marier... Dans cinq ou six ans, vous aurez la disposition de vous-même.

— Dans cinq ou six ans ?

— Elle a quatorze ans. Aujourd'hui, en acceptant votre main, j'ai l'air de prendre le pain de votre mère et la part de bonheur de mademoiselle Eva. C'est un vilain métier, que je ne ferai pas. Oui, madame della Rocca est dans le vrai. Je fais une bonne affaire en vous épousant, trop bonne pour qu'elle puisse me convenir.

— Renée !

— Paolo, je n'ai que ma dignité et l'estime de moi-même : laissez-les moi !

— Est-ce que je doute de votre cœur et de vos sentiments, moi !

— Vous, non, aujourd'hui... Qui sait, demain ?

— Je ne m'attendais pas à être méconnu de vous.

— Pardonnez-moi, mon ami, j'ai tort. De vous, en effet, on ne peut douter, mais ce que vous croyez, personne ne le croira. Tous vous diront que je vous

épouse pour votre argent, et que je dépouille votre
famille. Vous le voyez, cela n'est pas si facile qu'on
pense d'épouser une fille pauvre, et cela coûte cher. .
trop cher pour elle !

— Ne méprisez-vous pas les jugements et l'opinion
du monde, les sottes calomnies de son égoïsme ?

— Si, mais je ne méprise pas l'opinion de votre
mère...

— Elle en changera. D'ailleurs, elle n'affirme rien.

— Et s'il ne me convient pas d'être même effleurée
par le soupçon, dit Renée en se redressant. Ah ! pourquoi vous ai-je connu ? Pourquoi êtes-vous venu à
moi ? Pourquoi vous ai-je écouté, oubliant que je
n'avais pas droit au bonheur ? Nous avons fait un
beau rêve. Il est fini. J'en garderai le souvenir toute
ma vie. Adieu Paolo... Il est inutile de me compromettre davantage.

— Je suis venu à vous, parce que je vous aimais,
répondit Paolo très ému et très résolu à la fois. J'y
reste, parce que je vous aime, et, dans six semaines,
le rêve sera une réalité.

Pendant les quinze jours qui suivirent, cette scène
recommença sous mille formes différentes.

Il fallut que Paolo la conjurât à genoux de se laisser
épouser, d'accepter son nom et la part de fortune
qu'il se réservait, et dont il pouvait faire l'usage qui
lui convenait.

Cette résistance, ces susceptibilités, cette dignité
douloureuse, achevaient de l'enivrer, lui, de la placer,
elle, sur un piédestal, d'exalter chez le jeune homme
tous ses sentiments de lutte contre l'injustice, tout
son noble et véritable don quichottisme.

Un jour, Paolo arriva au moment où madame de la
Baumette et sa fille apprenaient qu'elles venaient de
perdre le procès sur lequel reposait leur suprême espoir, non pas de fortune, mais de moins de misère.

La vieille dame pleurait.

Renée était fort pâle, mais froide et silencieuse, et
préparait les malles pour le retour à la Baumette.

— Nous partons demain, dit-elle à Paolo, surpris et bouleversé. Nous retournons à la campagne.

— Je pars avec vous, dit le jeune homme.

— Impossible !

— Renée, il faut en finir! Je suis votre fiancé, quoi que vous fassiez. Dites oui. Ne repoussez pas le bonheur, ne me réduisez pas au désespoir.

Renée se taisait.

Paolo s'adressa à madame de la Baumette.

Il la supplia de joindre ses instances aux siennes, d'obtenir le consentement de sa fille.

Il fut éloquent, ardent, passionné, irrésistible.

La vieille dame, entraînée par cette sincérité, et, d'ailleurs, désireuse de voir sa fille riche et sa vieillesse à elle assurée contre les privations, joignit sa voix à celle de della Rocca et supplia Renée de prendre une décision, d'accepter, sans arrière-pensée, ni nouveaux attermoiements, ce qui lui était offert avec tant d'ardeur et d'amour.

— Vous le voulez, ma mère ? dit enfin la jeune fille d'une voix émue.

— Oui, mon enfant : j'ai compris tes hésitations et tes scrupules, je les ai même partagés, mais je crois qu'il ne faut rien exagérer et qu'un excès de fierté serait, à présent, de l'ingratitude.

— Monsieur della Rocca, reprit Renée, en se tournant vers Paolo, je serai votre femme !

Il la saisit dans ses bras, la serra contre son cœur, et déposa, sur le front pâle de la jeune fille, un baiser ardent, son premier baiser.

Ce front était glacé et ce beau corps restait raide sous son étreinte.

Mais la fièvre le brûlait et il ne sentait que lui-même.

— Je vous accompagne à la Baumette ! s'écria-t-il enivré, presque joyeux.

— Non, non ! fit vivement Renée ; pas avant quinze jours, au moins. Restez ici, veillez à toutes les formalités nécessaires et pressez les choses. Puisque j'ai accepté, puisque je dois porter votre nom, que ce soit le plus vite possible !

— Enfin, vous partagez mon impatience ?

— Oui, mon ami, et les retards ne viendront plus de moi, et vous n'irez jamais assez vite. Mais la Baumette ne peut vous recevoir à présent. Il faut y faire quelques préparatifs. C'est-là que nous nous marierons... Vous y viendrez huit jours avant.

— Que je vais souffrir pendant ces quinze jours de séparation !

— Cela est nécessaire !... Une dernière épreuve... Et puis vous vous occuperez d'assurer... notre bonheur à venir.

Paolo parti, Renée se mit à une petite table et écrivit le billet suivant :

« Nous arrivons demain. Trouvez-vous à la Bau-
» mette, sans retard. Ce que je craignais existe. Ce
» que je vous avais fait pressentir se réalise. Il faut
» que je vous parle. Mais j'ai dû vous prévenir d'a-
» vance... Vous me comprenez... Jamais je n'ai eu
» plus besoin de votre saint ministère.

                    » Renée de la Baumette. »

Sur l'adresse, il y avait :

   « Monsieur l'abbé Poitou,
           » Curé de Saint-Symphorien.
                        » Indre-et-Loire. »
« *Très pressée.* »

XX

AVANT LA NOCE.

Paolo n'arriva à la Baumette que cinq jours avant
celui fixé pour le mariage.

Renée l'avait tenu éloigné jusqu'à ce moment,
tantôt sous un prétexte, tantôt sous un autre, et c'est
même presque malgré la volonté de la jeune fille
qu'il descendait à Saint-Symphorien, deux jours plus
tôt qu'elle ne le lui avait prescrit.

De Tours à Cé, il y avait un service régulier de diligence.

Mais de Cé à Saint-Symphorien, il fallait prendre
une voiture particulière pour franchir les six kilomètres qui séparent le petit village du bourg.

Ce fut un samedi, vers les cinq heures du soir, que
Paolo fit son entrée à la Baumette, qu'il ne connaissait pas encore, mais qu'on avait, sur ses ordres, parée
et rendue plus confortable pour la circonstance.

Lorsque le cabriolet loué par lui s'arrêta devant
la grille que nous connaissons, madame de la Baumette et sa fille, prévenues, la veille, par une lettre,
s'y trouvaient prêtes à le recevoir.

Paolo, apercevant Renée dans une fraîche toilette de printemps, sauta à bas de la voiture et s'élança pour la serrer dans ses bras.

Mais Renée lui tendit le front, en disant à demi-voix :

— Nous ne sommes pas seuls !

Paolo, surpris, regarda autour de lui, et, à quelques pas en arrière, découvrit la silhouette noire d'un prêtre, qui s'était arrêté et restait immobile, le regardant avec une fixité étrange et une attention profonde.

C'était l'abbé Poitou.

Nous l'avons déjà dit, il n'était pas beau, dans l'acception banale du mot, mais il avait une de ces physionomies expressives qui frappent au premier coup d'œil et ne peuvent laisser indifférent.

Aussi della Rocca, qui ressentait tout très vivement et qui était homme, comme on dit, de premier mouvement et de première impression, éprouva-t-il, à sa vue, une sensation d'antipathie et de répulsion des plus marquées.

— Quel est cet homme ? demanda-t-il, en s'adressant à Renée et à sa mère.

— C'est le curé de Saint-Symphorien, répondit cette dernière avec componction ; un digne homme, mon *directeur* et celui de ma fille.

— Ah ! fit della Rocca en fronçant légèrememt le sourcil.

Il était évident que le titre de *directeur* ne lui plaisait pas beaucoup plus que la personne qui le portait.

Bien que Sarde, c'est-à-dire né dans un pays soumis au joug du prêtre et livré à toutes les superstitions, Paolo était libre-penseur ; et, dans ses luttes en faveur de l'indépendance italienne, dans le milieu de la jeune Italie révolutionnaire soulevée à la fois contre l'Autriche et contre le pouvoir temporel du pape, « cet éternel étranger », ainsi que l'a appelé Quinet, il avait achevé de prendre la haine du clergé et d'en considérer les membres comme des adversaires avec lesquels il n'y a point de conciliation possible et qu'on ne doit pas ménager.

Il avait incidemment abordé la question avec Renée, dans leurs conversations antérieures.

Elle ne lui avait point paru fanatique, ni exagérée dans cette matière, bien que pratiquant les formes extérieures de la religion.

Il savait que la mère était pieuse, étroitement, à la façon des femmes de province, peu intelligentes, et dont toute l'activité morale se tourne vers les pratiques de la dévotion qui ne demandent ni raisonnement, ni fatigue du cerveau, et occupent ces existences monotones de petites villes où le souffle des passions et le courant des idées ne pénètrent point.

Il savait que Renée avait été élevée au couvent et devait partager nécessairement les préjugés religieux de son entourage.

Mais, la croyant de nature supérieure et lui voyant une vivacité d'esprit incontestable, il s'était dit qu'après le mariage, en la prenant par le cœur et par la raison, il viendrait vite à bout de la convertir à sa façon de voir.

Pendant que madame de la Baumette lui répondait, Renée s'était retournée vers le prêtre, qui s'avança.

— Monsieur l'abbé, lui dit-elle, je vous présente mon fiancé, M. della Rocca.—Paolo, M. l'abbé Poitou.

— Notre meilleur et plus fidèle ami, acheva la mère.

Les deux hommes s'inclinèrent froidement, mais sans se tendre la main, et les quatre personnages se dirigèrent vers la maison, où le dîner était servi.

En voyant quatre couverts, en constatant que le prêtre allait prendre part à ce premier repas d'intimité, dont sa présence chasserait toute l'intimité, le jeune homme éprouva une vive déception.

Il avait compté passer la soirée dans une sorte de doux et charmant tête-à-tête, madame de la Baumette étant une bonne personne, peu gênante, et qui semblait subir la domination de sa fille.

— J'espérais que nous serions seuls! dit-il à voix basse à Renée.

— C'est ma mère qui l'a invité, répondit rapidement la jeune fille.

Le dîner fut embarrassé et triste.

Les deux hommes, évidemment, ne se convenaient point.

Della Rocca n'avait d'entrain et de vivacité qu'à condition d'être heureux et ne savait parler qu'à cœur ouvert.

Hors de là, il retombait dans la mélancolie et la taciturnité, et il ne possédait pas cette menue monnaie de la conversation courante, qui permet de parler, trois heures durant, sans rien dire.

Madame de la Baumette, timide et bornée, causait peu.

Renée, visiblement mal à l'aise, se donnait beaucoup de mouvement et s'agitait à froid pour animer le repas et empêcher qu'il ne devînt trop lugubre, mais on sentait l'effort.

Cependant, vers la fin, au moment où Paolo espérait que le prêtre allait bientôt se retirer, l'abbé Poitou se réveilla tout à coup et se mit à parler, d'abord sans chaleur ; puis, peu à peu, il amena Paolo à lui répondre, en plaçant la conversation sur la Sardaigne et l'Italie, et il s'établit une discussion qui devint assez vive, et même acerbe par instants, et se prolongea avant dans la soirée.

Lorsqu'enfin l'abbé se décida à se retirer, il était tard.

Mme de la Baumette paraissait aux trois quarts endormie.

Renée se dit indisposée, et, en effet, son visage portait la trace d'une extrême fatigue, en sorte que Paolo dut se retirer dans la chambre qu'on lui avait préparée, sans avoir pu échanger deux mots avec celle qu'il aimait.

Le lendemain matin, il se leva de bonne heure.

Tout le monde paraissait dormir encore dans la maison silencieuse.

Le temps était admirable, la campagne riante, l'air tiède et doux.

La Loire s'étendait au soleil levant comme un large ruban d'argent, au milieu des grasses prairies semées de bouquets de saules et de peupliers.

Après avoir parcouru le petit parc, Paolo sortit du jardin, prit le premier sentier qui se trouva devant lui et arriva, en peu d'instants, à l'entrée du village, où se dressait la vieille église délabrée et sans caractère dont l'abbé Poitou était le desservant.

Le jeune homme eut la curiosité de la visiter et s'avança vers l'entrée, devant laquelle retombait une tenture de drap.

Il en était encore à une dizaine de mètres, lorsque la tenture s'écarta, et Renée apparut.

Derrière elle, il lui sembla voir s'effacer rapidement une ombre, mais il n'eut pas le temps d'y réfléchir, car Renée, en l'apercevant, courut à lui.

— Ah ! mon ami, lui dit-elle, en passant avec une certaine violence son bras sous le bras du jeune homme, quelle charmante surprise !

Elle était fort animée, avec le visage plus coloré que d'habitude et respirait avec force, sans doute pour avoir franchi, en courant, le petit espace qui la séparait de lui.

Il oublia qu'il voulait visiter l'église, et, suivant son impulsion, s'engagea dans un nouveau sentier, qui l'en éloignait et les ramenaient au bord de la Loire, dans un paysage ravissant.

— Ah ! chère Renée ! s'écria-t-il avec effusion, après quelques instants de silence, si vous saviez comme je suis heureux de vous voir seul à seule, de sentir votre bras sous le mien, de pouvoir causer avec vous à cœur ouvert, sans témoins importuns, comme deux fiancés que nous sommes, comme deux époux qui doivent confondre leur existence.

— Mais, vous le voyez, rien n'est plus facile, répliqua-t-elle en souriant.

— Eh bien, j'en profite pour vous poser une question qui me préoccupe et m'inquiète un peu.

— Interrogez.

— Est-ce que vous seriez plus dévote que je n'avais cru, ma chère Renée?

— Pourquoi cela?

— Parce qu'hier, en arrivant, j'ai trouvé là, ce prê-

tre, cet abbé Poitou, dont la présence était au moins
inutile, à l'instant où nous nous revoyions après trois
semaines de séparation, où j'espérais n'avoir entre
nous... que votre excellente mère...

— Qui n'est pas gênante, n'est-ce pas ? acheva Renée.
J'ai bien vu que cela vous déplaisait : je l'ai regretté
aussi, mais ma mère... l'avait invité... Il se serait
peut-être blessé qu'on en eût agi autrement. C'est un
familier, un ami de la maison, le seul que notre infor-
tune n'ait pas éloigné... Et, aujourd'hui que la fortune
nous sourit, il y aurait une sorte d'ingratitude de le
chasser aussi brusquement...

— Oh ! je ne dis pas cela ; mais, ce matin, dès la première heure, vous étiez à l'église. Est-ce dans votre
habitude d'y aller chaque jour ?

— Non, certes; mais quel mal voyez-vous à cela ?

— Vous savez, Renée, que je ne partage point vos
croyances religieuses.

— Et je n'en suis pas effarouchée. Soyez alors aussi
tolérant que moi et passez-moi... mes superstitions
de jeune fille élevée au couvent... Vous m'avez dit
que vous essaieriez de me convertir à vos idées. D'ici
là, rappelez-vous que, pauvre, isolée, sans espoir de
bonheur dans l'avenir, je n'avais et ne pouvais avoir
d'autre consolation que celles que le prêtre apporte
avec lui.

— Quel âge a-t-il ?

— Qui cela ?

— L'abbé Poitou.

— Est-ce que je sais ?

— Il est jeune... Il n'a pas plus de trente ans.

— Peut-être... un prêtre n'a pas d'âge.

— Ce n'est pas notre opinion en Italie. Nous pen-
sons et disons qu'un prêtre est un homme, et que la
soutane ne lui enlève rien de ce qui le rattache à
l'humanité.

Renée s'arrêta, et, le regardant d'une façon étrange :

— Est-ce que vous êtes jaloux ! lui dit-elle.

— Non, car ce serait douter de vous. Mais je vous
avoue qu'il m'est pénible de penser que ce prêtre, qui

n'est guère plus âgé que moi, vous connaît mieux que je ne vous connais, a lu plus avant dans votre cœur que moi, et a reçu de vous des confidences que je ne recevrai peut-être jamais. D'ailleurs vous êtes si belle, qu'il me semble qu'aucun homme ne peut s'approcher de vous sans être ému, sans vous aimer, sans vous désirer.

Renée éclata d'un rire bruyant.

— Vous êtes un enfant, mon cher Paolo, lui dit-elle. Du reste, c'est lui qui bénira, dans trois jours, notre union. Voilà ma réponse. Tenez ! poursuivit-elle, savez-vous pourquoi j'étais ce matin à l'église ?

— Pour prier, je suppose.

— Eh bien, non. Ce n'était pas à Dieu que je pensais, ce n'était pas pour lui que je venais dans sa maison : c'était pour vous.

— Pour moi ?

— Oui certes ; j'avais vu, je vous l'ai dit, que la présence de l'abbé ne vous plaisait guère, et j'allais, en personne, dès la première heure, lui porter une réponse qu'il attendait, afin de lui ôter l'occasion de la venir chercher lui-même.

— Ah ! Renée, vous êtes un ange !

Et il lui baisa les mains tendrement.

— Oui, parce que je cède à vos caprices et à vos injustices. Mais il faudra être plus raisonnable, mon cher Paolo. Ce qui vous déplaît, dans l'abbé Poitou, c'est la soutane ; mais, à côté du prêtre, il y a, chez lui, un homme bon, dévoué, qui a été, qui est, qui doit rester l'ami de la maison, l'ami de la famille. D'abord, ma mère l'adore. Elle est pieuse, très pieuse, beaucoup plus que moi, et nous n'avons pas le droit de lui interdire des habitudes douces à son cœur et qui font le calme de sa conscience.

— Oh ! vis-à-vis d'elle... je n'ai rien à dire.

— Quant à moi, j'ai pour lui, outre le respect que m'inspire son saint ministère, une affection toute filiale... Avant vous, il m'a consolée, soutenue, fortifiée bien des fois... Il a été l'ami, le confident des mauvais jours, des jours sombres, qu'il éclairait de sa présence et de sa sollicitude... Voudriez-vous qu'on lui fermât la porte, ou qu'on le méconnût, quand les jours heureux arrivent ? C'est impossible, surtout ici, dans un petit village, où cela nous ferait mal voir.

— Je ne dis pas cela, Renée ; mais il me sera trop doux d'être à la fois votre amant, votre époux, votre ami et votre directeur, pour que je veuille partager avec personne.

— Et qui vous demande de partager ? Seriez-vous jaloux de mon frère ou de mon père ? Allez, ne vous occupez pas de lui ; si vous m'aimez, ajouta-t-elle en se penchant vers lui et le brûlant de la flamme claire de ses yeux éblouissants, vous ne montrerez pas trop brutalement votre antipathie à l'homme qui, — que vous y croyiez ou non, — appellera les bénédictions du ciel sur notre union, et pour qui j'ai l'amitié et la reconnaissance d'une fille... Hélas !... je sais trop bien que tout cela s'envolera... peu à peu... que mes nouveaux devoirs d'épouse et de mère ne laisseront plus de place dans mon cœur pour d'autres sentiments. — D'abord, monsieur, continua-t-elle, changeant de ton et souriant avec coquetterie, quand on aime bien sa femme, on ne s'occupe que de lui plaire... On ne lui cherche pas querelle... avant même la noce... et c'est par des concessions qu'on lui enseigne à en faire...

Ce jour-là, l'abbé ne parut pas au château.

Le lendemain, il n'y fit qu'une courte apparition. Renée était là, quand les deux hommes se rencontrèrent.

Ils se tendirent la main.

13.

XXI

LE MARIAGE.

Les deux jours qui précédèrent le jour fixé pour la double cérémonie civile et religieuse se passèrent sans incidents notables. Paolo n'eût guère le temps ni l'occasion de causer de nouveau dans l'intimité avec Renée.

Les préparatifs du mariage absorbaient tout le monde et donnaient mille occupations diverses.

C'étaient des allées et venues de toutes sortes, des arrivées de visiteurs des environs, de voisins de campagne, qui, à l'annonce d'un riche mariage, se rappelaient tout à coup qu'ils avaient connu M. de la Baumette, le père, et qu'ils n'avaient jamais cessé, quoique cela ne parut point, de porter le plus vif intérêt à la veuve et à la fille unique de l'ancien industriel ruiné.

On arrivait du bourg et de toutes les villas répandues à quatre lieues à la ronde.

On arrivait même de Tours.

Le grand attrait, c'était le futur, cet étranger, cet homme extraordinaire, dont la renommée grossissait les millions; qui poussait l'excentricité, étant riche, jusqu'à ne consulter que son cœur dans son mariage, jusqu'à épouser une femme parce qu'elle lui plaisait, non parce qu'elle ajoutait de l'or à de l'or.

Les mères le considéraient avec stupeur, les demoiselles à marier avec envie; les pères secouaient la tête en disant :

— Un Sarde ! un sauvage !... Vous comprenez...

On avait supposé, d'abord, qu'il devait avoir quelque infirmité hideuse, qui lui rendait le mariage difficile, et l'avait contraint à prendre une femme sans le sou, trop heureuse d'échanger ses vingt ans et sa beauté contre de l'argent et d'horribles dégoûts.

Quant on vit qu'il était jeune, beau, bien fait, distingué, fort intelligent, les plus malins en arrivèrent à supposer qu'il avait découvert une mine dans le jardin de la Baumette, et que, sans en rien dire à personne, il épousait la propriétaire afin d'exploiter ce gisement inconnu.

La corbeille de mariage, exposée dans le grand salon du premier, émerveillait tout le monde et causait des éblouissements aux paysannes du village, admises aussi à pénétrer dans la pièce et à voir toutes les richesses du trousseau, venu de Paris.

Malgré l'ennui que lui occasionnait cette invasion et cette nécessité de représenter à l'état de bête curieuse, Paolo trouva quelque bonheur pendant ces deux jours.

Renée avait changé toutes ses façons.

Au lieu de la réserve fière qu'elle lui avait montrée, jusque-là, dans tous leurs tête-à-tête et qui était devenue presque de la froideur, à son arrivée à la Baumette, lorsque l'abbé Poitou était en tiers, maintenant, devant le monde, elle manifestait une grande joie, devenait caressante avec lui, et d'autant plus, qu'il y avait plus de témoins, de telle sorte que tout le monde disait :

— C'est que vraiment ils ont l'air de s'adorer !

Paolo y vit la preuve de son amour et d'un certain enfantillage, qui ne lui déplut pas.

L'enfantillage de la femme, au début, est chose agréable à l'homme, pour mille motifs, qu'il serait trop long d'énumérer et que chacun trouvera en soi, s'il s'interroge avec sincérité.

Elle lui semblait heureuse; cela doublait son bonheur, quoiqu'il se présentât sous une forme et dans des conditions peu en rapport avec son caractère de rêveur, préférant à tout les joies intimes, loin des regards indiscrets, des sots commentaires et des relations banales de la société, auxquelles il avait quelque peine à s'assouplir.

— La noce finie, se disait-il, tout le monde partira, et je pourrai être heureux à ma façon.

Il avait décidé qu'ils passeraient la belle saison à la Baumette, dont l'isolement lui plaisait. Les bords de la Loire le charmaient par le calme gracieux et l'air riant de ce coin de terre privilégié qui a mérité le surnom de *Jardin de la France*. Il y trouvait aussi une abondance d'eau et une fraîcheur de verdure qui le séduisaient par le contraste avec son pays natal brûlé du soleil. Là, aux environs de Cagliari, la campagne solitaire, sauf à la fin de l'hiver, et pendant quelques semaines du printemps, ne présente qu'un terrain grillé, où l'herbe maigre et calcinée disparaît sous la poussière, quand elle ne laisse pas voir le roc nu étincelant à la flamme d'une lumière admirable, mais qui fatigue.

Puis, à l'entrée de l'hiver, il comptait emmener sa jeune femme dans le Midi, du côté de Marseille, sur la côte de Provence, afin de lui montrer la Méditerranée bleue, et, de loin, ce ciel splendide de l'Italie (car le territoire italien lui était interdit), dont la vision ne quitte plus celui qui l'a vu.

Tous les détails relatifs au mariage étaient réglés. Dans quarante-huit heures, elle serait à lui!

Il aurait voulu, par contrat, reconnaître un certain apport à sa femme, afin d'assurer son indépendance, s'il venait à mourir sans enfants.

Mais elle s'y était refusée avec énergie, et il avait dû céder devant son opposition et ses scrupules.

— C'est pour le coup qu'on dirait que j'ai voulu
faire une bonne affaire et que mon mariage est un
mariage d'argent. Non, non; il faut que votre mère
apprenne à me connaître, à me juger. Je ne veux rien.
Je ne veux pas qu'il soit question d'argent entre nous.
Être votre femme me suffit. Si j'ai des enfants, la loi
règle leurs droits, et je ne puis ni ne dois y renoncer
pour eux. Mais, pour moi, personnellement, en dehors, à part, rien ! rien . rien !

Madame della Rocca ne pouvait venir à la noce de
son fils. Depuis plusieurs années déjà, elle gardait la
chambre.

Il avait été entendu que Paolo irait, après le mariage, passer quelques jours à Paris, afin de présenter
sa femme.

Cette entrevue, il la désirait et la redoutait à la fois.

Quel effet ces deux femmes se produiraient-elles
mutuellement ?

Il connaissait assez le cœur de sa mère pour être
assuré que, de son côté, l'accueil serait bienveillant et
sympathique, tout au moins extérieurement.

Il croyait connaître assez Renée pour être assuré
qu'elle en ferait autant de son côté.

Mais il aurait voulu qu'elles s'aimassent réellement,
pour elles-mêmes, non exclusivement pour lui être
agréables.

Restait Eva, sa sœur.

Elle ne put venir non plus et s'en excusa par une
petite lettre de fillette, que Renée reçut la veille de
la cérémonie, et qui était ainsi conçue :

« Ma chère belle-sœur,

» J'aurais été bien heureuse d'assister au mariage
» de mon frère et d'aller vous voir. Mon frère vous
» aime tant et vous dit si belle ! Mais maman est malade.
» Elle est habituée à mes soins. Elle a la bonté et la
» gentillesse de dire que personne ne pourrait les
» remplacer, et il s'agit d'une absence d'au moins
» huit jours ! Mais vous viendrez nous voir avec
» Paolo, et je m'en réjouis d'avance de tout cœur. Je

13.

» suis sûre que vous aimez bien mon frère. Il est si bon
» qu'on ne peut le voir sans l'aimer. Pensez tous les
» doux, à votre petite sœur, comme elle pensera à
» vous, dans ce grand moment. Ne m'en veuillez donc
» pas de mon absence. Si ce n'était de l'ingratitude
» envers ma pauvre maman, je dirais que j'en suis
» bien punie.

    » Je vous embrasse,

               » EVA DELLA ROCCA. »

Pendant ces derniers jours, l'abbé parut assez peu
au château, et, d'ailleurs, quand il y vint, n'y étant
pas seul, sa présence ne choqua point Paolo, trop
absorbé d'autre part et trop grisé des façons tendres
de Renée envers lui.

La veille du mariage, il dut pourtant aller visiter le
curé de Saint-Symphorien.

Puisqu'il avait accepté le mariage religieux, malgré
ses opinions, il fallut qu'il parût se confesser.

Cette concession lui coûtait moins qu'on n'aurait pu
le croire.

En sa qualité de Sarde, il était habitué à une semblable idée, car, à cette époque, le mariage civil
n'existant point dans sa patrie, il était impossible
d'éviter le mariage religieux.

L'abbé Poitou, prévenu d'avance, le reçut dans sa
petite cure, d'aspect très pauvre, mais où une biblio-
thèque, assez sérieusement garnie, indiquait un
homme de culture intellectuelle.

Le tête-à-tête fut court, extrêmement glacé, des
deux côtés, néanmoins convenable.

Paolo n'aurait voulu, pour rien au monde, en un
pareil jour, faire quoi que ce soit qui pût être pénible
à sa fiancée, ni attrister d'un nuage les événements
qui allaient s'accomplir.

Quant au curé de Saint-Symphorien, il se montra
homme d'esprit.

— Monsieur, s'empressa-t-il de lui dire, en lui
montrant un siège, je connais vos opinions. Je sais
que vous ne croyez pas aux vérités de notre religion ;

mais vous voyez que la tolérance peut se rencontrer, même chez un membre du clergé, et je ne vous demanderai point de jouer une comédie pénible pour nous deux. Je sais aussi que mademoiselle de la Baumette trouvera chez vous la même tolérance : c'est un devoir pour un homme de vos opinions et de vos sentiments. N'est-ce pas un chansonnier révolutionnaire, représentant vos idées, qui a dit :

> Qu'on puisse aller même à la messe,
> Ainsi le veut la liberté !

Causons donc pendant quelques minutes de tout ce qu'il vous plaira. Je ne voudrais pas vous retenir et vous priver inutilement des joies que vous goûtez à la Baumette.

En disant ces mots, l'abbé esquissa une sorte de sourire, qui contrastait avec la tension de ses traits et la pâleur de son visage.

Paolo se retira préoccupé, mal à l'aise, sans trop savoir pourquoi ; mais cette entrevue, cet entretien, lui avaient fait froid, et le visage du prêtre, quoi qu'il fît pour en chasser l'image, hantait son cerveau comme une sorte de cauchemar pénible et menaçant.

Le lendemain, le mariage eut lieu, d'abord à la mairie, ensuite à l'église.

En entrant dans l'église, Renée était extraordinairement pâle et paraissait violemment émue, à ce point que tout le monde le remarqua ; mais on attribua cette émotion à l'excès de ses sentiments religieux.

Paolo s'en étonna quelque peu, n'ayant point constaté une si vive ardeur de dévotion chez sa fiancée, chaque fois que la conversation, entre eux, était tombée sur ce sujet.

Pendant toute la cérémonie, elle tint les yeux obstinément baissés, sans regarder le prêtre ni son mari.

L'abbé officia le plus brièvement possible. Sa voix était sèche, saccadée, sortait avec effort.

La sueur couvrait son front.

Il est vrai qu'il faisait chaud dans la petite église, remplie de monde jusqu'à la porte.

Cependant Renée avait les mains froides et tremblait, ainsi que Paolo put s'en apercevoir, lorsqu'il lui passa l'anneau de mariage au doigt.

L'abbé avait une réputation d'éloquence, réputation méritée, et chacun s'attendait à ce qu'il se distinguerait pour cette circonstance, où il s'agissait, non de l'union de deux rustres campagnards, mais d'une demoiselle et d'un millionnaire.

Il n'en fut rien.

Il ne prononça que quelques paroles sans flamme, sans accent, d'une extrême banalité, en homme qui récite soigneusement une leçon apprise et se défie de sa mémoire.

. Enfin la cérémonie se termina.

On passa à la sacristie pour signer sur le registre et embrasser la mariée à la ronde.

Paolo se sentait triste comme la mort, et, furieux contre lui-même, effrayé d'un cri sourd de sa conscience, qu'il ne comprenait pas bien et ne voulait pas entendre, se demandait pourquoi il n'était pas plus heureux, pourquoi toute la joie du triomphe ne remplissait pas son cœur.

— Cet homme a *le mauvais œil !* se dit-il enfin, en pensant à l'abbé, et satisfait de trouver, dans une superstition italienne, l'explication de l'angoisse qui l'oppressait.

XXII

APRÈS LA NOCE.

On rentra au château.

Il devait y avoir grand dîner, à six heures du soir, et, après le dîner, un petit bal.

Renée y avait tenu.

A présent, elle mettait une extrême ostentation à se produire comme jeune mariée, à ne rien oublier de ce qui pouvait prolonger l'accompagnement ordinaire de ces sortes de cérémonies.

On eût dit qu'elle craignait toujours qu'il n'y eût pas assez de témoins de son bonheur et que ce bonheur ne fît pas assez de tapage, ne fût pas assez public.

Cependant on avait dû restreindre forcément la nombre des invitations.

Le château de la Baumette n'était pas assez grand pour offrir l'hospitalité de la nuit aux hôtes éloignés ; ceux-là seuls qui demeuraient assez près pour retourner chez eux, le bal fini, soit dans leur voiture, soit dans quelque carriole, pouvaient assister à la sauterie du soir.

Cela formait, en tout, une cinquantaine de per-

sonnes, hommes, femmes, jeunes filles et jeunesgens,
y compris les quatre témoins des deux époux, le
maire, M. Madou, et le curé, qui, s'il ne devait pas
assister au bal, devait assister, du moins, au repas.

En sortant de l'église, il était encore de bonne
heure, et la chaleur était étouffante.

Les dames se retirèrent au premier étage, afin de
se reposer et surtout de préparer les changements
nécessaires à leur toilette, qui ne pouvait être la
même pour le dîner et la soirée que pour la mairie et
l'église.

Les hommes restèrent au rez-de-chaussée et dans
le jardin, qui leur était abandonné, buvant, fumant,
causant, pinçant, dans les bosquets discrets, la taille
des jeunes paysannes endimanchées, car tout le village
était admis à la fête et avait permission de parcourir
le petit parc, en attendant l'heure de danser sur la pelouse, pendant que la bonne société danserait au salon.

Grâce aux fenêtres ouvertes, le même orchestre
pouvait servir aux deux fins.

Renée s'était retirée avec les dames.

Elle ne redescendit que l'une des dernières, et
Paolo ne put la voir seule.

Il la regardait avec inquiétude.

Le souvenir de son trouble à l'église lui revenait
sans cesse.

Renée, maintenant, paraissait gaie et absolument
remise; mais, pour Paolo, sa gaieté avait quelque
chose de factice.

Par moments, quand elle ne se croyait pas observée, un nuage passait sur son front, et son regard,
au moindre bruit, se tournait vers la porte d'entrée.

Cette porte s'ouvrait-elle, elle tressaillait, pâlissait
ou rougissait.

Enfin, à six heures moins le quart, l'abbé entra.

On ne l'avait pas revu depuis la cérémonie.

Il semblait las, fatigué, presque malade.

En l'apercevant, Renée lui lança un rapide regard,
puis ses yeux rencontrèrent ceux de Paolo, qui l'ob-
servait, et elle se pencha vivement vers une dame

assise à ses côtés, comme pour lui parler, mais pas assez vite, néanmoins, pour que Paolo ne constatât pas la rougeur qui envahissait ses pommettes.

C'était l'instant du repas, et chacun se dirigea du côté de la salle à manger.

Paolo profita de la distraction générale pour s'approcher de sa femme.

— Tu me sembles bien nerveuse, lui dit-il, avec une inquiétude plus marquée qu'il ne le croyait lui-même. — Est-ce que tu souffres ?

— Moi, mon ami ? Nullement. Je ne me suis jamais si bien portée !... Mais, si je n'étais un peu nerveuse, émue, un jour comme aujourd'hui, quand le serais-je ?

En parlant, son regard interrogeait autour d'elle.

Au même moment, l'abbé entrait dans la salle à manger et tournait le dos.

Elle avança vivement la tête, et, d'un baiser furtif, plutôt indiqué que posé, elle effleura les cheveux de son mari, puis s'enfuit vers la table, avec un air de pudeur effarouchée.

Quelques personnes avaient vu le geste, et une vieille dame, qui ne pouvait marier trois grands laiderons de filles destinées à coiffer sainte Catherine, trouva la chose d'une haute indécence.

— Ça ne fait rien, elle l'aime rudement ! dit un jeune beau du bourg de Cé, qui avait vu le geste aussi. — En voilà un veinard !

Et le jeune beau tira ses manchettes et passa délicatement les doigts dans sa chevelure trop frisée par le fer de quelque fraternité zélé et villageois.

Cette caresse avait surpris Paolo, tant elle était contraire à la tenue habituelle de Renée ; mais elle dissipa sa tristesse, le rassura... Contre quoi ? Il n'eût su le dire. Cependant, ce fut avec un rayon de soleil au front qu'il s'assit à la table du banquet, entre sa belle-mère et la vieille dame pudibonde.

Renée occupait l'autre bout de la table, ayant à sa droite, le maire, à sa gauche l'abbé.

Le repas se passa comme tous les repas de cette nature.

On mangea beaucoup, on but énormément, surtout
le père Madou, qui s'en donnait à en crever, attendu
que cela ne lui coûtait rien, et qui suivait, d'un œil
chargé de regrets, les restes qu'on enlevait pour les
porter à la cuisine.

Au dessert, n'y tenant plus, d'ailleurs, il engouffra
une certaine quantité de pâtisseries fines dans les
vastes profondeurs de son habit à queue de morue.

Il était, à ce moment, parfaitement ivre, et, voyant
trouble, jugeait que les autres n'y voyaient pas plus
clair.

Un vieux monsieur, de la vieille école, se leva, au
champagne, pour réciter un compliment à la mariée.

Toutes les têtes mâles, du reste, étaient plus ou
moins échauffées.

Paolo seul et l'abbé n'avaient presque point bu et
avaient à peine mangé ; l'abbé, notamment, qui resta
grave, préoccupé pendant tout le repas, ne répon-
dant que par monosyllabes à son voisin de gauche.

On finit pourtant par quitter la table.

Il était neuf heures du soir, le bal allait commencer.

Renée n'avait, pour ainsi dire, point parlé à ses
voisins.

Le maire s'empiffrait.

L'abbé était silencieux, et elle évitait de regarder
de son côté.

Cependant, au moment où l'on se levait de table,
ce dernier se pencha vers la mariée et lui dit deux
mots à l'oreille.

Elle le regarda alors, en fronçant les sourcils, et
parut répondre négativement.

Il insista : Renée baissa la tête, en signe d'acquiescement, mais avec une sorte d'impatience fébrile.

Alors l'abbé vint saluer madame de la Baumette,
serra la main à quelques personnes et se retira discrètement, passant près de Paolo, les yeux baissés
et comme s'il ne le voyait pas.

Vers minuit, Paolo, qui, après avoir ouvert le bal
avec sa femme, n'avait plus dansé et s'était tenu à

l'écart, comptant les minutes qui le séparaient de l'instant où, enfin, Renée serait à lui, bien à lui, à lui seul, rentra dans la salle de danse et n'aperçut plus celle qui portait son nom, désormais et pour toujours.

— Où est donc Renée ? demanda-t-il à sa belle-mère.

— Mais elle était là, il y a quelques minutes, puis elle m'a dit qu'elle se sentait fatiguée et voulait se reposer un instant. Elle sera montée dans sa chambre.

Paolo s'éloigna doucement, sortit et gagna la pièce, à l'extrémité de la maison, à gauche, quand on entrait par la grille, qui avait été préparée pour recevoir les mariés.

C'était celle dont le balcon faisait pendant au balcon de la chambre *verte*, que nous connaissons, et où Paolo devait passer les derniers instants de sa vie.

Il s'avançait vite et le cœur palpitant.

Arrivé à la porte, il écouta, n'entendit rien, frappa. On ne répondit point.

Alors, inquiet, il essaya d'ouvrir, et la porte céda.

Une veilleuse d'albâtre jetait sa douce lueur sur cette chambre parée pour la première nuit de noces de nos jeunes amoureux.

Paolo s'arrêta sur le seuil, avec une sorte de saint recueillement devant ce sanctuaire de l'amour, vierge encore, et qui, ne rappelant rien, promettait tout.

Le lit était là, rose et blanc, dans des flots de soie et de dentelles, avec ses deux oreillers qui ne faisaient pas un pli et qui semblaient dire :

— Nous vous attendons !

Par la fenêtre entr'ouverte, l'air tiède et parfumé d'une belle nuit du commencement de l'été entrait comme une caresse discrète.

Des senteurs de jeune femme coquette erraient dans l'atmosphère, se mêlant aux suavités qui s'élevaient du jardin plein de fleurs.

A travers les jalousies, on voyait une gerbe de lumière et comme une nappe d'argent liquide.

14

C'était la Loire, qui s'étendait paresseuse, sous la clarté de la lune, dont l'éclat magnifique éteignait les étoiles et moirait le ciel sans un nuage.

Renée n'était pas dans la chambre, ni dans le petit boudoir attenant.

Là, seulement, il trouva son mouchoir de bal et son bouquet, jetés sur une chaise basse.

Elle était venue, mais elle était repartie.

— Elle n'est pas malade, se dit-il tout rassuré.

Puis il sortit sur la pointe du pied de la chambre nuptiale, comme s'il craignait d'en effaroucher la pureté et d'en déflorer les promesses.

— Elle sera rentrée au bal, pensa-t-il. Il n'en finira donc pas !

— A moins qu'elle n'ait été respirer le frais au jardin.

A ce moment, le petit parc était redevenu morne et presque désert.

Les paysans s'étaient retirés chassés par l'heure avancée.

Ne fallait-il pas se lever, le lendemain, avant le jour?

La terre est, peut-être, une bonne mère, mais, à coup sûr, c'est une patronne exigeante. Il faut être là, à ses ordres, ou elle vous casse aux gages et ne paie pas la sueur dont on l'a arrosée.

Les domestiques des invités, les cochers, les conducteurs de carriole, se tenaient dans la loge du concierge, buvant amplement à la santé des mariés, avec Jean-Claude, le portier-jardinier.

Paolo, attiré par cette solitude et l'espoir vague de rencontrer Renée, descendit au jardin, gagna le derrière de la maison et s'enfonça dans les allées touffues et mystérieuses.

Renée n'était pas au jardin.

Il revenait à la maison, lorsqu'en longeant le mur de clôture, du côté droit, où se trouvait le vaste platane dont nous avons parlé, il s'aperçut qu'une petite porte bâtarde, conduisant dans un sentier creux, était entr'ouverte.

C'était une de ces portes comme il s'en trouve dans

tous les jardins, et qui servent à introduire le fumier, la terre, les plantes, qu'on ne veut point faire passer par les grandes allées.

Della Rocca allait la tirer pour la fermer, croyant à un oubli, lorsqu'il entendit un murmure confus de voix, dans lequel il crut distinguer son nom.

Il s'arrêta surpris, collant son oreille près de l'entrebâillement, pour écouter.

— Mon Dieu! murmura-t-il avec un frisson, c'est la voix de Renée? Avec qui cause-t-elle donc, à cette heure-ci, hors du jardin, à l'insu de tout le monde?

Il poussa doucement la porte, et jeta un coup d'œil ardent...

A deux pas, dans l'ombre du mur, Renée et l'abbé Poitou parlaient avec animation, quoiqu'à voix basse, de peur d'être entendus.

Renée avait jeté sur ses épaules une sorte de long pardessus gris destiné à cacher l'éclat de sa toilette blanche, mais ses bras nus passaient, étendus devant elle, et ils semblaient jeter des reflets de neige dans la pénombre.

Paolo resta foudroyé sur place, retenant son souffle, se figurant même que son cœur avait cessé de battre.

— Renée, disait le prêtre, ce que j'ai souffert, ce que je souffre, est épouvantable. Quelle nuit! Oh! quelle nuit!... C'est à devenir fou!

— Vous l'êtes déjà! car vous me faites faire plus qu'une folie, en me forçant de venir ici, ce soir... Croyez-vous que je n'aie pas souffert, moi aussi, depuis cinq jours qu'il est là?... Ce que j'ai dû faire, inventer, pour calmer ses soupçons... Car il en a!... Il ne le sait pas encore; mais je l'ai vu, moi! Et, s'il apprenait... Au lieu de m'aider, vous me compromettez; je tremble devant lui, je tremble devant vous, que je sais capable de tout, quand la passion vous emporte... Cela n'est pas tenable.

— Pourquoi te marier?

— Vous le savez bien!... Il le fallait... Sans cela j'étais perdue... et vous aussi... Vous-même me l'avez conseillé... alors que vous étiez l'homme que j'ai

connu, au-dessus des sottes faiblesses et des préjugés
ridicules. La première idée en vient de vous, du
reste...

— C'est vrai... mais je ne pensais pas... mais tu ne
m'avais pas dit que tu irais choisir un homme jeune,
beau, riche, qui a tout ce qu'il faut pour être aimé!

— Choisir! répéta Renée avec un haussement d'é-
paules, est-ce que j'avais à choisir? Vous savez bien
qu'il me fallait prendre ce que je trouvais, si je trouvais... Et je n'avais pas le temps d'attendre!... C'est
une chance sur laquelle je ne comptais guère... Que
serions-nous devenus sans cette rencontre, que les
niais appelleraient providentielle? — Il est riche, en
plus... C'est un grand bonheur...

— Tu ne l'aimes pas, n'est-ce pas? Jure-moi que
tu ne l'aimes pas.

— Tu sais bien que je n'aime que toi.

— Malheur à toi! malheur à lui, si tu me trompais!

— Ma présence ici est la meilleure des preuves.

— Et tu ne l'aimeras jamais?

— Ah! Dieu! non! Après toi, quelle est la femme
qui pourrait aimer quelqu'un?

Elle lui jeta les bras autour du cou avec une sorte
de passion terrible et presque sauvage.

— Et pourtant tu vas être heureuse avec lui, par
lui! murmura le prêtre d'une voix où se distinguaient
les sourdes menaces et les affreux déchirements de la
jalousie.

— Tais-toi donc! Heureuse avec toi. par toi, grâce
à lui!

Paolo, plus livide qu'un mort, étendit ses mains
tremblantes autour de lui, pour s'appuyer au mur,
puis, se redressant, il tâta ses vêtements, cherchant
une arme.

FIN DE LA PREMIÈRE PARTIE.

DEUXIÈME PARTIE

LES AMANTS

14.

I

L'ABBÉ POITOU.

S'il existait un autre homme à qui l'on pût parler à cœur ouvert, tout dire, se peindre réellement tel qu'on est, sans rien cacher de sa vie et des circonstances qui ont développé ou dévoyé nos facultés naturelles, voici ce que l'abbé Poitou eût raconté à cet ami qu'on rêve et qu'on ne trouve pas :

« Je suis fils de paysan.

» Le mari de ma mère était ivrogne et brutal.

» Ma mère était coureuse et dévote.

» Tous deux étaient avares et égoïstes, avec cette grossièreté de forme qu'on doit à l'absence d'éducation, et qui rend les vices plus laids, faute d'un peu de fard ou d'une hypocrisie assez savante.

» Lorsque je vins au monde, j'avais un frère, plus âgé que moi de dix ans, bien que ma mère fût encore jeune, s'étant mariée de très bonne heure, contrairement à l'usage suivi dans nos villages, où le mâle ne demande à sa compagne ni les grâces du corps, ni les trésors du cœur, mais seulement d'être

» une associée entendue, laborieuse, experte aux
» choses de la terre et du ménage.

» Elle avait été et elle était encore assez jolie.

» On me baptisa sous les noms d'Angèle-Marie-Jus-
» tin.

» Mon aîné, Joseph-André, solide gars campa-
» gnard, était tout le portrait du père Poitou : déjà
» âpre au gain, dur à la fatigue, paysan des pieds à la
» tête, au physique, au moral, n'aimant que la terre,
» pour ce qu'elle rapporte.

» A la maison, on l'adorait, autant qu'on pouvait
» aimer quelque chose qui ne se vendait pas. Mais il
» rapportait, et on sentait qu'il rapporterait encore
» davantage.

» Le père, Louis-Justin, comprenait que ses champs
» ne péricliteraient pas entre de pareille mains, et
» s'arrondiraient, et s'étendraient, et feraient des
» petits.

» Puis il était sûr de sa paternité avec celui-là, et,
» bien qu'il ne fût jaloux qu'alors qu'il était ivre,
» c'est-à-dire du samedi soir au lundi matin, et qu'il
» endurât les désordres de ma mère le reste de la
» semaine, sauf à lui flanquer une râclée de temps
» en temps, quand le petit vin blanc du pays s'aigris-
» sait sur l'estomac, ou quand l'eau-de-vie de grains
» portait la folie au cerveau, il préférait naturelle-
» ment son produit à celui des autres.

» Moi, j'étais le fils, paraît-il, de quelque monsieur
» de la ville qui, venu aux champs pour rétablir sa
» santé, et le sang fouetté par les senteurs du foin
» coupé, s'était payé un caprice villageois, comme
» on se paie une jatte de lait gras et fumant et un
» torchon de pain noir, dans une ferme.

» Histoire de changer et de goûter de la vie simple.

» Je n'ai jamais connu cet auteur de mes jours,
» car il ne fit que passer et retourna bien vite au
» champagne et aux filles des villes.

» Mais il m'avait laissé, dans cette goutte de son
» sang qui faisait un homme, des tendances, des ap-
» titudes et des passions qui n'étaient plus absolu-

» ment celles du paysan, bien que, du côté de ma
» mère, j'eusse hérité de cette ténacité et de cette
» dureté propres à Jacques Bonhomme.

» Mettez-les au service des passions comprimées
» de l'homme des villes, et vous aurez toute la clef
» de ma nature.

» Mon père légal ne m'aimait point et me ru-
» doyait.

» Ma mère réelle ne m'aimait pas plus et ne me
» ménageait pas davantage.

» Pourquoi cela ?

» Qui peut le savoir ?

» Elle était fort vindicative, peu intelligente, but-
» tée et bornée, cherchant, comme tous les êtres
» lâches et mal développés, à se venger sur plus
» faible qu'elle de toutes ses déconvenues et de toutes
» ses souffrances.

» Il est probable que le Don Juan citadin à qui je
» dois le jour l'avait plantée là, rapidement et sans
» façon, et qu'elle m'en voulait de cette déception.

» Il est certain que j'étais l'occasion de quelques-
» unes des *roulées* que mon père lui administrait
» pendant les journées dominicales, au retour du
» cabaret.

» De ces roulées, je prenais ma part, à tous les
» points de vue : j'en étais l'occasion ou le prétexte,
» et j'en recevais le contre-coup.

» Cela commençait généralement ainsi :

» Premier acte :

» Mon père m'appelait bâtard et m'allongeait des
» taloches qui me faisaient voir trente-six chan-
» delles, puis des coups de pieds au derrière, coups
» de pied chaussés de gros sabots ou de solides sou-
» liers ferrés.

» Ma mère, irritée, non des coups que je recevais,
» mais des injures qui l'éclaboussaient, appelait mon
» père ivrogne et l'agonisait de toute espèce de
» vilains mots, lui disant que tant que le monsieur
» avait payé et fait de la dépense dans le pays, il
» n'avait rien dit.

» Entr'acte.

» Mon père me lâchait et tombait sur ma mère,
» qu'il assommait aux trois quarts.

» Enfin la fatigue les calmait l'un et l'autre, et ils
» s'endormaient.

» Deuxième acte :

» Ma mère, le lendemain, exaspérée, m'empoignait
» par l'oreille :

» Ah ! petit gueux ! disait-elle, c'est de ta faute !
» Qu'avais-tu besoin de venir ? Tu ne vaux pas mieux
» que ton père (le vrai) !

» Alors, elle me fouettait jusqu'au sang.

» Tant qu'elle sentait sa courbature, tant qu'il lui
» restait des *noirs* ou des *bleus*, pour un oui, pour
» un non, pour rien du tout, afin de rendre sans doute
» la souplesse à ses membres et de rétablir la circu-
» lation du sang, elle me flanquait le fouet à tour de
» bras.

» Cela durait généralement jusqu'au vendredi.

» Le vendredi et le samedi, dans la journée, re-
» lâche.

» Les vieilles contusions ne cuisaient plus et les
» nouvelles ne cuisaient pas encore.

» Le samedi soir, *rentrée* des taloches du père Poi-
» ton et inscription, très cunéiforme, de ses clous dans
» la partie inférieure et postérieure de mon indi-
» vidu.

» A partir du lundi matin, *rentrée* des fessées ma-
» ternelles.

» C'est ainsi que je vécus jusqu'à l'âge de dix ans et
» que j'appris, d'abord, la haine et le mépris de la
» famille, représentée par le mari et par la mère.

» Restait mon frère aîné, Joseph-André, qui aurait
» pu me consoler et me réconforter, sinon me pro-
» téger.

» Mais il était un heureux mélange de mon père
» et de ma mère, dont il n'avait pas perdu une seule
» goutte de sang ; et, voyant qu'on me cognait à la
» maison, suivant la bonne loi de la nature qui fait
» que les poules bien portantes tombent sur une

» poule malade et la déplument à coups de bec, que
» les loups se jettent sur le loup blessé qui ne peut
» se défendre, et le dévorent, il faisait de moi un
» souffre-douleur, son esclave, et me battait aussi,
» pour le plaisir de montrer sa force.

» S'il avait su le latin, il aurait dit : *Væ victis !*
» (Malheur aux vaincus !)

» Mais il ne savait pas le latin : — il ne savait que
» l'instinct de l'animal.

» Une autre chose l'irritait contre le *patiras* de
» la maison : c'est qu'il devrait partager notre bien
» avec moi, et, comme j'étais bâtard, intrus, fils
» d'étranger, fils de *monsieur*, cela lui crevait le
» cœur.

» Il était bien venu un autre frère, un troisième, sept
» ans après moi ; mais celui-là, il l'acceptait, ou n'osait
» rien dire, ma mère l'adorant, et mon père, devenu
» absolument idiot, par suite d'excès de boisson, ne
» lui faisant pas mauvaise mine.

» Ce troisième fils était-il plus légitime que moi ?
» Cela est douteux.

» Ma mère, en effet, ne se vengeait pas seulement
» sur mon derrière, et continuait à donner des coups
» de canif dans le contrat.

» Mais Maurice provenait, disait-on, du médecin
» du pays. Or le père Poitou en avait besoin pour
» ses rhumatismes et ne lui payait jamais ses vi-
» sites, ni ses remèdes. Maurice, dès le berceau,
» jouissait donc d'immunités personnelles que je
» n'avais jamais connues.

» Beaucoup d'enfants ont été, sont et seront aussi
» malheureux que moi.

» La plupart subissent ces mauvais traitements
» avec la résignation de l'animal.

» Avec l'âge, ils les oublient.

» En tous cas, ils n'en gardent pas rancune.

» Beaucoup naissent dans des familles qui ne valent
» pas mieux que ne valait la mienne.

» J'ignore l'effet que cela produit sur eux et je ne
» veux pas rechercher, à travers leurs existences ratées

» ou coupables, la trace indélébile de leur naissance
» et les conséquences fatales de l'éducation livrée au
» bon plaisir des parents.

» Tout ce que je sais, c'est que, dans ce milieu, je
» devins haineux, que j'y appris le mépris des hommes,
» des choses et des sentiments qu'on a l'habitude de
» respecter, et qu'un effroyable scepticisme moissonna
» en herbe, avant toute floraison, le respect de qui
» que ce soit et la foi en quoi que ce soit.

» Ce que je sais, c'est que je ressentis, d'aussi loin
» que je puisse me le rappeler, une soif ardente d'une
» revanche quelconque, un besoin de vengeance vague,
» général, que je grandis humilié et indigné, rêvant
» de rendre un jour tout ce j'avais reçu.

» J'avais hérité de ma mère la dureté paysanne,
» l'entêtement, l'âpreté au gain, l'excessive et bru-
» tale personnalité des gens de la campagne.

» Tout ce qui n'était pas moi, tout ce qui ne me
» touchait pas directement, dans mes intérêts, m'était
» indifférent ou antipathique.

» Les malheurs des autres me causaient quelque
» satisfaction, leurs larmes et leurs plaintes me parais-
» saient ridicules.

» Si l'on me montrait de l'affection, si l'on me ca-
» ressait, — les étrangers, naturellement, — car,
» chez moi, dans ma famille, rien de tout cela n'exis-
» tait, — au lieu de m'attendrir et d'éprouver de la
» reconnaissance, je n'éprouvais qu'une secrète envie
» de me moquer de ces benêts et de les exploiter à
» mon profit, prêt à user de la bienveillance qu'on
» me montrait, mais à mon seul bénéfice, et pres-
» qu'aussi humilié des bontés qu'on avait pour moi que
» des fessées de Marie-Jeanne, ma mère.

» A mes yeux, me protéger, s'intéresser à moi, me
» faire du bien, c'était une autre manière de m'hu-
» milier, de me démontrer mon infériorité, de se
» mettre au-dessus de moi, moins désagréable, à
» certains égards, puisque cela ne me produisait point
» de douleur physique, mais plus pénible aussi, à
» d'autres égards, puisque cela semblait exiger de

» moi, par la reconnaissance, l'acquiescement à cette
» supériorité.

» Ma vanité s'en tirait par l'ingratitude et la mo-
» querie.

» Les trouvant meilleurs que moi, et bien décidé à
» n'estimer personne, je me consolais en les trouvant
» plus bêtes que moi.

» En les jugeant ainsi, je rétablissais la balance en
» ma faveur.

» Je suppose que c'est l'histoire de tous les vaniteux
» et de tous les ingrats.

» Vaniteux, c'est qu'en effet je l'étais jusqu'au bout
» des ongles.

» L'amour-propre, l'ambition, le désir de dominer,
» de commander, d'être le maître, de voir tout et
» tous au-dessous de moi, à ma discrétion, l'envie en
» un mot, il n'y avait pas autre chose en moi.

» Et j'avais toutes les vanités.

» Je rêvais d'être bien mis : mes vêtements dégue-
» nillés, pleins de pièces, de déchirures et de taches,
» d'étoffe grossière, mal faits, me pesaient et me
» brûlaient.

» Mes sabots me faisaient honteux, comme le paon,
» quand il regarde ses pattes.

» Si je voyais des enfants de bourgeois, bien vêtus,
» élégants, couverts de velours ou de drap fin, je les
» dévorais des yeux et j'en rêvais pendant la nuit.

» Oh! que n'aurais-je pas donné pour être mis ainsi
» qu'eux!

» Pendant longtemps, le premier des êtres dans
» mon esprit, le seul qui méritât quelque sympathie,
» en qui je fusse presque disposé à reconnaître une va-
» leur et une supériorité, ce fut le tailleur, cet homme
» qui fait de beaux habits, qui vous donne l'air d'un
» monsieur, qui vous permet de briller dans la rue et
» dans les salons!

» Ces goûts, étranges dans un gars né au village, qui
» conduit les oies aux champs, et qui est destiné aux
» travaux de la terre, c'est de papa, sans doute, du
» *monsieur de la ville*, que je les tenais.

15

» Malheureusement j'appris plus tard, par expé-
» rience, que le tailleur ne fait pas l'élégance et ne
» donne pas ce je ne sais quoi qui constitue l'homme
» distingué.

» Il faut savoir porter.

» Je ne l'ai jamais su, je ne le saurai jamais.

» Je suis resté trop longtemps au village, roulé
» dans le fumier avec les canards et les porcs; j'ai
» porté trop longtemps de gros sabots; j'ai gardé trop
» du sang de ma mère, la paysanne. Mes membres et
» mes allures en ont conservé un cachet indélébile.

» Un jour, grand garçon, j'essayai de beaux vête-
» ments, riches et coûteux.

» Ému, fier, heureux, je me regardai dans une
» glace.

» J'avais l'air d'un rustre déguisé en garçon de res-
» taurant.

» Ce fut une grande douleur et qui décida définiti-
» vement de ma carrière, de toute mon existence,
» ainsi qu'on va le voir. »

II

COMMENT ON DEVIENT CURÉ.

« Je venais d'avoir douze ans.

» Jusqu'alors on m'avait envoyé de temps en temps
» à l'école, notamment l'hiver, quand les travaux de
» la campagne laissaient quelque répit.

» J'avais ainsi, à bâtons rompus, appris à lire et à
» écrire, à compter un peu, tant bien que mal, plutôt
» mal que bien.

» Ayant généralement le derrière endommagé par le
» contact trop vif et trop répété de la main mater-
» nelle et des semelles de bois ou de cuir ferré du papa
» Poitou, je m'arrangais, le plus souvent, pour me
» faire mettre, par le magister du village, en pénitence,
» à genoux au milieu de la classe, avec le bonnet d'âne.

» J'aimais mieux cela que d'être assis.

» Au début, mes petits camarades se moquaient de
» moi ; seulement, comme ils étaient de mon âge, à la
» sortie, je me livrais à des combats singuliers, où je
» recevais autant de coups que j'en donnais, mais qui
» dégoûtèrent les rieurs, dont la peau moins tanée
» que la mienne, était sans doute plus sensible.

» Je n'étais pas toujours le plus fort, mais j'étais
» toujours le plus méchant : cela compensait.

» On finit par me craindre, et j'en abusai aussitôt
» pour exercer une sorte de dictature sur les *petits*,
» les *moyens*, les *faibles*, les *capons*, et tous ceux qui
» n'étaient pas dévorés, comme moi, du besoin de
» faire sentir la lourdeur de leur poing, pour avoir
» trop connu la lourdeur du poing des autres.

» Malgré tout cela, j'étais fort intelligent. Je com-
» prenais vite et bien, ce qui fit dire un jour au maître
» d'école, parlant à ma mère et se plaignant de mon
» état perpétuel de rébellion :

» Il est plus méchant que bête.

» Jamais compliment ne me flatta autant, ne pansa
» mieux toutes mes blessures d'amour-propre.

» *Plus méchant que bête!*

» C'était la première fois qu'on me rendait justice,
» que l'on constatait, chez moi, un mérite, une supé-
» riorité quelconque.

» *Plus méchant que bête !*

» Je me redressai fier et heureux.

» C'était aussi l'avis du curé du village, un brave
» homme qui savait beaucoup de latin et avait la foi,
» et surtout l'orgueil de l'église dont il faisait partie.

» Il avait la passion du prosélytisme.

» Les gens du pays, qu'il catéchisait et préparait à
» leur première communion, étaient, par malheur,
» la terre la plus ingrate qu'on pût s'imaginer.

» Rien n'y poussait que la folle avoine de la supers-
» tition, mêlée aux chardons d'une profonde indiffé-
» rence.

» Il jeta les yeux sur moi.

» Il me devinait intelligent. Il me savait maltraité ;
» il n'ignorait point que ma famille ne demandait
» qu'à se débarrasser de moi, et que mon absence au
» foyer maternel ne laisserait aucun vide.

» C'était son affaire.

» Ma mère, de son côté, commençait à vieillir. Les
» galants devenaient rares, plus de choix !

» A force de croquer des pommes, elle en était

» arrivée au fond du panier, qui ne valait pas le
» dessus.

» Elle avait toujours mêlé la dévotion au liberti-
» nage ; mais, avec l'âge, les proportions changeaient,
» et l'une s'augmentait de tout ce que l'autre perdait.

» L'idée de faire de moi un prêtre lui sourit.

» Elle sourit à mon père.

» Elle sourit à mon frère aîné.

» Elle me sourit à moi-même.

» Ma mère y voyait une manière agréable, pour
» elle, de racheter ses péchés mignons, qu'elle com-
» mençait à trouver péchés, depuis qu'ils étaient
» moins mignons.

» Mon père y voyait une manière de se débarrasser
» de moi, sans frais, le vieux curé se chargeant de
» m'enseigner le latin gratis et de m'obtenir une
» bourse au petit séminaire, si je répondais à ses efforts
» et à son but.

» Mon frère aîné y voyait l'espérance de ne point
» partager nos champs avec moi, puisqu'une fois
» curé, il était probable que je lui abandonnerais ma
» petit part.

» Au pis aller, il me la rachèterait, — en me volant
» d's quatre cinquièmes.

» On saura, plus tard, pourquoi il ne s'occupait point
» de mon frère cadet, — de Maurice.

» Quant à moi, je ne vis qu'une chose, c'est que,
» prêtre, portant une soutane, tout le monde me
» saluerait, et resterait humble et soumis, ou en ad-
» miration et bouche béante, quand je parlerais.

» Un curé, pour moi, c'était l'homme important,
» le premier personnage, le dictateur de la société.

» J'en jugeais par ce qui se passait au village.

» Mon père, si brutal, ne parlait à M. le curé que
» le bonnet de coton à la main.

» Ma mère, devant lui, avec lui, avait l'air tendre
» et riant.

» Le maire, représentant de l'autorité, en avait
» peur.

» Le maître d'école était son domestique.

15.

» Le garde champêtre, devant qui tout tremblait,
» tremblait devant lui.

» J'avais vu de belles dames le promener dans leur
» voiture !

» Le curé, pour moi, c'était l'homme qui a la bonne
» place à table, à qui on envoie les plus beaux fruits
» du verger, et les chapons gras, et les bouteilles de
» vin vieux, et les gelées roses ou couleur d'ambre
» qui tremblent dans les verres transparents.

» C'était l'homme qui ne discute pas et avec qui on
» ne discute pas, qui dit :

» — C'est comme ça, ou c'est ainsi !

» Et après qui tout le monde répète :

» — C'est ainsi, ou c'est comme ça !

» C'était l'homme devant qui tous : hommes, les
» vieux et les jeunes ; femmes, les belles et les laides ;
» enfants, les riches et les pauvres, s'agenouillent et
» s'humilient.

» C'était l'homme qui porte, à l'église, des habits
» de soie, lamés d'or et d'argent, couverts de broderies,
» dont l'éblouissement, rien qu'au souvenir, me brûlait
» la vue ; à qui les enfants de chœur, en blanc, jettent
» des flots d'encens, devant un tabernacle où sont de
» grands chandeliers avec des bougies roses, de vas-
» tes bouquets de fleurs entourés de papiers découpés.

» C'était l'homme qui baptise, qui marie, qui en-
» terre, qui enseigne l'univers, et à qui personne
» n'a rien à apprendre.

» C'était l'homme qui monte en chaire, et là parle,
» tonne, objurgue une foule silencieuse, recueillie,
» courbée, de laquelle il ne s'est jamais levé un con-
» tradicteur.

» Cela m'allait !

» Ma vanité, mon orgueil, ma passion de com-
» mander et de plier tout le monde à mes pieds, tout
» y trouvait satisfaction ; sans compter les brillants
» habits tout couverts d'or et d'argent, entremêlés
» de pourpre, la bonne place à table et les promena-
» des en voiture, à côté des belles dames souriantes.

» D'ailleurs, j'avais horreur de la campagne ; du fu-

» mier qui crotte; des oies qu'on mène paître et qu'on
» ne mange point; des pièces obscures de la ferme;
» des gobelets d'étain, où l'on boit la piquette; des as-
» siettes brunes égueulées, où l'on mange la soupe
» aux choux, avec une cuillère de fer donc le contact
» âpre crispe les papilles des lèvres et de la langue.

» J'avais horreur de ces travaux rudes, — à la rosée,
» le matin, — au soleil, dans le jour, — qui courbent
» éternellement vers la terre, cassent les reins, défor-
» ment les mains, endurcissent les articulations et font
» *pataud*.

» Mâtiné de bourgeois, quoique fort et robuste,
» l'activité cérébrale; décidément, l'emportait chez
» moi sur l'activité musculaire.

» Aussi j'acceptai avec une joie profonde, qui n'en-
» trait nullement en compte aux yeux de qui cela
» dépendait, non pas la proposition d'embrasser la
» carrière de l'Église, — on ne me proposait rien, —
» mais la décision en vertu de laquelle on changeait
» toutes les conditions de mon existence et on tran-
» chait mon avenir.

» Avec le vieux curé, — ils'appelait l'abbé Claris, —
» je modifiai donc complétement mes allures et ma
» conduite.

» Je désirais lui plaire, je voulais qu'il ne se dé-
» goutât pas de moi et de ses projets à mon endroit.

» Je m'appliquai de mon mieux, je travaillai avec
» zèle, et, comme j'étais fort intelligent pour mon âge
» et pour ma condition, je ne tardai pas à le plonger
» dans le ravissement.

» Mes progrès, mon changement de caractère et de
» conduite, flattèrent sa vanité et l'enorgueillirent
» au-delà de toute proportion.

» C'est qu'il était fort vaniteux, le brave abbé Claris,
» et que, pour un vaniteux, il n'y a pas de petites vic-
» toires, ni de petits triomphes.

» J'étais trop vaniteux moi-même pour ne pas de-
» viner, comprendre la vanité chez les autres.

» Je ne manquais pas de ruse et de finesse, héritage
» du sang qui coulait dans mes veines.

» Je sus flatter sa manie et son amour-propre.

» C'est ainsi, d'ailleurs, que j'en ai toujours agi,
» dans les circonstances sérieuses de ma vie.

» Cela me servait et m'amusait.

» Flattez la vanité, les prétentions, les secrets
» désirs d'un homme, et vous en ferez tout ce que
» vous voudrez : il vous appartiendra, pieds et poings
» liés.

» J'ai à me reprocher d'avoir ainsi gâté, perdu,
» par pur plaisir, pour expérimenter le procédé, plu-
» sieurs imbéciles que j'ai rendus parfaitement idiots,
» en exaltant à l'excès, jusqu'à l'absurde, leur
» amour-propre natif, que je caressais, exaspérais
» et poussais au prurit, par les flatteries les plus
» grossières et les plus brutales.

» Il en est même un, je crois, qui est devenu presque
» fou.

» Chatouillez la sottise : c'est le moyen de do-
» miner les hommes et les femmes ; et ce fut ma joie,
» quand ce ne fut pas mon calcul.

» Avec le vieux curé, c'était, à coup sûr, mon in-
» térêt.

» Mes progrès et ma soumission l'enivrèrent, et
» tout le village en fut bouleversé.

» Le « petit loup », comme on m'avait surnommé,
» devenait agneau.

» — C'est la grâce qui agit, répondait modeste-
» ment le curé des Ponts, — ainsi s'appelait le vil-
» lage tourangeau où je naquis, — quand on lui par-
» lait de ma transformation ; mais la rougeur qui
» envahissait son crâne chauve et l'air de supério-
» rité qu'il prenait aussitôt, démentaient cette feinte
» humilité.

» Au fond, il était très fier de ce miracle et s'en
» attribuait tout le mérite.

» Moi, je riais de lui, quand il avait le dos tourné ;
» mais je piochais mon latin, non pour lui ou pour
» l'Église, mais pour moi.

» Le vieux prêtre, d'ailleurs, ne négligeait rien,
» afin d'entretenir mon ardeur.

» Il aimait à parler, le brave homme : c'était son
» péché mignon ; et surtout à parler des grandeurs de
» l'Église, de son pouvoir, de son influence dans le
» monde, de son rôle prépondérant dans l'histoire.

» Quand il enfourchait son *dada*, rien ne pouvait
» plus l'arrêter, et je lui sellais souvent *dada*, et je
» le hissais dessus, car, au fond, ce *dada* était le
» mien aussi.

» Alors il me parlait de la papauté régentant l'u-
» nivers, faisant et défaisant les rois, élevant les em-
» pires.

» Il me montrait l'empereur d'Allemagne traver-
» sant les Alpes, en hiver, à pied, pour venir de-
» mander grâce au pape, qui le laissait attendre
» vingt-quatre heures, nu-tête, dans la cour, sous
» la neige, avant d'accepter ses excuses et de lui
» donner sa pantoufle à baiser.

» Il me racontait l'histoire de Sixte-Quint, gardeur
» de pourceaux, arrivant au trône de saint Pierre,
» aussi au-dessus de tous les trônes que le ciel est au-
» dessus de la terre.

» Les immunités de l'Église, les privilèges de l'É-
» glise, la toute-puissance de l'Église, voilà ce
» qu'il me serinait, du matin au soir, et ce que j'a-
» valais doux comme miel, puisque j'allais en être,
» de cette Église.

» Et le prêtre, ouvrant ou fermant à son gré les
» portes du paradis, du purgatoire et de l'enfer ; re-
» cevant la confidence de tous les secrets, la confes-
» sion de tous les péchés, des sir ples rêves, qui
» traversent le cerveau ; dirigeant les consciences ;
» liant et déliant, ici-bas et là-haut ; disant : « Ceci
» est bien, — ceci est mal, — ceci est permis, — ceci
» est défendu... — » ; maître dans les palais, — ce qui
» m'importait beaucoup, — comme dans les chau-
» mières, — ce qui m'importait peu : — pénétrant
» partout ; étant, non pas l'égal des plus grands, des
» plus riches, des plus puissants, mais leur supérieur
» et leur roi, du moment qu'ils s'adressaient à lui !

» Cela m'enivrait, me grisait absolument.

» Ah ! je me redressais !...

» Je marcherais, désormais, sur la tête des autres,
» après avoir reçu leurs coups de pied au derrière.

» Par moments, je me figurais ma propre mère se
» confessant à moi, joignant devant moi ses mains,
» dont je connaissais trop la paume, et je me voyais
» me vengeant de ses fessées, en lui refusant l'abso-
» lution.

» C'est dans ce courant d'esprit, en proie à cette
» sorte d'alcoolisme de la vanité, de *delirium tre-*
» *mens* de l'ambition, que j'entrai enfin au petit sé-
» minaire, où l'abbé Claris, enchanté de son élève,
» convaincu que je serais une des lumières et une
» des gloires de l'Église militante, avait obtenu qu'on
» m'accordât une bourse entière. »

AU SÉMINAIRE.

« Les premiers temps m'y furent doux.

» Tout m'en plaisait, parce que tout contrastait avec
» ma vie passée.

» Cette existence calme, régulière ; ces occupations
» tout intellectuelles, coupées de bruyantes et joyeuses
» récréations, où il n'y avait pas de coups à recevoir
» et à donner, tout cela me charmait.

» Cette propreté froide et luisante des grands dor-
» toirs me paraissait le superlatif du luxe, comme la
» table du réfectoire l'idéal de la bonne chère.

» On me parlait doucement, poliment, tendrement,
» avec des caresses dans la voix et dans le regard.

» Plus de taloches, plus d'injures, plus de grossiers
» travaux qui me salissaient, plus de pain bis, de fro-
» mage aigre, de soupe aux choux, où il y avait trop
» de choux et jamais de beurre, mais de la graisse de
» porc que j'exécrais.

» Mon lit n'était plus relégué dans quelque réduit
» obscur, dans quelque chenil où les toiles d'araignée
» lui servaient de ciel et de rideaux.

» Mon lit était blanc, il était propre, il étaitsurtout
» l'*égal* des autres lits, semblable à eux !

» Ce n'était encore que l'égalité, non la supériorité ;
» mais, après l'infériorité, cela me paraissait bon.

» J'avais aussi quitté mes sales guenilles, mes gros
» sabots qui faisaient du bruit, et m'avaient mis aux
» talons un calus qu'il me fallut des années pour
» perdre entièrement.

» J'avais des souliers en veau, oui, en veau ! mon
» rêve !... et qui reluisaient avec du cirage ! ! ! Des
» boucles d'acier, dont l'éclat me faisait loucher, au
» début ; des bas noirs, en filoselle, que je prenais
» pour de la soie, des bas tout entiers, de vrais bas,
» sans trous et sans reprises ! une soutane neuve, un
» rabat noir sans plis.

» Si la pompe de la cour avait été une fontaine, je
» m'y serais miré comme Narcisse, au risque de ce
» qui pourrait m'en arriver.

» Et d'humiliations, point : — d'aucun côté.

» Personne ne m'écrasait, ni ne l'essayait, au con-
» traire !

» Chaudement recommandé par le curé des Ponts,
» l'abbé Claris, mon premier professeur, le Christophe
» Colomb qui m'avait découvert et qui répondait de
» mon intelligence, de mes capacités, les maîtres me
» choyaient, m'encourageaient, même le supérieur,
» homme grave, sec et froid, dont l'œil observateur
» et perçant est le seul qui m'ait jamais causé un
» véritable malaise.

» Piqué d'émulation, flatté de l'espoir qu'on sem-
» blait mettre en moi, convaincu que je serais une des
» colonnes de l'église, et que je deviendrais pape, puis-
» que j'avais gardé les pourceaux comme Sixte-Quint,
» je me mis au travail avec une ardeur dévorante.

» D'ailleurs, cela me convenait.

» J'aimais mieux feuilleter des livres que manier
» la houe et le fléau, ayant toujours été maladroit de
» mes mains, malgré ma vigueur extraordinaire, ou
» plutôt à cause de cela.

» J'avais une mémoire merveilleuse, une grande

» facilité d'élocution, et, quand on nous exerçait à la
» parole, j'étonnais mes professeurs et j'écrasais sans
» peine mes camarades.

» Mes camarades... ce fut, à la fois, un de mes plus
» vifs enivrements, et le commencement de la désil-
» lusion.

» En arrivant au séminaire, mon imagination très
» ardente avait beaucoup travaillé.

» Je me figurais une collection de saints et de petits
» génies.

» Pour être prêtre, pour diriger les consciences,
» ouvrir les portes du ciel, conseiller les grands, gui-
» der les princes et les rois, commander aux cœurs
» et aux esprits, je me figurais qu'il fallait des natu-
» res très supérieures, en tout cas bien au-dessus de
» la moyenne, des cerveaux d'élite, et que ces vases
» d'élection étaient, au moins, des vases de choix.

» Le vieux curé Claris n'était pas bien fort, il est
» vrai; mais, pour un village, n'était-ce pas assez bon?

» Je n'abordais donc mes camarades, les premiers
» jours, qu'avec une prudence extrême et une ex-
» cessive inquiétude.

» Je les regardais comme des êtres nécessairement
» remarquables, doués de facultés hors ligne.

» Cela ne dura pas.

» Je vis, en quelques semaines, que je n'avais
» à faire qu'à de malheureux petits rustres, pour la
» plupart, fils comme moi de la campagne, presque
» tous moins que médiocrement intelligents, engagés
» dans la carrière ecclésiastique, ainsi que moi, par
» la pauvreté, ou la peur de la conscription, ou le
» désir d'échanger les rudes travaux des champs con-
» tre une existence plus douce.

» Quelques-uns avaient la foi : c'étaient les plus bêtes.

» Beaucoup n'avaient qu'un peu d'ambition : celle
» d'avoir une bonne cure, où il n'y eut pas trop de
» mal et dont le *casuel* fût important.

» Le reste appartenait à la race des moutons, qui vont
» où l'on veut, pourvu que quelqu'un se charge de
» marcher devant eux et de leur montrer le chemin.

16

» L'épaisseur d'esprit, la lourdeur des manières,
» l'absence d'initiative et de raisonnement quelconque,
» chez un certain nombre, me surprirent, me firent
» plaisir d'abord, car j'étais, certes, le plus malin de
» la bande, et finirent par me faire réfléchir.

» Leur cœur valait-il mieux ?

» S'ils n'avaient aucune des facultés sublimes que
» j'avais supposées, avaient-ils, en revanche, des ver-
» tus, spéciales, extraordinaires, en tous cas, moins de
» vices que le commun des mortels qu'ils étaient
» chargés de conduire dans le sentier de la vertu et
» de la morale éthérée ?

» Point !

» Les uns étaient sournois, les autres gourmands ;
» ceux-ci envieux, ceux-là égoïstes et personnels ;
» tous malveillants et jaloux.

» On passait sa vie à s'espionner, à se dénoncer mu-
» tuellement.

» C'était la règle, d'ailleurs, et le devoir, au con-
» fessionnal, de tout raconter sur soi et sur les ca-
» marades.

» Avec mon esprit sceptique, ma nature envieuse,
» cherchant toujours le mauvais côté, ou le ridicule
» du voisin ; aussi heureux quand je trouvais l'oc-
» casion de ne pas estimer quelqu'un, que d'autres
» quand ils rencontrent un honnête homme ou ap-
» prennent une belle action, je ne tardai pas à désa-
» habiller les maîtres, comme j'avais déshabillé les
» élèves.

» Il ne resta, la soutane enlevée, que des hommes
» fort ordinaires intellectuellement, et remplis de
» petites passions ou de vices semblables à celles ou à
» ceux que je trouvais en moi-même ; sur le tout do-
» minaient la ruse, l'ambition, le besoin de primer
» et d'exercer un pouvoir quelconque, à tout prix.

» Les uns me parurent d'habiles comédiens ; les
» autres de pauvres dupes, victimes de leur étroitesse
» de cerveau.

» Les manies, les travers, les ridicules, les fai-
» blesses d'autrui, m'ont toujours sauté aux yeux.

» Un an ne s'était pas écoulé que j'avais jugé et
» pesé mon entourage.

» Le respect était parti.

» Décidément, je n'en avais pas la bosse.

» Quant à la foi, bien que je crusse à la religion
» qu'on m'enseignait, j'étais froid, indifférent au fond,
» affichant seulement, pour la forme, une ferveur
» que je ne ressentais guère, mais dont j'avais be-
» soin, si je voulais être bien vu.

» Une seule chose restait debout pour moi :

» La toute-puissance de l'Église !

» Une seule théorie m'allait au cœur, m'empoi-
» gnait et m'enthousiasmait : — celle en vertu de la-
» quelle l'humanité se compose d'élus et de réprouvés,
» les uns en petit nombre, les autres en masse ; —
» c'est-à-dire d'une aristocratie faite pour com-
» mander et mener les foules, et d'un troupeau fait
» pour obéir et subir.

» Plus j'étudiais l'histoire de l'Église, de sa consti-
» tution, de ses progrès, de ses luttes, de sa politique,
» plus elle grandissait à mes yeux, comme admirable
» instrument de domination et de compression ; plus
» le clergé me paraissait placé à la tête de la société,
» plus j'étais heureux de faire partie du petit état-
» major d'ici-bas.

» Quant au ciel, à l'autre monde, aux avantages
» que je pouvais récolter pour le salut de mon âme,
» je l'avoue, c'était le cadet de mes soucis.

» J'étais, je suis trop paysan, à certains égards,
» pour que les spéculations métaphysiques m'aient
» jamais entraîné ou charmé.

» La terre, je ne connais que ça ! Et ma personne,
» et mon ambition, et ma revanche de toutes mes hu-
» miliations, du mauvais lot que j'ai tiré à ma nais-
» sance !

» Ce n'est que plus tard que je devins réellement,
» résolûment sceptique, que je repoussai toutes les
» croyances de l'Église, pour ne garder que l'uni-
» forme, afin d'avoir l'influence qu'il procure; pour
» ne plus adorer et admirer, — après moi, — sur la

» terre et dans le ciel, que cette organisation poli-
» tique du clergé, qui en fait la force la plus prodi-
» gieuse et la plus étonnante de l'histoire.

» Du reste, à part quelques fanatiques, tous mes
» camarades et tous mes professeurs en étaient là,
» avec l'ardeur de mon tempérament en moins et
» sauf le cynisme audacieux qui m'est propre.

» Chez tous, avoué ou non, un sentiment dominait,
» envahissait le reste : non l'amour de Dieu ou des
» hommes, mais le respect de l'Église, l'orgueil
» d'être un des rouages, si infime soit-il, de la grande
» machine qui broie tous les cœurs, nivelle toutes les
» intelligences, courbe tous les fronts.

» Cependant, je manquai briser cette carrière ;
» voici comment et pourquoi :

» Aucun des vœux et des engagements imposés au
» prêtre ne m'effrayait, ou ne m'avait effrayé, jus-
» qu'alors.

» A l'âge que j'avais, ne connaissant ni la vie, ni
» le monde, il n'y a pas de choix, et l'on accepte tout,
» volontiers, sans arrière-pensée.

» Malheureusement j'entrais dans la période cri-
» tique de la formation : je devenais homme.

» Cela me frappa comme un coup de foudre, avec
» une violence inouïe.

» J'avais un tempérament de feu, un de ces tempé-
» raments exigeants qu'on ne peut ni dompter, ni
» tromper.

» La puberté me montait au cerveau, me grisait,
» me donnait des vertiges.

» Je voulus lutter. J'essayai des macérations...
» Elles me surexcitaient.

» J'essayai de la prière ; mais, en invoquant les
» saints, c'étaient des images de saintes qui flottaient
» devant mes yeux.

» Ce fut une crise terrible.

» J'arrivais à m'abrutir, sans arriver à me vaincre.

» Le vœu de chasteté me parut un vœu impossible,
» en tout cas, au-dessus de mes forces.

» Enfant de l'amour, le sang de mon père, proba-

» blement amateur du beau sexe, et le sang de ma
» mère, qui avait toujours adoré le vilain sexe, pro-
» duisaient en moi une de ces combinaisons déton-
» nantes, dont la force d'expansion renverse et dé-
» truit tous les obstacles.

» Je crus en devenir fou.

» C'est à ce moment que je songeai à renoncer à
» l'état ecclésiastique, pour lequel je me sentais évi-
» demment certaines incompatibilités physiologi-
» ques.

» Mais j'avais pris des habitudes nouvelles, des
» besoins nouveaux, et l'idée de retourner au village,
» de recommencer les travaux des champs, me cau-
» sait une horreur insurmontable.

» J'étais un *monsieur*, maintenant, non plus seu-
» lement d'aspirations et d'instincts, mais de goûts et
» d'éducation.

» Fier de mon intelligence, sachant mon énergie
» et l'implacable violence de ma volonté, je me mis à
» espérer que je pourrais me tailler une place dans la
» société civile, laïque.

» Le frère d'un de mes camarades habitait près du
» séminaire. Je le connaissais.

» Un jour, je m'échappai, je courus chez lui.

» Son élégance m'avait toujours frappé.

» Nous étions de même taille.

» Je le priai de me prêter ses vêtements.

» Je les essayai... J'étais affreux ! Comme paysan
» et comme séminariste, je ne savais rien porter. Ma
» tournure était grotesque. J'étais embarrassé de
» marcher, de tenir mes jambes, de tenir mes bras.

» Mon visage lui-même, qui, sans être régulière-
» ment beau, frappe par l'expression, et peut, sinon
» plaire au vulgaire, du moins *empoigner* et attirer
» certaines natures, me causa du dégoût dans ce
» costume ordinaire.

» J'avais déjà la marque du prêtre, cette physio-
» nomie qui le dénonce à tous les yeux. J'avais l'air
» à la fois brutal et cafard, sournois et vicieux.

» Je repris ma soutane et je m'enfuis.

16.

» Cette expérience avait ôté la goutte d'eau glacée
» qui ramène le sang-froid.

» Non, je ne pouvais renoncer à toutes mes ambi-
» tions, descendre du piédestal pour retomber dans
» la foule.

» Prêtre, je serais toujours le premier quelque
» part, ne fût-ce qu'au village.

» On avait eu vent, au séminaire, de ce qui se pas-
» sait en moi ; on avait pressenti mes irrésolutions,
» deviné mon désir de jeter le froc aux orties.

» Dans ce milieu, rien n'échappe, et l'on sait lire
» dans tous les cœurs.

» Notre supérieur était un homme d'une finesse
» extrême. Or, on ne voulait pas me lâcher.

» L'Église ne renonce jamais à ceux sur qui elle a
» mis le grappin.

» Puis, on appréciait mes capacités. On savait que
» je ne ferais jamais un bon prêtre, au sens théo-
» rique et chrétien du mot ; mais on se disait que je
» pourrais être une force, arriver aux dignités su-
» périeures et rendre de grands services, soit comme
» prédicateur, soit dans la diplomatie cléricale.

» L'Église accepte tous les tempéraments et toutes
» les natures, pourvu qu'elle les plie à son but et
» qu'elle les utilise.

» L'abbé X..., le supérieur, voulait donc me garder.

» Il n'essaya pas de me prendre par la foi, l'exal-
» tation religieuse et les niaiseries de discipline que
» m'imposait mon confesseur habituel, homme rusé,
» mais étroit, et quelque peu fanatique, tel qu'il le
» fallait pour dominer et pétrir les natures gros-
» sières de mes compagnons.

» Il ne me parla point, parut ne rien voir, et se
» contenta de me désigner un autre confesseur.

» Celui-là était affilié à l'ordre des Jésuites.

» Ce fut tout, et cela suffit.

» Le révérend père m'apprit qu'il y a deux mo-
» rales :

» L'une pour le public et les naïfs que l'Église con-
» tient dans son sein.

» Ceux-là n'en sont qu'au premier degré de l'ini-
» tiation.

» Leur foi et leur bonne foi rapportent l'estime
» publique. Ils sont l'endroit de la médaille qu'on
» montre.

» L'autre pour les initiés du second degré.

» On me jugeait digne de la comprendre : — on eut
» raison !

» J'appris ainsi tous les accommodements qu'il peut
» y avoir avec le ciel. J'appris que le péché, c'est le
» scandale, et que, pourvu qu'on travaille à la gloire
» et à la puissance de l'Église ici-bas, qu'on les aug-
» mente d'une façon quelconque, sans la compro-
» mettre, l'Église sait, au besoin, fermer les yeux
» sur les faiblesses humaines ; qu'elle a des trésors
» d'indulgence pour ceux qui la servent utilement,
» si elle a des monceaux de verges pour ceux qui la
» combattent, la trahissent ou l'affichent bêtement.

» On me prit par l'ambition, l'orgueil et la vanité.

» Au sujet du vœu de chasteté, on m'expliqua que
» c'était une mesure de discipline, non un article de
» foi ; que le dogme n'avait rien à voir là-dedans ;
» que le mariage avait été longtemps permis au
» clergé ; que si, demain, le pape jugeait bon de
» sanctifier l'union charnelle de l'homme et de la
» femme et de relever l'institution du mariage, il
» pourrait, de nouveau, autoriser le mariage des
» prêtres, sans toucher à aucune des vérités révélées,
» etc., etc.

» A bon entendeur, salut.

» Je compris... et je restai. »

Voilà ce que l'abbé Poitou aurait pu raconter, si
jamais l'on racontait ces choses-là à un autre qu'à
soi-même, et encore !...

IV

RÉPONSE DE LA BERGÈRE AU BERGER.

Il y avait trois ans que Renée, après avoir quitté le couvent, à seize ans, était revenue à la Baumette, près de sa mère veuve et ruinée, et y vivait dans la tristesse, la pauvreté, l'ennui, lorsque l'abbé Poitou fut désigné pour la cure de Saint-Symphorien.

C'était, à cette époque, un homme de trente ans, moins découragé qu'enragé par les premières déconvenues de sa carrière ecclésiastique.

Il était, pour le moment, en véritable disgrâce.

Pourquoi ?

Pour ses vices ?

Non. Parce qu'il n'avait point plu à son évêque, vieillard sévère et borné, jaloux de son autorité, qui n'aimait que les natures de cire, qu'on pétrit à sa volonté, et qui avait entrevu, dans cet esprit vigoureux et ce tempérament violent, une ambition qui le choquait et l'effarouchait.

— Vous êtes trop pressé, mon jeune ami, lui avait dit le prélat octogénaire, après l'avoir étudié et tâté quelque temps ; moi j'ai mis cinquante ans à parvenir où je suis.

Or, comme beaucoup de vieillards, l'évêque en question n'admettait pas que personne allât plus vite, plus tôt et par d'autres moyens que lui-même.

— La brute ! se disait l'abbé Poitou.

En attendant, il était le maître, le maître qu'on ne discute pas, et il voulait briser, assouplir, conduire à son idéal du prêtre soumis, sans volonté, pure machine entre les mains des supérieurs, la jeune recrue que le séminaire lui envoyait.

Au lieu donc de garder Justin près de lui, à l'évêché, de lui confier des fonctions et des missions qui pussent le mettre en vue et faire ressortir ses capacités, il le maintint dans des cures infimes de village, où ce lion, obligé de jouer à l'agneau pascal, se rongeait et se désespérait et s'épuisait obscurément.

Son tempérament d'orgueil et de violence l'emportait souvent, surtout au début ; il commit plus d'une imprudence, plus d'une maladresse, se créant des inimitiés dangereuses, et il avait fini par échouer à Saint-Symphorien, où il arrivait, l'âme ulcérée, bien décidé, cette fois, après une longue et pénible expérience, à entrer dans une voie d'hypocrisie profonde qui ne lui avait jamais répugné, à la vérité, mais que la fougue de la jeunesse ne lui avait pas permis, jusqu'à présent, de suivre d'une façon assez régulière pour qu'elle le menât à son but.

S'il souffrait dans son orgueil et dans son tempérament, il souffrait aussi dans ses passions.

Ce n'est pas au village, épié par tous, qu'il pouvait trouver à les satisfaire ; et, d'ailleurs, son immense mépris de la classe d'où il était sorti, le dégoût que lui inspiraient les mains rouges et calleuses, les odeurs de lessive ou de poulailler, gardaient mieux sa vertu que n'eussent pu faire toutes les considérations d'un ordre plus élevé.

Ce fut à l'église, un dimanche, au sermon, qu'il aperçut, pour la première fois, Renée et sa mère.

Il ne vit qu'elle dans toute l'assemblée et ne parla
que pour elle.

Ce jour-là, il fut éloquent, et put constater qu'il
l'intéressait.

Enfin, il rencontrait devant lui, parmi son troupeau, une femme *comme il faut*, une femme du monde,
qui avait les mains blanches, le pied petit et cambré
dans une jolie bottine, la taille ronde, la peau fine et
qui sentait la poudre de riz.

La femme, pour lui, n'était pas seulement un besoin charnel : elle était surtout l'une de ses revan-
ches, la plus douce et celle qui flatte davantage.

Ce qu'il aimait en elle, lui fils de paysan, lui
gueux, c'était une haute position sociale, l'aristocratie de la race et des façons, des habitudes et de l'éducation.

Tout cela à lui, c'était lui au-dessus de tout cela ;
c'était la marque visible de sa supériorité, c'était la
suprême satisfaction de ses goûts et de ses vanités,
c'était sa première victoire.

Il devint naturellement le confesseur de la mère et
de la fille et sut à fond, en quelques jours, leur véritable position, la misère très réelle, eu égard à leur
naissance, dans laquelle les avaient laissées la mort
du chef de famille, ruiné complétement par de fausses
et malheureuses spéculations.

Le château de la Baumette et ses dépendances, biens
personnels de madame de la Baumette, avaient seuls
échappé aux créanciers.

Cela représentait de trois à quatre mille livres de
rentes, suffisantes au village pour vivre autrement
que des paysans, mais c'était tout.

Au bout de vingt-quatre heures, Justin connaissait,
sur le bout du doigt, madame de la Baumette, bonne
femme de province, pieuse sincèrement, timide, craintive, peu intelligente, sans volonté, mais honnête ;
opprimée, enfant, par ses parents, qui l'avaient mariée sans la consulter ; femme, par son mari, gros vi-
veur brutal et dépensier, qui courait le cotillon sans
même se cacher d'elle et semait des bâtards dans tout

le département; mère, par sa fille unique, qu'elle avait
gâtée et devant qui elle tremblait.

La religion avait été sa seule consolation.

Pour elle, un prêtre était en dehors et au-dessus
de l'humanité, une sorte de Dieu visible.

Elle lui disait tout, lui demandait conseil sur tout,
croyait à sa parole, comme à celle de l'Évangile, se remettait absolument entre ses mains, s'y déchargeant
de la fatigue de vouloir et d'agir.

Elle adorait aussi Renée et pleurait sans cesse sur
son malheureux sort, se désespérant de la voir sans
dot, et comprenant qu'elle ne trouverait pas à se
marier.

Au lieu de la consoler, en pareil cas, Renée se livrait
à l'ironie et lui reprochait durement sa faiblesse.

— C'est ta faute, lui disait-elle, et malheureusement
c'est moi qui en subis les conséquences.

— Mais tu sais bien, chère enfant, que c'est la faute
des circonstances.

— Des circonstances! ricanait Renée. Il n'y a pas
de circonstances, maman. Il y a des hommes et des
femmes qui arrangent bien ou mal leur existence. Tu
n'as pas su arranger la tienne, et me voilà vouée à l'ennui, à l'abrutissement de la vie de province, de la vie de
campagne; condamnée à me faner, à me voir vieillir
« vierge et martyre », sans espoir d'un avenir meilleur ; inutile, à charge aux autres et à moi-même.

— Sans la ruine, et la mort de ton père...

— Sans toi, veux-tu dire ; car, si mon père s'est
ruiné, s'il est mort de chagrin de ne pouvoir plus dépenser et mener la vie de plaisir à laquelle il s'était
habitué, c'est que tu l'as laissé faire, que tu n'as pas
pris sur lui l'empire que tu devais prendre, ni su lui
imposer d'autres habitudes.

— Tu sais bien que je n'entendais rien aux affaires,
que ton père était une nature impétueuse, emportée,
qu'il ne me consultait jamais... et...

— Et que tu avais peur de lui!...

— Une femme doit obéir à son époux... Je priais
le ciel de l'éclairer et de le ramener.

— Et il ne l'a ni éclairé, ni ramené; mais nous sommes ruinées!...

— J'ai fait tout ce que j'ai pu. Lui mort, on m'endettant, je t'ai laissée au couvent jusqu'à seize ans. Tu as reçu une éducation brillante, aussi brillante que les plus riches...

— J'en trouve ma pauvreté plus dure. A quoi me sert mon piano?... Je n'aime pas la musique...

— Je croyais pourtant que c'était une source de distractions honnêtes.

— Ces touches d'ivoire, une distraction ? Ce n'est bon que dans un salon, quand on vous écoute. Je sais aussi danser, et même je danse très bien. Veux-tu que je danse toute seule ? ou avec le père Madou, ce vieux sournois millionnaire, qui n'a jamais quitté ses sabots ? ou avec Clémentine, ma femme de chambre ?

— Je ne dis pas, mais...

— Ah !... Il y a aussi l'abbé Poitou. Je lui proposerai un tour de valse... la prochaine fois qu'il viendra !

— Renée !... interrompit madame de la Baumette scandalisée...

— Vois-tu, maman, la danse, c'est le bal et le danseur... Or, il n'y a ni bal, ni danseur, à la Baumette.

— Ma pauvre enfant, si je pouvais me tirer le sang des veines pour toi...

— Ça t'affaiblirait beaucoup, et ça ne m'enrichirait pas. Je sais aussi le dessin. J'ai dessiné tous les peupliers bêtes des environs... Tiens... J'ai envie de faire le portrait de M. l'abbé...

— Oh ! Renée ! fit encore madame de la Beaumette avec reproche.

— Ma foi, pourquoi pas ? C'est le seul, ici, qui ait une tête d'homme ; il a beaucoup d'expression, rien de banal, ni de vulgaire... Il m'aurait plu comme mari.

— Mon enfant, comment peux-tu dire de semblables choses !... mêler ainsi le profane au sacré... et concevoir de pareilles idées, en pensant à un saint prêtre, que son ministère éloigne et met au-dessus de toutes les faiblesses humaines et de nos misérables passions. C'est ton directeur, et ce sera une des lumières de l'Église, un jour...

— Oui, oui, répliqua Renée avec un regard en coulisse et un demi sourire du coin des lèvres; nous nous confessons beaucoup...

— Je vois, en effet, que, depuis quelque temps, tu remplis tes devoirs religieux avec plus d'assiduité et de ferveur. J'en suis heureuse, ma chère Renée... C'est là, dans les pures extases et les sublimes élans de la religion, que tu trouveras consolation et résignation.

— Oui, l'abbé est fort intéressant... murmura la jeune fille entre ses dents ; et je crois qu'il ne demande qu'à me consoler.

— Suis ses conseils, mon enfant, suis sa direction. Tu t'en trouveras bien.

— Je ne dis pas non... Cela dépend... Mais j'aimerais mieux vingt-cinq mille livres de rentes et Paris.

— Peut-être qu'un mariage... insinua timidement la mère.

— Ah ! ne parlons pas de ça ! interrompit violemment Renée. Un mariage ! Tu sais bien que ça n'existe pas pour moi.

— Tu as dix-neuf ans, tu es jolie, tu as tout ce qu'il faut... et je prie si souvent le bon Dieu...

— Que tu attends un miracle ! Ce n'est pas dans ce trou de Saint-Symphorien que je trouverai un mari..., et je n'ai pas de dot ! Au couvent, le frère d'une de mes amies me courtisait. Tu sais, Blanche Daulnay... Son frère a vingt-cinq ans. Il était fort bien... Je le voyais au parloir, où il venait, soi-disant pour sa sœur... J'allais quelquefois chez elle, au commencement des vacances, passer une huitaine de jours, avant de venir me renfermer ici, à la campagne. Mon père meurt, nous sommes ruinées... plus personne ! Il s'est marié, il y a deux ans, à une autre amie de sa sœur, rousse, bête et riche.

— Pauvre enfant ! je comprends tes regrets !

— Mes regrets... Ce n'est pas lui que je regrette en

17

tout cas : je le hais et je le méprise ! Depuis, quel prétendant s'est présenté ? C'est fini ! Qui viendrait me chercher ici ? Et puis je ne veux pas d'un pauvre, et un riche ne voudrait pas de moi !

— Qui sait?

— Oh ! maman, je t'en prie, ne m'agace pas avec tes : *qui sait !*... tes : *peut-être !* tes : *tu as tout ce qu'il faut !* Je n'ai pas, comme toi, l'heureux don de garder une enfance éternelle et d'éternelles illusions : j'ai dix-neuf ans, voilà trois ans que je ne suis plus au couvent, et voilà quatre ans que nous sommes ruinées ! Cela mûrit ! Il y a des jours où je donnerais ma vie pour un fétu de paille.

Madame de la Baumette essayait de retenir ses larmes.

Renée fit deux ou trois tours dans la chambre, puis, saisissant un chapeau de paille, le planta sur sa tête, un peu à la chien, d'un mouvement brusque, et se dirigea vers la porte.

— Où vas-tu ? demanda la mère.

— A confesse !

— Ah ! mon enfant, que tu me fais plaisir ! Cela te calmera, cela te rafraîchira l'âme !

« Et tu reviendras peut-être plus douce et plus tendre pour moi ! » pensait la pauvre femme.

— Mais ce n'est pas son jour, reprit-elle tout haut, et peut-être ne pourra-t-il pas...

— Mon jour est le sien, répliqua sèchement Renée.

Et elle sortit d'un pas léger, oubliant d'embrasser sa mère.

V

OU L'ON SE CONFESSE.

En sortant de chez sa mère, Renée, au lieu de se diriger directement vers l'église du village, prit au plus long, à travers de petits sentiers ombreux qui sillonnaient les champs, où mûrissait la moisson.

C'était au mois de juin, vers la fin.

Il faisait une chaleur étouffante, le ciel étincelait, la campagne était solitaire; on n'entendait que le cri monotone des cigales et ce murmure de fourmilière que la terre laisse échapper sous la cuisson du soleil ardent vers le milieu de sa course.

Entre l'ombre des arbres touffus et des haies, on voyait l'air bouillonner, pour ainsi dire, dans une sorte de tourbillon produit par la différence d'échauffement des couches de l'atmosphère.

On respirait du feu.

Renée marchait plus lentement, sans rien regarder, sans rien écouter.

Sous ses longs cils bruns, ses yeux pensifs lançaient parfois un éclair.

Parfois son jeune sein se soulevait avec force et

laissait échapper un soupir, puis elle secouait la tête, et un sourire moqueur, presque méchant, passait sur ses lèvres.

Elle tenait son ombrelle fermée, le feuillage épais des arbres qui bordait son chemin l'abritant suffisamment, et, d'un mouvement nerveux, abattait la tête des fleurs, coquelicots, bluets ou paquerettes, qu'elle rencontrait sur sa route.

Sa toilette fraîche et simple, composée d'une robe de jaconas clair, semée de bouquets aux couleurs riantes, à manches larges, ouvertes et demi-courtes, sans pardessus, faisait admirablement ressortir l'élégance de sa taille et la grâce un peu altière de son visage, auquel ses cheveux blonds formaient un cadre vaporeux et doré.

Des gants un peu longs protégeaient ses doigts effilés et ses poignets ronds contre les morsures du soleil, sans cacher entièrement les avant-bras, où la peau rosée laissait transparaître les veines bleues, pleines d'un sang ardent, qui se chargeait de toutes les effluves de la nature pâmée sous les étreintes de l'été.

Après un assez long détour, elle arriva près de la cure, petite maison, basse, blanche, à volets verts, entourée d'un assez vaste jardin, et qui s'élevait à cinquante mètres à peine de l'église.

Elle s'avança vers cette maison, d'un pas résolu, et sonna.

Une vieille paysanne, d'une soixantaine d'année et d'une laideur réussie, vint lui ouvrir.

— Monsieur le curé est-il chez lui? demanda Renée.

— Oui, mademoiselle. Désirez-vous le voir?

La vieille servante s'effaçait, en parlant ainsi, pour livrer passage à la jeune visiteuse.

Renée hésita une seconde.

— Dites-lui que je l'attends à l'église, répliqua-t-elle enfin ; puis, sans écouter la réponse, d'un pas léger, elle gagna la vilaine bâtisse dégradée et surmontée d'un coq, où les habitants de Saint-Symphorien allaient assister aux cérémonies du culte et accomplir leurs devoirs religieux.

Renée y entra résolûment, fit machinalement le signe de la croix, et alla s'agenouiller sur une chaise
basse, en face de l'autel, entre le chœur et l'unique
confessionnal, dans l'endroit le plus obscur.

L'église était solitaire, il n'y avait pas une âme.

Le long des fenêtres, on avait tiré de grands rideaux blancs, assez épais, qui arrêtaient la lumière
trop crue du soleil, dont un seul rayon, passant par
une déchirure, allait se jouer sur les dorures du tabernacle et le cuivre des grands chandeliers.

Il régnait là un silence prodigieux, une obscurité
et une fraîcheur relatives, et les senteurs âcres de
l'encens, accrochées aux vieilles pierres, montaient
au cerveau.

Renée était immobile, la tête penchée en avant, de
sorte que, par l'échancrure de la robe, peu montante,
on apercevait, non seulement sa nuque couverte d'un
épais duvet blond, mais les pâles et fugitives blan-
cheurs du dos, dont la ligne médiane s'enfonçait,
mystérieuse et légèrement bistrée, sous le corsage
discret.

L'abbé Poitou était entré, sans bruit, quelques
minutes après elle.

Son œil ardent avait interrogé et fouillé l'espace ;
n'apercevant pas sa pénitente, il s'était avancé, à pas
de loup, jusqu'à l'endroit sombre où elle se cachait.

A sa vue, il ralentit sa marche et l'assourdit encore ;
mais, au fur et à mesure qu'il avançait, la jeune fille
penchait davantage la tête, si bien qu'au moment où
il se trouva près d'elle, il y avait juste la place d'un
baiser, sur sa nuque provocante, entre la racine des
cheveux et le bord du corsage, qui s'éloignait de la
chair friande, comme pour dire :

— Profitez de l'occasion !

Le prêtre devint pourpre, à cette vue : ses yeux s'al-
lumèrent, ses lèvres s'entr'ouvrirent, ses narines se
gonflèrent, et il s'arrêta sur place, retenant son souffle, aspirant, par tous les pores, ces émanations légères et pénétrantes qui s'échappent d'un corps de
jeune fille ; savourant ce spectacle, résistant à cette

17.

tentation, que la sainteté du lieu, la demi-obscurité, le silence et la solitude, rendaient plus violente et plus voluptueuse.

Renée ne bougeait pas.

Petit à petit, le prêtre se pencha, comme attiré par une force magnétique, d'un mouvement lent, régulier, machinal.

Sa volonté n'y était pour rien.

Il subissait une fascination.

Ses lèvres avides et séchées brusquement par quelque feu intérieur s'avançaient...

Tout à coup, Renée se redressa, par un mouvement de côté, se glissant hors de l'atteinte qu'elle semblait deviner, prévoir, pressentir, et se retourna vers l'abbé Poitou, qui fit un haut-le-corps violent et se rejeta en arrière.

Renée le regarda bien en face, de ses yeux d'or, dont les paillettes étincelaient avec des lueurs phosphorescentes dans la pénombre.

Justin baissa presque les paupières sous le regard clair qui pénétrait en lui et le fouillait ; puis une sorte de colère parut sur son visage expressif.

Il fronça involontairement les sourcils, honteux d'avoir été surpris, et surtout joué, car le regard de mademoiselle de la Baumette, à demi ironique, disait nettement, effrontément même, qu'elle avait tendu, préparé un piège.

— Vous m'avez fait demander, mademoiselle ? dit-il d'une voix un peu rauque.

— Oui, monsieur le curé, répondit-elle de sa voix la plus douce, avec son sourire le plus charmant. Je me sentais triste, nerveuse, pleine de mauvaises pensées... J'avais besoin de vos conseils.

— Alors vous désirez vous confesser ?

— Me confesser, causer... tout ce que vous voudrez.

— Je suis à vos ordres.

Il lui montra le confessional.

Elle passa doucement, lentement, effleurant l'abbé de sa robe légère ; et, avant de s'agenouiller, debout, en face de lui, ôta, sans se presser, ses gants, d'où sortirent, blancs, ses poignets fins et ses doigts longs terminés par des ongles roses et transparents taillés en pointe comme des griffes.

D'un mouvement gracieux, elle étendit ses mains et les agita en l'air, pour ramener la circulation du sang peut-être gênée par la pression de la peau de chevreau, et ce mouvement laissa voir ses bras jusqu'à la saignée et même un peu au-delà.

Le prêtre suivait ses mouvements et voyait tout.

Elle le regarda encore bien en face, les yeux dans les yeux, de ce regard inquiétant qui lui était propre, et, entrant dans le confessionnal, s'agenouilla.

— Je vous écoute, dit-il d'une voix altérée, à travers le petit vasistas où passent tant de secrets et de si étranges confidences.

— Ma foi, je ne sais plus ce   e j'avais à vous dire... répliqua-t-elle d'un petit ton déluré, qui semblait prouver qu'elle se croyait quelque empire sur son confesseur, et qu'elle en usait en fille d'Ève.

— Je le sais, moi. Vous n'êtes pas heureuse.

— C'est vrai !... mais je crois que personne n'est parfaitement heureux.

— Le bonheur parfait n'est pas de cette terre.

— Oui, on me l'a dit, pendant six ans, au couvent.

— Eh bien ?

— Eh bien, ça ne m'a pas consolée ! Est-ce que cela vous console ?

— Qui vous fait supposer que j'aie besoin d'être consolé ?

— Je n'en sais rien, c'est une idée ; mais, à propos, vous m'avez dit que je n'étais pas heureuse. Savez-vous pourquoi ?

— Je vais vous le dire : vous êtes jeune, vous avez dix-neuf ans, vous êtes jolie et coquette...

— Très coquette.

— Vous avez reçu une éducation de demoiselle du monde, du grand monde....

— Et j'en ai tous les goûts.

— Vous n'êtes pas une de ces natures moutonnières,

qui s'accoutument à leur milieu, et, ne pouvant avoir
ce qu'elle désirent, se contentent de ce qu'elles ont.

— En effet, pas du tout !

— Votre brusque ruine vous a déclassée. Elle vous
a appris à mépriser les hommes, dont vous avez vu,
sans masque, la sottise, l'égoïsme et la petitesse.

— Rien de plus exact.

— Vous sentez, vous comprenez que la vie est une
lutte ardente, sans pitié, où les vainqueurs, les heureux, les forts, foulent aux pieds les vaincus, les malheureux et les faibles. Vous avez toutes les aspirations, tous les instincts, tout le tempérament qui font
les vainqueurs ; et les circonstances vous ont jetée
dans la poussière, parmi les vaincus.

— C'est bien cela.

— En un mot, ajouta le prêtre, en dardant sur elle
son regard le plus profond, vous voudriez la fortune,
l'amour et le plaisir.

— La fortune à coup sûr ; le plaisir, bien volontiers... Quant à l'amour, je n'y crois pas.

VI

L'ABSOLUTION.

— A votre âge, c'est impossible, et surtout faite
comme vous l'êtes, répliqua Justin.

— C'est ce que vous m'avez déjà dit... plusieurs
fois.

— Ainsi, vous n'avez jamais aimé ? jamais rêvé
d'aimer ?

— Je n'ai jamais aimé, non ; je vous l'ai déjà af-
firmé, car vous me le demandez toujours.

— Mais rêvé d'aimer ?...

— C'est autre chose !...

— Je m'en doutais, vos yeux le disent.

— Comment cela ?

— Tenez, dans ce moment même, ils brillent d'un
éclat admirable et lancent de véritables étincelles.
Vous avez les yeux les plus beaux et les plus extraordinaires du monde.

— Les vôtres aussi brillent... cela tient, sans doute,
à la demi-obscurité où nous sommes.

— Vous n'avez donc jamais rencontré personne qui
vous plût ? poursuivit rapidement l'abbé. Vous avez

pourtant dû éveiller bien des désirs autour de vous !

— Si, peut-être... que sais-je ?... Mais qu'importe ? Ceux à qui je plaisais, ne me plaisaient point... ceux qui m'auraient plu, n'étaient point faits pour moi. J'ai été courtisée, quand j'étais au couvent, quand ma famille était riche... Depuis, tout le monde a fui.

— Ceux-là ne vous aimaient pas.

— J'avais donc raison de ne pas les aimer.

— Je ne croirai jamais, pourtant, que l'amour ardent, sincère, irrésistible, capable de tout, ne se soit jamais présenté devant vous.

— L'amour, ou le mari ? fit-elle ironiquement.

— L'amour et le mari sont deux.

— Ce n'est pas ce que me disait mon vieux confesseur, au couvent.

— Il vous parlait comme on parle à une petite fille.

— Et vous me parlez comme on parle à une grande fille.

— La morale est une liqueur forte, dont il faut ménager les doses, suivant la raison, le tempérament et la vigueur de celui à qui on la verse.

— Versez à grand verre.

— Cela dépend. Je ne voudrais point choquer ou troubler les idées et les opinions préconçues par une jeune fille, si elle y trouve sa tranquillité et son bonheur.

— Je n'y trouve que l'ennui profond, et vous m'avez dit, vous-même, que je n'étais pas heureuse.

— La religion ne vous console pas ?

— Nullement.

— Ne vous soutient pas ?

— Pas le moins du monde !

— N'avez-vous pas la foi ?

— Je n'y ai jamais songé : je pratique.

— La prière ne vous calme point ?

— Non.

— Elle ne vous inspire point la résignation ?

— Non.

— Vous ne bénissez pas le sort qui vous frappe, en vous disant que le ciel vous l'envoie pour vous éprouver, vous épurer et vous rendre plus digne de ses faveurs?

— Quand?

— Dans l'autre monde. Cependant, vous accomplissez votre devoir, et le devoir accompli...

— Le devoir subi!

— Fait le bonheur.

— Pas le mien!... Je suis pleine de mauvais sentiments et de mauvaises pensées.

— Alors, c'est que la morale qu'on vous a enseignée n'est pas celle qui vous convient.

— Il y en a donc deux?

— Sans doute: celle des forts et celle des faibles. Il y a une morale nécessaire au maintien des institutions sociales, à l'usage de la foule, de ceux qui ont tiré le mauvais lot et qui doivent le garder. Celle-là ne connaît que des devoirs, nous dit de dompter nos passions, d'accepter notre sort, de nous y soumettre. Elle s'appelle d'un mot: Obéissance ou résignation.

— Et l'autre morale?

— L'autre, c'est celle des forts, des êtres supérieurs. Le monde ne pourrait se maintenir, si tous la connaissaient ou la pratiquaient. Pour être utile, avantageuse, il faut qu'elle soit l'apanage d'un petit nombre et qu'il en garde le secret. Le même vêtement ne peut convenir au géant et au nain. Il y a des natures d'élite qui peuvent se mettre au-dessus des règles ordinaires, pourvu qu'on n'en voie rien. En haut et en bas, les mêmes actes n'ont plus la même valeur: ce qui est crime pour les petits, est raison d'État pour les grands. Étudiez l'histoire: il n'y a pas un roi, un empereur, un pape même, qui n'ait accompli ou décrété des choses qui font sa gloire, et qui eussent envoyé au bagne ou à l'échafaud le pauvre diable qui en eût accompli la millième partie.

— C'est vrai, cela.

— L'Église l'a si bien compris que le prêtre, au confessionnal, seul juge, peut accorder ou refuser l'absolution pour les mêmes faits, suivant les personnes et les circonstances. Le pape peut relever de tous les

serments, peut donner des indulgences plénières pour
tous les péchés accomplis ou à accomplir.

— Je le sais.

— Il y a des dispenses pour toutes les pratiques de
la religion. Il y a aussi des dispenses pour tous les
cas de la morale ordinaire.

— C'est curieux, fit Renée pensive. J'ai toujours
eu, non pas ces idées..., mais... cet instinct-là.

— C'est que vous appartenez à la catégorie de ceux
qui se mettent au-dessus des lois et qui, sentant leurs
forces et leur supériorité, laissent les devoirs vul-
gaires au vulgaire.

— Vous me flattez beaucoup.

— Je vous rends justice. Vous savez bien que, sauf
le premier jour, je ne vous ai jamais traitée comme
mes autres pénitentes, que vos confessions...

— Ont été fort intéressantes, je ne dis pas... Ainsi,
nous voilà agenouillés, l'un en face de l'autre, plus
seuls que dans une île déserte, nous parlant à l'oreille...
On croit que je vous confesse mes péchés de jeune
fille, que je vous raconte que j'ai grondé injustement
ma femme de chambre, sacrifié à la coquetterie en
me parfumant d'ambre et de verveine... — Elle pencha la tête. — La bonne odeur, n'est-ce pas ? — Et pas
du tout, nous parlons de l'amour, et nous démolissons
la morale vulgaire... C'est merveilleux !

Justin pinça les lèvres et la regarda avec inquiétude.

— Heureusement que le secret de la confession est
absolu, n'est-il pas vrai ? reprit-elle avec un demi-
sourire et son regard le plus provocant.

— Oui, absolu.

— A la bonne heure; car, si jamais nos bons paysans
ou d'autres entendaient ce que nous disons, ou s'en
doutaient...

— Que voulez-vous dire ?

— Ainsi, avec la morale ordinaire, la morale des
faibles.... je suis jeune, jolie, intelligente, et tout cela
ne me servira de rien, parce que je suis pauvre, parce
que, ne trouvant pas le mari de mes rêves, je dessèche-

rai dans l'ennui et dans l'impuissance, misérable avec
tous les trésors qui font la richesse de la femme ?...

— C'est vous qui le dites.

— Tandis qu'avec l'autre, je pourrais connaître
les joies et les plaisirs... Lesquels ?

— Tous. D'abord, ceux de l'amour. Si vous voulez
y renoncer, faites-vous religieuse.

— Oh ! je n'en ai point la vocation.

— Alors, il faudra choisir. Dites-vous que si vous
n'avez point la foi, que si vous ne voulez pas consacrer
votre beauté et votre cœur à Dieu, la nature, qui vous
a donné toutes les grâces, tous les charmes qui in-
spirent l'amour, ne veut sans doute pas que tout cela
soit perdu, devienne une source de souffrance pour
vous et pour les autres.

— Mais le péché ?

— C'est le scandale.

— Et le scandale, comment l'éviter ?

— C'est facile... si vous êtes deux à le redouter
également, et pour les mêmes raisons.

Renée se leva.

— Il est temps que je rentre, dit-elle froidement.

Le prêtre se leva aussi.

Il était fort pâle et dévisageait la jeune fille, avec
un mélange d'audace et d'embarras.

L'angoisse de l'homme était visible ; il regardait sa
pénitente, se demandant ce qu'elle pensait, s'il ne
s'était pas compromis trop vite, avancé trop avant.

Elle, au contraire, semblait jouir de cet embarras.

— Je ne vous demande pas l'absolution, dit-elle
enfin, en souriant : — Je vous la donne !

Ils étaient sortis du confessional.

Elle lui tendit la main à l'anglaise.

Il hésita une seconde, puis, saisissant la jeune fille
dans ses bras, il la serra contre sa poitrine, avec une
force terrible, et posa ses lèvres brûlantes sur les
lèvres rouges de Mademoiselle de la Baumette.

L'étreinte fut longue et presque farouche.

Tout à coup, il desserra les bras, et recula de deux
pas.

18

Renée ne dit rien.

Elle avait les yeux baissés.

Elle ramena son chapeau, qui était tombé en arrière, et sortit rapidement, sans regarder Justin ni se retourner.

— C'est moi qui l'ai confessé. Je savais bien qu'il m'aimait ! pensait-elle.

— J'ai brûlé mes vaisseaux ! se disait-il, mais elle sera à moi !

Et il s'éloigna lentement.

VII

JEUX DE CHATTE.

Pendant quelques jours, Renée ne revint pas à confesse. Elle ne reparut à l'église que le dimanche, pour la messe.

Justin était sur des charbons ardents.

Il repassait dans son cerveau la scène du confessionnal, les discours qu'il y avait tenus, les réponses de la jeune fille, l'acte matériel qui avait terminé leur entrevue, se demandant, avec une inquiétude croissante, ce qu'il allait en advenir et s'il n'avait pas commis une imprudence colossale.

Ce qu'il entrevoyait de la nature de mademoiselle de la Baumette, parfois, l'effrayait.

Le ton étrange de cette soi-disant confession que nous avons rapportée n'était que la suite et la conséquence de bien d'autres conversations susurrées dans le silence du confessionnal, et qui avaient été toujours plus marquées, plus hardies de part et d'autre.

Les coquetteries de la femme avaient été toujours plus évidentes, plus audacieuses ; les discours du prêtre avaient toujours décrit des cercles de plus en

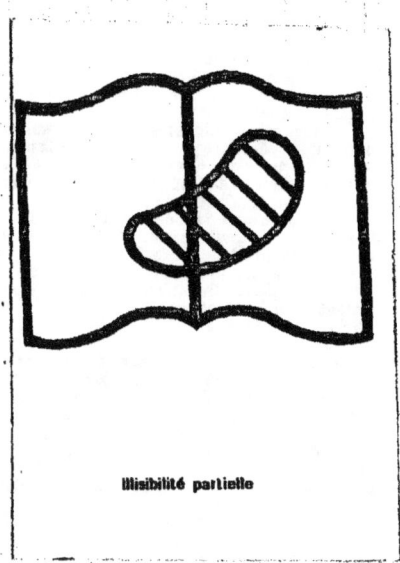

Illisibilité partielle

plus resserrés et affiché un cynisme de sentiments, un mépris de la morale, plus dépourvus de voiles.

Des *deux côtés*, le déshabillage intellectuel avait marché d'un pas égal.

Mais tout cela, quoique les avances eussent été réciproques et peut-être plus soulignées de la part de la jeune fille, au début, que de la part de l'abbé Poitou, tout cela offrait un danger plus grand pour le confesseur que pour la pénitente.

Après tout, c'était à lui de la diriger, de la moraliser, si elle en avait besoin, et l'acte matériel du baiser venait de lui, de lui seul !

Cette corruption profonde de l'esprit et du cœur, cette malfaisance native qu'elle lui avait révélée, l'attiraient et lui faisaient peur.

Naïve, il l'eût tenue.

Vicieuse, elle le tenait.

Et ses petits airs, tour à tour cassants et caressants ; son ton ironique et déluré ; ses façons de chatte faisant patte de velours et montrant en même temps les griffes ; sa manière, tout en caquetant avec lui, de souligner, par un sourire, ou par un mot, ou par un regard, tout ce qu'il y avait d'étrange et de révoltant dans leur conduite et leurs discours, tout cela lui donnait la chair de poule et lui causait de cuisantes terreurs.

C'était aussi tout cela qui l'enivrait, lui faisait venir l'eau à la bouche et le plongeait dans une sorte de ravissement voluptueux, dont il ne pouvait surmonter l'attrait malsain.

En vérité, c'était bien elle qui l'avait confessé, voilà ce qu'il ne pouvait se dissimuler.

D'autre part, ses avances le charmaient.

Elle était allée à lui, lui avait tendu toutes sortes d'amorces et ne s'était fâchée de rien, n'avait rougi de rien.

Il se disait qu'elle ne valait pas mieux que lui, qu'elle comprenait ce qu'elle disait, ce qu'elle faisait et où cela la conduirait, et, dans cette conclusion, il puisait quelque confiance.

Néanmoins, ce ne fut pas sans un certain embarras et un peu d'angoisse, que, ne la voyant plus à l'église, il dut retourner à la Baumette.

Mais il fallait sortir du doute et faire la première démarche, puisqu'elle ne la faisait pas.

Au point où ils en étaient venus, tous les deux, ils ne pouvaient en rester là.

Renée le reçut comme si rien ne s'était passé, avec un respect profond pour son saint caractère de prêtre, qui, tout d'abord, le rassura et lui fit plaisir.

Cependant, cela ne dura pas.

Ce respect était trop exagéré. Elle affectait trop de l'appeler : Monsieur le curé, de lui montrer une sorte de vénération qu'il sentait ne point mériter, et qui, par son ostentation et sa persistance, devenait une véritable satire, et des plus mordantes, et une ironie aussi agaçante que cruelle.

— Se moque-t-elle de moi ? se demandait-il. Ou veut-elle me rappeler au sentiment de mes devoirs ? Que signifie cette façon nouvelle et brusque d'effacer l'homme, en moi, derrière le prêtre ?

Cela le préoccupa et le rendit très malheureux.

L'idée qu'on se moquait de lui, ou qu'on voulait lui donner une leçon, l'exaspérait et l'humiliait.

Cependant, elle ne paraissait nullement lui en vouloir.

Si corrompu que soit un homme, qu'il ait fait table rase en lui de tous les scrupules et de toutes les candeurs, il sera toujours roulé, à ce joli jeu d'amour, par la première pensionnaire venue.

Le génie de la coquetterie n'a point de limites, et la ruse, qui est un instinct naturel chez la femme, ne sera jamais qu'une leçon apprise chez l'homme, en ces petits manèges du combat pour le bonheur.

Pour savoir ce qu'elle pensait au fond et ce qu'elle voulait, il aurait fallu qu'elle vînt de nouveau à confesse.

Là, il était chez lui. Il n'avait rien à craindre des regards curieux et des oreilles indiscrètes.

18.

Mais il n'osait lui en parler, le premier, le lui proposer.

Renée resta quinze jours sans s'approcher du tribunal de la pénitence.

Puis elle y vint, un samedi, à l'heure où elle était sûre qu'il y aurait du monde dans l'église et où l'abbé Poitou avait l'habitude de confesser les dévotes du village.

Il y avait là une demi-douzaine de vieilles femmes, de fillettes et de petits garçons.

Elle s'arrangea pour ne passer ni la première, ni la dernière, de façon à entraver toute liberté de la part de Justin, tenu en respect par le public et talonné par ses devoirs professionnels.

Bien qu'il fît, ce jour-là, une chaleur étouffante, elle avait mis une robe sombre et couvert sa tête d'un voile de dentelle noire très épaisse, qui entourait le cou et retombait sur les épaules.

Cette toilette lui seyait à ravir, faisant ressortir l'éclat du teint, des yeux et de la chevelure, dont les reflets dorés encadraient sa jolie tête d'une sorte de nimbe rayonnant.

Justin, très ému, comprenant ses calculs de précaution, l'interrogeait d'un regard où les souffrances, les soupçons, les exaspérations et les déceptions de ces quinze jours écoulés mettaient des flammes et mille désirs contenus.

En s'agenouillant, Renée dérangea son voile de dentelle; il s'écarta, et la robe, hardiment échancrée en cœur, laissa apparaître, tout à coup, la neige d'une admirable poitrine de vierge, déjà formée, où rien ne se montrait que juste assez pour irriter la curiosité, promettre, tenir à demi, et faire rêver le reste.

L'étoffe sombre de la robe soulignait cette blancheur satinée de la façon la plus provocante, sans, cependant, qu'il y eût rien de positivement et de nettement indécent; d'autant plus que la jeune fille avait pris la précaution de se couvrir d'une sorte de voile, et pouvait ne pas s'apercevoir de la trahison de ce voile, qui s'écartait sans bruit, et toujours davantage, à chaque mouvement en avant.

Le regard de Justin, ébloui, ne pouvait se détacher de ce tableau ; son cœur battait avec violence, et le sang en révolte courait dans ses artères, portant partout le trouble et la tempête.

— Elle l'a fait exprès ! se disait Tantale, avec une sorte de rage, pris de vertige, comprenant la férocité de ce raffinement de coquetterie.

— Je viens vous soumettre un cas de conscience, fit-elle d'un air doux. Depuis hier, je suis toute joyeuse, toute émue, et je crains réellement que cela ne soit pas bien de ma part.

— De quoi s'agit-il ? dit le prêtre avec des rugissements étouffés.

— J'ai reçu une lettre de mon petit cousin Édouard.

Justin dressa l'oreille.

— Quel est ce petit cousin ?

— Il a deux ans de plus que moi. Il est maintenant enseigne à bord d'un vaisseau.

— Vous ne m'en aviez jamais parlé.

— Oh ! c'est que je ne l'ai pas revu depuis une douzaine d'années.

— Eh bien ? fit Justin avec un soupir de soulagement.

— J'avais sept ans, et lui neuf ans. Il venait souvent passer une semaine chez mes parents, ici, à la campagne, et nous jouions à la *femme* et au *mari*.

— Comment cela ?

— Oh ! je ne me rappelle plus très bien... Seulement, je sais qu'on nous trouvait toujours ensemble... dans les petits coins, et que nous ne pouvions nous séparer...

— Que faisiez-vous ainsi ? demanda le prêtre d'une voix étranglée.

— Ce que font des enfants... Je crois bien que nous étions déjà amoureux.

— Vous vous... embrassiez ?

— Sans doute, comme du pain.

Justin s'enfonçait les ongles dans la paume des mains.

Il était jaloux, jaloux de ce gamin de neuf ans !

Et le voile de dentelle s'écartait toujours, et Renée se penchait davantage.

— Alors ? dit-il.

— Alors ma mère finit par s'en apercevoir ! Elle se fâcha... comme je ne l'ai jamais vue se fâcher.

— Que fit-elle ?

— Elle donna des soufflets à Edouard. Quant à moi, elle me fouetta. C'est la seule fois... aussi je me le rappelle bien, allez !

— Et après ?

— Après ?... On renvoya Edouard chez ses parents, et on me mit au couvent. Nous ne nous sommes jamais revus.

— Pourquoi me racontez-vous cela ?

— Parce que la joie que m'a causé sa lettre m'a fait craindre que le souvenir de nos petits jeux d'enfants... et de nos baisers... ne fût resté trop vif en moi. C'était un gros péché, n'est-ce pas ?

— Sans doute, si vous saviez que vous faisiez mal.

— Oh ! nous le savions bien un petit peu.

— Est-ce qu'il va revenir ? demanda Justin.

— Peut-être... Il en a bien envie... et moi aussi... Je lui ai écrit, en cachette de maman, de venir, s'il le peut ; de faire l'impossible... à son prochain congé.

Le sang affluait au cerveau de l'abbé Poitou, ses oreilles bourdonnaient.

La luxure, la colère, la jalousie, toutes les passions ardentes et mauvaises s'agitaient dans son sein, réveillées, avivées par la scène, — récit et tableau, — que lui avait préparée Renée.

D'ailleurs, tout était vrai dans l'histoire racontée, tout, sauf la lettre du petit cousin, qui n'avait pas donné signe de vie, et la prétendue réponse à cette lettre imaginaire.

Quand elle quitta l'abbé, il l'aurait volontiers tuée, et jamais il ne l'avait autant désirée.

Quelques jours après, madame de la Baumette tomba légèrement malade.

Cela n'avait rien de grave ; mais la vieille dame

s'écoutait beaucoup et se frappait pour un rien.

Naturellement, elle fit demander le curé de Saint-Symphorien, chargé de lui tenir compagnie, de causer avec elle, de l'aider, enfin, à tuer le temps religieusement.

Pour gagner la chambre à coucher de madame de la Baumette, il fallait passer, dans le corridor, devant la chambre de Renée, qui se trouvait séparée de celle de sa mère par un petit salon.

L'abbé venait deux fois le jour : le matin, de bonne heure, avant ou après la messe; puis dans la soirée.

Le second jour, le matin, en passant devant la porte de Renée, il s'aperçut que cette porte était entr'ouverte, et son regard avide, en plongeant, surprit la jeune fille, assise sur le rebord de son lit, qui mettait ses bas, n'ayant, pour tout vêtement, qu'un léger peignoir sans manches.

Justin s'arrêta, comme foudroyé par ce spectacle, et resta quelques minutes en contemplation.

Renée leva plusieurs fois les yeux dans sa direction.

Le vit-elle, ou ne le vit-elle pas ?

Toujours est-il qu'elle ne changea rien à ses façons, et continua tranquillement à tendre son bas blanc sur sa jambe fine et nerveuse.

Le bruit d'un pas dans l'escalier arracha Justin à sa fascination.

Il entra brusquement chez madame de la Baumette, où il resta une demi-heure, l'écoutant sans l'entendre et ne sachant pas ce qu'il lui répondait.

Enfin il ressortit.

Cette fois, la porte de Renée était ouverte toute grande.

Debout, devant une psyché, en jupon court, la taille serrée dans un petit corset de satin noir, les épaules et les bras nus, elle se coiffait.

Ses longs cheveux blonds, fins comme de la soie, à reflets d'or jaune, flottaient sur son cou.

Elle avait les bras relevés pour arranger ses bandeaux.

Une mule turque de velours rouge, à haut talon, montrait son pied cambré et le bas de sa jambe.

Elle était adorable, irrésistible, ainsi.

Justin, après une seconde d'hésitation, entra, pâle, la sueur aux tempes, avec le geste d'un homme qui se jette dans un gouffre.

Au bruit de son pas, Renée retourna la tête, par dessus son épaule, sans rien changer à sa posture, et lui dit tranquillement :

— Tiens ! c'est vous, monsieur le curé ?

On voyait le cœur du prêtre battre sous la soutane, et sa respiration haletante sifflait au sortir de ses lèvres.

— Pourquoi laissez-vous votre porte ouverte ? lui dit-il d'une voix altérée, presque brutale.

Renée continua d'arranger ses cheveux, qu'elle prenait à poignée, de ses doigts blancs et roses.

— Mais... parce que je suis seule.

— Comment seule !

— Oui, le jardinier est au village, Clémentine et Suzon sont au bourg de Cé, pour divers achats. Il n'y a que maman et moi.

— Et moi ? dit l'abbé. Vous saviez bien que j'étais là, que j'avais passé... que j'allais passer... encore !

— Oh ! vous, monsieur le curé, vous êtes un prêtre... cela ne compte pas !

En parlant ainsi, elle se retourna tout à coup vers lui, avec un sourire de moquerie et de provocation, qui montra toutes ses dents.

Justin devint pourpre, ses yeux lancèrent un éclair, et tout son visage se revêtit d'une expression de résolution presque sauvage, où le désir déchaîné et l'orgueil en révolte apparurent dans toute leur énergie.

Il était effrayant et beau, à la fois.

— Mademoiselle, dit-il d'une voix basse, où l'on sentait de sourds rugissements, il faut que cela finisse !

Il se retourna vers la porte, la ferma, donna un tour de clef, mit la clef dans sa poche, et s'avança vers la jeune fille.

VIII

OU LA SOURIS ATTAQUE.

Renée recula avec terreur.

— Que me voulez-vous ?... N'approchez pas... et ne me touchez pas ! lui dit-elle.

— Il ne fallait pas me provoquer... me mettre au défi.

— Moi ?... monsieur le curé... vous me faites peur !... allez-vous en.

L'abbé Poitou s'était placé entre la fenêtre et Renée, au moment où cette dernière tentait de se rapprocher de la croisée ouverte.

D'une main, il en repoussa le battant, de l'autre, il saisit le poignet de la jeune fille.

— Laissez-moi, dit-elle encore, d'une voix entrecoupée... Vous me faites mal... je crie... j'appelle...

— Vous vous tairez... Il est trop tard, à présent, pour me repousser, fit-il en grinçant des dents.

Elle pâlit et resta courbée devant lui.

— Ah ! tant pis ! poursuivit-il. Vous avez joué avec le feu... ne vous effrayez donc pas de l'incendie... Nous en sortirons, ou nous y périrons, tous les deux !

Vous ne savez pas encore... qui je suis... je le vois...
On ne se moque pas de moi !... On ne me ridiculise
pas !... Nous nous connaissons trop maintenant...
Perdus ensemble... ou complices... choisissez.

Rondo l'écoutait tremblante.

Elle ne s'était pas attendue à cet éclat de violence,
qui la surprenait et la domptait. Il y avait, dans ce
prêtre, un homme audacieux, qu'elle n'avait pas
deviné, et dont la force redoutable la pliait malgré
elle.

Il ne s'agissait plus de coqueter, de l'enflammer ou
de le glacer, de s'offrir ou de se refuser, d'éveiller
l'homme sous le prêtre, puis de dompter les ardeurs
de l'homme avec les terreurs du prêtre, de mettre
entre eux deux le monde et ses lois.

L'homme et le prêtre se confondaient dans le même
personnage affolé et terrible.

Ils étaient seuls. Il était résolu... et il était le plus
fort, paraissant capable de tout et prêt à tout : —
au crime comme à la honte.

Elle avait cru jouer avec une souris, et c'était
un tigre qu'elle avait rencontré sous ses griffes
roses.

— Écoutez-moi, reprit Justin : nous en sommes
arrivés à un point où il faut que tout s'explique, que
nous allions jusqu'au bout, l'un et l'autre... Je ne re-
trouverai pas une seconde occasion semblable... J'ai
trop souffert... Il faut en finir !

Il lui lâcha le poignet; elle resta debout devant
lui, le regardant, silencieuse, avec un mélange de
sentiments divers, où dominait, à présent, une curiosité craintive.

— Depuis que je vous connais, reprit-il, vous jouez
avec moi et vous vous jouez de moi... Vous abusez de
la fausseté de ma situation, me soumettant au supplice de Tantale, avec un raffinement de coquetterie
et une malfaisance inouïe. Vous m'avez peu à peu
amené à me démasquer, à vous laisser voir que je
suis un mauvais prêtre, n'ayant ni la foi, ni le respect de mes vœux et de mes devoirs... Vous vous êtes

aussi déshabillée devant moi avec une rare perfidie
et une extrême habileté, mais sans vous livrer... A
ce jeu, entre nous, la partie n'est pas égale... J'ai
tout à perdre... Vous rien. Cela vous amusait... et
cela me déchirait... Un sot, un imbécile, un homme
ordinaire, aurait pu croire qu'il vous avait séduite et
que vous l'aimiez... Moi, non ! Je vous connais bien,
allez..., mieux que vous ne me connaissez... Vous
n'avez vu de moi que l'épiderme et les faiblesses...;
vous ignorez ma force et ma puissance...; vous ne
m'aimez pas...! vous avez l'instinct du mal et le mépris des choses qu'on respecte. Dans votre corruption naïve de jeune fille, pour tuer le temps, chasser
l'ennui, faire sentir à un être sensible le contre-coup
de vos déceptions et de vos amertumes, vous avez
trouvé amusant de vous en prendre à moi, d'expérimenter sur moi vos coquetteries et votre pouvoir de
charmeuse... C'était drôle, et cela vous paraissait
sans danger... Un prêtre, dans un village, surveillé,
entouré, craintif, menacé de toutes parts... C'était
pain bénit, n'est-ce pas ? Que pouvait-on redouter de
lui, si on ne l'aimait pas ?... Cela vous semblait délicieux de me confesser, de lire en moi, de voir que
je vous appartenais... Vous trouviez un attrait raffiné dans ce tête-à-tête du confessionnal. Vous vous
croyiez grandie, parce que vous m'ameniez à sortir
de mon rôle, et votre vanité s'enflait à l'idée que vous
aviez chassé de mon cœur, sous vos regards, le devoir
et Dieu ! Vous vous êtes crue une puissance, et vous
m'avez cru votre esclave. Détrompez-vous !

Il y eut un silence.

Renée se calmait, écoutait et regardait, avec une
attention profonde.

— Moi, reprit Justin d'une voix plus basse, je ne
sais si je vous aime ou si je vous hais davantage. Je
crois que je vous aime et que je vous hais tout à la
fois, et, si je vous serrais dans mes bras, je me
demande si cette caresse ne finirait point par un
étouffement. Je vous aime avec fureur, de tous mes
sens et de tout mon esprit irrésistiblement attiré par

19

le vôtre; mais je vous hais de tout mon orgueil révolté de l'indifférence qu'au fond je sens en vous pour moi, de toutes les petites tortures savantes que vous m'avez imposées ; je vous hais pour la prétention que vous avez que je vous appartienne sans que vous m'apparteniez. Quoi qu'il en soit, vous serez à moi, parce que je le veux, parce que je n'ai jamais accepté une défaite ni une humiliation, parce que j'en ai besoin pour mon repos, parce qu'il faut que je prenne ma revanche,... parce que je vous adore malgré moi.. ! Seulement, cette union sera ce que vous voudrez : — l'enfer ou le ciel, si vous êtes capable de me comprendre.

Il fit deux tours dans la chambre.

Renée ne bougea pas.

Elle le suivait des yeux.

Il revint vers elle et s'arrêta.

— Notre situation, reprit-il, est à peu près la même; nos cœurs saignent de blessures semblables, bien que nous soyons partis de points différents : moi d'en bas, vous d'en haut... Fille de la bourgeoisie, mais sans fortune, née pour le monde, ses joies, ses plaisirs, ses triomphes, vous voilà enfermée dans ce village, sans avenir, vaincue, humiliée, dédaignée, privée de tout ce que vous rêvez. Fils de paysanne, battu comme un chien, chez mes parents, intelligent, passionné, ambitieux, je suis prêtre, sans vocation, condamné à affecter des vertus que je méprise, à faire de l'humilité, moi qui suis tout orgueil; à jouer la modération, moi qui suis tout violence; à prêcher la morale, moi qui n'y crois pas; la résignation, moi qui suis la révolte; le renoncement aux biens de ce monde, moi qui ai toutes les convoitises et tous les appétits ! Ni l'un ni l'autre, nous n'avons la vocation et la pureté de notre état; et j'ai la foi, ajouta-t-il avec un ricanement qui faisait frémir, comme vous avec la pudeur..., et je suis prêtre, comme vous êtes vierge ! Ce qui vous a attirée vers moi, c'est l'impossibilité de la situation : — le fruit défendu, un besoin de vous moquer des lois reconnues et de les trans-

gresser, de jouer avec des choses saintes, de les voir
à vos pieds... et de marcher dessus.

Moi, je me sens au-dessus de tout et de tous. Je
hais ce monde, où je suis mal né, où je suis mal placé,
que j'ai juré de vaincre et d'exploiter à mon profit ;
où je n'ai jamais vu que des dupes et des dupeurs,
des agneaux qui bêlent et des loups qui dévorent. Je
ne serai ni parmi les dupes, ni parmi les agneaux.
En moi, grondent des passions terribles, des désirs
sans bornes ; et, pour satisfaire une de ces passions,
pour assouvir un de ces désirs, je ne sais pas d'obstacle, entendez-vous bien, que je ne briserais et
broierais sous mon talon.

Ah ! vous êtes jeune, Renée ; vous êtes femme,
par conséquent pleine de faiblesses. Vous ne connaissez pas l'immense joie de l'immense mépris des
autres, l'immense volupté de se dire : rien de ce qui
retient la foule et l'arrête et la garrotte ne me retient,
ne m'arrête, ne m'enchaîne... Je plane au-dessus de
tous les préjugés, au-dessus de tous les liens !... Je
suis libre de la seule liberté qu'on ne puisse vous
ravir... de la liberté morale !

Il s'arrêta encore et reprit :

— Maintenant, ma confession est complète : vous
me savez sur le bout du doigt. Vous voyez donc bien
que vous n'avez pas produit en moi la révolution que
vous espériez y produire... et que cette petite per-
dition d'une âme, que vous avez rêvée, pour vous
prouver votre force et vous en parer comme d'un
bijoux de prix, n'a existé que dans votre volonté et
votre vanité. Non, je n'ai rien abdiqué, rien renié,
pour aller à vous, pour vous désirer et vous aimer.
Seulement, il s'est trouvé que vous étiez la femme la
plus adorable et la plus désirable pour moi, celle que
je cherchais et que je rêvais, celle qui pouvait le
mieux flatter mes sens et ma vanité ! Vous m'avez
appelé, croyant qu'on me chassait suivant son caprice, et que vous seriez la maîtresse... C'est moi qui
serai le maître ! Vous pouvez me mépriser, peu m'importe ! Vous me craindrez et vous me subirez !...

Quant à me résister, poursuivit Julien, c'est inutile... Maintenant que j'ai tout dit; maintenant que je n'ai plus rien à vous cacher; maintenant que nous sommes deux dans mon secret... il faut être à moi... Assez de jeu, assez de ruses, assez de coquetterie... Rien ne m'arrêtera... Il y avait un homme, sous cette soutane... Vous avez été le chercher, sans vous inquiéter de ses tortures, dont le spectacle même vous divertissait, comme l'agonie prolongée de la souris divertit la chatte qui se repaît de cette lutte inégale et raffinée... Cet homme ne sera ni votre victime, ni votre jouet... Il sortira d'ici, infâme peut-être, mais ridicule et bafoué.... jamais! Notre union pouvait être de l'amour... Elle ne sera que combat et vengeance. C'est vous qui l'avez voulu... Tant pis pour nous deux!

Il se rapprocha d'elle, les yeux étincelants, la bouche contractée par un rictus de rage et de passion, rayonnant de désirs déchaînés et de cynisme audacieux.

— Qui vous a dit que ce ne sera pas l'amour? répliqua doucement Renée.

L'abbé s'arrêta.

— Vous avez raison... Je ne vous aimais pas... Je m'ennuyais et je cherchais à me distraire... L'abîme qui nous séparait m'attirait par une curiosité malsaine... Je vous voyais faible et malléable, comme de la cire entre mes mains... Je vous méprisais presque... Je souffrais, et je voulais faire souffrir... Je ne vous connaissais pas... A présent je vous connais... J'ai eu peur...

— Eh bien?

— Eh bien, Justin, je t'aime!

Et elle lui jeta ses bras nus autour du cou.

IX

FLEURS DU MAL.

Si nous écrivions un roman, nous ne manquerions pas de déclarer que, dans cet amour, fait de brutalité des sens, de mépris des lois, d'instinct du mal, de voluptés cyniques, de vanité et de corruption, Renée et Justin ne trouvèrent qu'amertume et déceptions, luttes et déchirements.

Cela serait, certes, plus consolant et plus conforme à la morale courante.

Mais la vérité ne s'accommode point de ces conventions, et le fait est que les deux amants trouvèrent, dans cette union, toutes les joies et les satisfactions appropriées à leur tempérament, telles qu'ils les avaient rêvées.

Ils étaient bien faits l'un pour l'autre.

Il y a des consciences, comme des estomacs, qui aiment le piment et le poivre de Cayenne.

Plus leur amour était criminel aux yeux de la société, plus ils s'en enorgueillissaient, plus ils y découvraient de charme raffiné.

L'un à l'autre, ils étaient le superlatif du fruit défendu.

19.

Tout ce qui les séparait, régulièrement, une fois surmonté, les rapprochait plus intimement.

Ils avaient déplacé l'abîme : au lieu de se dresser entr'eux, il se dressait entr'eux et la société.

Comme deux acides, ils agissaient mutuellement l'un sur l'autre, se corrodant chaque jour davantage ; s'enseignant mutuellement la théorie de la révolte, en dehors du sens moral, de la justice et de l'amour de l'humanité ; se complétant, s'apportant chacun un peu du virus intellectuel qui manquait à son complice.

Le prêtre versait, dans l'esprit de la jeune fille, les sophismes et les théories qui affermissent et font une thèse raisonnée des impulsions du tempérament. L'instinct de la femme y ajoutait ce quelque chose de plus affiné et de plus profondément niveleur, qui lui est spécial, allant toujours plus loin, là où elle s'engage, que l'homme le plus résolu.

Il lui enseignait l'hypocrisie et l'égoïsme, par règles et déductions.

Elle lui apprit la grâce du vice et en forma des bouquets.

Du poëme qu'ils écrivaient ensemble, il était la prosodie, elle était l'inspiration.

Ils se dominaient et se redoutaient tous les deux ; mais ce qu'elle admirait le plus en lui, c'était la force. Cette force l'avait conquise, assouplie. Auprès de Justin, tous les hommes lui paraissaient petits, mesquins, sans saveur.

Le mystère profond, le secret absolu de leur intrigue, les charmaient aussi.

C'était bien là quelque chose qui n'appartenait qu'à eux, qui les séparait du reste du troupeau.

Ils dupaient l'univers entier.

A l'église, quand Justin officiait, elle se disait:

— Tout le monde s'incline devant lui, l'écoute et le respecte... et il se roule à mes pieds, ou dans mes bras, plus faible qu'un enfant !

Lui se disait, en la voyant l'air absorbé et religieux :

— On croit qu'elle prie Dieu, et son Dieu, c'est moi !

Ce qui le flattait le plus, d'ailleurs, c'était sa grâce de femme du monde ; ses façons discrètes et distinguées, qui donnaient plus de relief au laisser-aller du tête-à-tête ; son regard altier, qui devenait caressant pour lui ; cette allure de princesse, qui la faisait paraître plus grande et plus précieuse ; ses mains blanches et aristocratiques ; sa peau douce et satinée ; les parfums de sa chevelure et de son corps ; ses toilettes simples, puisque la pauvreté le voulait, mais à la dernière mode, ce qui ne coûte rien : ces mille petits détails que possède seul la femme *comme il faut*, qui peuvent remplacer la beauté, au besoin, pour beaucoup d'hommes, et qui, unis à la beauté éclatante, dans tout son printemps, constituent l'idéal en amour.

Pour cette fois, quand il la tenait dans ses bras, bien à lui, il se sentait l'égal de tous les beaux jeunes gens dont la vision le poursuivaient depuis longtemps, le cœur mordu de toutes les jalousies et de toutes les envies.

Cela dura ainsi dix-huit mois.

Justin, calmé, satisfait dans ses désirs, ayant fait, à son goût, à sa guise, la part de la chair, jouait d'autant mieux son rôle de prêtre, et trouvait l'hypocrisie nécessaire moins pénible.

Il se créait une petite réputation dans le canton, menait sa paroisse au doigt et à l'œil, ne donnait plus prise aux cancans, aux commentaires, que son allure trop fougueuse, la chaleur visible de son sang et l'éclat intempestif de ses regards, avaient jusqu'alors soulevés dans la cure où il était relégué.

Même il lui avait été transmis avis que son évêque commençait à revenir sur son compte.

Il entrevoyait, dans un avenir prochain, quelque changement avantageux.

La carrière de l'ambition et des honneurs ecclésiastiques semblait enfin s'entr'ouvrir devant lui.

— Vois-tu, disait-il ironiquement à Renée, le ciel est touché de mes vertus, et la Providence se prépare à les récompenser.

— C'est-à-dire, répondait Renée, en riant de toutes

ses dents blanches, que le ciel et la Providence sont aussi pour les heureux et les vainqueurs.

Cependant, un jour, le curé de Saint-Symphorien reçut l'ordre de se rendre immédiatement à l'évêché.

Il resta deux jours absent et revint l'air profondément préoccupé.

Au premier regard, Renée s'aperçut qu'il y avait quelque chose d'extraordinaire et probablement de menaçant.

Elle s'arrangea, plusieurs fois, au château de la Baumette, pour rester seule avec l'abbé ; mais il évita d'en profiter, et lui dit seulement, au moment de la quitter :

— Demain, à l'église, au confessionnal.

Le lendemain, Renée, très inquiète, fut exacte au rendez-vous.

— Qu'y a-t-il ? lui demanda-t-elle vivement. Tu as vu ton évêque... Que t'a-t-il dit ?

— Renée, répliqua le prêtre, d'une voix agitée, nous avons été dénoncés !

— Comment ? C'est impossible !

— Comment ? Je l'ignore. Mais cela n'est pas impossible, puisque cela est.

— Mais personne ne sait, personne n'a pu nous surprendre.

— Il faut croire le contraire. Enfin, monseigneur X... a reçu une dénonciation donnant des détails, erronés sur beaucoup de points, mais assez circonstanciés et assez exacts dans l'ensemble.

— Et alors... fit Renée très bouleversée, qu'as-tu répondu ?

— J'ai nié, nié énergiquement... L'évêque était furieux : « Une demoiselle, répétait-il sans cesse ; une demoiselle de bonne famille, du monde... Quel scandale !... Et qui ne pourrait pas s'étouffer facilement... Malheureux !... Si vous n'aviez pas le courage de résister à l'aiguillon de la chair, vous deviez, du moins, songer à l'Église, et vous adresser à quelque petite paysanne sans conséquence, qu'on fait taire, ou dont les plaintes ne portent pas... Mais une demoi-

selle de la Baumette ! Une jeune fille qui peut devenir enceinte !...

— Enfin ?...

— Enfin, il ne tarissait pas... Il ne voulait pas
me croire... Il avait résolu de me changer de
résidence, de m'envoyer au diable, dans quelque couvent, pour me punir, me dépayser, rompre absolument
nos relations.

— Ah ! mon Dieu !....

— Je ne savais comment le calmer... me sauver...
J'ai eu, heureusement, un trait de génie...

— Lequel ?

— Je lui ai déclaré que tu allais te marier...

— Ah !

— Cela l'a calmé subitement : « Si elle se marie,
c'est différent, m'a-t-il dit; cela coupe court à tout...
Je ne sais si cela prouvera votre innocence; mais, en
tout cas, le mal sera réparé, le scandale évité. »
Alors, je lui ai fait comprendre qu'en m'éloignant
d'ici, à présent, ce serait me perdre, créer le scandale
qu'il voulait éviter, en donnant un corps à des commentaires qui ne reposaient sur aucune preuve. Plus
rassuré, il m'a écouté avec une certaine bienveillance... Puis, il a fini par m'avouer que ce n'était pas un
ennemi de l'Église, mais un ami, qui l'avait prévenu ;
que, par conséquent, l'éclat n'était pas à redouter,
pour le moment ; qu'il consentait à ne pas me frapper,
à ne point m'éloigner de Saint-Symphorien immédiatement, mais à condition que tu te maries... le plus
promptement possible, ainsi que je lui affirmais que ce
devait être. — En me renvoyant, il m'a dit : « Un bon
averti en vaut deux. Monsieur le curé, je vous préviens qu'on a l'œil sur vous, et je serai impitoyable,
le cas échéant. »

Renée resta pensive.

— Et tu ne te doutes pas du dénonciateur ? dit-elle
enfin.

— Non... J'ai beau chercher... Je ne puis deviner...
C'est quelqu'homme d'église, quelque jésuite de robe
courte, quelque mouchard pieux... évidemment...

Sans cela, il l'aurait écrit à ta mère, en même temps, et répandu la chose dans le village.

— En attendant, il nous tient.

— Parfaitement. Et c'est d'autant plus grave que monseigneur X... ne m'a pas dissimulé que, sans cela, il était disposé à me pousser, à me mettre en avant, et qu'il me croyait, enfin, appelé à un bel avenir.

Il se tut et reprit d'une voix sourde :

— Cet avenir il me le faut. Je ne veux pas croupir éternellement curé de village.

— Cet avenir, tu l'auras... Tu as besoin d'une vie à ta taille, je le sais, je le comprends. Cet avenir, pour toi, s'appelle, aujourd'hui, un mari pour moi.

Elle pencha la tête en arrière, d'un geste déluré qui lui était propre et qui charmait toujours Justin, et ajouta :

— Trouvons un mari.

Justin se taisait.

— C'est ton avis, n'est-ce pas ?

— Évidemment... le mari ou la mort ! dit-il d'un ton demi-ironique, demi-irrité.

Renée lui lança un de ces regards qui descendent dans le cœur.

— Cela t'ennuie ? dit-elle. Est-ce que tu serais jaloux ?... Toi, au-dessus de tous les préjugés, et qui te moques si largement de tout et de tous !

— Cela m'est pénible !... en idée... mais je m'y ferai.

— Que t'importe, si je n'aime que toi ! Et tu sais bien que, quand on t'a aimé, quand on te connaît, il n'y a plus moyen d'aimer personne.

— Tu en prends bien facilement ton parti !

— Je tiens à te garder... C'est le seul moyen. Je l'accepte. Serais-je plus courageuse que toi... et l'élève serait-elle plus forte que le maître ?

— Non ; soit ! Avant tout, il faut éviter le scandale, qui nous perdrait, nous jetterait dans les bas-fonds.

— Oh ! oui, tout, plutôt que la honte publique, le mépris, le sourire, ou la pitié des imbéciles !

— Oui, tout, plutôt que la défaite, l'obscurité de la lutte bête au village.

— Alors, c'est convenu ; mais c'est difficile. Comment trouver un mari ? Je suis toujours sans dot et toujours enterrée ici !

— Difficile, oui... Impossible, non... Le choix n'est plus le même qu'avant de nous connaître.

— Évidemment... Ce n'est pas à lui que j'ai à demander le bonheur... Avant, il était tout ; à présent, il n'est rien. J'y réfléchirai... Réfléchis de ton côté.

— Cela sera une gêne de plus.

— Certes... mais il faut sacrifier quelque chose pour ne pas tout perdre... et, d'ailleurs, cela dépacera la gêne, plutôt que cela ne l'augmentera... Ce sera un bouclier, en même temps...

— Allons ! il le faut ! soupira Justin, avec une rage contenue.

— Enfant ! répliqua Renée, en envoyant sur son front un peu de son haleine parfumée, en place du baiser que la grille interdisait.

X

LA RECHERCHE DU SALUT.

Pendant plusieurs jours, à la suite de cette conversation, ils cherchèrent activement la solution du problème ; tantôt, chacun de son côté ; tantôt, tous les deux ensemble.

La situation qui leur était créée devenait, en effet, tragique et demandait un prompt remède.

En face d'eux, se dressait, désormais, ou la honte ou la séparation ; probablement la honte et la séparation à la fois.

Du moment où quelqu'un, un inconnu, possédait leur secret, l'avait, en tout cas, deviné, ils ne s'appartenaient plus : ils étaient entre les mains de cet inconnu.

L'indépendance qu'ils avaient rêvée, goûtée ; cette bravade raffinée du monde et de ses lois ; la volupté de les mépriser, et de se faire une joie de ce mépris, tout cela était fini pour eux.

Après avoir brisé les liens de la morale sociale, ils subissaient l'esclavage de la terreur, et se trouvaient plus petits, plus dominés, plus faibles, que ceux qu'ils abusaient et dont ils se riaient.

C'est que tous deux avaient d'autant plus le respect de l'opinion, qu'ils se plaisaient à la tromper.

Le scandale était leur épouvantail.

Ils voulaient qu'on les estimât, qu'on les respectât. Le monde désabusé, à leur endroit, c'était l'humiliation et l'abaissement, la défaite ! Du mensonge et de l'hypocrisie, le masque enlevé, il ne restait que les laideurs.

De dupeurs, ils passaient à l'état de dupés.

Tout, plutôt que cela !

Puis, l'abbé Poitou était ambitieux, voulait la revanche complète, sous tous ses aspects.

Renée en était le miel, mais cela ne pouvait se déguster que sournoisement, dans le silence et le mystère, loin des yeux.

Dans ses bras, il se sentait grand, fort, victorieux.

En la quittant, il retombait humble curé d'un humble village; et il lui fallait le palais épiscopale, ou, tout au moins, la cure importante, où l'on trône devant un public riche et d'élite, où l'on confesse de nobles duchesses, d'illustres filles des hautes classes.

Il se disait, alors, qu'il trouverait, là, d'autres Renée, aussi belles, plus en vue, qui auraient des boudoirs, écrins de velours et de satin où la perle de la luxure s'enchâsse dans l'or fin, où les pas de l'amant s'étouffent dans les lourds tapis à laine épaisse.

Pour que tout cela se réalisât, il devait échapper au danger qui le menaçait, mener à bien cette affaire compromettante de la Baumette, sur laquelle on jugerait de son habileté et de sa force réelle.

En attendant, il aimait Renée et ne voulait point se séparer d'elle, du moment où il s'agissait d'une disgrâce.

Il l'aimait, à sa façon: par les sens, par la confraternité du vice et la complicité, parce qu'elle avait, dans son libertinage de jeune fille, mille contrastes et mille saveurs vertes et raffinées à la fois, qui, près d'elle, charmaient et surexcitaient son palais.

Elle, elle l'aimait, parce qu'elle l'admirait, le trouvait grand ; parce qu'il lui faisait un peu peur ; parce

20

qu'il lui avait enseigné les premières ivresses de
l'amour ; parce qu'il répondait à tout ce qu'il y avait
de dépravé en elle ; parce qu'il flattait tous ses instincts;
parce qu'il y avait du danger à être à lui ; parce qu'elle
ne pouvait pas le posséder entier, d'une façon absolue ; parce que le ciel et la terre le lui interdisaient
également ; parce que, connaissant son ambition, la
comprenant, la partageant pour lui, elle redoutait
vaguement l'heure fatale où il lui échapperait.

Elle comptait bien lutter, cette heure venue ; s'imposer, se rendre nécessaire, inévitable ; et cette tempête à l'horizon, au lieu de l'effrayer, l'attirait.

Leur amour se composait donc de mille sous-en-
tendus, de mille arrière-pensées.

Pour l'instant, l'idée du mariage les préoccupait et
pesait sur eux.

Lui, il en souffrait infiniment plus qu'il n'osait le
montrer, de peur de paraître, à elle, plus petit ou ridicule.

D'après ses théories, il eût dû s'en moquer; mais,
en fait, la jalousie le mordait au cœur, bien qu'il ne
voulût pas l'avouer.

Son rêve était qu'elle trouvât un vieillard riche.

Elle, elle lui répondait :

— Le temps presse, la situation nous menace, je
n'ai pas le choix : le premier venu sera le bienvenu...
Mais se présentera-t-il seulement, riche ou pauvre,
vieux ou jeune, laid ou beau ?

Un soir, en arrivant à la Baumette, il la trouva pâle,
les yeux battus, les mains brûlantes.

— Décidément, lui dit-elle, je crois que la Provi-
vidence nous abandonne.

— Pourquoi cela ?... Qu'y a-t-il de nouveau ?

— Il y a, il y a que je crains d'être enceinte... C'est
ton vieil évêque, avec ses prévisions, qui nous a jeté
un sort.

— Malédiction ! murmura l'abbé. En es-tu sûre ?

— Sûre.... non. Mais cela me paraît possible... probable !

— Ah ! dit Justin en se redressant, il ne sera pas dit

que nous succomberons niaisement devant cet obstacle !

Son regard était si sombre, l'expression de sa bouche si dure, si farouche, que Renée tressaillit devant la sinistre pensée qu'elle entrevoyait.

— Non, non ! dit-elle. J'aime mieux un mari... A tout prix, il le faut, je l'aurai .. Seulement, cela presse encore plus... et j'aurai encore moins la faculté de choisir.

— Mais de choisir... où? Ce n'est pas à Saint-Symphorien, n'est-ce pas?

— Non.

— Alors?

— Alors, ce matin, j'ai décidé ma mère à entamer et à suivre un procès absurde, auquel elle voulait renoncer.

— Je ne comprends pas.

— Dans huit jours, elle part pour Tours, où il doit se juger.

— Ah !

— Je l'y accompagne... Cela durera, au moins, un mois... et, là-bas, au petit bonheur !... J'enflammerai bien quelqu'un, n'importe qui... Ce n'est pas avec ces yeux-là, n'est-ce pas? lui dit-elle, câlinante et aiguisant son regard le plus charmeur, qu'on revient bredouille de la chasse où je pars ?..

— Démon ! murmura-t-il, en couvrant ses yeux d'or de baisers ardents.

On sait comment, à Tours, elle rencontra Paolo.

Après l'avoir étudié, une heure, elle avait jeté son dévolu sur lui:

Étranger, naïf, enthousiaste et riche, elle ne pouvait rêver rien de mieux. Puis, à Tours, elle avait acquis la certitude de sa grossesse, et les jours, les heures, les minutes étaient comptés, si elle voulait éviter le scandale d'un accouchement trop invraisemblable, même après le mariage.

D'autre part, par un de ces raffinements qui eussent étonné Justin lui-même, malgré la profondeur de sa corruption, elle s'était dit que, condamnée à jouer la

comédie du mariage, cette comédie lui serait moins
désagréable, sans doute, avec un homme comme Paolo,
jeune et beau, qu'avec l'être quelconque, plus ou moins
disgracié, qu'elle était résignée à accepter, dans la situation où elle se trouvait.

Cela augmentait le danger, il est vrai ; mais le danger l'attirait, et, en fin de compte, elle se disait aussi
que, plus Justin serait jaloux, aurait lieu de l'être, plus
il la trouverait désirable, et plus elle le dominerait par
la crainte qu'il aurait de la perdre, ou qu'elle ne cessât
de l'aimer.

Cependant, un moment, quand elle vit toute la bonté,
toute la candeur de Paolo, elle ressentit un vague
scrupule ; elle en vint à regretter sincèrement qu'il
ne fût pas un sot vaniteux, un imbécile sans cœur.

Ce qu'elle éprouvait ressemblait presque à un remords.

Elle fut sur le point d'hésiter ; mais elle était enceinte... Il n'y avait pas à reculer.

Seulement, il fallait préparer l'abbé Poitou à la vue
de ce mari trop séduisant, éviter qu'il se laissât aller
à quelque imprudence, car elle connaissait son tempérament et savait qu'il l'emportait ou pouvait
l'emporter, parfois encore, aux fautes les plus graves.

Les cinq jours qui précédèrent son mariage furent
affreux pour elle, pleins de terreurs folles et d'angoisses aiguës, entre ces deux hommes : entre les inquiétudes et les secrets pressentiments de Paolo, plus
clairvoyant, plus soupçonneux et plus jaloux qu'elle
ne l'avait supposé, et les fureurs mal contenues de
Justin, qui craignait qu'elle ne l'eût joué, et qui la
voyant mariée à ce beau jeune homme millionnaire,
garantie, sauvée aux yeux du monde par cette brillante union, sentait qu'elle allait échapper à sa dictature, qu'elle devenait plus forte, et qu'il cesserait
d'être le maître redoutable, le jour où elle cesserait de
l'aimer.

Au fond, cette situation, moralement parlant, convenait assez à mademoiselle de la Baumette.

C'était un triomphe. Elle devenait reine, et les

mugissements de son tigre, comme elle appelait Justin, à qui elle venait de couper les griffes, la flattaient, bien que sa passion pour lui n'eût pas diminué et se fût plutôt retrempée dans cette péripétie pleine de périls.

Elle tremblait, néanmoins, et avait hâte d'en finir.

L'abbé parvint à se contenir, tant bien que mal ; mais, au dernier moment, pour se prouver à lui-même l'empire qu'il continuait à exercer sur elle, et la réalité de la passion persistante de Renée pour lui, il avait exigé despotiquement, follement, cette entrevue dangereuse, insensée, que Paolo venait de surprendre, et qui devait amener, pour divers personnages de ce drame, les plus affroyables conséquences.

20.

XI

LA PREMIÈRE NUIT.

Nous avons laissé Paolo, au moment où il venait de surprendre le secret de Renée et de l'abbé Justin, au moment où il découvrait dans quel piège honteux il était tombé.

Cette jeune fille qu'il adorait, qu'il avait parée de toutes les vertus, en la voyant parée de toutes les beautés, était une coquine. Cette âme d'élite, sœur de la sienne, était une âme de boue !

Non-seulement, elle ne l'aimait pas, mais elle en aimait un autre ! — Ce prêtre !

C'était pour cacher ses amours, pour en assurer la sécurité, qu'elle se mariait !

N'était-ce pas cent fois pire que l'adultère ordinaire, qui peut avoir ses excuses et sa grandeur ?

Il y avait eu préméditation, calcul.

On lui prenait son nom, on lui prenait son cœur pour en faire litière. Il était trompé et bafoué. On n'avait pas même eu, pour lui, le quart d'heure de caprice que la femme la plus vicieuse ne refuse pas toujours à l'honnête homme dont elle se moque après.

C'était toute chaude des baisers de son amant qu'elle s'apprêtait à entrer dans ce lit nuptial, qu'il avait pris pour une couche virginale !

A cette effroyable déception, à cet écroulement de tous ses rêves, aux douleurs humiliantes de l'amour trompé et de la jalousie effrénée, aux blessures de la dignité, aux déchirements du cœur, s'ajoutait pour lui le remords.

N'était-ce pas à cette femme, à cette créature, qu'il avait sacrifié sa mère et sa sœur ?

A présent, il sentait l'imprudence commise par lui, il comprenait le côté égoïste de sa conduite.

Quelle qu'elle fût, Renée portait son nom, était sa femme, aux yeux des hommes ; et, si elle avait un enfant, la fortune du père lui appartiendrait.

Or, il entrevoyait, bien que cela n'eût pas été dit nettement, que Renée était enceinte, qu'elle ne l'avait épousé que pour couvrir sa grossesse et lui faire endosser l'enfant de l'abbé Poitou.

Ce que Paolo souffrit, pendant quelques secondes que ces idées mirent à traverser son cerveau congestionné, est inexprimable.

D'abord, la fureur s'empara de lui, et, nous l'avons dit, il chercha une arme pour tuer ces deux misérables...

Mais cette arme, il ne l'avait pas sur lui.

Son bon sens l'abandonnait, la tête lui tournait... Il devenait fou !

Il voulut repousser la porte, s'élancer sur sa femme et son complice...

Il les eût tués, étranglés de ses mains...

Les jambes lui refusèrent leur usage.

On eût dit que ses pieds avaient pris racine dans le sol.

Il ne put que pousser une sorte de râle étouffé, tourna sur lui-même, et tomba évanoui, foudroyé.

En tombant, ses mains étendues avaient rencontré la porte, contre le bois de laquelle ses ongles glissèrent avec un grincement aigu.

Renée et Justin, aux aguets, entendirent la chute du corps sur la terre.

Ils restèrent, d'abord, un instant immobiles, pâles, tremblants, écoutant...

— Il y a là quelqu'un, murmura Renée.

D'un geste violent, elle écarta le prêtre, qui s'enfonça dans l'ombre du mur, prêt à fuir, et elle s'approcha rapidement, mais sur la pointe des pieds, de la porte, où elle colla son oreille, comme avait fait Paolo, de l'autre côté, quelques minutes auparavant.

N'entendant rien, elle poussa la porte, sentit une résistance, se raidit et parvint à la surmonter.

Alors, à la lueur blanche de la lune, elle aperçut le corps de Paolo, étendu sans mouvement et qui bouchait le passage.

Elle recula, écrasant sur ses lèvres blêmies, de ses mains crispées, un cri d'agonie et de terreur.

Justin s'avança.

— Qu'y a-t-il ? fit-il à voix basse.

— Regarde ! répondit-elle, et elle montrait le corps.

— Mort ! s'écria-t-il, d'abord.

Elle se pencha, le tâta.

— Non..., évanoui !

— Qu'est-ce que cela signifie ? balbutia-t-il machinalement.

— Cela signifie que tu nous as perdus !

— Moi ?

— Toi !... Il nous a surpris... il a entendu...

— Que faire ?

— Va-t'en !... Laisse-moi nous sauver.

Il hésitait, secoué par un frisson de terreur, regardant, alternativement, Renée et Paolo, cloué sur place, comprenant son imprudence, prêt à perdre la tête, lui aussi, devant les conséquences qu'il entrevoyait.

— Mais va-t'en donc ! répéta-t-elle avec violence. Retourne à la cure. Tâche de rentrer sans être vu, qu'on ne sache pas que tu étais dehors.

Comme il restait immobile, elle le repoussa de nouveau, pénétra dans le jardin, en enjambant le corps de son mari, et ferma la porte derrière elle, laissant le prêtre dans le sentier creux.

Alors elle jeta un long regard à l'entour, fouillant les allées et les massifs.

La partie du jardin où elle se trouvait était déserte.

L'orchestre jouait les dernières notes de la dernière contre-danse.

On entendait, sur le devant, près de la grille d'entrée, le mouvement du départ général, les appels des cochers et des conducteurs, le piaffement des chevaux impatients.

Elle s'agenouilla près du corps de Paolo et le tâta de nouveau.

L'évanouissement continuait.

Rassurée à cet égard, elle se releva, se glissa avec précaution dans le couloir, formé de ce côté par le rapprochement de la maison et du mur de clôture, obscurci par l'ombre épaisse de l'immense platane, et s'approcha d'une porte qui s'ouvrait là, donnant sur un escalier de service conduisant à la chambre verte et au corridor du premier étage, à l'autre extrémité duquel la chambre nuptiale attendait les nouveaux mariés.

Elle fit tourner doucement cette porte sur ses gonds, et prêta l'oreille.

Aucun bruit, obscurité complète !

Les domestiques étaient occupés, les uns à la cuisine, les autres à la grille, où ils aidaient les hôtes passagers de la Baumette à monter dans leurs voitures.

Madame de la Baumette devait être au salon, recevant leurs adieux et leurs compliments, avant qu'ils s'éloignassent.

L'orchestre se taisait.

— Le chemin sera libre ! murmura Renée. Mais en aurai-je la force ?... Il le faut !

Elle s'élança, en courant, du côté où gisait Paolo évanoui, et, passant ses bras sous les épaules du malheureux, souleva le corps qui se laissait aller sans raideur.

Elle parvint, ainsi, à le mettre presque debout.

Son pardessus gênait ses mouvements.

Elle l'arracha brusquement de ses épaules et apparut dans sa fraîche toilette de bal.

La lumière pâle de la lune éclairait ce groupe étrange, où la tête de cire de l'homme évanoui reposait sur l'épaule de neige de la jeune mariée.

Avec une de ces forces extraordinaires que les femmes trouvent dans leurs nerfs surexcités, raidissant les bras, cambrant les reins, elle se dirigea vers la maison, entraînant le corps inerte de Paolo, dont les pieds glissaient sur le sable et creusaient un double sillon. ·

Arrivée devant la porte, elle dut s'arrêter.

La sueur perlait sur son front, où frissonnaient les boucles légères de sa blonde chevelure. Elle haletait de fatigue et d'émotion, penchant la tête, écoutant avidement les moindres bruits, tressaillant, quand la brise, venue de la Loire, agitait le feuillage des arbres ou inclinait, avec un craquement, leurs rameaux mobiles.

Après avoir repris haleine, elle serra, de nouveau, le fardeau sinistre qui brisait ses membres délicats.

Elle n'avait accompli que la partie la plus facile de sa tâche.

Il s'agissait, maintenant, de monter, avec cette charge écrasante, les vingt-deux marches de l'escalier, et cela, sans bruit, rapidement, puis de traverser le corridor et de gagner la chambre à coucher... et de n'être ni entendue, ni vue.

Elle sentait que les minutes, les secondes, étaient comptées... que, si on la surprenait en route, elle était perdue, absolument perdue!

D'un vigoureux effort, elle enleva le corps de son mari; mais elle plia sous le poids... et faillit tomber elle-même.

— Mon Dieu! murmura-t-elle, il le faut pourtant!... Je le veux... Je le veux!

Ses yeux brillaient comme des diamants, lançant des lueurs dans les ténèbres; ses mains frêles se crispaient au point que ses ongles, traversant l'étoffe, allèrent se marquer sur la chair de Paolo, qui en garda plusieurs jours la trace.

Elle redressa, de nouveau, son fardeau, l'enleva de terre et commença à gravir les marches.

Son cœur avait cessé de battre, elle ne respirait plus; de grosses veines, d'un bleu-foncé, se dessinaient sur ses avant-bras, son cou, ses tempes, gonflées à éclater.

Enfin, elle arriva; mais, à la dernière marche, elle s'écroula, pour ainsi dire, sur elle-même, s'étendant côte à côte avec l'espèce de cadavre auquel elle s'était attachée.

Pendant une demi-minute, elle resta presque sans connaissance.

Puis le battement du cœur redevint sensible, les poumons, contractés par un effort surhumain, se détendirent, l'air y entra avec force.

Elle se redressa.

Nul bruit autour d'elle.

La voix de sa mère montait du rez-de-chaussée, où elle donnait quelques ordres aux domestiques, après avoir reçu la dernière poignée de main et les derniers compliments du dernier invité.

Dans le fond, par un léger interstice entre le plancher et le bas de la porte, ses yeux agrandis percevaient, vaguement, la lumière de la veilleuse d'albâtre suspendue dans la chambre nuptiale.

D'un bond, elle fut debout.

Le reste n'était plus rien.

Elle saisit Paolo par les épaules, et, sans s'inquiéter de le porter à présent, — elle n'en aurait plus eu la force, d'ailleurs, — laissant traîner les jambes, elle le tira jusqu'à la chambre, ouvrit la porte, puis la repoussa derrière elle.

Là, sans se reposer ni souffler, elle l'enleva de nouveau, péniblement, le hissa sur le lit, en y posant d'abord le buste, ensuite le reste du corps.

Cela fait, elle l'étendit, la tête sur l'oreiller, et ramena vivement une partie de la couverture, de façon à cacher les vêtements.

Ainsi, il avait l'air d'être couché.

Il n'était que temps!

On frappa deux coups discrets à la porte.

— Qui est là? demanda Renée, d'une voix basse, cherchant à en diminuer les saccades, à en dissimuler l'altération.

— C'est moi, madame!

— Qui, vous?... Clémentine?

— Oui, madame.

Renée entr'ouvrit la porte, de façon à ce que le regard curieux de la femme de chambre pût pénétrer jusqu'au lit.

— Que me voulez-vous? dit-elle.

— Madame n'a pas besoin de mes services? fit la femme de chambre, en souriant, car elle avait aperçu la chevelure de jais de Paolo, sur l'oreiller blanc.

— Non, merci, pour ce soir... je me déferai seule.

Clémentine se retira.

Renée poussa le verrou.

Alors, elle se laissa tomber sur une chaise basse, haletante, épuisée, mais son œil, plein d'éclairs, lança un regard de triomphe et de défi.

— Maintenant, murmura-t-elle, je nierai!

XII

LA CHAMBRE NUPTIALE.

On comprend le plan de Renée.

Il était simple, et elle l'avait enfanté avec cette rapidité foudroyante des femmes, quand elles se sentent menacées.

Ce plan était le seul qui pût la sauver... relativement, lui donner les moyens de soutenir la lutte qui allait s'engager, de tout nier, comme elle venait de le dire.

Elle était enceinte, ne l'oublions pas.

Il fallait donc que, d'une façon ou d'autre, quoi qu'il arrivât, elle pût soutenir, prouver, que son mari avait passé, dans leur chambre, au moins quelques heures de la première nuit.

Il fallait que quelqu'un le vît dans son lit.

Si, devant le juge d'instruction, elle avait répondu d'une façon évasive, ne désignant Clémentine qu'incidemment et dubitativement, c'était par un surcroît d'habileté, sachant bien que le témoignage de sa femme de chambre aurait d'autant plus d'importance et de portée, qu'elle aurait l'air de n'y point compter et d'ignorer même qu'il pût être produit.

21

Maintenant, que Paolo l'accusât, racontât la vérité,
il y avait possibilité, pour elle, d'opposer un démenti
formel à toutes les accusations.

Lui seul les avait surpris, après tout.

Personne ne l'avait vue avec le prêtre, personne
n'avait assisté à ce drame.

De ses accusations, quelle preuve matérielle pour-
rait-il apporter ?

La situation n'en était pas moins tragique et déses-
pérée, pourtant ; et Renée, maintenant que la fièvre
se calmait, ne le comprenait que trop.

Il était évident qu'on croirait Paolo.

Il était évident que, malgré ses dénégations, à elle,
nul n'admettrait que ce jeune homme, qui paraissait l'adorer, quelques heures auparavant ; qui l'avait
épousée pauvre, charmé par sa beauté, s'amusât,
sans rime ni raison, à inventer quelque abominable
calomnie pour se séparer de sa jeune femme, dès le
lendemain des noces, comme elle prévoyait qu'il le
ferait, à présent que le bandeau était tombé de ses
yeux.

Ces choses-là n'arrivent qu'avec les fous, et Della
Rocca n'était point fou.

Renée s'était levée et approchée du lit. Elle regardait le malheureux jeune homme, hésitant.

Que faire ?

Son évanouissement se prolongeait, pouvait aboutir
à la mort, si on n'essayait pas de le faire revenir.

Appeler, le faire soigner ?

Pour que tout le monde constatât que ce n'était
point un époux, qui reposait sur sa couche, mais un
mourant, ou plutôt, un cadavre véritable, du moins
pour l'instant ?

Jamais !

Le soigner elle-même ?

Elle y songea. Elle courut à son cabinet de toilette
et en revint avec un flacon de sels.

Mais, au moment de le lui faire respirer, elle
s'arrêta.

— Non, dit-elle, il reviendra à lui toujours assez

tôt ! Si, en se réveillant, il allait appeler, me dénoncer, dénoncer Justin ! C'est ce qu'il ne manquera pas de faire, sans doute. Il faut gagner du temps. Plus cela se produira tardivement, plus mes dénégations auront de chances d'être crues, plus il lui sera difficile, en tout cas, de prouver son dire. D'abord, qui admettra que j'aie pu le transporter ici, seule, dans l'état où il est ?... C'est à peine si je le comprends moi-même... A coup sûr je ne pourrais recommencer.

Elle le regardait toujours.

Une vague expression de pitié passa dans ses yeux...

— Pauvre malheureux ! murmura-t-elle.

Elle s'arrêta.

— S'il allait mourir, ainsi, sans revenir à lui...?

Elle eut un frisson.

— Eh bien... je n'y puis rien... et cela vaudrait peut-être mieux, pour lui... pour moi... pour tous .. cela nous sauverait... Les morts ne parlent pas !... Et l'enfant qui est là ne pourrait être renié, hériterait..., puisque mon mari serait mort dans ma chambre..., dans mon lit !

Elle s'éloigna, terrifiée elle-même de l'atroce espoir qui venait de traverser son cerveau, et resta un moment silencieuse, immobile. Puis elle secoua la tête.

— Voyons, quoi qu'il en soit... quoi qu'il arrive... il faut que je me déshabille... que ni lui, s'il ouvre les yeux, ni personne, ne me retrouve dans cette toilette de bal.

D'une main fébrile, elle défit sa robe, quitta ses vêtements, les jetant, au hasard, à travers la chambre; puis, elle se rapprocha de nouveau de la couche où Paolo continuait à présenter l'image de la mort.

On voyait, maintenant, la chair de Renée frissonner, sous le sentiment d'horreur qui remplissait son cœur.

Elle étendit une main tremblante, retira un peu la couverture, passa légèrement les doigts sur le visage de son mari, redoutant et espérant à la fois d'y trouver la raideur et le froid cadavériques.

Mais la peau était chaude et souple.

— Il vit ! pensa-t-elle. Se réveillera-t-il ? En se

réveillant, se souviendra-t-il ?... Il serait possible
qu'il eût tout oublié... Ce n'est pas sans exemple...
mais, pour cela, il faut que rien ne lui rappelle... Au
besoin, je lui soutiendrai qu'il a rêvé... S'il se retrouve
ainsi tout habillé... c'est impossible... Allons !... il
n'y a pas à hésiter... Puisque j'ai commencé... j'irai
jusqu'au bout... D'ailleurs, n'est-il pas mon mari ?...
Mon mari ! répéta-t-elle lentement, avec un sourire
à la fois ironique et douloureux.

Alors, usant de précautions infinies, afin de ne
point l'arracher à sa torpeur, elle le déshabilla complétement.

Sa main légère le touchait à peine ; plusieurs fois,
elle s'arrêta court , la sueur au front, croyant sentir
quelque mouvement, craignant qu'il n'ouvrît les yeux
et ne la surprît dans l'accomplissement de ce travail
mystérieux, et que les précautions de celle qui s'y
livrait, comme l'insensibilité de celui qui en était
l'objet, rendaient sinistre.

Cela lui prit un quart d'heure.

Elle déposait les vêtements de Paolo, au fur et à
mesure, sur une chaise basse, au pied du lit.

Cela fait, elle le recouvrit du drap et se glissa dans
le lit, à ses côtés.

Ses dents claquaient, et, quoi qu'elle fît pour dompter ses nerfs et vaincre ses terreurs, la fièvre secouait
ses membres.

Tout cela n'avait guère pris qu'une demi-heure,
depuis l'instant où Renée avait trouvé Paolo étendu
sans connaissance, dans le jardin, près de la porte,
après qu'il eût surpris l'affreuse vérité.

Tout à coup, soit que les mouvements que lui avait
imposés Renée en le déshabillant, eussent ranimé la
circulation du sang, soit que la chaleur du corps de
la jeune femme, près du sien, exerçât une action bien-
faisante, Paolo parut sortir de sa léthargie, quoique
lentement.

Ses mains s'agitèrent d'un frisson presque imperceptible, sa pâleur diminua.

Dans le silence sépulcral de cette couche nuptiale,

Renée, qui avait posé sa tête sur l'oreiller, crut percevoir le bruit d'un souffle lent, irrégulier, mais qui se marquait davantage, de minute en minute.

Elle tendit l'oreille avec précaution, et il lui sembla qu'elle entendait battre le cœur.

Maintenant, elle n'osait plus toucher celui qui reposait à ses côtés.

Enfin, Paolo poussa un long soupir ; ses paupières s'ouvrirent et se fermèrent, à plusieurs reprises ; mais son regard éteint ne voyait encore rien.

Cependant des yeux s'échappèrent deux larmes, qui coulèrent le long des joues, où la flamme de la vie ramenait les couleurs.

Renée se tenait immobile, crispée.

Elle avait la chair de poule : elle se demandait avec angoisse :

— Que va-t-il se passer ? Aura-t-il, en revenant à lui, la raison et la mémoire ?

Elle songeait, en effet, que, parfois, à la suite de ces violentes commotions morales, le corps se réveillait seul, laissant le cerveau plongé dans les ombres épaisses de la fièvre cérébrale ou de la folie.

Elle le guettait, l'épiait, du coin de l'œil, prête à faire semblant de dormir, si l'intelligence et la perception nette des choses extérieures se manifestaient réellement.

Paolo s'agitait maintenant.

Sa peau devenait brûlante.

Il ouvrit enfin les yeux, et regarda autour de lui, mais évidemment sans rien comprendre, sans rien se rappeler.

Renée avait clos les paupières et restait immobile, comme en un sommeil profond.

Paolo souleva la tête, puis la laissa retomber avec un sourd gémissement.

De ses lèvres entr'ouvertes s'échappaient légèrement des sons, des plaintes inarticulées.

Il porta la main à sa gorge et murmura :

— J'ai soif !... A boire !

Renée paraissait ne rien entendre.

Il fit un violent effort, pour se relever, mais il retomba encore et murmura, d'une voix plus accentuée :

— A boire !... J'ai soif !...

En retombant, il avait étendu les bras autour de lui, et l'un d'eux rencontra le corps de Renée.

La jeune femme tressaillit, ouvrit les yeux, se redressa sur un coude, et, se penchant vers son mari, d'un air étonné et souriant à la fois, par un effort surhumain, lui dit d'une voix caressante :

— Qu'as-tu, mon ami ? Tu m'appelles ?

— A boire ! répéta Paolo machinalement, comme quelqu'un à qui la sécheresse du gosier rend la parole pénible et l'émission du son presque impossible.

— Ah ! mon Dieu ! Est-ce que tu serais malade ? s'écria-t-elle.

Et, se jetant hors du lit, pieds nus, sur l'épais tapis, elle courut à un petit meuble, où se trouvaient une carafe, un verre, un sucrier, un flacon d'eau de fleurs d'oranger.

Elle prépara lentement, le plus lentement possible, un verre d'eau sucrée, tournant le dos à son mari, redoutant la minute terrible où leurs regards allaient se rencontrer, où elle allait lire, dans les yeux de Paolo, son arrêt ou son salut !

Enfin, elle se retourna, vint vers lui, le regardant bien en face.

Lui aussi la regardait, d'un regard étrange, vague encore, où la surprise l'emportait, mais où l'intelligence, qui revenait, mettait ses premières lueurs.

Il s'était accoudé sur un bras.

Elle s'avança jusqu'au bord du lit et lui dit :

— Tiens, bois... Est-ce que tu as été malade ? Pourquoi me regardes-tu ainsi ? Tu m'as réveillée en sursaut.

Il essaya de prendre le verre.

Mais sa main tremblait.

Alors, lui passant le bras derrière le cou :

— Laisse-moi faire, lui dit-elle.

Et elle porta le verre à ses lèvres altérées.

Il but avidement d'un trait, et parut soulagé.

— Où suis-je ? fit-il d'une voix basse, mais déjà plus nette.

— Mais... chez toi, chez nous, dans notre chambre.

Il regarda autour de lui et reconnut la pièce.

— Depuis quand suis-je là ? demanda-t-il encore.

— Mais... depuis la fin du bal. Tu t'es endormi, il y a environ une heure... Qu'as-tu ?... On dirait que tu sors d'un cauchemar...

— Un cauchemar ?... répéta-t-il.

Tout à coup, il frémit des pieds à la tête et se redressa ; un flot de sang empourpra son visage.

Bondissant sur ses genoux, le regard enflammé, il repoussa Renée, avec une telle violence, que le verre, qu'elle tenait encore à la main, s'échappa et alla se briser contre un meuble, tandis qu'elle-même, perdant l'équilibre, tombait à la renverse sur le rebord d'une chaise longue, où sa tête frappa avec force.

La mémoire était revenue à Paolo, et, avec la mémoire, la douleur morale et la fureur.

XIII

LES ÉPOUX.

Renée resta un moment immobile, les jambes et le bas du corps sur le parquet, le buste saillant et à demi renversé sur la chaise longue où sa tête avait porté.

Elle n'était pas évanouie, mais seulement étourdie par la violence du choc.

Cependant elle n'avait pas poussé un cri, et, bien qu'elle ressentît une douleur atroce et que quelques gouttelettes de sang vinssent tomber sur son épaule nue, elle retenait ses plaintes, étouffait même le bruit de sa respiration.

Paolo ne la regardait pas.

Il avait sauté hors du lit, avec un geste d'horreur, et se vêtissait précipitamment, comme s'il avait eu honte de se trouver ainsi, près de cette femme.

Comprenait-il le piège ?

D'une façon raisonnée, non.

Mais, d'instinct, au nom de sa dignité, il se hâtait d'effacer, en lui, les traces d'une cohabitation qu'il n'acceptait point, contre laquelle il protestait.

En un tour de main, il eut repris ses vêtements.

Alors, seulement, il se retourna vers Renée.

Elle s'était relevée.

Maintenant, assise, elle suivait du regard ses moindres mouvements, encore trop étourdie pour se tenir sur ses jambes, d'une pâleur mortelle, mais résolue.

Un instant, ils se regardèrent fixement, muets tous deux, lui effrayant.

Ses yeux noirs brillaient, comme remplis d'un feu intense ; mais, pour un observateur attentif, dans ce regard, la douleur se mêlait à la menace, l'angoisse et le déchirement du cœur à la colère et au désir de la vengeance.

— Madame, dit-il enfin, d'une voix sourde, une chose doit vous étonner, c'est de vivre encore ! Il s'en est fallu de peu, je vous jure, que je ne vous tuasse, vous et votre amant... Mes forces m'ont trahi... Cela était si épouvantable, que je suis tombé sous le coup... comme le bœuf sous la massue du boucher... Puis, je n'avais pas d'arme !

— Paolo, je ne vous comprends pas, dit-elle. Êtes-vous devenu fou ?

— Fou ! répéta-t-il, en portant ses mains à son front, avec désespoir. J'ai cru le devenir, oui ! Cela était si atroce, si infernal !... si peu attendu ! Ah ! pourquoi suis-je revenu à la vie !

— Encore une fois, Paolo, je ne vous comprends pas... De quoi m'accusez-vous ? Voilà une singulière nuit de noces, et je ne m'y attendais guère ! Il y a quelques heures, vous m'adoriez ! Il y a quelques jours, vous étiez à mes pieds, me suppliant d'accepter votre nom, me parlant de votre amour, et, maintenant, vous me frappez, vous me menacez de mort, vous m'accablez des reproches les plus abominables... Que vous ai-je fait ?

— Ce que vous m'avez fait ?

— Certes, je le demande... Je dormais à vos côtés, vous dormiez aussi ; vous vous réveillez comme un forcené.

— Je ne m'explique pas comment je suis ici... je me

rappelle seulement que je me suis évanoui, dans le jardin, près de la petite porte.

— Dans le jardin... près de la porte... Rêvez-vous donc tout éveillé ?

— Ah ! vous savez bien que non !

Il s'arrêta, la regardant avec surprise.

Le sang-froid de cette femme l'étonnait.

Est-ce qu'après son évanouissement, quelqu'un l'aurait ramené dans cette chambre, sans que Renée en eût connaissance ?

Est-ce qu'elle ignorait qu'il avait tout vu, tout entendu ?

Les idées lui revenaient, s'entrechoquaient dans son cerveau en feu.

Comment était-elle là, nue devant lui, comme s'ils se fussent couchés, tout à l'heure, ainsi que deux amoureux ?

Comment était-elle paisiblement dans son lit, à ses côtés, dormant, ou en ayant l'air, quand son évanouissement avait cessé ?

Une minute, en effet, il se demanda s'il n'avait pas rêvé, eu quelque cauchemar horrible, ainsi qu'elle le lui avait dit, ainsi qu'elle paraissait le dire encore.

Mais non, le doute n'était pas possible.

Tous les détails de la scène étaient présents à son esprit, se dessinaient dans son cerveau avec un relief inouï.

Il voyait la porte entr'ouverte, le chemin creux, le prêtre debout; en face de lui, Renée lui tournant le dos, jetant ses bras nus au cou de l'abbé Poitou, lui disant :

— Je n'aime, je n'aimerai que toi !

Il se rappelait l'heure, — une heure du matin, — et la pendule, sur la cheminée, marquait deux heures et quelques minutes.

Il se pouvait qu'elle ne sût pas qu'il avait tout découvert, qu'il savait tout.

Il ne se pouvait pas qu'il eût rêvé.

— Madame, lui dit-il, il y a des choses que je ne comprends pas, que je ne m'explique pas... J'ignore

comment il se fait que je me sois trouvé couché dans
votre lit; j'ignore comment il se fait que vous y fus-
siez paisiblement, à côté de moi, et que je vous retrouve
ainsi, presque nue, devant moi; mais ce que je sais,
et ce que je vais vous apprendre, si vous l'ignorez,
c'est qu'il y a environ cinq quarts d'heure, ou une
heure et demie, au plus, ne vous voyant pas dans la
salle de bal, je m'informai de vous, auprès de votre
mère. Elle me répondit que vous étiez rentrée dans
votre chambre, pour vous reposer quelques instants.
J'y vins, la chambre était vide... mais, en pénétrant
dans le cabinet de toilette, là, j'y trouvai votre mouchoir et votre bouquet; j'en conclus que vous étiez
venue, puis repartie. Je sortis alors... de ce sanctuaire... c'en était un pour moi !...

Un sanglot étouffé étrangla sa voix, mais il reprit
avec énergie :

Je descendis au jardin, dans l'espoir de vous y rencontrer... Vous n'y étiez point. Je revenais, lorsque
je m'aperçus que la petite porte... que vous savez...
était entr'ouverte... J'entendis un murmure. On pro-
nonçait mon nom. Je reconnus votre voix. N'était-
elle pas là, et là ?

Il frappa son oreille et son cœur.

Je poussai la porte, et je vis, et j'entendis tout. Vous
étiez avec l'abbé Poitou, le curé de Saint-Symphorien,
votre directeur, celui que vous appelez Justin et qui
vous appelle Renée. Vous lui disiez, parlant de
moi :

« Est-ce que j'avais le choix ? J'ai été trop heureuse
de trouver quelqu'un ! »

Vous lui disiez, parlant de votre mariage :

« C'est toi-même qui m'as conseillé de me marier...
Tu sais bien qu'il le fallait ! »

Il vous disait :

« Il est jeune, il est beau... Il a tout ce qu'il faut
pour être aimé. . Jure-moi que tu ne l'aimeras jamais ! »

Et vous lui répondiez :

« La femme qui t'a connu, ne peut plus aimer un

autre que toi... Par lui, grâce à lui, je serai heureuse avec toi ! »

Il s'arrêta haletant, serrant les poings, grinçant des dents.

— Est-ce vrai, cela ?

Elle ne répondit pas.

— Alors, je vis rouge... Je voulus vous tuer tous les deux, mêler et confondre vos deux sangs infâmes, comme vous aviez uni et confondu vos deux existences maudites... Mais je vous aimais trop, Renée... La douleur fut plus forte que la fureur ; le cœur se déchira sous l'outrage... Je tombai foudroyé, assommé.

Sa voix sortait hachée, sifflante, de sa gorge desséchée.

— Ah ! c'est que c'est bien hideux, ce que vous avez fait là !... Qu'est-ce que l'adultère, à côté... ? L'adultère peut avoir des excuses, des motifs... La femme qui trompe son mari peut dire qu'elle l'a aimé, ne fût-ce qu'une heure, ne fût-ce que l'espace d'un baiser... ; que, si elle l'a trompé plus tard, c'est sa faute à lui, qui a été ingrat ou brutal, ou infidèle... ; que, si elle avait pu le quitter, être franche et sincère avec lui, elle ne lui aurait pas menti... Moi, que vous avais-je fait ? Qui vous forçait à me prendre, à me choisir, pour couvrir la honte et les suites de votre débauche ? Je vous aimais, je venais à vous loyalement... Je vous apportais un nom sans tache, mon honneur, mon cœur, ma fortune... Je vous donnais tout. Je me livrais, pieds et poings liés ; et, sans aucun motif de me haïr, alors que la seule reconnaissance aurait dû vous inspirer, pour moi, quelque respect, pour les miens, quelque pitié, froidement, avec calcul, vous m'avez pris, afin de m'avilir. Ah ! misérable ! mais répondez donc, au moins !

Renée se leva, et, s'appuyant d'une main au dossier de la chaise longue, car elle était maintenant brisée physiquement par tant de secousses et d'efforts surhumains, malgré son énergie indomptable :

— Paolo, dit-elle lentement, je ne voulais pas vous épouser. Rappelez-vous le. Je savais que vous le regretteriez..... Je ne pensais pas que ce serait si vite ; je ne pensais pas que vous chercheriez à vous débarrasser, de cette façon honteuse, d'une femme qui, à présent qu'elle est à vous, ne vous est plus qu'un fardeau. Je me doutais que ce grand amour n'était qu'un caprice d'épiderme.

— Ainsi, vous prétendez...

— Je prétends que vous ne voulez plus de moi... et que vous inventez le premier prétexte, venu... Les conseils de votre mère ont produit leurs fruits.

— Alors vous niez? répéta Paolo au comble de la stupeur.

— Je nie absolument.

— Prenez garde!... J'aurais peut-être évité le scandale... je ne sais encore, non pour vous, mais pour moi, pour ma mère, pour ma sœur, pour le nom de mon père... Vous tuer, tuer votre amant... il est trop tard!... Ce sont choses qu'on fait sur le moment... D'ailleurs, j'espère qu'il vous punira et me vengera, un jour... Mais, si vous me poussez à bout, si vous me bravez, comptant sur un reste d'amour, que j'écraserais comme un reptile, s'il osait se montrer, je vous confondrai... j'appellerai... je vous démasquerai devant tous : je vous ferai connaître, et je vous jetterai dans le ruisseau, sous le mépris des honnêtes gens.

— Dont pas un ne prendra votre fable au sérieux. Quels témoins avez-vous? Qui croira que, mari outragé, le premier jour, vous vous êtes évanoui comme une femmelette, au lieu d'agir en homme? Qui croira qu'après m'avoir surprise avec mon amant, ainsi que vous dites, vous êtes venu partager ma couche, et que c'est seulement après que vous avez jugé que j'étais indigne de vous?

— Mais vous savez bien qu'on a dû me transporter ici, à mon insu, pendant mon évanouissement!

— Qui? Qui vous a transporté? Retrouvez celui-là, au moins, si vous voulez être écouté !

— Eh! peut-être vous-même!

— Moi? Est-ce que j'en aurais eu la force? Mais regardez-moi donc...

22

— Peu importe! J'ai vu, j'ai entendu... je sais! Tenez, j'ai des envies folles de vous tuer, de tuer ce prêtre maudit... Ah! je l'avais deviné!... Je le devrais peut-être... Ne me poussez pas à bout... Prenez garde!

Il s'avança sur elle, terrible, la foudroyant d'un regard devant lequel elle baissa les yeux.

— Tuez-moi! dit-elle.

— Avouez!

— Jamais! Vous êtes malade ou fou, vous avez rêvé, ou vous regrettez de m'avoir épousée.

Cette persistance, ce cynisme dans le mensonge, produisirent en lui une réaction. Il jugea au dessous de sa dignité de lutter, d'insister davantage. Du moment où il ne faisait pas acte de justicier, il n'avait qu'à partir.

— C'est bien! dit-il, reprenant une apparence de sang-froid, vous êtes un monstre! Le mensonge est dans votre sang. Mais l'honneur est dans le sang des Della Rocca. Je ne me laisserai ni flétrir, ni ridiculiser par vous. Je ne vous pardonne pas, je vous méprise; je n'ai pas pitié de vous, j'ai honte de rester près de vous! Je sors de cette chambre, de cette maison, comme j'y suis entré... sauvé du désespoir par le dégoût! Ce que je ferai, ce que je déciderai, je l'ignore encore; cela dépendra de ce que je croirai devoir à moi-même et aux miens; cela dépendra des circonstances; cela dépendra de vous. A présent, je souffre trop..., je suis trop bouleversé... et vous me causez trop d'horreur!

Il fit deux pas vers la porte, puis s'arrêta et revint vers elle.

— Infâme! lui dit-il, d'une voix sourde où tremblait un sanglot. Trois fois infâme! qui n'a eu ni un regret, ni une rougeur, ni un cri! Adieu!

Et il s'élança hors de la chambre, tête nue, courant, n'ayant qu'une idée fixe: fuir, s'éloigner de cette maison de malheur, où il laissait son cœur broyé; honteux d'avoir aimé, épouvanté de l'abîme de boue où il avait roulé, dans l'aveuglement de son enthousiasme, de sa générosité et d'une première passion.

XIV

L'ABANDONNÉE.

Renée ne fit pas un geste pour le retenir.

Elle sentait que c'était inutile, et que c'eût été même dangereux.

De la situation terrible, sans remède, où le hasard et l'imprudence de l'abbé Poitou venaient de la plonger, elle avait tiré le meilleur parti possible.

Tout ce qu'il était permis d'espérer, ne l'avait-elle pas obtenu, et même davantage ?

Le grand éclat, l'éclat définitif, public, immédiat, n'avait pas eu lieu.

Ce n'était qu'un répit, soit, et la séparation qui existait, désormais, entre elle et son mari, ne tarderait pas à être connue.

Mais gagner du temps, ne fût-ce que quelques semaines, quelques jours, quelques heures, c'était déjà beaucoup.

Les circonstances l'avaient servie, mais elle avait su profiter des circonstances avec habileté.

Heureusement pour elle, Paolo s'était évanoui, au moment où il aurait pu la perdre, sans qu'il fut pos-

sible de lui échapper ; soit qu'il se vengeât par leur
mort immédiate, soit qu'il appelât des témoins, pour
étaler sous les yeux de tous la honte des deux coupables.

Grâce à cet évanouissement, elle s'était arrangée
pour ramener Paolo dans sa chambre, sans être surprise, pour qu'on l'y vit.

L'étonnement qu'il en avait ressenti, la faiblesse
morale et physique qui succède à de semblables secousses ; peut-être, quoi qu'il en dit, un reste de
pitié pour celle qu'il avait tant aimée et dont la trahison le frappait si brusquement, tout faisait que le
premier mouvement de fureur et de vengeance ne
s'était point produit, que l'exaltation s'était trans-
formée en mépris, en horreur, en simple besoin de la
fuir.

Qu'elle fût perdue, néanmoins, c'est ce qu'elle ne se
dissimulait pas.

Que tous les avantages qu'elle avait rêvés, pour-
suivis, dans cette union, dussent lui échapper, c'est
ce qu'elle comprenait.

Elle aurait beau nier et mentir avec une énergie
inébranlable, le scandale de ses amours avec Justin,
qu'elle et lui voulaient éviter à tout prix, se produirait, tôt ou tard, et dans les conditions les plus pénibles pour tous deux, car le mariage aggravait,
maintenant, ce qu'il était chargé de sauver.

Cela dépendait de Paolo, de lui seul.

Se contenterait-il d'une séparation effective, mais
sans bruit, ou bien ferait-il appel aux tribunaux ?

Là, sans doute, il ne pourrait fournir de preuves
matérielles, et elle pouvait, au contraire, lui en
opposer dans une certaine mesure ; mais, en admettant qu'elle gagnât son procès, au point de vue
légal, elle sentait bien qu'elle le perdrait aux yeux
de l'opinion, et que le prêtre, comme elle, en serait
frappé d'une façon irrémédiable.

En ce moment, elle éprouvait à la fois de la rage,
de l'humiliation et un profond découragement.

La lassitude physique et morale la brisait.

Elle regrettait presque que Paolo ne l'eût pas tuée, surtout ne les ait pas tués ensemble, elle et son amant.

— Au moins ce serait fini ! pensait-elle.

Puis, tout son orgueil saignait au souvenir du mépris de cet homme, qui l'adorait comme une sainte et lui élevait un piédestal dans son cœur, deux heures auparavant.

Elle ne l'avait jamais aimé, à la vérité ; c'est à peine si elle avait été sur le point de le plaindre, deux ou trois fois.

A présent, elle le haïssait : elle le haïssait pour toute l'humiliation ressentie par elle ; elle le haïssait pour avoir été vaincue par lui ; elle le haïssait pour l'écroulement de tout cet échafaudage d'hypocrisie et de mensonge qu'elle avait élevé autour de ses amours, comme une muraille infranchissable, entre le monde, dont elle se moquait et qu'elle dupait, et les plaisirs, qui lui paraissaient d'autant plus doux qu'ils étaient plus défendus.

S'il l'avait broyée sous ses talons, elle l'aurait moins haï qu'elle ne le haïssait parce qu'il était parti brusquement, irrévocablement, parce qu'il l'avait souffletée de son horreur et de son mépris.

Quand elle fut seule, elle se traîna jusqu'à la porte, la ferma soigneusement, puis revint auprès de la chaise longue, où elle se laissa tomber, le visage dans ses mains, pleurant, pleurant à sanglots, elle qui n'avait jamais pleuré !

Ses nerfs se détendaient.

Se jugeait-elle ?... Peut-être.

Une heure s'écoula ainsi.

Le jour commençait à paraître, et avec lui naissait la nécessité de nouvelles luttes.

Elle se releva et se trouva en face d'une glace, où elle s'aperçut pâle, échevelée, les yeux rouges, les paupières gonflées, la chemise déchirée, l'épaule ensanglantée.

Elle porta la main à la blessure de la tête, perdue dans son épaisse chevelure.

22.

Cette blessure était douloureuse, mais ne saignait plus.

— Allons, se dit-elle, réparons tout cela. Il ne faut pas que personne se doute de ce qui s'est passé cette nuit.

Sans écouter sa fatigue, elle lava la petite plaie de sa tête, la couvrit soigneusement de ses cheveux, effaça quelques taches de sang qui rougissaient son épaule et l'angle du meuble où elle s'était blessée, fit disparaître la chemise tachée et lacérée, rétablit un ordre apparent dans la chambre et se mit au lit, ayant bien soin d'y respecter la marque de deux corps et de ne point déranger l'oreiller qui avait supporté la tête de Paolo et en conservait l'empreinte, visible en creux.

Mais elle ne put fermer les yeux.

Maintenant une autre terreur l'oppressait.

Son mari n'avait-il pas changé d'idée ?

N'allait-il pas revenir ?

Avait-il quitté le pays, pour retourner à Paris, près de sa mère; ou attendait-il seulement l'heure d'aller déposer sa plainte chez un magistrat ?

Ou bien, repris par la fureur, s'était-il rendu chez l'abbé pour le tuer ?

Paolo était Sarde, et elle savait qu'un Sarde pardonne rarement un affront, qu'il se venge à la façon du Corse.

Autant de points d'interrogation terribles, qui se dressaient dans son cerveau, comme des lames d'acier rougi.

Et elle ne pouvait en chercher la réponse !

Cela eût été une suprême imprudence.

Il fallait rester là, immobile, inactive, en proie à toutes les angoisses, et attendre les événements.

La maison se réveillait.

On marchait dans le jardin.

Elle entendait le jardinier, qui râtissait les allées; la cuisinière, qui s'apprêtait à sortir pour aller aux provisions; la voix de madame de la Baumette, sa mère (que lui dire à elle aussi?) qui appelait Clémentine.

Elle écoutait, elle analysait tous ces bruits.

Ils lui semblaient naturels, réguliers.

On ne savait rien, on ne se doutait de rien !

Si Paolo avait commis quelque acte de violence, la nouvelle en serait déjà répandue.

Vers les dix heures, on frappa discrètement à sa porte.

— Qui est là ? demanda Renée avec une palpitation terrible.

— C'est moi, mon enfant, répondit madame de la Baumette ; je venais savoir si *vous* n'avez besoin de rien ?

— Non, merci, maman ! Tout à l'heure, je sonnerai Clémentine.

Madame de la Baumette se retira sans bruit.

— Vous ! Elle a dit vous ! se répétait Renée. On ne sait rien... on nous croit ensemble !

Elle se leva, alla à la fenêtre, et, à travers la jalousie, plongea des regards avides dans la portion du jardin qui s'étendait devant la maison.

Tout à coup, Suzon, la cuisinière, qui était sortie, comme nous l'avons dit, pour aller aux provisions, rentra.

Elle paraissait assez agitée.

Elle accosta le jardinier, qui passait près d'elle, et lui parla avec volubilité.

Tous deux faisaient de grands gestes.

Puis ils appelèrent à son tour la femme de chambre, qui tournait l'angle d'une allée.

Elle les rejoignit, et les trois personnages causèrent rapidement, poussant des exclamations qui n'arrivaient pas jusqu'à Renée, mais qu'elle devinait aux attitudes.

Enfin, ils se retournèrent du côté de la fenêtre de la chambre et la désignèrent à plusieurs reprises, puis Clémentine se dirigea vers la maison.

— C'est de moi, c'est de *nous* qu'il s'agit ! murmura Renée. Il y a du nouveau... Il faut que je sache... Je ne puis y tenir plus longtemps.

Elle courut à la porte, retira le verrou, se remit au lit et sonna.

Moins d'une minute après, Clémentine entrait.

Elle jeta un regard rapide vers le lit, puis autour de la chambre, regard expressif, interrogateur, chargé de curiosité, soupçonneux, qui n'échappa pas à Renée.

— Madame a besoin de mes services ? dit alors la femme de chambre, dévisageant sa maîtresse.

— Oui, Clémentine, je veux me lever. Aidez-moi à m'habiller. Quelle heure est-il ?

— Onze heures passées.

La femme de chambre se dirigea vers la fenêtre, pour ouvrir les jalousies et laisser entrer la lumière.

— Non, non, dit vivement Renée, n'ouvrez pas.

Elle ne voulait pas montrer au grand jour son visage ravagé par les angoisses de la nuit et de la matinée.

— Madame est seule ? dit alors Clémentine. Monsieur est sorti ?

— Oui, répliqua Renée, ne sachant que dire.

— Est-ce que monsieur reviendra, aujourd'hui, pour le déjeuner ?

— Pourquoi cette question ?

— C'est que, dans le village, on a dit à Suzon... que monsieur, ce matin, à six heures, avait fait atteler le cabriolet du père Genevois, vous savez, celui qui fait quelquefois le service de Saint-Symphorien au bourg de Cé.

— Oui, après ?

— Il paraît qu'il était tête nue, en habit noir, comme hier, l'air très agité, l'air d'un fou, a dit le père Genevois à la cuisinière.

— Oui je sais, répondit Renée très rapidement : — sa mère est mourante... il a dû partir immédiatement.

Clémentine la regardait avec étonnement.

— Une lettre l'en a prévenu... Il était fort ému... cela se comprend.

— Mais le facteur n'est pas venu, ce matin, dit la femme de chambre, défiante.

— C'est hier que la lettre est arrivée... C'est moi

qui l'ai reçue... je l'avais oubliée... je la lui ai remise ce matin seulement.

Renée inventait au fur et à mesure, le premier mensonge venu, et, d'ailleurs, le plus simple, le moins compromettant.

— Il est parti ! murmura-t-elle. Il retourne à Paris. Que va-t-il faire ? Que dois-je faire ?

Dès qu'elle fut habillée, elle mit un chapeau et une voilette épaisse.

— Madame sort ? demanda Clémentine étonnée.

— Oui, répondit sèchement Renée : je serai de retour pour le déjeuner.

Et elle s'élança dans l'escalier, sans se rendre chez sa mère, qui l'attendait au salon et ne savait encore rien.

XV

A LA CURE.

Une fois dehors, elle s'efforça de prendre une allure plus calme, de marcher comme à son ordinaire.

Elle y parvint, et, quand elle arriva devant la maison habitée par l'abbé Poitou, grâce à l'épaisseur de la voilette qui cachait le ravage de ses traits, elle avait l'air de la femme de tous les jours.

Elle traversa le petit jardin qui précédait le corps de bâtiment et trouva la clef, en dehors, sur la porte d'entrée.

Cela voulait dire que la servante du curé était sortie.

Renée ouvrit résolûment cette porte, gravit le petit escalier conduisant au premier étage, en femme qui connaît les êtres de la maison, et s'arrêta, dans le corridor, devant la première porte à droite.

Elle frappa deux coups.

On ne répondit pas.

Elle frappa encore, puis, approchant ses lèvres de la fente :

— C'est moi, monsieur l'abbé, murmura-t-elle.

Aussitôt on entendit la clef tourner dans la serrure,

comme si la personne qui ouvrait se fût trouvée
déjà tout près de la porte.

L'abbé Poitou, en effet, s'était prudemment enfermé
et, depuis bien des heures, comme Renée chez elle,
écoutait tous les bruits avec une profonde angoisse.

En apercevant Renée, il recula, l'air surpris.

— Vous ici ! s'écria-t-il. Quelle imprudence !

— Il te sied bien de parler de prudence, à toi qui
nous as perdus ! répondit-elle, les dents serrées et la
voix saccadée.

En même temps, elle le regardait et voyait sur son
visage labouré de rides profondes, sur ses traits
contractés, qu'il n'avait pas passé une nuit beaucoup
meilleure qu'elle.

— Qu'y a-t-il ? reprit Justin à voix basse.

— D'abord, as-tu pu rentrer sans être vu ?

— Oui.

— Tu en es certain ?

— Absolument certain. Gertrude dormait. J'avais
fait semblant de me coucher, au retour du dîner. Je
suis sorti sur la pointe du pied, plus tard, à l'heure
du rendez-vous, par la petite porte de derrière qui
donne sur les champs.

— Selon l'habitude.

— Et je suis rentré de même.

— Alors Gertrude croit que tu as passé la nuit
entière ici ?

— Elle doit le croire.

— C'est bien !

Renée se laissa tomber sur une chaise de paille,
près du mur et leva sa voilette.

L'abbé considéra les traces de sa fatigue avec une
sorte d'effroi.

Il connaissait son énergie, et, pour que Renée fût
ainsi bouleversée, brisée, il fallait des choses bien
graves.

— Comment as-tu pu, as-tu osé venir ce matin ?...
Parle !... Tu vois bien que je suis sur des charbons
rouges... Que s'est-il passé ?

— Il sait tout !

— Tout ?

— Oui... je ne m'étais pas trompée. Il avait vu, il avait entendu. Sans son évanouissement, nous étions morts.

— Et alors, nous sommes perdus ?

— Nous le serions déjà, sans moi.

— Où est-il ?

— Parti !

— Parti pour où ?

— Je suppose qu'il retourne à Paris, près de sa mère.

— Et que va-t-il faire ?

— Ah ! cela... je l'ignore.

— Il n'a rien dit ?

— Oh ! si !...

— Quoi ?

— Il m'a exprimé son profond mépris, son horreur, sa haine...

— C'est tout ?

— Il m'a aussi un peu assommée, si tu veux le savoir. Ce qui devrait t'étonner, c'est qu'il ne m'ait pas tuée... et toi également.

— Oui, murmura Justin, d'une voix sourde. J'ai passé une nuit épouvantable. Oh, ce que j'ai souffert, pendant ces longues heures, prévoyant tout, craignant tout, sentant mon impuissance...j'en ai blanchi, tiens !

Et, du doigt, il lui montra quelques fils d'argent, près des tempes, dans sa chevelure brune.

— Mais enfin, l'on doit tout savoir !...

— Qui, on ?

— Les gens de la maison, ta mère, les domestiques, que sais-je ?

— On ne sait encore rien.

L'abbé la regarda avec stupéfaction.

— Cependant, s'il t'a frappée...

— Je n'ai pas crié.

— Le bruit de votre explication, son brusque départ... A quelle heure ?

— Avant le jour. Personne ne l'a vu sortir, mais on l'a vu monter dans la voiture du père Génevois.

— Voyons, reprenons les choses du commencement. Qu'as-tu fait en me quittant ?

— J'ai profité de son évanouissement pour le porter dans notre chambre.

— Toi ?

— Moi ! dit-elle avec fierté. Là, je l'ai couché, et je me suis couchée près de lui.

— Toujours évanoui ?

— Toujours évanoui. Il paraissait dormir. J'ai ouvert ma porte... et Clémentine l'a vu.

— Ah !

— Maintenant... je pourrai avouer mon état.

L'abbé la regarda avec admiration.

— Tu es plus forte que moi ! murmura-t-il ; je n'y aurais pas pensé. Et quand a-t-il repris ses sens ?

— Au bout d'une demi-heure.

— Il aurait dû mourir ! grommela l'abbé entre ses dents. Continue.

— La mémoire lui est revenue, presque aussitôt... Il a bondi comme un lion, m'a jetée contre un meuble... Mon sang coulait... Il s'habillait... Je retenais mes gémissements. Il gardait le silence. Puis il s'est retourné vers moi... Il m'a répété, mot à mot, notre conversation, surprise par lui... il m'a appelée monstre, infâme... !

— Que disais-tu ?

— Je l'écoutais, pour savoir au juste ce qu'il savait. Puis je lui ai répondu qu'il avait rêvé, ou que, regrettant déjà de m'avoir épousée, il cherchait un prétexte pour m'abandonner...

— Alors, tu n'as rien avoué ?

— Pour qui me prends-tu ?

— Ensuite ?

— Ensuite, il m'a déclaré que le mépris tuait en lui jusqu'à la colère... qu'il avait hâte de me fuir... et qu'il déciderait plus tard ce qu'il avait à faire...

Il y eut un silence.

L'abbé Poitou parcourait son cabinet avec agitation.

— Ainsi, fit-il tout à coup, en s'arrêtant devant Renée, nous sommes à sa discrétion ?

23

— Dame !

— C'est affreux !

— C'est ta faute.

— Je le sais... Tu ne me le reprocheras jamais autant que je me le reproche... Mais j'étais fou de jalousie... j'avais peur que tu ne l'aimasses !

— Je le hais... et ta jalousie doit être rassurée... je pense... Je ne suis pas sa femme... je ne la serai jamais !...

Elle haussa les épaules.

— La belle avance !... Tout notre plan est détruit !... Maintenant, poursuivit-elle, que nous avons constaté le mauvais côté de la situation, voyons le bon.

— Y en a-t-il un ?

— Oui, il n'a pas de preuves... et j'en ai.

— Comment cela ?

— Où sont ses témoins ?

— C'est vrai !

— Et j'ai les miens. Je prouverai qu'il a passé une partie de la nuit chez moi, dans mon lit, et cela, après l'heure où il affirmera avoir surpris notre rendez-vous.

— En effet !

— Personne que lui n'a surpris ce rendez-vous. Personne ne m'a vu le transporter jusqu'à ma chambre, et personne ne croira qu'une femme, qu'une jeune fille, ait pu accomplir ce tour de force. Je ne le comprends pas moi-même...

— Sans doute ; mais, dans ma position, une simple accusation, une simple dénonciation me perdra. Un prêtre ne sort jamais indemne d'un pareil scandale.

— Je le sais bien... Qu'y pouvais-je ?... Qu'y puis-je ?

— Il fallait qu'il ne pût jamais parler ! murmura le curé de Saint-Symphorien, d'une voix sombre, avec un regard terrible.

— Je l'ai désiré ! répondit Renée.

— Cela ne suffisait pas.

— Ah ! tu sais, Justin, je n'en suis pas encore là ! répliqua-t-elle avec une ironie qui embarrassa le prêtre et lui fit baisser les yeux.

— Mais s'il fait un procès, reprit-il vivement, comme passant à un autre ordre d'idées, que tu le gagnes ou non, moi, je le perds. Je ne puis braver ces choses-là. L'évêché a déjà l'œil sur moi.

Il serrait les poings avec rage.

— Le fera-t-il?

— Tu en doutes?

— J'hésite... Cela dépendra de ce que lui dira sa mère.

— Oh! sa mère l'y poussera.

— Peut-être... Il y a la sœur, la petite Eva... Ils craindront le scandale pour elle... Il faut qu'elle se marie... et cela, ne fait pas bien, ces choses-là, dans la famille d'un beau-frère.. Puis, il réfléchira... il comprendra que le gain de son procès est douteux... Je connais sa nature : elle est chevaleresque... Il a des idées d'honneur à lui, des susceptibilités particulières... certaines choses le dégoûtent, et cette lutte doit lui répugner... Il nous aurait tués, sur le moment, sans son évanouissement... Ne l'ayant pas fait... je ne suis pas certaine qu'il ait recours aux tribunaux, si je le laisse tranquille... si j'accepte la séparation, sans rien faire ni rien dire.

— C'est possible, dit l'abbé lentement, mais quelle situation !... Toujours trembler... Cette épée de Damoclès sur nos têtes... C'est intolérable !

— Ah ! je souffre autant que toi, va !

— Et puis comment expliquer votre séparation aux yeux du monde ?

— Cherchons !

— J'étais déjà dénoncé à mon évêque. On allait me juger sur ton mariage... Et ce qui devait nous sauver, nous condamne !

Il se rongeait les ongles ; son œil, devenu farouche, le rictus de sa lèvre, qui découvrait ses dents blanches, ses gestes saccadés, violents, sa démarche, tout lui donnait l'allure et l'aspect d'une bête fauve, cherchant une ouverture à sa cage, prête à s'élancer sur son gardien dès qu'il apparaîtra.

Tout à coup son visage se décomposa encore plus

profondément, et un peu d'écume vint aux coins de
sa bouche.

— Ah ! malédiction ! s'écria-t-il, en se frappant le
front, tu oublies le principal !

— Quoi donc ?

— Tu es enceinte !

Renée se redressa.

— Eh ! bien ?

— Eh bien, jamais il n'acceptera cet enfant, qu'il
sait n'être pas de lui. C'est par là que nous périrons !

XVI

OU L'ON VOIT QUE RENÉE A DES PRÉJUGÉS.

Renée froissa ses mains l'une contre l'autre.

— Oui, ou fit-elle, cet enfant... je comprends bien... mon mari, seul, ne peut douter... Malheureusement ! Ah ! sans ce rendez-vous insensé... tout se passait régulièrement... Il ne songeait pas à renier sa paternité...

— Il la reniera !

— Evidemment !... mais il perdra son procès... grâce à ma présence d'esprit.

— Peut-être... qu'importe, d'ailleurs ? Ce qu'il faudrait, c'est pas de procès !

Le visage de Justin s'assombrissait de plus en plus ; sa lèvre supérieure se relevait davantage, par un tic qui lui était particulier dans ses mauvais moments, et donnait à son expression quelque chose de réellement féroce.

— Enfin, cet enfant... es-tu bien sûre...? reprit-il en baissant la voix.

— Parfaitement.

— Soit, mais il peut arriver..., des accidents...

23.

— Quels accidents ?

— Cela s'est vu... cela se voit chaque jour... qui empêchent...

— Quoi ?

— Que l'enfant naisse, ou qui le font naître sitôt... que personne ne s'en doute.

Renée se taisait, le regardant fixement.

Lui fuyait ses yeux.

— Ainsi, par exemple, es-tu bien certaine que les efforts, les émotions de cette nuit, n'amèneront pas...

— L'accident que tu désires ?

— Oui.

— Je ne le pense pas ! — répliqua-t-elle froidement. — Je suis forte, je ne me sens pas malade.

— Cela peut venir — insista-t-il.

Elle se taisait toujours.

Il eut un geste d'impatience, releva les yeux sur elle et lui dit sourdement :

— Jamais je ne t'ai vu l'entendement aussi dur... Est-ce que tu ne me comprends pas ?...

— Si.

— Eh bien ?

— Je refuse !

— Ah !

Il recula sous son regard.

— C'est notre condamnation.

— Je n'y puis rien. Tout ce que tu voudras, Justin, mais pas ces choses-là. Je suis femme, j'ai vingt-deux ans, j'ai encore des préjugés !

Elle accentua sa réponse d'un sourire sardonique.

— Cela m'étonne ! grommela-t-il.

— Pourquoi ? Tu en as bien..., toi, un homme !

— Moi ?

— Certes ! Et ta jalousie d'enfant ! Allons, laissons cela.

Il n'osait insister et marchait à travers la chambre d'un pas saccadé.

— D'ailleurs, reprit-elle, cet enfant représente une fortune.

Le prêtre s'arrêta, l'écoutant.

— Si son père ne le désavoue pas légalement, ou ne peut obtenir un jugement qui prononce son illégitimité, il a droit à toute la fortune de M. della Rocca.

— Il peut la dénaturer, — grommela Justin.

— Sans doute, mais il faut du temps pour cela; voyons venir les événements. Songe bien à ceci, d'ailleurs : que l'enfant naisse ou non, si Paolo, si mon mari a déjà parlé, s'il a déposé une plainte, ou s'il a l'intention de poursuivre notre séparation devant les tribunaux, le mal est fait ou se fera. La naissance d'un enfant n'ajoute rien à notre situation, ne l'aggrave pas... C'est un atout, au contraire, s'il ne peut en prouver l'illégitimité, et je ne crois pas qu'il le puisse. Mère, je suis plus forte contre lui, plus intéressante... et j'ai toujours, en son nom, une chance d'héritage, bien compromise, bien aléatoire... je ne dis pas le contraire... mais, enfin, qui n'a rien d'impossible... Sait-on qui vit et qui meurt?... Est-il à l'abri d'une maladie foudroyante... d'un accident, lui aussi?

L'abbé Poitou l'écoutait silencieusement.

— Je nierai jusqu'au bout... Tu me connais assez pour le savoir.

— Oui, mais le procès... mais mon nom mêlé... à ces débats, répétait-il avec fureur.

— Eh bien, il est libre-penseur... Il a combattu dans les insurrections italiennes, contre l'Autriche et contre le pape... Il hait la religion et les prêtres... Nous dirons que c'est un coup monté contre le clergé... Sois sans crainte... je me mettrai en avant... je braverai tout... mais je te couvrirai!

— Ah! parbleu! si j'avais un autre évêque, cela pourrait se tenter... Il est de tradition, dans notre parti, de couvrir les brebis galeuses, de les défendre, de les soutenir... Mais ce vieillard a d'autres idées... Il ne m'aime pas... il me sacrifiera.

— C'est à toi de le prévenir, de le mettre en garde contre des accusations que rien ne démontre.

— J'y essaierai, mais il me soupçonne...

— Attends, laissons venir, et préparons notre dé-

fense... J'ai fait, pour réparer le mal que ton imprudence a produit, tous les efforts humainement possibles... je les ferai encore... Aide-toi, comme je m'aide
et comme je t'aide, et attendons, je le répète, attendons.

L'abbé n'était pas convaincu.

Mais il ne pouvait que céder, dans les circonstances
données, à la volonté de Renée, ou paraître lui céder.

Il courba la tête et réfléchit quelques instants.

— Quoi qu'il en soit, reprit-il, avec un peu plus de
calme ou de résignation, tout à l'heure, il faudra, à
ton retour, expliquer le départ de ton mari, son absence, inventer une fable quelconque... qui réponde
à ce qu'il dira et le contredise avec quelque vraisemblance, s'il parle, et il parlera, j'en suis sûr.

Renée resta pensive une demi-minute.

— Voyons, reprit-elle lentement : — à l'improviste,
ce matin, devant ma femme de chambre, qui m'apprenait son départ, j'ai déjà dû répondre n'importe quoi...

— Qu'as-tu répondu?

— Qu'il avait reçu une lettre lui annonçant que sa
mère était mourante et le rappelait près d'elle, et
qu'alors il était parti comme un fou... C'était ce qu'il
y avait de plus simple, de plus vraisemblable et de
moins compromettant.. en attendant mieux.

— Mieux! mieux !" murmura l'abbé, il n'y a pas
mieux, en effet : il faut s'en tenir là. Cela peut servir
quelques jours.

— Oui, mais madame della Rocca n'est pas mourante, on le saura, et quand les mois s'écouleront...

— Tu es sûre qu'il ne reviendra pas?

— Tiens ! tu n'es donc plus jaloux ? fit-elle en rica-
nant. Malheureusement la raison te revient trop tard.
Il ne sera jamais plus mon mari... et, ce qui est pire,
il ne l'a jamais été !

— Ne m'as-tu pas dit que sa mère voyait son mariage de mauvais œil ?

— Si.

— Et qu'il adorait sa mère et sa sœur?

— Si.

— La fortune lui est personnelle ?

— Oui.

— Et la naissance de l'enfant ruine du coup la mère et la sœur ; car, sans cela, la femme n'héritant pas du mari, à moins d'un testament, ou de stipulations particulières du contrat, sa famille ne courait aucun risque de ce côté.

— Oui, à moins qu'il ne désavoue sa paternité.

— Nous le tenons ! s'écria Justin. Tout cela peut se prouver !

— Évidemment, ce sont des faits matériels connus.

— Très bien ! Nous dirons que sa mère l'a rappelé, sous un faux prétexte, pour le ramener près d'elle ; que, n'ayant pu, légalement, empêcher le mariage, pour ressaisir la fortune, c'est elle qui le pousse à agir contre toi ; qu'il n'a pas de caractère, de volonté ; qu'il a peur de l'autorité maternelle, qu'il l'a toujours subie, etc., etc.

— A la bonne heure !... répliqua Renée. Je retrouve ta lucidité et ton habileté ordinaires. Creusons cette idée.

Et les deux amants établirent minutieusement tout le roman, assez vraisemblable, d'ailleurs, contenant un peu de vrai et beaucoup de faux, le vrai faisant passer le faux ; que nous leur avons vu débiter successivement, au début de ce récit véridique, l'abbé, au maire, M. Madou ; la veuve, au juge d'instruction, M. Aubertin.

Tout en causant, tout en échafaudant leur plan de ruse et de mensonge, ils ne se rassuraient pas positivement, mais ils se calmaient, elle surtout. Ils sentaient qu'ils avaient quelques jours devant eux, et ce sursis les soulageait. Du temps, c'est beaucoup.

La première folie de la terreur était passée ; mais l'avenir restait menaçant.

La femme, madame Della Roca, affectait, d'ailleurs, une confiance et une assurance qu'elle était loin d'avoir, afin de remonter le moral de Justin ; afin qu'il n'eut pas l'idée de la sacrifier, de briser avec elle pour se sauver seul, au besoin ; afin d'éloigner aussi les sinistres désirs qu'elle sentait gronder en lui.

Lui, n'osait ni ne voulait lui montrer à nu les criminelles pensées, les terribles projets qui germaient dans son cerveau : pensées et projets encore confus, n'attendant que l'occasion propice pour éclore et devenir des actes.

— Tant qu'il vivra, nous tremblerons, disait-il avec une rage contenue.

— Bah ! répliquait-elle, nous sommes toujours l'un à l'autre, n'est-ce pas ? Voilà l'important, et rien ne nous séparera, si nous le voulons bien.

— Et si nous savons faire pour cela « tout ce qu'il faut », ajouta-t-il, gardant pour lui l'expression claire et complète de son idée.

XVII

LA PETITE GUERRE.

En rentrant à la Baumette, Renée dut commencer immédiatement à jouer son personnage dans la comédie préparée, convenue entre les deux complices.

Sa mère l'attendait, très inquiète, très étonnée de la sortie de sa fille, et surtout du départ de son gendre, nouvelle inattendue, dont Clémentine n'avait pas manqué de la régaler.

Renée lui donna l'explication qu'elle avait donnée déjà à sa femme de chambre, mais avec plus de détails et d'un ton plus naturel ; et madame de la Baumette, qui ne se doutait de rien et qui n'avait aucune raison pour se défier, accepta volontiers cette explication, la répandit à son tour, avec une conviction et une bonne foi si évidentes, que tout le monde s'y laissa prendre, pendant les premiers jours.

La pauvre dame était au comble de ses vœux.

Sa fille était mariée, richement mariée !

— Tu vois, répétait-elle, à chaque instant, à Renée, que tu avais tort de désespérer, de douter de l'avenir. Le ciel a exaucé mes prières, a récompensé ta piété, et je suis sûre que l'intercession de M. le curé, près du bon Dieu, n'a pas été sans influer sur cet heureux événement qui fait la joie de mes derniers jours. La Providence n'abandonne jamais ceux qui se fient à elle.

— Oui, maman, répondait Renée d'un air distrait.

— Je t'avouerai, maintenant, ma chère enfant, que, depuis quelques mois, justement, je faisais brûler, chaque jour, un cierge, le plus gros possible, devant l'autel de la Vierge... Elle m'a entendue !... Enfin je mourrai tranquille, sachant que je te laisse avec un excellent mari, et riche !... Riche, entends-tu ? Qui l'aurait cru, il y a six mois ? Je ne fais plus qu'un vœu, c'est de vivre assez longtemps pour avoir la joie de faire sauter sur mes genoux un gros bébé, qui sera mon petit-fils, car je préférerais de beaucoup un garçon. Quels baisers je mettrai sur ses joues roses ! Il sera beau, s'il ressemble à son père et à toi !

— Cela pourrait bien arriver, répliqua Renée.

Ces discours de sa mère lui étaient pénibles.

Nous ne dirons pas qu'ils éveillaient en elle, à proprement parler, des remords, mais ils l'agaçaient au suprême degré.

Il fallait jeter de l'eau progressivement sur tout ce beau feu, préparer l'annonce de la terrible vérité.

Aussi, l'air contraint, de moins en moins satisfait, affecté par sa fille, finit par frapper madame de la Baumette et par mettre un nuage sur sa joie.

— On dirait que tu n'es pas contente, s'écria un jour la vieille dame; mais c'est presque de l'ingratitude... M. della Rocca est un charmant homme... Il n'est pas pieux, à la vérité.., les hommes aujourd'hui le sont rarement.

— Oh ! s'il n'y avait que cela ! répliqua Renée.

— Comment !... S'il n'y avait que cela !... Qu'y a-t-il donc ?

— Rien... Mais M. della Rocca a une grande faiblesse de caractère.

— Je ne m'en suis pas aperçue.

— Il adore sa mère et sa sœur...

— Cela fait son éloge !

— Madame della Rocca a vu son mariage avec regret, parce qu'il lui ôtait le maniement, la direction, la possession effective de la fortune de son fils.

— Eh bien ?

— Et je crains que, l'ayant près d'elle, elle n'abuse de son influence, et qu'il ne retombe sous son joug, au détriment de notre jeune ménage.

Cependant les jours s'écoulaient.

Au bout d'une semaine, madame de la Baumette, n'entendant plus parler de son gendre, n'en recevant aucune nouvelle, commença à s'inquiéter plus sérieusement.

Renée, elle, se rassurait, au contraire, dans une certaine mesure.

Ce silence lui donnait l'espoir que Paolo n'agirait pas.

Elle se disait que si son mari, sous l'empire de la première émotion, dès le début de son retour à Paris, près de sa mère, ne s'était pas laissé emporter à déposer une plainte, à provoquer une séparation éclatante, il y avait lieu de croire qu'il se serait décidé au silence et à la séparation de fait, sans bruit et sans scandale.

Restait toujours la question de la grossesse, non encore visible, et qu'elle dissimulait le plus longtemps possible, pour la vraisemblance.

Au moment où il faudrait l'avouer, tout éclaterait probablement.

C'était le cap des Tempêtes à doubler... Mais elle calculait que chaque heure, gagnée dans le silence, augmentait sa force et se tournait contre son mari.

L'abbé Poitou, de son côté, s'était rendu, sous un prétexte quelconque, à l'évêché.

On y savait le mariage de mademoiselle de la Baumette, et il constata, que cela avait, d'abord, satisfait et rassuré Mgr X...

Malheureusement, on y savait aussi le brusque départ de Paolo.

24

On accepta, pourtant, la fable inventée par les deux complices, ce qui démontra au curé de Saint-Symphorien que della Rocca n'avait rien dit. Il n'y avait peut-être là qu'un sursis ; mais, quand on n'a pas ce qu'on désire, dit le proverbe, il faut se contenter de ce qu'on a.

Maintenant, c'était au château de la Baumette que l'horizon s'assombrissait et que la situation devenait insupportable pour Renée.

Sa mère ne lui laissait plus de répit, l'interrogeait, sans cesse, sur le silence de son gendre.

Renée, débitant sa fable, répondait :

— Mes pressentiments se réalisent. Il regrette d'avoir épousé une fille pauvre. Sa mère a repris son empire sur lui.

— Il n'y a pas d'empire qui tienne, répliquait madame de la Baumette. Il est ton mari, il t'adorait... son devoir l'appelle ici, auprès de toi. On ne quitte pas une honnête femme, ainsi, brusquement, sans rime ni raison, le lendemain de ses noces.

— Que veux-tu que je te dise ?... Je suis convaincue qu'il ne reviendra pas... Je ne voulais pas l'épouser. Je me doutais de ce qui arrive.

— Mais alors pourquoi ne vas-tu pas le rejoindre, le chercher, le reprendre ?... S'il est aussi faible, aussi impressionnable que tu le dis, ta présence le ramènerait... Je ne te reconnais pas, toi, si énergique, si résolue...

— Jamais je ne courrai après lui. S'il ne m'aime plus, s'il ne veut pas de moi... je saurai garder ma dignité...

— Mais, mon enfant, cela te perd !... cela fait naître, ou cela fera naître, bientôt, les commentaires les plus désavantageux, les plus déshonorants pour toi, pour moi...

— C'est pour cela que je ne lui pardonnerai jamais sa conduite.

— Mais, enfin, il faut savoir, au juste, ce qui le retient... Sa mère est peut-être toujours très malade...

— Il m'aurait appelée auprès de lui.

— Tu lui as écrit combien de fois ?

— Deux fois, répondit Renée sans hésiter, comme elle eût dit : cent fois, si cela lui avait paru avantageux.

— Et il ne t'a pas répondu ?

— Non !

— C'est intolérable !

— Mais c'est clair.

— Je n'ai jamais rien vu de pareil.

— Ni moi non plus... C'est toi qui as voulu ce mariage, maman... C'est encore une idée à toi... Elle a été bonne ! Tu n'as su diriger ni ta vie, ni la mienne ! J'avais raison de ne pas vouloir l'épouser, de dire que le mariage n'était pas fait pour une jeune fille dans ma position... J'étais résignée à coiffer sainte Catherine, mais tu as insisté, j'ai cédé, et voilà ce qui arrive. D'ailleurs, je l'avais bien jugé; son caractère ne m'inspirait aucune confiance.

— Il t'aimait pourtant.

— Un caprice, voilà tout, et qui a passé avec la première nuit.

— C'est étonnant ! répondait la mère. Avec quelle résignation tu acceptes une semblable situation, sans rien faire pour lutter, pour en sortir ! D'abord, tu affirmes ce que tu ne sais pas. S'il ne t'a rien dit, rien écrit, comment peux-tu connaître les motifs de son silence et de son absence ? Je les saurai, moi ! Je suis ta mère, et cela me regarde aussi. Je vais lui écrire !

Renée ne pouvait empêcher sa mère d'agir, à moins de lui tout avouer.

— Répondra-t-il ?... Et, s'il répond, que va-t-il répondre ? pensait-elle.

Madame de la Baumette, le jour même, écrivit à Paolo le billet suivant :

« Mon gendre,

» Vous êtes parti, le lendemain de votre mariage, » appelé près de madame votre mère, dont la santé » inspirait des inquiétudes.

» Le sentiment qui dictait votre conduite est trop

» naturel, trop touchant, pour que je me sois blessée,
» même de votre extrême précipitation : ce sont les
» bons fils qui font les meilleurs maris. Toutes les
» vertus se tiennent.

» Cependant, quinze jours se sont écoulés, et vous
» ne nous avez rien écrit, pour rassurer votre femme
» et moi-même, sur l'état de madame votre mère.

» Renée vous a écrit deux fois, sans recevoir de
» réponse. Elle est dans une inquiétude mortelle,
» facile à comprendre, et pourrait même se blesser
» d'un silence prolongé, inexplicable.

» Si sa belle-mère est toujours gravement malade,
» si vous devez rester encore longtemps à Paris, la
» place d'une épouse est près de son mari, et elle ira
» vous rejoindre, pour unir ses soins aux vôtres.

» J'attends, mon cher gendre, votre réponse immé-
» diate, qui règlera la conduite de votre femme. Elle
» est dans les larmes, et se demande en quoi elle
» aurait pu démériter de votre affection.

» De cette affection, je ne doute pas, mais les ap-
» parences vous condamnent, et une femme moins
» chrétienne pourrait s'offenser de ce qui ressemble
» tant à de l'indifférence.

» Veuillez présenter l'expression de toute ma con-
» sidération à madame votre mère, ainsi que mes
» vœux pour son prompt rétablissement, et embras-
» ser pour moi mademoiselle Eva, que j'espère avoir
» un jour le plaisir de connaître.

» Votre affectionnée belle-mère,

» Veuve HENRI DE LA BAUMETTE. »

Jusqu'au moment où l'on pouvait attendre la réponse de Paolo, d'un commun accord, Renée et sa
mère ne parlèrent plus de rien.

Renée était sur des épines.

L'impatience la dévorait.

Qu'allait répondre della Rocca, s'il répondait ?

C'était la première crise aiguë de la situation créée
par l'imprudence de l'abbé Poitou.

Elle désirait et craignait à la fois cette réponse,

qui allait l'éclairer sur l'état d'esprit et les intentions de son mari, mais qui allait aussi initier sa mère à la vérité.

— Que le diable l'emporte! s'était écrié, sur le premier moment, Justin, en apprenant la résolution de la mère.

— C'était inévitable ! répondit Renée.

— Ne pouvais-tu supprimer sa lettre ?

— Cela n'aurait servi de rien; elle en aurait écrit une autre ; ou elle aurait dépêché quelque ami de Paris, chez mon mari, ce qui aurait été pire !

— La bombe va éclater.

— Ce sont les épines de la situation. Nous ne sommes pas sur un lit de roses. Il faut en prendre son parti. Tant que cela restera entre nous, que cela ne sortira pas de la famille, rien n'est perdu.

Trois jours après, la réponse de Paolo arriva.

Renée était là, quand sa mère la reçut.

En apercevant le timbre de Paris, en reconnaissant l'écriture de son mari, Renée ne put s'empêcher de pâlir.

La lutte commençait, la lutte active, et cette première lettre, c'était le choc de l'ennemi. La bataille s'engageait.

Que serait-elle ?

Qu'allait-il en sortir ?

Renée rassembla toutes ses forces.

Son parti étais pris.

— Enfin ! s'écria madame de la Baumette, toute heureuse de recevoir une réponse de son gendre, voilà qui va tout nous expliquer... Il m'a répondu, courrier par courrier. C'est bon signe !... Tu vas voir, mon enfant, que tu exagérais les choses.

Et madame de la Baumette lut la lettre suivante :

24.

XVIII.

UN CŒUR DE MÈRE.

« Madame,

» Je veux croire, je crois que vous êtes de bonne
» foi, que vous ignorez tout.

» Puisque madame votre fille n'a pas eu la pudeur
» de vous éviter une démarche... inutile, en vous
» disant la vérité, je suis bien obligé de vous la faire
» connaître, cette vérité, pour mettre un terme, entre
« nous, à une situation odieuse et ridicule à la fois.

» J'ai quitté celle que vous appelez ma femme, qui
» ne l'a pas été et qui ne le sera jamais, la nuit même
» de mes noces, parce que, cette nuit-là même, j'ai
» appris que mademoiselle de la Baumette avait un
» amant, et que cet amant était l'homme à qui vous
» aviez confié sa direction religieuse et morale,
» l'homme en qui votre dévotion mettait toute sa
» confiance : le curé de Saint-Symphorien, l'abbé
» Poitou.

» J'aurais, sans doute, tué les deux amants, surpris
» par moi, si je n'étais tombé, d'abord, foudroyé par
» la commotion terrible d'une si odieuse trahison.

» Dès que mes forces me l'ont permis, je suis parti.

» Je regrette, madame, de vous faire, aussi bruta-
» lement, une révélation aussi cruelle, au cas où vous
» seriez réellement ignorante de la vérité, comme je
» veux le croire, et bien qu'une mère ait toujours sa
» part de responsabilité dans l'inconduite de sa fille.

» Mais, puisque vous m'interrogez, je vous ré-
» ponds ; puisque vous me demandez quand je re-
» tournerai près de ma femme, comme un mari, je
» dois vous dire : Jamais !

» Recevez, madame, mes adieux.

» PAOLO DELLA ROCCA. »

Madame de la Baumette avait commencé cette
lecture à haute voix ; mais, au fur et à mesure qu'elle
avançait dans sa lecture, sa voix baissait ; puis ses
lèvres seules s'agitèrent, et, quand elle eut fini, elle
laissa échapper le papier fatal, paraissant absolument hébétée, regardant sa fille, d'un air presque fou.

Renée avait rapidement ramassé le billet et le lisait
à son tour, en pesant soigneusement tous les mots,
cherchant la résolution de son mari, ses intentions
positives, à travers les lignes, s'occupant peu du reste.

Malheureusement, la lettre ne faisait point pré-
sager nettement les résolutions ultérieures de Paolo.

Sa lecture terminée, elle releva les yeux sur sa
mère.

— Ah ! mon enfant, ma pauvre enfant ! s'écria enfin cette dernière, d'une voix entrecoupée, ton sang-
froid me dit ton innocence ! Quelle horreur ! quel
monstre que cet homme !

Et, se jetant dans les bras de sa fille, la serrant
contre sa poitrine, la pauvre mère éclata en sanglots
qui la soulagèrent.

Renée ne s'attendait point à ce que l'explication
prît cette tournure, et cet excès de confiance, ce
mouvement de passion maternelle, touchant dans sa
naïveté, lui causèrent un malaise véritable, une sorte
d'attendrissement passager, contre lequel elle essaya
de réagir.

Elle ne savait que répondre.

Elle ressentait un peu de dégoût à tromper sa mère : cela était trop facile, cela devenait lâche et l'humiliait à ses propres yeux.

— T'accuser, toi, ma fille ! Toi, un modèle de vertu !... Et avec qui ? Avec un prêtre, un saint homme, le curé de Saint-Symphorien, mon confesseur et le tien... celui à qui j'ai confié, à qui je confie, chaque jour, mes angoisses maternelles, qui a prié le ciel, avec moi, de bénir ton union... C'est épouvantable !... Mais, si cet homme n'est pas fou, qui peut le pousser à une pareille infamie... à insulter ainsi deux pauvres femmes sans défense, un humble curé de village, qui n'a que ses vertus et le caractère sacré de son saint ministère pour le protéger contre la calomnie ?... Mais que lui avons-nous donc fait, à ce misérable !... Pourquoi inventer de pareilles turpitudes ?...

— Voyons, maman, calme-toi !

— Me calmer !.... Non, non ! Cela ne se passera pas ainsi... je n'endurerai pas cela... Il insulte ma fille... ! Il insulte la religion... là, sans que je sache pourquoi... avec une brutalité et une impudence !... A qui se fier, mon Dieu ! à qui se fier !... Il avait l'air honnête, pourtant !... Je me sentais prête à l'aimer !... Ah ! tu l'avais bien jugé !

A présent, madame de la Baumette marchait avec agitation dans sa petite chambre.

Tout à coup, elle s'arrêta devant un crucifix, pendu au mur, au-dessus d'un prie-dieu.

Elle s'agenouilla, et, la tête dans ses mains, pria avec ferveur, pendant plusieurs minutes.

Renée, plus troublée et autrement qu'elle ne s'y attendait, la regardait en silence, irritée contre elle-même de la faiblesse si nouvelle qui l'envahissait.

Enfin, madame de la Beaumette se releva, l'air résolu, ce qui ne lui était jamais arrivé de sa vie.

— Dieu m'a inspiré ce que je dois faire, reprit-elle avec énergie. Je ne te laisserai pas déshonorer, ma fille, ma pauvre enfant !... Je ne laisserai pas déshonorer un saint prêtre !... Le devoir et la religion me dictent ma conduite.

— Que veux-tu faire, maman ? demanda Renée avec inquiétude.

— Tu comprends, poursuivit la mère, que cela ne peut durer. Cette absence de ton mari te dénonce, t'accuse, te déshonore. La subir sans protestation, c'est avouer qu'il a raison. Ce qu'il m'écrit, il le dit à sa mère, à ses amis... Il le dira à tout le monde !... Ne faut-il pas qu'il justifie, qu'il explique sa conduite ?...

— Mais comment veux-tu l'empêcher ?

— Je ne sais... J'ai des amis à Tours... L'homme d'affaires qui m'a conseillée dans mon procès, mon avocat, les anciens clients de ton père, tout ce monde-là nous aime et nous estime. Il y a aussi M. Moreau, autrefois l'associé d'Henri, de mon mari. Je leur montrerai cette lettre, je sommerai ce M. della Rocca de fournir des preuves, je le poursuivrai, au besoin, devant les tribunaux, pour diffamation, calomnie...

Renée était très agitée.

— Maman, je t'en prie, tu ne feras pas cela.

— Je le ferai, et à l'instant, et sans perdre une minute. Ah ! tu crois que je te laisserai sous cette accusation infamante... Tu ne me connais pas, vois-tu... Je suis faible, oui, timide, craintive, tout ce que tu voudras... je n'ai pas su défendre ma vie contre ton père, c'est vrai.; mais qu'on ne touche pas à ma fille ! Alors je deviens une lionne... Non, non, ton beau front ne se courbera pas. Je veux que tu le portes haut, entends-tu ?

Elle essaya de prendre sa fille dans ses bras, de déposer un baiser sur son front.

Renée la repoussa.

Elle sentait que ce baiser maternel la brûlerait comme un fer rouge.

Elle n'avait pas la force de le recevoir, de l'accepter.

— Maman, avant tout, il faut éviter le scandale, balbutia-t-elle.

— Le scandale !... mais il est fait, il va éclater.
Que dirai-je maintenant, quand on me demandera si
mon gendre ne revient pas ? pourquoi ma fille est
abandonnée, condamnée au veuvage anticipé ? Le
scandale, la honte, c'est de se taire et de lui donner
raison par notre silence.

Tout en parlant, madame de la Baumette avait
ouvert une armoire, saisi un chapeau, le mettait.

— Où vas-tu ? que vas-tu faire ? demanda la jeune
femme, avec une inquiétude qu'elle ne pouvait plus
cacher.

— Je vais trouver M. le curé... lui montrer cette
lettre... Il y est déshonoré, insulté, lui aussi... l'É-
glise et la religion avec lui. Il leur doit de se défendre.
J'irai, s'il le faut, jusqu'à l'évêché... Oui, je parlerai
à monseigneur... C'est à lui de défendre deux chré-
tiennes et un prêtre diffamé... Ah ! nous verrons bien !

Madame de la Baumette s'élança vers la porte.

Renée l'y avait précédée.

Elle arrêta sa mère.

— Non, maman, lui dit-elle avec force, tu ne feras
pas cela ! Tu ne sortiras pas !

— Pourquoi ?

— Réfléchis.

— Il n'y a pas à réfléchir. Est-ce que tu peux accepter cette situation, toi ? Non, non, tu ne le dois,
ni pour toi, ni pour moi, ni pour le nom de ton père,
resté honorable malgré sa ruine, car j'ai payé toutes
ses dettes, ni pour l'abbé Poitou, qui ne se doute de
rien, le cher homme !

— Maman !

— Je veux le voir ; sa parole me soutiendra et
me fortifiera : nous établirons ensemble ce qu'il y a
à faire.

Renée rougissait, malgré elle, à l'idée du rôle ridicule que sa mère allait jouer près du prêtre.

— Je t'en prie, maman, ne lui parle pas de cela,
aussi brusquement. A quoi bon le troubler ? Je le lui
dirai, moi.

— Non, tu ne sauras pas lui parler comme moi.

— Je t'assure...

— A moins, poursuivit madame de la Baumette, que je n'aille trouver, tout d'abord, monseigneur... Il est encore temps de partir. J'arriverai ce soir, je demanderai mon audience. Demain matin, je le verrai.

— Mais c'est fou, maman, ce que tu veux faire là !...

— Non, non !... On pourrait le calomnier auprès de l'évêque... C'est peut-être fait déjà... Il faut que je le voie, tout de suite, tout de suite... Je cours à la cure... je préviens l'abbé Poitou, pendant qu'on prépare la voiture... Une fois à Tours, je verrai également mon avocat, les anciens amis de ton père... Il faut que tout le monde sache à quelle infamie nous sommes en butte... Je parlerai, j'agirai, je t'en réponds.

Elle étendit la main vers le cordon de sonnette pour appeler Clémentine et l'envoyer dire au père Génevois de préparer son cabriolet.

Renée lui saisit le bras.

— Non, maman, dit-elle d'une voix sourde, le visage empourpré, le front inondé de sueur, non, tu te tairas, et tu ne feras rien !

Madame de la Baumette regarda sa fille avec étonnement.

— Pourquoi cela ?

— Parce qu'il le faut.

— Il le faut ?

— Oui.

— Que veux-tu dire ?

Un vague soupçon passa dans les yeux de la mère.

— Tu te tais ? Réponds... Explique-toi.

Renée, haletante, évitait le regard de madame de la Baumette.

— Crois-moi, évitons le bruit... Etouffons tout cela... Attendons !

— Etouffer cela.. attendre... quoi ?

— Ne poussons pas M. della Rocca aux violences... aux extrémités... ne l'irritons pas...

Madame de la Baumette dévorait sa fille du regard ; son visage ridé passait rapidement de l'indignation généreuse et confiante à l'étonnement, de l'étonnement à la stupeur, de la stupeur à l'inquiétude, de l'inquiétude au soupçon, puis à l'épouvante.

Tout à coup, elle devint blême, ses lèvres tremblèrent, son regard s'obscurcit.

— Renée !... tu me fais peur... Renée, que crains-tu donc ? Si tu étais... coupable... tu ne parlerais pas, tu n'agirais pas autrement. Et tu te tais, malheureuse ! Tu ne vois donc pas que tu m'assassines... Je t'en conjure, Renée ! Renée !...

Elle lui tenait les mains, les pressait, les secouait.

Renée releva brusquement la tête.

— Eh bien, dit-elle avec résolution... c'est toi qui l'as voulu... D'ailleurs, tu ne pouvais l'ignorer éternellement, et je ne puis te mentir toujours, au risque de te laisser nous perdre et de te ridiculiser par ta foi aveugle... C'est vrai !

— Quoi ?

— Tout !

XIX

UN CŒUR BRISÉ.

Madame de la Baumette lâcha les mains de sa fille, recula de deux pas.

On aurait pu voir vieillir, de seconde en seconde, ce visage de soixante-cinq ans, qui, la veille, n'en paraissait pas soixante, qui, le lendemain, allait en paraître soixante-dix !

— Renée, balbutia-t-elle, tu mens... je ne puis te croire... Du reste, je ne comprends pas bien... Que veux-tu dire ?

— Maman, tu m'as comprise !

Madame de la Baumette voulait lutter encore... Elle ne faisait que cela depuis une heure... s'exaltant, parlant, remuant, non-seulement par suite d'une indignation sincère, mais aussi pour ne pas entendre, pour ne pas écouter le soupçon qui l'avait mordue au cœur, en lisant la lettre de son gendre.

— Je t'ai comprise ! répéta-t-elle. Qu'est-ce que j'ai compris ? Je ne sais, moi. Explique-toi. Qu'est-ce qui est vrai ?

— L'accusation de mon mari.

25

— Oh ! murmura la mère.

Elle porta la main à son front, d'un geste brusque, comme si elle recevait un coup de bâton sur le crâne, et ses cheveux blancs, dénoués par la secousse, entourèrent, comme d'un suaire, son maigre visage, où les ravages de la douleur, se mêlant aux ravages produits par le temps, recreusaient les rides et les sillons de l'âge.

— Ainsi... toi, un amant ? Toi, ma fille, qui ne m'as pas quittée, en qui j'avais mis tout mon espoir, que j'adorais, que je regardais comme un ange de pureté. Mais, voyons, j'exagère. Tu aimes quelqu'un, tu aimais quelqu'un avant de connaître ton mari. Il l'a su, voilà tout. Pourquoi ne t'étais-tu pas confiée à moi ? Je t'aurais conseillée, soutenue. Et puis, d'ailleurs, tu n'avais qu'un mot à dire, tu le sais bien. Si cela avait dépendu de moi, t'aurais-je refusé le mari, quel qu'il fût, que tu aurais choisi, voulu ?

Elle s'arrêta, interrogea des yeux le visage de sa fille, mendiant, pour ainsi dire, un mensonge consolant, qui éloignât de son cœur la vérité vraiment trop cruelle, et qui menaçait de le briser.

— Tu ne réponds pas ! N'est-ce pas que c'est cela ?

Mais il était trop tard pour mentir. Renée l'avait compris, était décidée à tout dire, jugeant que, pour que le secret fût bien gardé, pour que sa mère ne fît pas d'imprudentes démarches ou de faux mouvements, laissât la conduite de l'affaire à sa fille et à l'abbé, il fallait qu'elle n'eût plus d'illusions.

— On t'a dit la vérité, répliqua-t-elle.

— La vérité ?

— Relis la lettre... elle est exacte, fit encore Renée, qui avait horreur de cette scène prolongée et hâte d'en finir à tout prix.

Madame de la Baumette prit la lettre que lui tendait sa fille et la relut.

Mais elle s'arrêta au nom de l'abbé Poitou.

— Ça n'est pas vrai ! s'écria-t-elle avec désespoir, non avec conviction. Ça n'est pas vrai, c'est impossible ! Ce n'est pas une fille chrétienne comme toi, élevée dans les saints principes de la religion, qui aurait tendu cette abominable embûche à un prêtre, qui lui aurait fait oublier ses serments, son caractère, ses devoirs, son Dieu. Tu vois bien que cela ne se peut pas ?

— Je t'assure, maman, répondit Renée ironiquement, que je ne lui ai rien fait oublier du tout, et que, s'il y a eu des embûches tendues, cela a bien été réciproque !

Madame de la Baumette s'était laissée choir dans un fauteuil.

— Mon Dieu ! mon Dieu ! murmurait-elle... Est-ce que je rêve ?... Est-ce que je deviens folle ?... La honte et le sacrilège tout à la fois !

Il y eut un silence.

Renée froissait, d'un geste lent, ses mains l'une contre l'autre, et tapait faiblement du pied sur le tapis, regardant sa mère avec un mélange de pitié et d'irritation, mais soulagée au fond de ce que, le coup étant porté, il ne fût plus à porter.

Quelques minutes s'écoulèrent.

Madame de la Baumette remuait les lèvres, comme se parlant à elle-même, à la façon des vieillards qui approchent de l'enfance.

En ce moment, on frappa à la porte, qui s'ouvrit presque aussitôt, sans que celui qui frappait attendît qu'on eût répondu : Entrez !

L'abbé Poitou parut sur le seuil.

C'était l'heure habituelle de sa visite de chaque jour, et, n'ayant reçu aucun avis de Renée, il venait, selon sa coutume.

Il lança un regard rapide, de ses yeux vifs, aux deux femmes, qu'il dévisagea.

Il aperçut Renée, debout, la figure animée, les sourcils contractés ; la mère, non pas assise, mais écroulée sur elle-même, tenant encore dans ses mains la lettre de Paolo, livide, avec des larmes mal séchées sous ses paupières gonflées.

Il comprit ou devina en partie ce qui venait de se passer. Ses traits s'assombrirent, et il voulut se retirer, jugeant son arrivée tout à fait intempestive.

Mais il était trop tard.

Madame de la Baumette l'avait entendu, vu ; elle s'était redressée.

— Monsieur le curé, dit-elle d'une voix relativement calme, lisez.

Sa main sèche, et qui tremblait, lui tendait la lettre que nous connaissons.

Justin, après une imperceptible hésitation, s'avança, prit la lettre, vit la signature, devint blême et lut lentement.

On voyait les veines se gonfler sur son front, au fur et à mesure qu'il avançait dans sa lecture, et de larges plaques bilieuses s'étalaient sur ses pommettes saillantes.

— Eh bien ? fit la mère quand il eut terminé.

— Madame...

Il s'arrêta, ne sachant que dire, cherchant des yeux les yeux de Renée, pour savoir quelle conduite il devait tenir.

Renée, qui, jusque-là, lui avait presque tourné le dos, en évitant son regard, se retourna brusquement vers lui et lui jeta ces mots :

— Inutile de nier ! J'ai tout avoué !

Puis, sans attendre sa réponse, et malgré le regard interrogateur et fort embarrassé dont il la poursuivait, elle reprit sa première posture.

Madame de la Baumette se tenait debout, à présent.

— Ainsi... cela est vrai ? fit-elle. Ma fille, Renée... me l'avait dit. Je ne voulais pas le croire... I! me fallait votre aveu de prêtre.

Elle regarda Justin.

Il était immobile, la tête baissée, et maintenant, rougissant malgré lui, hésitant, cherchant un biais entre l'hypocrisie inutile et l'impudeur dangereuse.

C'est qu'il y avait réellement, dans le désespoir de cette femme âgée, dont les cheveux flottaient sur ses joues creuses, de cette mère, de cette croyante, quelque chose de solennel et de déchirant qui s'imposait, troublait les deux coupables, faisait vibrer les fibres

profondes où la corruption des cœurs les plus gan-
grenés n'atteint pas toujours.

— C'est bien, reprit la mère, votre silence me suffit... Je ne sais pour quel crime inconnu Dieu me
frappe d'une façon si cruelle ; mais ma vie est finie...
Je vivais pour deux choses : mon enfant et ma foi...
Vous m'arrachez l'une et vous me faites douter de
l'autre... Que me reste-t-il, maintenant, à moi, pauvre
vieille femme ?... Ah ! que la mort vienne... elle sera
la bien accueillie ! Ne pouvait-elle venir avant la
honte !... Est-ce ma faute ?... Ai-je été mauvaise
mère ?... Ai-je été mauvaise chrétienne ? Je ne le crois
pas, pourtant... Renée, ne t'ai-je pas toujours donné
l'exemple de l'honnêteté, de la soumission aux volon-
tés de la Providence ?... N'ai-je pas fait, pour toi, tout
ce qu'il dépendait de moi ? De bonne heure, je t'ai éloi-
gnée de cette maison, pour que tu échappasses à
l'influence malheureuse qu'aurait pu exercer sur toi
le spectacle ou le bruit des désordres de ton père.
Quand il eut mangé toute notre fortune, quand je fus
veuve, je me dépouillai de ce qui me restait, pour dé-
sintéresser les créanciers et sauver le nom que tu
portais de la plus petite tache. A force de privations,
je te maintins jusqu'à seize ans dans un couvent, où
tu recevais une instruction religieuse... Pouvais-je
faire mieux, ou plus ? Quand tu revins, je t'ouvris
mes bras et mon cœur, pour t'y réchauffer contre le
froid de la pauvreté. Je ne te donnai que de bons
conseils, et j'appelai encore la religion à mon aide
pour te soutenir, te guider et te fortifier.

Elle s'arrêta, sourit avec une amertume profonde.

— La religion ! Elle aussi m'a trahie, m'a trompée...
C'est en vain que je me suis humiliée aux pieds des
autels... que j'ai prié, que j'ai ouvert mon âme au représentant de Dieu sur cette terre... Dieu m'a-t-il entendu ?... Je l'ignore... j'en doute presque à présent !...

Elle frissonna des pieds à la tête.

— A qui me fierai-je, désormais ? Celui qui devait
nous sauver, nous a perdues... Celui qui devait con-

25.

duire nos pas chancelants, nous a jetés dans le ruisseau. De la boue partout ! Ah ! je suis bien seule, à
présent !

— Maman... murmura Renée, en faisant un pas
vers elle, tu exagères...

— Laisse-moi, dit doucement la pauvre femme. Je
ne te maudis pas... Je ne voudrais pas te juger... mais
tu as brisé mon cœur... Je ne te ferai pas de reproches .. Je ne te parlerai plus de rien... Que pourrais-
je ? Impuissante j'ai été, impuissante je serais.

Quant à vous, monsieur le curé, reprit-elle, d'une
voix où vibrait le mépris, soyez sans crainte, aussi.
Pour moi, pour mon enfant, pour l'Église et pour
Dieu, que vous trahissez, comme vous avez trahi
l'humble et confiante pénitente qui vous ouvrait son
âme et vous conduisait sa fille, croyant la conduire
au bien, je me tairai. C'est, désormais, à Dieu seul,
sans intermédiaire, que je confierai mes douleurs et
mes dernières angoisses... sans lui demander de frapper les coupables !

Elle s'arrêta.

— Mais, continua-t-elle plus bas, avec un frisson,
et comme si son regard plongeait dans l'avenir, vous
n'en resterez pas là... Le mal a sa pente fatale... Vous
l'avez dit vous-même, bien souvent, monsieur le curé,
du haut de la chaire, quand j'écoutais votre parole,
comme celle de Dieu ! Celle qui a pu tromper sa mère,
sans pitié ni respect pour son âge et son affection ;
celui qui a fait du confessionnal un lieu de rendez-
vous galants ; ceux qui ont tendu à un jeune homme
honnête et bon le piège que vous avez tendu à M. della
Rocca ; ceux-là ne s'arrêteront pas en route. Il y
aura encore des larmes pour mes vieux yeux et des
hontes pour mes cheveux blancs.

Madame de la Baumette, vacillante, s'avança vers
la porte pour sortir du salon et gagner sa chambre.

L'abbé Poitou se recula pour lui livrer passage,
n'osant la regarder.

Renée et Justin restèrent seuls.

— Pourquoi lui avoir tout dit ? fit-il enfin, humilié,

ulcéré du mauvais et triste rôle qu'il venait de jouer devant cette pauvre femme, peu intelligente, mais qui l'écrasait, pourtant, du poids de son honnêteté et de sa candeur.

— Il le fallait bien, répliqua Renée sèchement. Elle allait commettre un tas d'imprudences qui nous eussent perdus,.. et, d'ailleurs, le mensonge, devant elle, m'a donné une nausée à laquelle j'ai cédé.

— Tu pouvais, au moins, m'avertir et m'éviter cette scène... désagréable.

— Je n'ai pas eu le temps.

— Enfin, elle se taira et nous laissera seuls maîtres de notre conduite... C'est l'important. Cela vaut peut-être mieux ainsi, après tout !

Il affectait une sorte d'indifférence en parlant, et d'autant plus qu'il était ... t troublé intérieurement.

Il plia la lettre du mari, qu'il avait gardée, et l'introduisit entre les feuillets de son bréviaire.

— Oui, sans doute, répliqua Renée durement ; mais laissez-moi !

Devant ce congé brutal, Justin se redressa : Renée le regardait en face.

Il comprit que résister ou lutter serait dangereux, dans l'état de surexcitation nerveuse de la jeune femme, et sortit en relevant impudemment la tête, furieux d'avoir rougi devant la mère et tremblé devant la fille !...

AUTRE CHANSON.

Madame della Rocca et sa fille, la jeune Eva, habitaient, sur le boulevard Beaumarchais, à Paris, un joli appartement, au sixième étage, avec une large terrasse.

Rien de simple comme cet appartement, mais tout y respirait le confort et le bien-être.

C'est que, depuis l'héritage inattendu de son fils, madame della Rocca avait quitté le sombre taudis, pauvre, nu, laid, sans air, sans soleil, situé rue des Blancs-Manteaux, où s'étaient écoulées les premières années de son séjour à Paris.

Nous l'avons dit, la famille n'avait point de fortune; la mort du père l'avait privée de ses ressources ordinaires, et il avait fallu que la veuve et ses deux enfants trouvassent à gagner, par un travail ingrat et assidu, le pain quotidien, si dur et si difficile à trouver pour des femmes et pour un jeune homme lettré, en pays étranger.

Madame della Rocca coloriait des gravures de modes. Eva faisait de la tapisserie et du crochet.

Paolo donnait des leçons, chacun usant des moyens qui lui restaient : la mère, de sa vue, la seule chose qu'elle eût bonne ; la fillette, de ses mains légères et de ses doigts de fée ; le jeune homme, de sa connaissance de plusieurs langues vivantes.

Depuis un an seulement, tout cela avait cessé.

Madame della Rocca n'usait plus ses yeux sur le carmin et le bleu d'azur ; Eva n'employait plus ses doigts que sur le piano et achevait son éducation avec d'excellents maîtres ; Paolo voyageait, et on avait pris, sur le boulevard Beaumarchais, au soleil, à l'air, un appartement qui n'avait rien de luxeux, — nous venons de le dire, — et qui était situé à un étage élevé, mais qui paraissait un paradis à ces deux femmes, longtemps courbées sous la misère atroce et sans pitié.

Madame della Rocca n'avait guère que quarante-huit ans, s'étant mariée et étant devenue mère fort jeune, ainsi que les femmes de son pays ; mais elle était déjà profondément vieille, et, de plus, atteinte d'une sorte de paralysie des membres inférieurs ; c'est à peine si elle pouvait se tenir debout et faire quelques pas en s'appuyant sur le bras de son fils ou de sa fille.

Pour elle, qui ne sortait jamais, il importait donc peu d'habiter au premier ou au sixième.

Cela n'importait pas davantage pour les visiteurs ; car, sauf quelques rares proscrits italiens, les della Rocca ne recevaient personne.

Cela importait encore moins pour les jambes alertes de Paolo et d'Eva.

Au sixième étage, du moins, on avait de la lumière, plus d'air et un air plus pur, enfin une terrasse garnie de fleurs et de plantes grimpantes, où la mère pouvait, sans fatigue, venir respirer, le soir, la bonne senteur du jasmin et de l'héliotrope, récréer sa vue de l'éclat des pétunias, des roses et des géraniums pourpres. Quelques aloès nains, quelques cactus lilliputiens, deux superbes lauriers roses, quatre orangers souffreteux, dans autant de caisses de bois, figuraient la patrie absente.

— Puisque je ne puis aller à la campagne, disait-elle en souriant, j'en ai fait venir un petit morceau à domicile.

Madame della Rocca, bien que Sarde de naissance et arrivée à un âge plus que mûr pour une femme du Midi, n'était point grosse, quoique de petite taille et de formes rondes, ainsi que la plupart de ses compatriotes.

On voyait, sur son visage fatigué, les restes d'une grande beauté et une expression de douceur intelligente, qui ne manquait point de résolution et inspirait la sympathie au premier regard.

Elle n'avait conservé du passé que ses admirables yeux noirs, ses cheveux abondants et ses dents merveilleuses.

Quant à Eva, qui entrait dans sa quinzième année, c'était déjà une petite femme, avec toutes les grâces de l'adolescence.

Les italiennes sont précoces, surtout les insulaires. Leur enfance dure peu. La jeunesse commence de bonne heure pour elles, et la vieillesse lui succède presque immédiatement.

Comme les Espagnoles, comme les femmes d'Orient, leur vie n'a que trois périodes.

Une courte aurore, un printemps rapide, un long hiver.

Eva en était déjà au début de son printemps.

Petite, gracieuse, avec ses longs yeux qui n'en finissaient pas, veloutés et brillants, ses cheveux magnifiques, à reflets bleuâtres, ses dents de nacre, ses lèvres légèrement charnues et d'un carmin vif, son nez aux narines transparentes et mobiles, son menton rond, son front large et bas, son visage ovale, son teint mat et chaud, — c'était une ravissante créature qu'on admirait au premier regard et qu'on devait adorer au second.

Elle avait, avec cela, sans être triste, un petit air un peu sérieux, effarouché, timide, teinté de mélancolie, qui est propre aux femmes de sa race ; et, sans paresse, ni mollesse, ce quelque chose d'un peu nonchalant, qui révèle et caractérise celles qui naissent sous un ciel trop bleu et un soleil trop brûlant.

C'était le soir. L'air tiède entrait par les fenêtres ouvertes ; on entendait le mouvement joyeux et l'animation bruyante du boulevard, qui étendait sa ligne de gaz et de boutiques violemment éclairées jusqu'à la place plus sombre de la Bastille, au-dessus de laquelle, dans le ciel pur, étincelait le génie de la Liberté, sous un rayon d'argent de la lune, à cet instant radieuse et resplendissante.

La mère et la fille, la première assise dans un fauteuil, la seconde agenouillée sur une chaise basse, près d'une table, où la lampe jetait sa vive lueur, causaient, dans une petite pièce, sorte de salon, sans prétentions, qui paraissait, à Eva, le dernier mot du luxe.

Madame della Rocca, les mains croisées sur ses genoux, regardait sa fille, qui feuilletait un journal de modes et contemplait les gravures, d'un air affairé, comme s'il s'agissait de la chose la plus importante du monde.

— Ah ! s'écria tout à coup la jeune fille, voilà mon affaire ! N'est-ce pas que c'est charmant ?

— Oui, cette toilette est fort jolie.

— Eh bien, je la choisis... je m'en tiens là... je ferai faire la pareille.

— Mais es-tu folle, Eva ! dit la mère en souriant. C'est une toilette de grande cérémonie, d'une part, et, d'autre part, de femme mariée ! Elle n'irait pas du tout à une petite fille comme toi...

— Oh ! petite fille ! répéta Eva d'un ton de protestation.

— Mettons de jeune fille, mettons même de femme à marier, si tu veux ;... mais, enfin, cela ne convient pas à ton âge. Tiens, voilà, au contraire, ce qui te concerne, continua la mère, en lui montrant du doigt une toilette beaucoup plus simple et beaucoup plus jeune.

— C'est dommage ! fit Eva, avec un visible crève-cœur. L'autre est bien plus jolie, et, tu comprends,

je veux être belle, très belle, pour recevoir ma belle-
sœur, car, ne l'oublie pas... Paolo doit nous amener
sa femme bientôt ; il l'a écrit ; peut-être dans huit
jours, dans quinze jours, au plus tard, et voilà déjà
trois jours qu'il est marié...

— En effet, murmura madame della Rocca, avec
un demi-soupir, qu'elle étouffa.

— Renée, c'est un joli nom, n'est-ce pas ?

— J'aime mieux celui d'Eva.

— Eva est joli aussi... mais Renée... c'est plus distingué, plus aristocratique... Renée de la Baunette,
Renée della Rocca, — car elle s'appelle madame della
Rocca, à présent... comme toi. C'est drôle. Quand on
dira : Madame della Rocca, je croirai toujours que
c'est de toi qu'on parlera.

— Ton frère ne viendra peut-être pas aussi vite que
tu le penses... Un jeune marié..., il nous oubliera un
peu, tu verras...

— Non, non, je suis sûre que non. Je meurs d'envie
de le voir... Il y a huit mois qu'il est parti, sais-tu ?...
Il sera tout changé, et encore plus beau, peut-être...
car il est très beau, mon frère... Je me rappelle
comme j'étais fière, quand je sortais à son bras... On
nous regardait, on se retournait quelquefois... il disait que c'était pour moi... pour me faire plaisir...
Mais je sentais bien que c'était pour lui... J'étais une
enfant, alors...

— Et maintenant tu es une femme, n'est-ce pas ?

— Mais certainement, maman : je vais avoir quinze
ans, bientôt... C'est l'âge auquel tu t'es mariée... Je ne
crains qu'une chose, par exemple...

— Laquelle ?

— C'est de paraître laide, à côté de ma belle-sœur... Il
la dit ravissante, et, en effet, sur sa photographie. .
je n'ai jamais vu une plus jolie femme... Je crois que
je l'aimerai beaucoup... Mon Dieu ! que je voudrais
donc la connaître !... Alors, tu comprends, pour la
recevoir, il me faut une toilette... Elle doit en avoir
de magnifiques... C'est nous qui avons choisi la corbeille de noces, tu te le rappelles... Et, s'ils arrivaient,

tous les deux, dans trois ou quatre jours... Jamais ce ne sera fait !

— Mais si, mon cher ange... D'abord, ils ne viendront pas, je le répète, avant quinze jours, un mois peut-être... Ensuite, la couturière te prend mesure, demain, et elle a promis de te livrer tout ce que tu voudras, en trois jours...

— Pourvu qu'elle soit de parole ! C'est celle-là qu'il faut prendre, dis-tu ?

Et du doigt Eva montra la gravure indiquée par sa mère.

— Oui, ma chérie, cela est frais, gracieux, simple.

— Simple, certainement...

— Et très coque... aussi !

— Ah ! tu crois... Oui, cela n'est pas mal. Et je pourrai aller à l'Opéra avec ?

— Non... Il t'en faudra une autre.

— C'est ce que je me disais... Je n'y suis jamais allée, et il faudra que Paolo m'y conduise avec sa femme !... Il y a huit mois, avant son départ, nous sommes allés, tous les deux, au Théâtre-Lyrique... quand nous avons eu le premier argent ! Oh ! que c'était beau !... Et les riches toilettes... On jouait *Martha*... Tu ne l'as pas vu, toi, pauvre maman... qui ne peux sortir... C'est charmant ! Si tu savais, une jeune fille qui se déguise en servante ; puis son maître en tombe amoureux... et, comme elle se sauve, la croyant perdue, il devient fou.. On peut donc devenir fou par amour ?

— Hélas ! oui.

— Mais elle a pitié de lui, elle lui rend la raison, et ils se marient... Je vois, encore, le pauvre jeune homme... sa tristesse, son désespoir, son air égaré... puis sa surprise et sa joie quand elle revient... Il se jette à ses genoux... Ah ! que ce doit être bon de rendre un homme si heureux !... Est-ce que tu crois que Paolo aime mademoiselle Renée autant que ça et qu'elle le rendra aussi heureux ?

— Je le souhaite ardemment !

— Quelle joie ! quand nous serons là, tous les quatre ensemble, n'est-ce pas, petite maman ? Tu as

26

tant souffert ! Tu as été si triste... Nous voilà riches, à présent.

— Ton frère, Eva.

— Oh ! c'est tout comme ! Est-ce que, si j'étais riche, moi, tu ne le serais pas, et Paolo aussi, et sa femme aussi ?

Madame della Rocca se pencha et embrassa sa fille sur le front, avec une tendresse profonde.

— Au lieu de deux enfants, tu en aura trois... Les mauvais temps sont passés, vois-tu ; cela va te rajeunir, te guérir... C'est si bon d'être à l'aise... de n'avoir plus peur, quand on passe devant le concierge, parce qu'on n'est pas sûr de pouvoir payer son terme ! De ne plus se dire : comment avoir crédit chez le boulanger et chez le boucher ! De ne plus compter les bûches de bois, quand on a froid, l'hiver, et qu'on veut se chauffer ! De ne plus rester douze et quatorze heures, quelquefois quinze heures, sur une chaise, à faire toujours le même mouvement, parce que c'est le vendredi et qu'il faut livrer le travail le samedi, si on veut manger le dimanche ! D'avoir de beaux meubles qui brillent, de bons tapis qui sont doux à fouler, de grandes glaces, où l'on se voit de la tête aux pieds, et, quand on veille, de veiller pour causer, lire et s'embrasser, non pour s'abîmer la vue sur un méchant ouvrage.

Ce disant, Eva se jeta au cou de sa mère et la couvrit de baisers bruyants, où la jeunesse de la femme qui commence mettait déjà un peu de fièvre.

— Chère enfant, répondit madame della Rocca, en caressant sa fille qu'elle avait prise sur ses genoux.

Elle éloignait, un peu, ce charmant visage pour le mieux contempler, passait ses doigts dans les longues boucles de la luxuriante chevelure, qui brillaient comme de l'ébène poli, sous le feu de la lampe, et la baisait au front, avec une sorte de joie contenue et craintive à la fois.

— Oui, reprit-elle, j'espère que tu seras heureuse, chère fille de mon cœur, plus heureuse que je n'ai été ! Je crois que les mauvais jours sont finis ! Qu'est-

ce qu'il me faut à moi, vieillie, infirme avant l'âge ?
Le bonheur de mes deux enfants ! Ce sera là mon
bien-être, mon vrai, mon seul, celui que je demande, que j'implore de toutes mes forces. Tu n'as
guère connu, pauvre petite, que les angoisses et les
privations de la misère. Tu étais une gamine, quand
ton père mourut, et c'est à peine si tu te rappelles ces
années, où, sans être fortunés, nous ne manquions de
rien. Depuis, le reste de ton enfance et le commencement de ta jeunesse se sont écoulés, loin du beau soleil natal, courbée, près de moi, sur un travail ingrat
et dur... Tu n'as eu que les épines de l'existence,
sauf depuis un an.

— Eh bien, maintenant, j'en cueillerai les roses,
maman, et j'en tresserai une couronne.

Madame della Rocca soupira, comme si une idée
fixe obsédait son esprit.

— Songe aussi à Paolo, lui dit-elle, à ton frère...
Ce n'est pas de nous, maintenant, que dépendent ses
joies ou ses douleurs... Ce n'est pas nous qui ferons
son existence digne d'envie ou de pitié... Pense à lui,
ce soir, avant de t'endormir... cela lui portera bonheur !

— Est-ce que tu crois qu'il ne sera pas heureux ?

— Oh ! non ! Dieu m'en garde !... Il mérite tous les
bonheurs... Et ce coup serait trop cruel pour moi.

— Bast ! avec une jolie femme, comme la sienne, si
c'était un autre que Paolo, je n'aurais qu'une crainte,
moi, c'est qu'il ne fût trop heureux et qu'il ne nous
oubliât un peu !

— Ne le crains pas, Eva; souhaite-le. Il faut aimer
sans égoïsme, non pour soi, mais pour ceux qu'on
aime.

En ce moment, un coup de sonnette retentit.

— Qu'est-ce donc... à cette heure ? fit la mère
en tressaillant.

Il était près de dix heures.

— Attends, je vais voir ! s'écria Eva, et elle sortit
en courant.

On entendit le bruit d'une porte qui s'ouvrait, puis

un cri étouffé de surprise, un murmure de voix jeunes, où dominait la voix d'Eva, et la jeune fille reparut sur le seuil du salon, très animée, très émue.

— Maman ! cria-t-elle, c'est Paolo !

XXI

DE LA BAUMETTE A PARIS.

En quittant Renée, en fuyant la maison maudite, où venaient de s'engloutir, dans la boue, tous ses rêves de bonheur et d'avenir, Paolo avait réellement la tête perdue.

Il ne savait qu'une chose, c'est qu'il souffrait.

Il lui semblait que la nuit, brusquement, s'était faite en lui, et qu'il marchait à tâtons, se brisant douloureusement à tous les obstacles.

Ce qu'il éprouvait n'était ni de la colère, ni même du désespoir bien défini. Il ressentait surtout une sorte de honte, comme s'il eût été le coupable.

Nul désir de vengeance; le besoin de se cacher, de fuir tous les regards, surtout de s'éloigner.

Il était frappé cruellement; son amour assassiné saignait dans son cœur, et il avait horreur d'avoir pu aimer une semblable femme; il rougissait d'avoir été dupé d'une façon si complète et si affreuse.

Ce cadavre d'amour, qu'il sentait en lui, l'indignait contre lui-même, lui pesait... Il eût voulu s'en débarrasser, le jeter au coin d'une borne, comme un far-

deau sous lequel on plie, et il l'entraînait avec lui,
comprenant qu'il le porterait longtemps encore, quoi
qu'il fît.

Aussi avait-il descendu l'escalier qui conduisait hors
de la maison, rapidement, mais sans bruit, plutôt en
amant qui s'échappe et craint d'être surpris, qu'en
mari outragé qui arbore hautement la trahison dont
il est victime.

Du reste, cela n'était point raisonné.

Il ne savait ce qu'il faisait, et n'aurait pu en rendre
compte à autrui, ne s'en rendant pas compte à lui-
même.

Arrivé dans le jardin, il le traversa, d'un trait, jusqu'à la grille donnant sur la route.

Tout était silencieux.

Le jardinier-concierge, sans doute las des agitations
de la journée et de la soirée, ayant, de plus, dû se livrer à de nombreuses libations, en l'honneur des jeunes
époux, dormait profondément dans sa loge et avait
oublié de retirer, à l'intérieur, la clef de la serrure
qui fermait la grille.

Les deux chiens de garde, gorgés de nourriture, eux
aussi, sommeillaient pesamment.

Toutefois, ils se levèrent à l'approche de Paolo,
vinrent le flairer, et, le reconnaissant pour un habitué de la maison, depuis quelques jours, remuèrent la
queue sans aboyer et allèrent se coucher.

Paolo n'eut qu'à tourner la clef pour ouvrir et se
trouver dehors.

Il repoussa le lourd battant derrière lui et s'élança
dans la campagne.

Où allait-il ? Il n'y songeait guère. Quel chemin sui-
vit-il ? Il ne put jamais se le rappeler.

Il dut marcher longtemps, par exemple, car, à un
moment donné, il s'aperçut qu'il faisait grand jour,
qu'il était tête nue et que le soleil l'aveuglait ; la
rosée avait trempé le bas de son pantalon, et ses
bottines vernies étaient couvertes de la boue des terres
labourées où il avait piétiné.

Il se sentait glacé et brûlant tout à la fois.

La fatigue le brisait.

Un peu de raison lui revint, sous l'aiguillon de la souffrance physique, et il chercha sa montre dans son gousset, pour savoir l'heure qu'il était.

Il trouva sa montre, mais elle était arrêtée, n'ayant pas été remontée depuis la veille, et marquait trois heures, juste le moment fatal où il avait quitté la Baumette.

Il regarda autour de lui, reconnut le paysage, s'aperçut qu'en réalité il avait fait peu de chemin. Probablement il avait tourné sur lui-même, erré dans un rayon très restreint, car il se trouvait seulement à quelques minutes du village.

Cela le décida à y rentrer, pour chercher une voiture, un moyen de locomotion quelconque, qui l'emportât loin du théâtre de son malheur et lui permit de rejoindre sa mère et sa sœur, puisque ses forces épuisées lui disaient trop qu'il ne pouvait pas marcher davantage.

Ces deux figures lumineuses, à présent, se détachaient sur le fond sombre de ses pensées, apparaissaient seules à travers le brouillard qui emplissait encore son cerveau.

En entrant dans le village, il aperçut justement le père Genevois, qui venait de se lever, et humait l'air frais, sur le pas de sa porte.

Le père Genevois cumulait plusieurs fonctions.

Il était *loueur de voitures*, c'est-à-dire qu'il attelait, moyennant finance, son unique bidet, maigre et borgne, à l'unique véhicule qu'il possédât, et qu'il appelait un cabriolet.

Du reste, comme cet objet ne ressemblait à rien, il ne ressemblait pas moins à un cabriolet qu'à toute autre voiture quelconque.

Néanmoins cela roulait, ayant deux roues, et c'était tout ce qu'il fallait à Paolo.

En sus, le Père Genevois tenait l'unique cabaret du pays, auquel il était censé avoir joint un commerce d'épiceries, où il ne manquait généralement que ce que vendent les épiciers.

A cela près, comme on n'y trouvait pas autre chose, cela pouvait passer pour une épicerie, de même que son bidet borgne pouvait passer pour un cheval, sa caisse roulante pour un cabriolet, et son vinaigre pour du vin blanc.

Paolo se traîna jusqu'à lui, et, se laissant tomber sur le banc de pierre qui ornait le devant de la maison, maison, en ce sens que cela avait quatre murs et un toit, il lui dit d'une voix brève :

— Attelez la voiture... vite, je pars, je suis pressé.

— Ah ! mon Dieu ! s'écria le père Genevois, surpris de l'air étrange du jeune homme, de sa mise en désordre, de sa fatigue, de la décomposition de ses traits, est-ce que vous êtes malade, monsieur de la Roque ?

Paolo se réveilla, en entendant cette question et en voyant l'étonnement de son interlocuteur.

— Non, répondit-il brusquement, mais j'ai affaire... au bourg de Cé... Attelez vite... il faut que je parte, encore une fois.

Le père Genevois restait en contemplation devant lui, cherchant à l'interroger, n'osant pas, le regardant bêtement.

Cela irritait Paolo.

Il se leva violemment.

— Voulez-vous faire ce que je vous demande, reprit-il en colère, oui ou non ?

— On y va, monsieur de la Roque, on y va ! grommela le paysan conducteur, épicier, cabaretier, etc.

En moins d'un quart d'heure, la haridelle fut attelée et la voiture amenée devant la porte.

— Où allons-nous ? interrogea le père Genevois, ulcéré du ton de colère avec lequel lui parlait le « jeune monsieur ».

— Au bourg de Cé, je vous l'ai dit ! Tenez, voilà vingt francs, mais allons vite.

Le père Genevois empocha l'or, sauta sur le siège, pendant que Paolo montait à l'intérieur, et, sanglant d'un maître coup de fouet sa maigre bête, sans s'in-

quiéter d'abandonner, pour quelques heures, ses
nombreux commerces, parvint à faire prendre quelque chose qui ressemblait à un petit trot à son qua-
drupède éreinté.

A huit heures, le tout arriva au bourg de Cé.

Paolo descendit et s'éloigna, sans adresser la parole
au père Genevois.

S'il voulait prendre l'omnibus-diligence, qui faisait
le service de Tours, il n'était que temps.

Là, il se trouva seul, par bonheur, et, vers les dix
heures, il arrivait dans la ville

Ce fut à Tours seulement, qu'il s'aperçut de l'étran-
geté de son costume.

Le train du chemin de fer ne partait qu'à midi.

Il resta à l'auberge où s'arrêtait l'omnibus, ren-
fermé dans une chambre, et se fit apporter un par-
dessus tout fait et un chapeau, qui lui permirent de
continuer son voyage, sans attirer l'attention.

Maintenant la réaction se faisait complète ; il rentrait dans la vie.

Le courage lui revenait. Le sentiment de sa dignité
et du devoir l'emportait sur la douleur.

D'abord, assommé sous le coup, frappé dans son
amour et dans son honneur, il se redressait et s'apercevait que le mépris et l'indignation lui donneraient
la force d'écraser, sans pitié, cette passion profonde
dont l'agonie venait de le rendre presque fou.

A mesure qu'il s'éloignait des lieux qui lui rappelaient Renée et tous ses rêves de bonheur, il se re-
trouvait plus homme.

C'est à sa mère, c'est à sa sœur, qu'il pensait à présent, à la douleur que ce retour précipité et la vérité affreuse allaient causer à madame della Rocca.

Il se rappelait ses conseils timides, ses prières si
sensées et si peu écoutées. Il se reprochait la précipitation de sa conduite, il se condamnait sévèrement
d'avoir cédé à l'emportement de son égoïsme de jeune
homme amoureux.

Il songeait aux complications matérielles que sa
faute apportait à leur existence.

Que dirait-il, en arrivant ?

Quel désespoir pour sa mère !

Puis, il oubliait tout pour se figurer près d'elle, près de sa sœur, reprenant sa vie d'autrefois, consacrant, désormais, toutes ses forces à faire le bonheur de ces deux femmes, puisque le bonheur était fini pour lui.

Aimer encore... Il n'y songeait guère... Il ne croyait pas que cela lui fût possible... Cette idée d'amour lui soulevait le cœur, lui causait une véritable nausée, comme l'odeur de quelque breuvage amer, pris dans une maladie cruelle.

Puis, d'ailleurs, n'était-il pas marié, lié, maintenant, pour la vie, à cette femme, qui n'était pas sa femme, qui portait son nom, qui le porterait toujours, et lui interdisait, à jamais, toutes les joies du mariage régulier, de la famille honorée, du foyer légal ?

A cette idée, il bondissait et se rongeait les poings.

Il lui semblait que, par un supplice raffiné, renouvelé du moyen âge, le Code l'enchaînait, tout vivant, à quelque cadavre raidi, dont il devrait subir la décomposition, et ne comprenait pas qu'à vingt-six ans, il fût condamné, perdu sans espoir, parce que, dans une minute d'erreur, trompé, abusé, il avait prononcé un *oui* fatal.

Ainsi le veut la loi, au nom de la morale, dit-on.

— Et si elle est enceinte, pensait-il, son enfant, l'enfant du prêtre, portera mon nom, héritera de ma fortune, dépouillera ma mère, une sainte ! ma sœur, un ange ! Oh ! pour cela, non ! mille fois, non ! Je lutterai... cela ne sera pas !

Devait-il plaider en séparation ?

Il n'y avait pas songé, jusqu'à présent.

Il avait fui Renée, il s'était élancé vers les siens, instinctivement, comme on fuit le mal et la douleur, pour rechercher le bien et le bonheur, sans réflexion, sans but, sans parti pris.

Quand il arriva à Paris, il avait adopté, abandonné vingt résolutions contraires.

Décidément, la plaie était trop fraîche.

Dans son cerveau surmené, la douleur brisait la volonté ; elle le faisait hésitant, flottant, irrésolu, incapable encore de raisonner une ligne de conduite, de s'y attacher, de la suivre.

L'idée que Renée passait officiellement pour sa femme l'indignait et l'exaspérait.

L'idée du scandale d'un pareil procès, où il devait traîner son nom, celui de son père, de sa mère, de sa sœur, devant les tribunaux, y étaler ses angoisses et la honte de son union, l'effrayait et lui faisait horreur !

Il ne se rendit pas, tout d'abord, chez madame della Rocca.

Le calme lui manquait, et il ne voulait pas lui montrer sa faiblesse, se disant que c'était à lui, au contraire, à lui apporter le courage, à ne pas alarmer sa tendresse, à ne pas augmenter son chagrin par le spectacle de son désespoir et de son accablement.

Puis, il redoutait l'effet produit par son visage ravagé, sur cette femme de santé délicate, qui semblait ne tenir qu'à un souffle, et qui ressentirait, mille fois plus qu'une douleur personnelle, la douleur de son fils.

Il descendit donc à l'hôtel, y resta vingt-quatre heures, luttant contre lui-même, se dominant, s'efforçant de se composer un visage tranquille et de se préparer à une entrevue qu'il appelait de tous ses vœux et qu'il redoutait également.

Ce ne fut que quand il se crut suffisamment maître de lui et de ce qu'il allait dire pour adoucir le coup à madame della Rocca, qu'il se décida enfin à se rendre chez elle, où nous allons retourner avec lui.

MÈRE ET FILS.

En entendant que son fils était là, en le voyant s'a-
vancer vers elle, les bras ouverts, madame della
Rocca reçut une commotion violente et plutôt douloureuse que joyeuse.

Un secret instinct lui dit brusquement qu'un retour
si inattendu, si rapide, ne pouvait annoncer qu'un
malheur.

Le bonheur ne l'eût-il pas retenu à la Baumette,
au moins quelques jours ?

Cependant la vue de son fils aimé la galvanisa.

Elle s'était levée seule, et ce fut debout qu'elle le
reçut dans ses bras.

Paolo l'y serra, en l'embrassant avec une force qui
suffisait déjà à révéler sa fièvre.

— Comment, mon enfant, c'est toi ! balbutia enfin la
mère. Je ne t'attendais pas avant une quinzaine de jours.

Alors elle le regarda attentivement, l'interrogeant
de cet œil inquiet de la mère, qui cherche à lire, sur
le visage des siens, ce qu'ils lui apportent de joies à
goûter, ou de chagrins à partager.

Paolo était fort pâle.

Il avait encore les traits fatigués et tirés... Il avait maigri, ainsi que le démontraient ses joues creuses et le feu sombre de ses longs yeux noirs, qui paraissaient agrandis.

Madame della Rocca eut un frisson.

Paolo la fit asseoir.

— Et... tu es seul ? demanda-t-elle lentement.

— Oui, maman, seul, tout seul ! s'écria Eva. C'est ce que je lui ai demandé, en l'apercevant. Après l'avoir embrassé... je crois même que c'est avant, j'ai regardé derrière lui... pour voir si ma belle-sœur, madame della Rocca, n'était pas avec lui... mais...

Paolo fronça le sourcil.

— Je t'en prie, Eva, ne parle pas ainsi, lui dit-il avec un peu d'agitation et d'une voix presque dure.

— Pourquoi donc ? Est-ce qu'il y a du mal à ça ?... N'avais-tu pas dit que vous viendriez ensemble ? Quand vient-elle ?

— En effet, reprit madame della Rocca, sans quitter son fils des yeux, où est ta femme ?

— Chez elle.

— A la Baumotte ?

— Oui.

— Et comment l'as-tu abandonnée si promptement ?... Comment reviens-tu, dès le lendemain de ton mariage ?... Pourquoi n'est-elle pas avec toi ?... Qu'y a-t-il ? Cela n'est pas naturel !

— Je te dirai cela... plus tard... tout à l'heure, répliqua-t-il, en faisant signe à sa mère qu'il ne voulait pas parler devant sa sœur.

Madame della Rocca comprit que son secret pressentiment ne l'avait pas trompée, qu'il y avait, comme on dit, un malheur dans l'air.

— Est-ce que ma chambre est prête ? reprit Paolo, pour échapper à l'interrogation muette qu'il lisait dans les yeux de sa mère et de sa sœur ; je couche ici.

— Prête ?... je crois bien ! répondit Eva. Elle est telle que tu l'as laissée, il y a huit mois ; j'y ai veillé,

27

chaque jour, comme si tu devais y rentrer chaque soir. Il y a même des fleurs fraîches de ce matin.

— Merci, ma bonne Eva.

Paolo la prit dans ses bras et l'embrassa brusquement sur le front.

— Tiens ! on dirait que tu pleures ! s'écria la fillette.

En effet, deux grosses larmes, qu'il n'avait pu retenir, avaient coulé sur les joues de sa sœur.

— Chut ! fit-il tout bas, en montrant leur mère.

Puis tout haut :

— Mais non, ce n'est rien, balbutia-t-il, en essayant de raffermir sa voix. Le plaisir, la joie de vous voir. D'ailleurs, je suis fatigué, très fatigué.

Madame della Rocca n'interrogeait plus.

Elle se tourna vers Eva.

— Tu entends, lui dit-elle doucement. Ton frère a besoin de se reposer... Il est tard... Nous causerons demain ; conduis-le à sa chambre et va te coucher toi-même.

Eva sentit bien qu'on voulait l'éloigner ; aussi ne fit-elle aucune observation, et affectant de ne se douter de rien, quoique l'inquiétude et la curiosité se fussent emparées de son esprit de fillette, elle alluma une bougie, pendant que Paolo souhaitait le bonsoir à sa mère, en lui pressant la main d'une façon significative.

Arrivé dans sa petite chambre, si gaie, si amoureusement soignée, de garçon, il embrassa de nouveau sa sœur, en lui disant, d'une voix qu'il ne s'efforçait plus de rendre calme et naturelle, comme devant madame della Rocca :

— Pauvre petite sœur, excuse-moi pour ce soir.., n'est-ce pas ?... et ne m'interroge pas. Demain, je serai tout à toi et à notre mère.

Eva avait aussi des larmes dans les yeux, en le quittant, mais elle ne prononça pas une parole et rentra dans sa chambre, sans retourner près de sa mère, devinant ce qui allait arriver.

En effet, dès que Paolo l'eut entendue refermer sa

porte, il ouvrit la sienne, et, marchant avec précaution, il rentra dans la chambre où sa mère l'attendait.

— Paolo ! s'écria-t-elle, dès qu'elle l'aperçut, parle, qu'y a-t-il ?... ta femme...

— Je n'en ai plus, ma mère.

— Morte ? balbutia-t-elle.

— Pour moi, oui !

— Ah ! mon Dieu ! Que s'est-il passé ?... Je ne te comprends pas... je ne...

— La femme que j'aimais ne m'aimait pas... La femme que j'épousais me trompait !

— Que me dis-tu là ? Non, cela ne se peut ! Quand, comment l'as-tu su ? En es-tu sûr ? Ce serait horrible !

— Je l'ai su, le soir même de mes noces, en la surprenant avec son amant.

— Son amant ! répéta madame Della Rocca. Explique-toi. Elle aimait quelqu'un ?

— Elle était, depuis longtemps, la maîtresse d'un homme.

Sa voix s'étrangla dans sa gorge.

— Et c'est d'accord avec lui qu'elle m'épousait.

— Mais c'est infâme !... C'est donc un monstre que cette femme ?... Ne pas t'aimer, toi, mon Paolo, te tromper, te préférer un autre !

— Elle prenait mon nom pour s'en faire un voile, pour cacher sa faute et sauver les apparences ; voilà tout ! Et maintenant je suis marié... marié ! Oh ! pardonne-moi !

— Te pardonner, pauvre enfant ! Te pardonner d'être malheureux !... Te pardonner d'avoir été méconnu, trompé, joué, exploité ! Mon enfant, mon pauvre enfant !

Elle lui ouvrit les bras et voulut se lever pour aller à lui ; mais ses forces la trahirent, et elle retomba dans son fauteuil.

Ce fut Paolo qui s'élança près d'elle, s'agenouilla à ses côtés.

— Oh ! oui, pardonne-moi de ne pas t'avoir écoutée, obéi... de t'avoir sacrifiée, ainsi qu'Eva, à cette fatale passion.

Et, cachant son visage dans les plis de la robe de sa
mère, comme alors qu'il était tout petit, il éclata en
sanglots.

Madame della Rocca le laissa pleurer, comprenant
que cela le soulagerait, promenant ses mains tremblantes sur la chevelure bouclée du jeune homme,
les yeux au ciel, qu'elle semblait implorer pour lui,
dans sa ferveur maternelle.

Ce ne fut qu'une crise.

Bientôt, Paolo se releva plus calme, maître de lui,
honteux de sa faiblesse.

— Ah! ne crois pas que je l'aime encore ! s'écria-
t-il, avec un mouvement de fierté. Ce serait une lâcheté... et ton fils n'a jamais été lâche !

— Voyons, raconte-moi les faits. Cela est si épouvantable... que je n'y puis croire.

Alors Paolo s'assit près de sa mère et lui fit le récit
complet des événements que nous connaissons, c'est-
à-dire de la partie de ces événements qu'il savait, ne
lui cachant que deux choses : le nom et le caractère
de l'amant de Renée, et la probabilité, entrevue par
lui, de la grossesse de sa femme.

Pour ce dernier fait, il n'en était pas sûr, d'une
part, et, d'autre part, comme il aggravait la situation, la rendait plus cruelle et tout à fait menaçante,
au point de vue matériel, il jugea inutile d'ajouter ce
nouveau coup à celui qu'il portait déjà à celle qui
l'écoutait, grave et pâle, retenant à peine une larme
d'indignation et de compassion.

Quant au nom de l'abbé Poitou, s'il le tut, c'est que
son amour-propre souffrait particulièrement d'avoir
été le jouet et la victime d'un de ces prêtres qu'il
haïssait et combattait, depuis l'âge de raison, comme
la plupart des jeunes gens d'Italie, à cette époque;
d'un de ces hommes à qui leur robe interdit de donner satisfaction à celui qu'ils ont insulté, outragé, et
dont l'outrage a un je ne sais quoi de plus cuisant et
de plus avilissant pour celui qui le reçoit.

Sa mère, sans connaître les motifs de sa discrétion,
la respecta, n'insista point pour obtenir une confi-

dence plus complète, craignant, sans le vouloir, de toucher à quelque point spécialement délicat et douloureux.

Ce qu'elle apprenait ne lui suffisait-il pas ?

Le nom et la position de l'être auquel Renée sacrifiait son fils lui importaient peu.

La vie de son fils brisée, son bonheur envolé, son honneur souffleté, son cœur déchiré !... voilà tout ce qu'elle voyait, voilà ce qui la brisait et la déchirait elle-même.

Au fur et à mesure que son enfant parlait, elle sentait naître et grandir en elle une de ces haines terribles, comme en connaissent seules les femmes à l'égard d'une autre femme.

Tout son être se révoltait, s'indignait, à cette idée qu'une créature avait pu se moquer de son enfant, le trahir, le désespérer, presque le tuer !

Une jeune fille l'avait rencontré, lui, Paolo ! avait eu ce bonheur immense, cet insigne honneur, d'être aimée par lui, et elle avait piétiné sur tout cela, sans pitié, sans pudeur... Pas même de reconnaissance !

Cela était hideux, cela blessait à la fois l'affection et la vanité maternelles.

Cependant madame della Rocca, refoulant sa douleur et son indignation, éteignant ses colères, entoura Paolo de tendresse, s'efforça de le consoler, de lui rendre le courage et l'espoir qu'elle n'avait pas elle-même.

Il lui demandait pardon, il s'accusait de n'avoir pas tenu compte de ses conseils, de ne pas lui avoir accordé l'année d'attente et de prudence qu'elle réclamait de sa raison; et c'était elle, à présent, qui s'appliquait à combattre ses remords, à calmer ses regrets.

— Je me suis conduit comme un égoïste ! s'écriait-il. J'avais tout oublié pour cette femme, à qui je donnais ma vie et ma fortune, vie et fortune qui n'appartiennent, qui ne doivent appartenir qu'à toi, qu'à ma sœur, qu'à la patrie malheureuse, écrasée par la tyrannie intérieure et étrangère.

27.

— Tu exagères, lui répondait sa mère. A ton âge, il est naturel d'aimer. Si elle avait été digne de toi, si elle avait fait ton bonheur, je la bénirais, et ce serait avec des larmes de joie que je vous presserais tous les deux dans mes bras.

Alors, la mère et le fils envisagèrent la question sous son côté pratique.

Que fallait-il faire ?

— Je veux me séparer, me séparer légalement, déclara Paolo. Il faut que le monde sache que je ne suis pas responsable de l'inconduite de cette femme, que je ne l'accepte pas, que je ne suis pas sa dupe... ni celle de son amant !... Elle porte mon nom, cela est déjà trop !... Je ne veux rien de commun avec elle.

Ce ne fut pas l'avis de madame della Rocca.

— Evite le bruit et le scandale, lui dit-elle; tu ne lui es rien... tu ne lui seras rien : cela suffit. Songe à ta sœur, à Eva. Tout cela retomberait sur elle, plus ou moins. Il faut qu'elle puisse se marier, elle qui est une honnête fille, qui aimera son mari, qui fera la fierté et le bonheur de celui qui l'aura choisie. S'il y avait le divorce, je te dirais : divorce. Mais la séparation, c'est l'étalage des hontes de l'alcôve, sans résultat, ni bénéfice. Du moment où tu ne l'as pas tuée, le silence et le dédain absolus sont la meilleure conduite et la plus digne. Elle ne doit relever que de ton mépris. L'idée de voir traîner notre nom devant les tribunaux et à la troisième page de tous les journaux, avec des commentaires moqueurs, des plaisanteries ou des pitiés également de mauvais goût, m'est insupportable. Il y a des blessures qui doivent saigner en dedans.

— Tu as raison, répondit Paolo. Oh ! désormais, je suivrai tous tes conseils; je ne ferai rien sans ton avis.

Malheureusement, ainsi qu'on le verra, il ne tint pas jusqu'au bout cette promesse.

— Puis, continua la mère, cette personne est profondément artificieuse et habile. Elle possède une de ces hypocrisies, une de ces audaces à toute épreuve,

qui rendent certaines femmes si redoutables. Tu as
vu avec quelle impudence elle a nié devant toi... qui
savais, qui l'avais surprise... avec quel sang-froid
elle t'a menti, dénaturant la situation, te calomniant,
usant immédiatement de l'avantage que lui donnait
ton évanouissement. A présent, elle a eu le temps de
se remettre davantage, de combiner un plan perfide,
plus ou moins vraisemblable, dont elle ne se départi-
tira pas. Comment la convaincre ? Tu as perdu le seul
moment où cela fût possible. Toi seul as entendu la
conversation qui la condamne. Tu n'as pas de témoins.
Elle niera, tu ne pourras rien prouver. Songe au ridicule, à l'odieux de ta position, si tu ne gagnais pas
même ton procès en séparation!

— C'est vrai ! murmura Paolo avec désespoir.

— Sois patient, sois digne et calme, attends... Un
jour ou l'autre, elle commettra quelque faux mouvement, quelque imprudence, qui la compromettront et
la mettront à ta merci, si tu juges toujours nécessaire
de poursuivre votre séparation légale... Mais alors
Eva sera peut-être mariée...

— Et si elle devenait enceinte? balbutia Paolo.

Madame della Rocca tressaillit.

— Oh ! alors, ce serait différent... oui, je compren-
drais... nous verrions la situation ensemble... Espé-
rons que cela ne sera pas.

Il n'osa lui dire :

— Je crois que cela est.

Mais il lui dit avec agitation.

— N'est-ce pas, ma mère, que j'ai été bien coupable?

— Non, mon enfant : tu as écouté les générosités
d'un cœur trop chevaleresque et trop ardent pour ne
pas tomber dans un piège que ta loyauté et ta passion
t'empêchaient de deviner... Tu n'es que bien malheureux ; mais il te reste ta mère et ta sœur, qui t'ado-
rent, qui ne vivent que pour toi, que par toi. Elles
se serreront davantage à tes côtés et te feront le plus
doux nid de leur affection. Hélas! cela ne te rempla-
cera pas l'amour, je le sais bien !

XXIII

LA GROSSESSE.

Paolo resta chez sa mère, essaya de reprendre son ancienne existence, de chasser de son esprit la vision qui le poursuivait comme un affreux cauchemar, d'oublier qu'il avait aimé, qu'il avait rêvé le bonheur dans le mariage, près d'une femme adorablement jolie.

Mais il avait beau faire, la plaie, quoique brutalement cicatrisée par le fer rouge du mépris, était toujours sensible.

Il avait entrevu d'autres joies que celles du fils et du frère, d'autres devoirs plus doux encore, en tous cas plus appropriés à son âge, au besoin qui pousse l'homme à se détacher du tronc natal, pour se créer à lui-même une autre famille, œuvre exclusive de son choix, et où il exerce à son tour la haute direction.

Ce qu'il ressentait ressemblait à ce qu'éprouverait un convive affamé qui se serait levé de table en apprenant que les mets fumants et savoureux étalés devant lui étaient empoisonnés.

Il fuirait, mais il aurait faim, et, plus d'une fois, son estomac, non satisfait, lui rappellerait la table toute servie qu'il a dû quitter sans être rassasié.

Était-ce de l'amour ?

Aimait-il encore Renée ?

Non, certes ; et, si on lui eût posé la question, il eût rougi d'indignation.

Mais, si amer qu'eût été le breuvage où il avait trempé ses lèvres, il gardait la soif, et parfois se rappelait la coupe où il avait cru se désaltérer.

Cependant, il luttait victorieusement contre ses faiblesses.

Paolo, en effet, était homme d'énergie et de volonté : une fois qu'il avait entrevu son devoir, une fois que son honneur était engagé, que le soin de sa dignité le préoccupait, rien ne pouvait plus le détourner de la route tracée par sa volonté.

Ce qui pouvait, parfois, lui donner l'aspect de la faiblesse, c'était la bonté chevaleresque de son cœur, comme sa mère le lui avait dit. Mais, si la bonté peut nous égarer, nous faire tomber dans les pièges et retourner, contre nos propres intérêts, l'excès de notre propre générosité, elle n'a rien de commun avec la mollesse de l'esprit ou la lâcheté des sentiments.

Pendant plusieurs mois, il sut cacher soigneusement, à celles qu'il était venu retrouver, ses souffrances et ses angoisses, et goûta même quelques joies relatives.

Il y avait tant de douceur dans la tendresse attentive de sa mère, tant de soleil dans le printemps d'Eva, déjà femme et encore enfant, qu'il éprouva, peu à peu, une grande détente des nerfs.

Cela est si délicieux d'avoir confiance pleine et entière, de savoir que ceux qui vous entourent vous aiment et vous aimeront toujours, pensent à vous, avant de penser à eux, de se dire : Nous sommes trois, et pourtant nous ne sommes qu'un !

Puis les événements s'éloignaient, et, s'il lui restait le désir d'aimer, la figure de Renée cessait de personnifier l'amour.

Il se rappelait successivement mille petits détails qui auraient pu et dû éclairer.

La nature vraie de Renée se dessinait de plus en plus nettement sous ses yeux. Il l'analysait, il arrivait à la comprendre, et le frisson de terreur qu'il éprouvait, à l'idée d'être uni à une pareille femme, finissait par le consoler du coup rapide et formidable qui lui avait permis d'échapper, dès la première heure, à une situation avilissante.

D'ailleurs, il comprenait bien, étant donné son tempérament à lui, qu'il se serait attaché par la possession, et que le déchirement eût été d'autant plus cruel qu'il eût été plus tardif.

Maintenant, il s'agissait de tirer le meilleur parti possible de la situation inextricable où il s'était plongé par candeur et inexpérience de cœur.

Il ne fallait pas que sa mère et sa sœur souffrissent, matériellement du moins, de son imprudence.

C'était là ce qui le préoccupait.

Le mariage donnait des droits à Renée, non pas personnels, mais pour son enfant, ou ses enfants, si elle en avait.

— Est-elle enceinte ?

Voilà ce qu'il se demandait, chaque jour, ayant pris une résolution immuable, dans le cas où sa crainte se réaliserait.

Pendant longtemps, il n'osa point s'en informer.

Il avait horreur d'un acte quelconque qui eût établi des rapports, même éloignés, entre sa femme et lui.

Puis, toutes relations ayant cessé avec la Baumette, sauf la lettre de la mère de Renée, à laquelle il avait répondu et qui ne lui apprenait rien, il ignorait absolument ce qui se passait à Saint-Symphorien ; et, pour en être informé, s'il ne voulait y aller lui-même, il fallait qu'il s'adressât à une tierce personne, qu'il la mît dans sa confidence, au moins en partie.

Du moment où il avait renoncé à faire du bruit autour de son mariage, il s'était appliqué à garder le silence le plus absolu.

Ou le grand scandale d'un procès, ou pas de scandale du tout. Il n'y avait pas de milieu.

Si Renée ne s'affichait pas, n'attirait pas l'attention sur elle, et, par conséquent, sur lui ; si elle n'était pas enceinte, il voulait étouffer, autant que possible, le bruit de son malheur : cela lui était facile, étant étranger et fréquentant peu ou point le monde.

Il avait résolu, mais cela d'une façon irrévocable, qu'il n'agirait qu'au cas où il y serait contraint par la naissance de l'enfant de l'abbé.

Cependant, au bout de six mois, emporté par l'inquiétude, n'y tenant plus, voulant savoir définitivement si cette épée de Damoclès de la grossesse de sa femme, allait se détacher et l'atteindre, il se décida, sans en parler à sa mère, à qui il voulait éviter cette nouvelle douleur, à s'adresser à un jeune avocat, qu'il connaissait quelque peu et qui lui avait toujours inspiré sympathie et confiance.

Emile Faltot était encore au début de sa carrière. Il appartenait au parti libéral et républicain et faisait, autant que cela était possible, à cette époque, une vive opposition au gouvernement impérial.

Paolo alla donc le trouver, un beau matin, et, le priant de ne pas lui en demander plus qu'il ne voulait lui en dire, le requit de s'informer discrètement si madame Renée della Rocca, née de la Baumette, habitant Saint-Symphorien, près de Tours, avec sa mère, était, oui ou non, enceinte.

Emile Faltot, comprenant parfaitement de quoi il retournait, lui promit d'agir avec discrétion et célérité.

— Soyez tranquille, mon cher ami, lui dit-il, en lui serrant affectueusement les mains ; la mission sera remplie comme vous le désirez. J'ai justement un frère dans le pays, à qui l'on peut se fier, et qui saura, avant quelques jours, sans éveiller l'attention ni les commentaires, ce que vous désirez savoir. Je ne lui parlerai même pas de vous. Je serai censé agir en vertu d'une autre impulsion. Ne vous inquiétez de

rien. Dès que j'aurai la réponse, je vous préviendrai.
Inutile de vous déranger d'ici-là.

Pendant les jours qui suivirent, Paolo fut en proie
à la plus extrême agitation, agitation d'autant plus
pénible qu'il s'appliquait à la cacher à sa mère et
à sa sœur, car Eva, malgré son extrême jeunesse, était
fort éveillée et douée d'une perspicacité extraordinaire.

Pour lui expliquer le retour de son frère et la séparation qui existait entre la femme et le mari, on lui
avait dit ce qu'il était impossible de lui cacher, et on
avait inventé une explication quelconque pour le
reste, explication dont elle n'avait pas cru un mot,
devinant, autant que le lui permettait l'innocence de
sa jeune imagination, ce qu'on lui cachait.

Enfin, la lettre attendue arriva.

Elle ne contenait que ces mots :

« J'ai la réponse ; venez. »

— C'est ma vie qui va se décider ! pensa Paolo.

Il ne savait pas dire si juste.

— Eh bien, mon ami, lui dit l'avocat, dès qu'ils
furent ensemble, madame Renée della Rocca est enceinte.

— Ah ! fit le mari en pâlissant.

— Et sa grossesse est même fort avancée et fort
visible.

Paola resta un instant silencieux, la tête dans ses
deux mains.

— Allons ! il le faut ! murmura-t-il. Je ne puis
hésiter plus longtemps.

Il releva la tête, et, s'adressant à Emile Faltot :

— J'ai besoin des conseils de l'homme de loi, lui
dit-il. Je vais tout vous raconter.

Et en effet, il expliqua la situation où il se trouvait, disant tout, sauf quelques détails, qu'il jugeait
insignifiants, et le nom de l'abbé Poitou, qu'il lui
parut inutile, cette fois encore, de faire connaître,
trouvant qu'il était déjà assez de honte sous les
yeux d'un étranger et le réservant aussi pour une
autre raison que l'on comprendra avant peu.

Ce fut une première faute, faute dont les conséquences furent terribles pour les siens, ainsi qu'on le verra ; mais il croyait agir au mieux, ayant longuement et mûrement combiné son plan d'action.

Quand il eut fini, l'avocat fronça le sourcil.

— La situation n'est pas bonne pour vous, conclut l'homme d'affaires : vous n'avez ni preuves matérielles, — pas même une lettre, — ni témoins.

— Cependant, la loi admet le désaveu de paternité !

— Sans doute, difficilement, mais elle l'admet... Seulement...

— Seulement, quoi ?

— Vous avez passé quelques heures de nuit, dans la chambre de votre femme...

— Mais j'étais évanoui...

— Qui le sait ? Quelqu'un vous a-t-il vu en cet état ? Quelqu'un peut-il affirmer que vous avez fui, au sortir de votre pâmoison ? Quelqu'un a-t-il été en tiers dans cette première nuit de noces, en un mot ?

— Evidemment non.

— Donc, vous ne pouvez rien prouver ; et votre femme prouvera que vous avez passé, tout au moins, une partie de la nuit dans son lit. Or, la loi est formelle et vétilleuse à cet égard. Avez-vous plus de preuves contre l'amant ? Le connaît-on dans le pays ? Y a-t-il ce qu'on appelle des bruits publics sur son compte ? Passe-t-il pour ?...

— Non, mais il est dans une situation telle, que la crainte d'une accusation, d'un procès de cette nature, doit être terrible pour lui.

— Alors c'est de ce côté qu'il faudra agir. On pourrait peut-être exercer une pression morale sur lui, et, par lui, sur la femme... si vous êtes décidé à poursuivre l'affaire.

— J'y ai songé... Prochainement, si j'échoue dans la tentative que j'ai résolue, je vous expliquerai de quoi il s'agit... Mais j'ai un plan que je crois bon.

— Quel plan ?

— Permettez-moi de le garder pour moi. Si je réussis, tout est dit... et j'espère réussir ! Si j'échoue,

28

encore une fois, vous me guiderez, et nous chercherons ensemble quelque autre moyen.

Il y eut un silence.

Paolo s'était levé, comme pour se retirer.

— Ainsi, reprit-il, cet enfant a droit à ma fortune ?...

— Légalement, oui : il est votre héritier, et, si vous ne parvenez pas à prouver sa bâtardise...

— Accepteriez-vous cela, à ma place, surtout dans les conditions où je me trouve, quand ma mère et ma sœur n'ont rien, ne possèdent rien, en dehors de moi ?

— Évidemment, non, j'essaierais de lutter.

— C'est ce que je vais faire.

— Soyez prudent... Vous avez tort, peut-être, de ne pas m'exposer votre plan... mais je n'insiste pas... Dans ces sortes d'affaires, tous les scrupules s'expliquent et se comprennent. Enfin, comptez sur moi; si vous échouez, je suis tout à vous... mais cette femme me paraît bien forte... Prenez garde !

— Merci, dit Paolo. Je crois que je réussirai.

On était à la fin du mois d'octobre.

Il annonça à sa mère, avec une joie affectée, qu'un ami de province l'invitait à venir chasser dans ses propriétés, et qu'il allait s'absenter pour quelques jours.

Madame della Rocca, heureuse de lui voir prendre une distraction, le poussa, elle-même, à partir le plus promptement possible, ne se défiant de rien, comptant que son fils n'agirait plus, au sujet de Renée, sans la consulter.

Lui aussi avait hâte de partir.

Il voulait en finir. Sa résolution était prise, et il se sentait maître de lui.

Au moment de la quitter, il embrassa sa mère avec une tendresse profonde, qu'il n'osait même pas montrer tout entière, de peur d'éveiller ses soupçons.

Avant tout, il voulait lui laisser ignorer ce qu'il allait entreprendre, ne lui en parler que quand il aurait franchi l'écueil et remporté la victoire, dont il se croyait sûr, se disant :

— Si j'échoue, elle saura toujours assez tôt la triste complication qui aggrave notre position !

Il partit le 2 novembre, jour des Morts.

XXIV

RETOUR A LA BAUMETTE.

Jusqu'à son arrivée à Tours, Paolo se sentit fort calme, de ce calme qui résulte d'une résolution prise et d'un commencement d'action.

Depuis sept mois, il souffrait tellement de l'incertitude, qu'en apprenant la grossesse de sa femme, après une première commotion, il avait été presque soulagé de se trouver en face de la réalité.

Elle lui parut relativement moins cruelle que son attente.

La situation était telle, à présent, qu'il fallait qu'elle se dénouât. Il touchait à la crise décisive, et la fièvre de la lutte, en lui fouettant le sang, en raidissant tous ses nerfs, lui apportait la force de poursuivre son plan, de l'exécuter jusqu'au bout, sans faiblesse.

Ce ne fut qu'à Tours, en revoyant les objets qui lui rappelaient les premières ardeurs et les premières illusions de son amour, qu'il comprit que la tâche entreprise lui serait plus pénible qu'il ne l'avait cru.

Son cœur se serrait, mille souvenirs brûlants traversaient son cerveau ; mais il réagit promptement contre cette faiblesse, fit appel à toute son énergie, se dit : — C'est le devoir ! — et se sentit vaillant.

Il resta quelques heures à Tours, ne voulant arriver à Saint-Symphorien que le soir, le plus tard possible, afin d'éviter les regards curieux des gens du village et de surprendre Renée, sans qu'elle pût être prévenue de son retour.

Son rêve était d'arriver à la Baumette et d'en repartir, non pas sans qu'on le sût, sans doute, car il était évident, que celui qui l'y conduirait en voiture ne manquerait pas d'en parler, le lendemain, mais, du moins, sans être vu, comprenant trop l'effet que produirait, les commentaires que soulèverait son apparition soudaine, après sa brusque disparition.

Il loua donc une voiture particulière, à Tours même, qui, en moins de deux heures, devait l'amener à la Baumette.

Il la renverrait immédiatement ; et, soit dans la nuit, soit, suivant les circonstances, le lendemain, après son entrevue avec Renée, mais au point du jour, il gagnerait à pied le bourg de Cé, d'où la diligence le ramènerait au chef-lieu ; de là, il reprendrait le chemin de fer pour Paris.

Vers les sept heures du soir, — au mois de novembre, la nuit est complète longtemps avant, — il entrait donc à Saint-Symphorien, bien caché au fond du cabriolet qu'il avait pris pour cette course, et comptant traverser le village, sans éveiller l'attention ni être reconnu.

Malheureusement, il fallait d'abord passer sur la place bordée de peupliers, où Antonio Lavaggi avait établi son séjour temporaire et dressé la corde qu'Efisia traversait sans balancier, au grand ébahissement des spectateurs.

Or, Giuseppina venait de prédire l'avenir et de tirer les cartes à toutes les personnes qui l'avaient « honorée de leur confiance », et Antonio râclait sa mandoline avec entrain, pendant qu'Efisia se livrait à ses équilibres ordinaires, au milieu d'un rassemblement

28.

assez nombreux, lorsque le cabriolet pénétra sur la place.

La vue de ce véhicule étranger causa une certaine surprise. On cessa de regarder la petite bohémienne, pour regarder la voiture, en se demandant quel pouvait bien être le voyageur excentrique qui pénétrait, à pareille heure, dans Saint-Symphorien, peu habitué, d'ailleurs, à de semblables visites.

L'homme qui conduisait, se voyant le point de mire de tous les regards, voulut se distinguer et faire prendre à son cheval, éreinté par une longue course, une allure rapide et brillante.

Il lança à la pauvre bête un coup de fouet formidable.

L'animal fit un effort brusque, et, mettant le pied dans un trou, que son maître n'avait pas vu, culbuta, se redressa, se cabra, puis finit par s'abattre, empêtré dans les rênes, entraînant le cabriolet, qui versa sur le côté, pendant que le conducteur, puni de sa présomption, allait au loin s'étendre sur le pré, la tête la première.

Ce fut un cri général ; chacun s'élança, mais Paolo avait déjà ouvert la portière, et sortait sain et sauf de la voiture.

D'abord, on ne le reconnut pas.

La place était fort obscure, le quinquet fumeux attaché à chaque extrémité de la corde raide, où Efisia faisait ses entrechats, ne suffisant point à l'éclairer.

Puis le conducteur geignait et sacrait comme un Templier, en se relevant, et l'attention s'était tournée vers lui.

— Est-ce que vous êtes blessé, mon ami ? s'écria Paolo, en s'avançant de son côté.

Le cocher n'avait qu'une légère écorchure à la main, bien qu'il se tâtât soigneusement des pieds à la tête, et n'était guère blessé que dans son amour-propre.

Mais, en se rapprochant de lui, Paolo s'était aussi rapproché de l'un des quinquets, dont la lumière lui tombait d'aplomb sur le visage.

Elisia s'était arrêtée, appuyée aux montants qui soutenaient la corde raide, et regardait ce qui se passait à ses pieds.

Lavaggi s'était levé, tenant à sa main la mandoline, devenue subitement muette.

Il aperçut Paolo, devint pâle comme un mort, poussa une sourde exclamation et laissa, dans sa surprise, échapper la mandoline, qui alla rouler aux pieds de Giuseppina.

Ces diverses manifestations passèrent inaperçues du public et de della Rocca.

On ne s'occupait que du cocher, en train d'épuiser la longue liste de tous les jurons connus ; du cheval, que l'on remettait sur ses jambes ; et de Paolo, que l'on reconnaissait.

— C'est lui !... C'est le Monsieur !... C'est le mari ! murmurait-on, à voix basse. — Le v'là qui r'vient !... Il va au château, sans doute !

Personne, du reste, n'osait l'interpeller directement, quoique les questions brûlassent toutes les lèvres.

Paolo, qui entendait ces chuchotements, sans en saisir les mots, mais qui en devinait le sens, se voyant l'objet de l'attention générale, n'avait qu'une idée fixe : s'éloigner au plus vite.

Aussi, le cheval étant remis sur ses jambes, la voiture sur ses roues, et le conducteur ayant fini par admettre qu'il n'avait aucun membre brisé, démis ou même endommagé, le mari de Renée rentra précipitamment dans la voiture, en donnant l'ordre de repartir.

Il voulait arriver à la Baumette avant que la nouvelle de sa présence y parvînt ; et la voiture, obligée de suivre la grande route, surtout après l'accident survenu au cheval, qui boitait, devait bien mettre une dizaine de minutes à parcourir la faible distance qui séparait la place du château.

Lorsque la voiture eut disparu dans l'ombre, le public se retourna du côté des bohémiens, tout en se livrant à des commentaires animés et en pous-

des exclamations confuses, qui se croisaient de l'un à l'autre, à demi-voix.

Mais le spectacle était terminé, et personne ne songea à s'en plaindre, ayant maintenant d'autres préoccupations en tête.

Antonio avait éteint les deux quinquets. Sa femme était rentrée dans sa voiture, et la petite Efisia avait disparu, pendant que personne ne s'occupait plus des bohémiens, sur un geste de son père, désignant la voiture de Paolo, et un mot bref prononcé en dialecte sarde.

Paolo parvint à la grille d'entrée de la Baumette, sans nouvel accident, et sauta rapidement à bas de la voiture, dont il s'éloigna immédiatement, ayant payé d'avance le cocher, pour ne pas perdre de temps.

Aussitôt il donna un violent coup de sonnette.

Le concierge vint voir quel était le visiteur inattendu qui se présentait à pareille heure.

En reconnaissant le jeune homme, à la lueur de sa lanterne, il poussa une exclamation de surprise.

— C'est bien, Jean-Claude, fit Paolo, d'une voix qui mettait un terme à toute envie de l'interroger. Vous me reconnaissez, cela suffit. Ouvrez-moi. Madame est chez elle, je suppose ?

— Oui, monsieur, balbutia le vieux jardinier, absolument étourdi par ce brusque retour et le ton sec de son interlocuteur.

— Dans sa chambre ? continua Paolo, en repoussant derrière lui la porte qui venait de lui livrer passage.

— Je le pense, monsieur... à moins qu'elle ne soit au petit salon, avec sa mère.

— Merci, fit Paolo. Inutile de m'annoncer, ni de m'éclairer. Je connais la maison.

Et, laissant le concierge stupéfait, planté sur ses jambes, il se dirigea, sans hésiter, vers l'habitation.

Au même moment, la voiture qui l'avait amené s'éloignait clopin-clopant, et, la voiture disparue, une ombre toute petite se dressait sur la route, puis, après un coup d'œil furtif à travers la grille, s'élançait dans le sentier creux qui ramenait à la place, en abrégeant la distance de plus de moitié.

Cette forme lilliputienne et d'une agilité extrême suivit le sentier en courant, mais avec la précaution de se maintenir le long des haies, dans la zone d'ombre la plus épaisse.

Elle ne faisait, d'ailleurs, pas plus de bruit qu'elle n'était visible.

On eût dit un sylphe glissant sur le sol, sans s'y appuyer.

Arrivée à l'entrée de la place, elle s'arrêta quelques instants, évidemment pour s'assurer que cette place était déserte.

En effet, les paysans, n'ayant plus rien qui les retînt là, étaient rentrés au village, où les moins pressés de dormir et les plus bavards s'attardaient au cabaret de père Genevois, commentant à qui mieux mieux le retour du « Monsieur », et envisageant cet événement, — tout est événement au village, — sous ses divers aspect.

Une minute après, Efisia entrait dans la voiture de ses parents.

Antonio et Giuseppina, celle-ci assise, lui debout, pâles tous deux, la femme regardant le mari, le mari regardant sa propre pensée, restaient immobiles et silencieux.

En apercevant Efisia, ils tressaillirent.

La petite Sarde tenait ses souliers à la main.

Elle avait marché pieds-nus, pour faire moins de bruit sur la terre durcie par les premiers froids d'un hiver précoce.

— Eh bien ? fit Antonio, de sa voix grave et gutturale.

— Il est au château.

— Tu l'as vu entrer ?

— Oui.

— Et la voiture ?

— Repartie.

— Alors, il reste ?

— Certainement.

— Cela suffit... Efisia, j'aurai besoin de toi, cette nuit !

— Je suis prête.

La mère se leva, et, joignant les mains avec terreur :

— Antonio ! dit-elle d'une voix basse et suppliante.

Antonio se retourna violemment, et, la regardant avec colère :

— Femme ! s'écria-t-il, serais-tu sans entrailles ! Oublies-tu tes deux fils morts ?

La bohémienne courba la tête, et deux larmes jaillirent de ses yeux noirs.

— Non, répondit-elle. Tu as raison !... Que Sant' Efisio te protège !

Elle saisit Efisia et la pressa contre sa poitrine, d'un mouvement fébrile, mais rapide ; puis, la reposant à terre ,

— Obéis à ton père ! murmura-t-elle. Je prierai pour vous et *pour eux*.

XXV

LA DERNIÈRE NUIT.

Pendant ce temps, comme nous l'avons dit, Paolo, après avoir traversé rapidement la portion du jardin qui le séparait de la maison d'habitation, était arrivé devant le château.

Là, il s'arrêta et leva les yeux vers la façade.

Une pâle lumière, amortie par d'épais rideaux, filtrait à travers l'une des fenêtres, qu'il reconnut pour être celle du petit salon du premier, affectionné par la mère et la fille, et où elles se tenaient habituellement, lorsqu'elles étaient seules.

C'était ce qu'il voulait savoir, et il s'engagea résolument dans l'escalier.

En ce moment, il eût été difficile d'analyser ce qu'il éprouvait.

Bien que le cœur lui battît avec violence, il se sentait le cerveau calme et l'esprit net, et n'éprouvait pas l'émotion trop vive qu'il avait redoutée.

Il avait hâte d'arriver, d'en finir, voilà tout. L'action était commencée, et le sang-froid qu'on retrouve sur le terrain, le jour d'un duel, après les angoisses de la

nuit qui précède, rentrait en lui, au fur et à mesure
qu'il se rapprochait de la pièce où il allait revoir Renée, pour la dernière fois.

Parvenu sur le palier, devant la porte, il s'arrêta,
cependant, encore une demi-minute, pour aspirer l'air
fortement et faire disparaître les traces de sa précipitation; puis, sans frapper, il saisit le bouton, ouvrit,
entra en maître et en justicier.

La mère et la fille étaient là, en effet, toutes deux,
séparées par une petite table, où une lampe couverte
d'un abat-jour épais concentrait sa lumière blanche,
laissant le reste dans une obscurité relative.

Madame de la Baumette, assise entre la cheminée,
où flambait un feu vif, et la table, se trouvait de profil,
pour quelqu'un entrant par la porte.

Immobile, rigide, d'une de ces pâleurs de cire qui
ont déjà quelque chose de cadavérique, les paupières
abaissées, les deux mains ouvertes posées, à plat, sur
ses genoux maigres, elle rappelait ces statues de
pierre que le ciseau des artistes, au moyen-âge, sculp-
tait sur les tombes féodales, et on eût pu croire
qu'elle dormait ou qu'elle était morte, sans le mouvement lent et régulier des lèvres, qui marmottaient
une prière ou des confidences insaisissables à toute
autre oreille que la sienne.

Madame de la Baumette avait terriblement vieilli,
depuis les sept mois écoulés.

Ce n'était plus qu'une ombre, et l'on voyait que sa
vie ne tenait plus qu'à un souffle.

Depuis le jour où elle avait appris l'affreuse vérité,
la pauvre femme n'avait plus eu une explication, un
rapport tendre avec sa fille.

Elle était restée morne, silencieuse, ne se plaignant pas, ne récriminant point, parlant à Renée
d'un ton calme, quand les nécessités de la vie quoti-
dienne l'y contraignaient, mais renfermée en elle-
même, et comme déjà retirée de l'existence.

Les formes extérieures de l'ensemble de ses actes
n'avaient point changé. Elle avait conservé toutes
ses habitudes matérielles, se levant et se couchant

aux mêmes heures, s'asseyant aux mêmes places, près de sa fille ; mais les longues veillées s'écoulaient dans un mutisme solennel et sépulcral.

Madame de la Baumette n'avait pourtant ni haine, ni colère, à proprement parler, contre ceux qui lui avaient causé cette poignante douleur.

Non : ce qu'elle ressentait seulement, c'était une immense honte, et son âme faible, brisée sous le choc, gisait maintenant, en proie à une terreur constante des nouveaux crimes qu'elle prévoyait avec la lucidité étrange des vieillards près de leur fin.

Renée, de l'autre côté de la table, plus rapprochée de la porte, et, par conséquent, de Paolo, avait conservé intacte sa fière beauté, malgré la fatigue visible d'une grossesse qui approchait de son terme.

Assise sur une chaise, elle travaillait à une layette d'enfant, ainsi que l'indiquaient les divers objets étalés sur la table, et tenait à la main un petit bonnet blanc brodé, presque terminé.

Au bruit de la porte qui s'ouvrait, les deux femmes relevèrent la tête et se retournèrent, en même temps.

Paolo était resté sur le seuil de la pièce, frappé du spectacle qui s'offrait à ses yeux et gêné par la présence de la vieille mère.

En l'apercevant, Renée tressaillit légèrement, puis, comme si elle craignait de se tromper, elle enleva l'abat-jour, d'un mouvement brusque.

La lumière remplit la petite chambre.

Renée ne s'était point trompée : c'était bien son mari.

Madame de la Baumette reconnut aussi son gendre.

Une rougeur maladive monta à ses pommettes, une sorte de frisson agita tout son corps, et elle se leva lentement, au milieu du silence, car aucun des personnages n'avait encore prononcé une parole.

Une fois debout, madame de la Baumette s'avança vers Paolo, et ne s'arrêta qu'à deux pas de lui.

— Monsieur della Rocca, lui dit-elle, d'une voix assez nette, bien que hachée par le tremblement de la sénilité, je suis aise de vous revoir encore une fois,

29

pour vous jurer, devant Dieu qui m'entend, que j'i-
gnorais tout !

Paolo fut ému de cet accent, où vibrait la suprême
protestation d'une honnêteté, peu intelligente peut-
être, mais profonde et absolue, comme il avait été touché à la vue des ravages opérés par le chagrin, depuis
son départ.

— Madame, lui répondit-il, avec un respect qui parut causer quelque soulagement à la vieille dame, je
vous crois : je ne vous ai jamais accusée, et je vous
plains de tout mon cœur.

— Merci, monsieur, ajouta-t-elle avec reconnaissance. C'est, sans doute, à ma fille que vous voulez
parler, je me retire.

Paolo s'inclina devant elle, en silence, et la mère
sortit, laissant seuls la femme et le mari, ne voulant
plus prendre part, désormais, à rien de ce qui se pas-
serait entre eux.

Renée n'avait point fait un mouvement.

Elle était restée assise, les paupières à demi baissées, mais guettant Paolo du coin de l'œil et cherchant
à lire, sur son visage, ce qu'elle avait à craindre ou à
espérer

Ce visage ne lui disait rien de bon.

Il lui semblait trop calme et trop ferme, n'expri-
mant qu'une résolution réfléchie et un peu méprisante.

Elle eût préféré plus de violence, plus de colère et
d'indignation farouche, en un mot, la marque d'une
commotion vive quelconque.

En effet, Paolo, au premier regard, avait été comme
ébloui par la vue de cette beauté redoutable qui l'a-
vait fasciné au début.

Mais, au second regard, il avait constaté l'état de
grossesse de la jeune femme, et cette constatation, en
lui rappelant son affront et la trahison calculée dont
il était la victime, lui avait rendu toute son énergie et
tout son mépris.

Il s'avança jusqu'au milieu de la pièce.

— Madame, dit-il alors, je vois que ma présence
ne vous a pas trop surprise.

— Je l'avoue, monsieur.

— Vous l'attendiez ?

— Oui.

— Alors, vous savez ce qui m'amène ?

— Du moins, je le suppose. Vous avez appris que j'approchais du terme de ma grossesse.

En disant ces mots, elle releva les yeux et le regarda bien en face, sans pouvoir dissimuler son inquiétude.

— C'est cela même, répondit froidement Paolo. Vous comprenez bien que je ne veux pas de cet enfant.

— Je ne puis cependant pas le supprimer.

— Mais je puis lui refuser mon nom.

— Cela me paraît difficile, puisque vous êtes mon mari.

— Vous savez que je ne le suis pas.

— Je sais que nous nous sommes mariés à la mairie et à l'église, que vous avez passé, près de moi, la première nuit de nos noces... Voilà tout ce que je sais.

— Ainsi, vous persistez dans le même système ?

— Pourquoi en changerais-je ?

— Parce qu'il le faut, parce que je le veux !

— Votre volonté ne peut rien contre des faits établis.

Paolo eut un geste de colère, mais il le réprima aussitôt, comprenant que toute violence tournerait contre lui.

— Madame, reprit-il, je ne suis pas venu pour discuter, mais pour vous proposer un marché et vous faire connaître une résolution sur laquelle je ne reviendrai pas. Si vous n'aviez pas été enceinte, j'aurais gardé le silence, comme je l'ai fait jusqu'à présent. Mais votre grossesse change la situation. D'une part, je ne puis reconnaître cet enfant, qui n'est pas de moi, lui laisser porter mon nom ; et, d'autre part, sa naissance, si je ne le désavouais pas, ruinerait ma famille, car il serait mon unique héritier. Je vais donc déposer une demande en séparation, pour adultère, ce qui me permettra de désavouer publiquement l'en-

fant que vous portez, *dès qu'il sera venu au monde :*
la loi m'interdit de le faire avant. Contre cela vous ne
pouvez rien, et rien ne m'empêchera d'en agir ainsi.

— Vous perdrez votre procès, monsieur.

— Je ne le crois pas, car vous allez déclarer, par
écrit, que vous m'avez trompé, que l'enfant n'est pas
de moi, et que vous reconnaissez le bien-fondé de ma
double demande en séparation de corps et en désaveu
de paternité.

Renée se leva.

— Jamais, monsieur, jamais je ne signerai un semblable papier, qui, d'ailleurs, ne vous servirait de
rien !

L'énergie de son accent ne laissait aucun doute sur
sa résolution.

— Je m'attendais à ce refus, répliqua Paolo, et je
sais, en effet, que cet aveu ne suffirait pas aux yeux
de la loi ; mais il donnera de la force aux autres
preuves que je pourrai fournir. Vous oubliez aussi
que nous sommes *trois*, et ce que vous refuseriez, s'il
ne s'agissait que de moi, vous l'accepterez dans l'intérêt de votre amant.

— Je ne vous comprends pas.

— C'est bien simple. Jusqu'à présent, je n'ai
point nommé cet homme et j'ai gardé votre secret,
aussi scrupuleusement que vous le faites vous-même.
Pas une personne ne m'a entendu parler de l'abbé
Poitou...... pas même ma mère, à qui j'ai tout dit,
pourtant, sauf cela. Si je l'ai nommé à madame
de la Baumette, c'est que cette révélation n'offrait
aucun danger pour lui, ni pour vous, car il était certain que votre mère garderait le secret de sa fille,
comme s'il s'agissait d'elle-même. Cette conduite de
ma part a dû vous paraître assez inexplicable. Vous
allez la comprendre.

Si vous signez l'aveu que je vous demande ; si vous
m'aidez à obtenir notre séparation, à trouver et à
produire les autres témoignages qui me permettront
de repousser une paternité que je ne puis accepter, et
que je n'accepterai à aucun prix, le nom de votre

amant continuera de rester inconnu : tout le monde ignorera qu'il s'agit d'un prêtre, du curé de Saint-Symphorien, de l'abbé Poitou, en un mot. Je dirai que je vous ai surprise avec un homme qui a fui avant que j'aie pu le reconnaître ; vous certifierez mon accusation ; vous avouerez votre faute ; vous déclarerez que vous étiez enceinte de cet inconnu, lorsque je vous épousai ; que je n'ai jamais été votre mari, et vous ne combattrez pas les preuves quelconques que j'arriverai à réunir et à produire au tribunal. Si vous refusiez, dès demain, je dépose ma plainte.... et je nomme l'abbé... Je perdrai peut-être mon procès, comme vous dites ; mais je ferai un tel scandale, que votre amant ne s'en relèvera pas, que sa carrière et son honneur resteront sur le carreau. Je suis donc convaincu que, si cela dépendait de lui, vous accepteriez ma proposition.

— Alors, c'est du chantage ? répliqua Renée.

— C'est tout ce que vous voudrez ! Acceptez-vous, oui ou non ?

Renée était fort agitée.

Se reconnaître adultère, accepter la séparation de corps, ruiner son enfant et elle-même, par conséquent, c'est ce qu'elle ne voulait à aucun prix. Mais, d'autre part, elle aurait voulu aussi sauver l'abbé, comprenant bien qu'avec son ambition et son caractère, un semblable coup était terrible pour lui ; comprenant, de plus, que le scandale dont la menaçait son mari, c'était la séparation inévitable, la rupture forcée de toutes relations entre elle et l'abbé.

Or, elle l'aimait : elle l'aimait avec une passion agrandie de tous les obstacles, de toutes les souffrances, maintenant, qui se dressaient contre leur amour.

Renoncer à lui, c'était s'avouer vaincue.

Elle aurait perdu sa vie, sans résultat ; le seul avantage poursuivi par elle lui échapperait, après lui avoir coûté le prix le plus élevé qu'une femme peut y mettre.

Elle essaya de lutter.

29.

— Ce que vous me proposez est insensé ! s'écria-t-elle. Vous voulez que je signe ma honte et mon déshonneur ; vous voulez que je me déclare coupable, quand vous n'avez aucune preuve, quand je suis certaine de triompher de vos diffamations et de vos accusations calomnieuses !

— Je vous offre de garder votre amant ou de le perdre, de le sauver ou de le déshonorer. J'irai même plus loin. Je m'engagerai à vous servir, votre vie durant, une pension suffisante à vos besoins, bien supérieure même à celle que fixerait un tribunal. J'ai fait une sottise : j'en subirai les conséquences sans marchander. Je ne veux que deux choses : ôter mon nom à l'enfant de cet homme et sauvegarder l'existence matérielle de ma mère et de ma sœur.

— Vous oubliez, monsieur, que le scandale retombera sur vous autant que sur moi ; car, je vous le répète, vous ne trouverez pas de juges pour me condamner, me ruiner, ruiner cet enfant, sur le roman qu'il vous plaît d'inventer, et que tous les faits démentent.

Paolo fit un pas vers la porte.

— Madame, acceptez-vous ? Refusez-vous ?

Renée était décidée à refuser, et, cependant, elle avait peur de le voir partir.

Elle n'avait point prévu le plan de Paolo : il la prenait à l'improviste.

Puis, il s'agissait là de l'abbé Poitou, encore plus que d'elle.

Il lui aurait fallu le temps de réfléchir, de se consulter avec lui.

Les deux alternatives présentées par son mari lui paraissaient également redoutables, affreuses, et elle voyait qu'il allait partir, et, que s'il sortait de la Baumette, tout était fini !

Puisqu'il entrait sur le terrain des transactions, peut-être y aurait-il, en y réfléchissant, moyen d'en trouver une autre moins pénible...

Maintenant qu'elle entrevoyait la possibilité que le nom de l'abbé ne fût pas prononcé, elle s'y cramponnait... Mais avouer, signer ce que lui demandait son mari, c'était là aussi un suicide qu'elle n'acceptait point.

Quoi qu'il en soit, une voix confuse lui murmurait :

— Il faut qu'il reste !

— Monsieur ! s'écria-t-elle, au moment où il se retirait.

Il s'arrêta.

— Que me voulez-vous ? Acceptez-vous ?

— Gagnons du temps ! pensait-elle.

— Et qui me prouve, reprit-elle, que si vous avez ce papier, signé de ma main, vous tiendrez vos promesses ?

Paolo haussa les épaules.

— Ma parole, madame : cela suffit, répondit-il avec un ton de suprême mépris.

— Il me faut le temps de la réflexion.

— Demain, je déposerai ma plainte.

Renée regarda la pendule.

— Il n'est que neuf heures. Accordez-moi jusqu'à demain. Il faut que je réfléchisse...

— Non ! je veux une réponse immédiate.

Malheureusement, il y eut une légère hésitation dans la voix de Paolo.

A lui aussi, le scandale répugnait outre mesure. Avec l'aveu et le concours de sa femme, le procès serait rapide, vite oublié, tandis que, s'il y mêlait le nom de l'abbé Poitou, le retentissement serait immense, sans compter qu'il avait toutes les probabilités de ne point triompher dans sa poursuite.

Il devait donc désirer de ne laisser échapper aucune des chances possibles d'obtenir la sorte de transaction qu'il proposait

Renée saisit, devina cette hésitation; aussi s'empressa-t-elle de répondre :

— A présent, je refuse : peut-être, demain, accepterai-je ; je ne sais... Laissez-moi les quelques heures de réflexion dont j'ai besoin.

— Je partirai avant le jour, je vous en préviens.

— Au moment de votre départ, vous aurez ma réponse définitive.

— C'est bien, fit-il tout à coup. J'accepte.

— Alors, vous passez la nuit ici ? demanda-t-elle, avec une sorte d'hésitation.

— Oui, il le faut bien !

Renée eut un éclair de sombre triomphe dans les yeux, et sonna vivement.

Clémentine apparut, et resta stupéfaite en apercevant Paolo.

— Conduisez M. della Rocca à la chambre verte, lui dit sa maîtresse avec une extrême précipitation.

XXVI

LA CATASTROPHE.

— Elle veut voir l'abbé, s'était dit Paolo. Eh! bien, qu'elle le voie! Lui, il n'hésitera pas. Il lui conseillera d'accepter. La transaction est toute à son avantage personnel, et, d'ailleurs, un prêtre sacrifie tout, en toute occasion, à la crainte du scandale. C'est là le fond de sa morale. Il n'en a pas d'autre. Demain, Renée me donnera son acceptation... signera tout ce que je voudrai... s'entendra avec moi pour trouver les preuves nécessaires et celles qui ne le compromettront pas, *lui* ! Enfin !... J'aurai, du moins, réparé ma faute, dans la mesure du possible, et, si je ne punis pas assez les coupables, je sauve les innocents. C'est là qu'est le devoir.

Il se sentait plus léger, content, satisfait de lui-même.

En face de Renée, il n'avait point faibli, et l'appréhension d'un reste d'amour pour elle avait disparu, devant l'épreuve de cette entrevue.

Paolo était de ces hommes qui se donnent et se reprennent tout entiers. Sa nature chevaleresque l'eût t porté, peut-être, à pardonner à la femme adultère, entraînée par une passion, succombant à une faiblesse et se repentant ; mais il se révoltait, devenait de fer, devant la trahison froide, la perfidie habilement calculée.

Il suivit donc la femme de chambre, presque soulagé, ayant accompli la démarche décisive qu'il préméditait depuis longtemps, et ne s'étonnant pas, en somme, que Renée eût demandé quelques heures de répit, avant de signer sa propre condamnation.

Pour atteindre à la pièce qui lui était destinée et qu'il connaissait bien, — l'ayant habitée, lors de sa première arrivée à la Baumette, avant l'accomplissement de son mariage, — il fallait traverser la maison dans toute sa largeur.

C'était de ce côté que donnait l'escalier de service, qui avait permis à Renée de monter le corps de son mari évanoui, sans être vue, et de le traîner jusqu'à la chambre nuptiale.

Sur le corridor, conduisant du petit salon à la chambre verte, où il devait passer le reste de la nuit, s'ouvraient plusieurs portes, notamment, la porte de la chambre à coucher de madame de la Baumette.

Au moment où il passait devant, précédé par Clémentine, il s'aperçut qu'elle n'était pas fermée, et madame de la Baumette avança son visage vieilli, encadré de longs bandeaux plats de cheveux blancs comme la neige.

Evidemment elle attendait.

Sa tête était encore plus pâle qu'à l'ordinaire; ses traits étaient plus profondément creusés : ils révélaient une angoisse et une terreur qui frappèrent vivement Paolo, jointes à une expression d'hésitation des plus marquées.

— Monsieur ! murmura-t-elle, en s'adressant au jeune homme.

Paolo, qui s'était arrêté, lui demanda, toujours avec la même nuance de respect et de commisération sympathique, ce qu'elle lui voulait.

— Est-ce que vous passez la nuit ici ? fit-elle, avec effort et comme balbutiant.

— Oui, sans doute, répliqua Paolo, avec quelque étonnement. Il le faut bien : madame votre fille doit me donner, demain matin, la réponse que je suis venu chercher ; et il n'y a pas d'autre abri dans tout le village.

Madame de la Baumette semblait grelotter de la fièvre, ses dents claquaient, ses yeux roulaient dans leurs orbites.

— Ah ! répéta-t-elle, je pensais que vous partiriez, ce soir même...

Paolo la regarda attentivement, sans s'expliquer où elle voulait en venir, ne comprenant rien à son émotion.

Clémentine, arrêtée à quelque pas de distance, par discrétion, attendait, une lumière à la main.

Madame de la Baumette ouvrit encore la bouche, prononça deux fois, d'une façon indistincte le mot : « Partez ! » s'arrêta, regarda la femme de chambre, et balbutia :

— Non ! non !... je ne puis !... Si je me trompais !... Ce n'est pas à moi... Ce serait horrible !...

Alors, se retirant brusquement, elle poussa sa porte et la ferma, comme si elle avait hâte de mettre entre elle et son interlocuteur un obstacle matériel, qui ne lui permit plus d'exprimer l'horrible appréhension qu'elle ressentait.

— Pauvre femme ! se dit Paolo ; sa raison est atteinte... Elle tombe dans l'enfance.

Et il suivit tout pensif la femme de chambre.

— Monsieur m'excusera, fit Clémentine, lorsqu'ils eurent pénétré dans la pièce ; mais il faut que je prépare le lit... On n'attendait pas monsieur... Je vais appeler Jean-Claude, pour qu'il me donne un coup de main... Si monsieur le désire, on peut aussi essayer de faire du feu... Mais la cheminée est hors d'usage et fume... Vous comprenez... c'est une chambre d'été... pour les amis...

— C'est inutile, je n'ai pas froid.

Clémentine sortit, et, deux minutes après, elle revint accompagnée du concierge qui portait les draps et une carafe pleine, tandis que la femme de chambre déposait, sur la table de nuit, un sucrier et un flacon d'eau de fleurs d'oranger.

En un instant, les draps furent mis et le lit arrangé; puis les deux domestiques, qui n'avaient cesse de regarder le jeune homme, du coin de l'œil, se retirèrent, avec cette discrétion affectee des gens de service, lorsqu'ils constatent qu'il se passe quelque chose d'étrange chez leurs maîtres, et qu'ils assistent à un drame de famille.

Resté seul, Paolo fit quelques tours dans la pièce, bien décidé à ne point se coucher; puis il s'assit devant la table dont nous avons parlé au début de ce récit, et, y trouvant encre, plume et papier, il commença à écrire une longue lettre adressée a sa mère.

N'était-ce pas, pour lui, la meilleure manière d'occuper les longues heures de cette nuit de novembre, et d'échapper aux douloureuses impressions que lui causait la vue de ces objets trop connus, qui l'entouraient et lui rappelaient son malheur?

Dès que Renée sut par sa femme de chambre que Paolo était installé pour toute la nuit, elle se fit déshabiller, se mit au lit et ordonna à Clémentine d'aller elle-même se coucher.

Mais, aussitôt qu'elle fut seule, elle se releva, s'habilla rapidement, choisissant une robe de couleur sombre, et se couvrant la tête d'une sorte de capuche, qui se rabattait sur le visage et le dissimulait presque entièrement.

Cela fait, elle attendit environ une demi-heure, pour être sûre que tout le monde dormait dans la maison.

Alors, ouvrant la porte avec précaution, et la refermant derrière elle à clef, elle glissa sans bruit le long du corridor, gagna l'escalier dérobé, le descendit sur la pointe du pied, et se trouva dans le jardin.

Elle suivit le mur jusqu'à la petite porte où Paolo l'avait surprise avec l'abbé Poitou, l'ouvrit à son tour, la referma, et, s'élançant dans le sentier creux, se dirigea, d'un pas rapide, vers l'entrée du village où se dressait la cure.

Il était dix heures et demie.

Le ciel se couvrait, les étoiles disparaissaient sous un épais brouillard qui montait lentement à l'horizon.

En moins de cinq minutes, Renée arriva au bout de sa course.

Mais, au lieu de sonner à l'entrée principale, elle obliqua sur la droite, suivit le mur qui fermait le jardin de l'abbé, et s'arrêta devant une petite porte de service, — assez semblable à celle par laquelle elle était sortie de la Baumette.

Là, elle tira une seconde clef de sa poche, la fit tourner sans bruit dans la serrure, et pénétra à l'intérieur du jardin.

Cela fait, elle s'approcha de la maison, et jeta un caillou contre une fenêtre à demi éclairée.

La lumière disparut aussitôt, et, moins d'une minute après, l'ombre de l'abbé se dessina auprès de Renée, dans le brouillard de plus en plus épais.

— Qu'y a-t-il ? lui demanda-t-il d'une voix basse.

— Mon mari est revenu !

— Ah ! Pourquoi ?

— Parce qu'il a appris ma grossesse. Du reste, c'était à prévoir.

— Qu'a-t-il dit ?

— Il veut désavouer sa paternité, obtenir la séparation légale.

On put entendre grincer les dents de l'abbé.

— Nous sommes perdus alors, dit-il, d'une voix sourde. Mais avait-il besoin de se déranger pour venir te dire cela ? Il a voulu nous braver !

— Non ; il vient proposer une transaction.

— Laquelle ?

— Il demande que je me reconnaisse coupable d'adultère, par écrit ; que j'avoue, toujours par écrit, que l'enfant n'est pas de lui ; que je ne combatte pas les preuves quelconques, et qu'il ne m'a pas fait connaître, qu'il essayera de produire, à l'appui de sa plainte.

30

— Il n'en a pas !

— Évidemment ; mais, si je consens à l'aider, il sera facile d'en avoir. Il suffit de s'entendre.

— Eh bien, après ?... Je ne vois pas...

— A ce prix, il renonce à révéler ton nom, devant le tribunal.

L'abbé tressaillit.

— Vraiment ! Et qu'as-tu répondu ?

— J'ai refusé.

L'abbé tressaillit encore.

— Alors, il est reparti ? reprit-il plus bas. Et, quoi qu'il arrive, me voilà perdu, moi ! ajouta-t-il avec un ton d'amertume qui n'échappa pas à Renée.

— Tu te trompes : il est resté.

— Où ?

— A la Baumette !

Il y eut un silence.

— Comment s'y est-il décidé ? reprit le prêtre, d'une voix de plus en plus basse, et dont le timbre avait changé.

— Je lui ai demandé à réfléchir jusqu'à demain matin.

— Tu as bien fait !

Il y eut encore un silence.

— Alors il passe la nuit au château ? dit l'abbé, dont on entendait la respiration haletante. Toute la nuit ?

— Jusqu'au jour.

— Dans quelle pièce ?

— La chambre verte.

— C'est bien.

L'abbé fit le geste de quitter Renée.

— Mais, — dit celle-ci, en le retenant, — demain, au jour, il lui faut une réponse. Si j'accepte, je suis perdue, déshonorée, ruinée.

— Si tu refuses, tu l'es également, et moi avec !... car il est bien décidé à faire ce procès, n'est-ce pas ?

— Absolument !

— Rien ne l'empêchera ?

— Rien !...

— Tu as fait ce qu'il fallait faire !

— Justin ! murmura Renée, avec un accent étrange, que veux-tu dire ?

— Rien : tu es une femme d'esprit et de présence d'esprit, Renée ! Rentre chez toi, couche-toi et attends !

— Mais...

— Il faut bien que je réfléchisse, moi aussi, n'est-il pas vrai ? que je prenne une résolution.., car c'est pour cela que tu es venue, et pour me prévenir...

— Sans doute.

— Eh bien, rentre, te dis-je... Je vais réfléchir, et tu sauras, en temps opportun, quelle est ma résolution.

— N'oublie pas qu'il faut que tout soit décidé, cette nuit même !...

— Tout le sera... Couche-toi et reste tranquille... J'ai la clef de la petite porte. . J'irai moi-même te porter la réponse !

Le lendemain matin, on trouvait le corps de Paolo pendu à la plus grosse branche d'un tilleul du parc de la Baumette.

On sait la suite.

FIN DU MARIAGE DU SUICIDÉ [1].

[1] La fin du *Pendu de la Baumette*, qui est sous presse, aura pour titre : *La Bonne d'enfants*.

TABLE DES MATIÈRES

DEUXIÈME PARTIE.

LES AMANTS.

Tours. — Imp. E. Mazereau